M

WESTERFELD

UGLIES

TRAICIÓN 01

Montena

Título original: *Uglies*
Primera edición con esta presentación: septiembre de 2024

© 2005, Scott Westerfeld
© 2008, 2024, Penguin Random House Grupo Editorial, S. A. U.
Travessera de Gràcia, 47-49. 08021 Barcelona
© 2008, Nieves Nueno Cobas, por la traducción

Printed in Spain – Impreso en España

ISBN: 978-84-10298-81-1
Depósito legal: B-11.263-2024

Compuesto en Fotocomposición 2000, S. A.
Impreso en Rodesa, S. L.
Villatuerta (Navarra)

GT 9 8 8 1 1

Esta novela fue tomando forma gracias a una serie de correos electrónicos intercambiados entre Ted Chiang y un servidor a propósito de su cuento «Liking What You See: A Documentary». Su aportación al manuscrito ha sido, asimismo, inestimable.

PRIMERA PARTE

CONVERTIRSE EN PERFECTO

¿Acaso no es bueno llenar la sociedad de gente guapa?

YANG YUAN,

citado en *The New York Times*

La ciudad de Nueva Belleza

El cielo de principios de verano tenía el color rosa del vómito de un gato.

Por supuesto, pensó Tally, para que los tonos rosados fuesen los adecuados habría que darle al gato durante un tiempo solo comida para gatos con sabor a salmón. Lo cierto es que las nubes, que se deslizaban a velocidad vertiginosa, parecían peces por efecto del viento que les dibujaba escamas. A medida que la luz disminuía, profundos surcos de color azul oscuro se asomaban a través de las nubes como un océano puesto del revés, frío y sin fondo.

Cualquier otro verano, una puesta de sol como aquella habría sido hermosa. Pero nada era hermoso desde que Peris se convirtió en perfecto. Perder a tu mejor amigo es un asco, aunque solo sea durante tres meses y dos días.

Tally Youngblood esperaba a que cayera la oscuridad.

Veía la ciudad de Nueva Belleza a través de su ventana abierta. Las torres de fiesta estaban ya iluminadas, y serpientes de antorchas encendidas marcaban caminos parpadeantes a través de los jardines del placer. Unos cuantos globos de aire caliente tiraban de sus correas contra el rosado cielo cada vez más oscuro. Sus pasajeros lanzaban fuegos artificiales de seguridad a otros globos y parapentes. Las carcajadas y la música cruzaban el agua como guijarros lanzados con gran efecto, con los bordes igual de afilados que los nervios de Tally.

En las afueras de la ciudad, separada de la otra población por el óvalo negro del río, todo estaba a oscuras. Todos los imperfectos estaban ya en la cama.

Tally se quitó el anillo de comunicación.

—Buenas noches —dijo.

—Que tengas dulces sueños, Tally —respondió la habitación.

Masticó una píldora limpiadora de dientes, ahuecó su almohada y metió entre las sábanas una vieja estufa portátil que producía más o menos el mismo calor que si hubiera alguien de las mismas proporciones de Tally dormido a su lado.

Luego se escabulló por la ventana.

Tally se sintió mejor nada más salir al exterior, donde por fin la noche se cernía negra como el carbón sobre ella. Tal vez fuese un plan estúpido, pero con todo preferible a pasar otra noche en vela en la cama compadeciéndose de sí misma. En el conocido camino cubierto de hojas que bajaba hasta la orilla del río, resultaba fácil imaginar a Peris caminando con pasos furtivos tras ella, sofocando la risa, listo para pasar una noche espiando a los nuevos perfectos. Juntos. Peris y ella habían averiguado cómo engañar al guardián de la casa cuando tenían doce años, cuando entonces no parecía que los tres meses que se llevaban fuesen a importar jamás.

—Amigos para siempre —murmuró Tally mientras tocaba la diminuta cicatriz de su palma derecha.

El agua relucía a través de los árboles, y la chica oyó el cabrilleo de la estela de un barco que rompía contra la orilla. Se agachó, ocultándose entre las cañas. El verano siempre era la mejor época para las expediciones de espionaje: la hierba era alta, nunca hacía frío y al día siguiente no había que ir a clase.

Por supuesto, ahora que Peris era perfecto podía dormir tanto como quisiera.

El enorme y viejo puente se extendía sobre el agua a lo largo de su gran estructura de hierro negra como el cielo. Lo habían construido hacía tanto tiempo que se aguantaba por su propio peso sin ningún apoyo de aeropuntales. Dentro de un millón de años, cuando no quedara rastro de la ciudad, seguramente el puente permanecería como un hueso fosilizado.

A diferencia de los otros puentes que llevaban a Nueva Belleza, este no hablaba ni delataba a los intrusos. Pese a su silencio, a Tally siempre le había parecido muy sabio el viejo puente, poseedor de un gran caudal de callada ciencia como un árbol centenario.

Sus ojos ya se habían adaptado del todo a la oscuridad, y solo tardó unos segundos en encontrar el hilo de pescar atado a su roca de siempre. Le dio un tirón y oyó la caída de la roca al agua desde su escondite entre los soportes del puente. Siguió tirando hasta que el invisible hilo de pescar se convirtió en una cuerda mojada con nudos. El otro extremo seguía atado a la estructura de hierro del puente. Tally tensó la cuerda y la amarró al árbol.

Tuvo que volver a agacharse entre la hierba mientras pasaba otro barco. Los que bailaban en cubierta no vieron la cuerda tendida desde el puente hasta la orilla. Nunca la veían. Los nuevos perfectos siempre se divertían demasiado para fijarse en detalles como ese.

Cuando las luces del barco se desvanecieron, Tally probó la cuerda con todo su peso. En una ocasión se había soltado del árbol, y tanto Peris como ella se balancearon hacia abajo, luego subieron y se situaron sobre el centro del río antes de caer en el agua fría. La chica sonrió al recordarlo, comprendiendo que habría preferido estar en aquella expedición —empapada y helada con Peris— que seca y caliente, pero sola como aquella noche.

Colgada del revés, aferrándose a los nudos de la cuerda con las manos y las rodillas, Tally se alzó hasta el oscuro puente. Luego avanzó con movimientos furtivos a través de su estructura de hierro y cruzó hasta Nueva Belleza.

Sabía dónde vivía Peris gracias al único mensaje que se había dignado enviarle desde que se convirtió en perfecto. Aunque Peris no daba la dirección, Tally conocía el truco para descodificar los números de apariencia casual al final de un mensaje. Llevaban a un lugar llamado Mansión Garbo, en la parte más bulliciosa de la ciudad.

Llegar hasta allí iba a ser complicado. En sus expediciones anteriores, Tally y Peris nunca se habían alejado del río, donde gracias a la vegetación y al fondo oscuro de Feópolis resultaba fácil esconderse. Pero ahora Tally se dirigía hacia el centro de la isla, donde las carrozas y los más marchosos ocupaban las calles iluminadas durante toda la noche. Los nuevos perfectos como Peris siempre vivían donde la diversión era más frenética.

Tally había memorizado el mapa, pero si daba un paso en falso estaba perdida. Sin su anillo de comunicación, resultaba invisible para los vehículos, que la atropellarían como si no fuese nada.

Desde luego, Tally no era nada allí.

Peor aún, era imperfecta. Aunque esperaba que Peris no lo viese así. Que no la viese así.

Tally no tenía ni idea de lo que ocurriría si la atrapaban. No sería como si la pillasen por haber «olvidado» su anillo, haberse saltado unas clases o haber engañado a la casa para que la música sonase a un mayor volumen del permitido. Todo el mundo hacía esa clase de cosas, y a todo el mundo lo pillaban por eso. Y aunque Peris y ella siempre habían tenido mucho cuidado de no dejarse atrapar en aquellas expediciones, cruzar el río era algo más serio.

De todos modos, ya era tarde para preocuparse. En cualquier caso, ¿qué podían hacerle, si al cabo de tres meses ella también sería una perfecta?

Tally se deslizó junto al río hasta llegar a un jardín del placer y se sumergió en la oscuridad, entre una hilera de sauces llorones, bajo los cuales avanzó por un camino iluminado por pequeñas luces parpadeantes.

Una pareja de perfectos paseaba por el camino. Tally se quedó inmóvil, pero ellos no la vieron agachada en la oscuridad, ocupados como estaban mirándose a los ojos. En silencio, Tally los vio pasar, con esa agradable sensación que siempre tenía al mirar una cara bella. Incluso cuando Peris y ella espiaban a los perfectos desde las sombras, riéndose de todas las tonterías que decían y hacían, no podían resistirse a mirarlos. Había algo mágico en sus grandes ojos que te empujaba a prestar atención a lo que dijesen, a protegerles de cualquier peligro, a hacerles felices. Eran tan perfectos…

La pareja desapareció en un recodo, y Tally tuvo que sacudir la cabeza para apartar de su mente aquellos pensamientos tan cursis. No estaba allí para quedarse embobada. Era una infiltrada, una fisgona, una imperfecta. Y tenía una misión.

El jardín se extendía hasta la ciudad, serpenteando como un río negro a través de las torres de fiesta y de las casas iluminadas. Tras deslizarse durante unos minutos más, Tally asustó a una pareja que estaba escondida entre los árboles (al fin y al cabo, era un jardín del placer), pero como no pudieron verle la cara en la oscuridad se limitaron a burlarse de ella mientras desaparecía murmurando una disculpa. Tally tampoco había visto mucho más que un lío de piernas y brazos perfectos.

El jardín terminó por fin, a pocas manzanas del lugar donde ahora vivía Peris.

Tally echó una ojeada desde detrás de una parra. Peris y ella nunca habían llegado tan lejos, y allí se acababan sus planos. No había modo de esconderse en las calles transitadas y bien iluminadas. Se llevó los dedos a la cara, se palpó la nariz ancha y los labios finos, la frente demasiado alta y la maraña de pelo ensortijado. Un paso fuera de la maleza y la descubrirían. Su cara pareció arder al contacto de la luz. ¿Qué estaba haciendo allí? Debería hallarse en la oscuridad de Feópolis, aguardando su turno.

Pero tenía que ver a Peris, tenía que hablar con él, aunque no sabía muy bien por qué. Solo sabía que estaba harta de imaginarse mil conversaciones con él todas las noches antes de dormirse. Habían pasado cada día de su vida juntos desde que eran pequeños, y ahora… nada. Tal vez si pudiesen conversar unos minutos, su imaginación dejaría de hablar con el Peris imaginario. Tres minutos podían ser suficientes para sostenerla durante tres meses.

Tally miró a un lado y otro de la calle para comprobar si había jardines laterales por donde cruzar subrepticiamente o umbrales oscuros en los que esconderse. Se sentía como la escaladora que busca grietas y asideros ante un escarpado acantilado.

El tráfico empezó a despejarse un poco, y ella esperó mientras se frotaba la cicatriz de su palma derecha. Al cabo de un rato, Tally suspiró.

—Amigos para siempre —susurró, y dio un paso hacia la luz.

El ruido de una explosión le llegó por la derecha, tras lo cual regresó de un salto a la oscuridad. Tally tropezó entre las parras y cayó de rodillas en la tierra blanda, segura de que la habían atrapado.

Pero al cabo de unos segundos el estrépito dio paso a un vibrante compás. Era una caja de ritmos que avanzaba pesadamente por la calle. Tan grande como una casa, despedía un trémulo brillo con el movimiento de sus decenas de brazos mecánicos, que golpeaban los tambores de distintos tamaños. Tras ella venía un grupo cada vez mayor de perfectos, que bailaban, bebían y arrojaban las botellas vacías contra la enorme máquina insensible.

Tally sonrió. Todos ellos llevaban máscaras.

La máquina lanzaba las máscaras a su paso, tratando de atraer más seguidores al improvisado desfile: caras de demonio y payasos horribles, monstruos verdes y extraterrestres grises con grandes ojos ovalados, gatos, perros y vacas, caras con sonrisas socarronas o grandes narices…

La procesión pasó despacio y Tally se echó atrás, entre la vegetación. Algunos de los bailarines pasaron lo bastante cerca para que el dulzor empalagoso de sus botellas le llenase la nariz. Al cabo de un minuto, cuando la máquina había recorrido media manzana más, Tally salió de un salto y agarró una máscara de la calle. El plástico era blando al tacto, todavía caliente, recién salido de la máquina pocos segundos atrás.

Antes de apretársela contra la cara, Tally se dio cuenta de que era del mismo color que el rosa vómito de gato de la puesta de sol, con un largo hocico y dos orejitas rosadas. El adhesivo inteligente se flexionó contra su piel mientras la máscara se le ajustaba a la cara.

Tally se abrió paso entre los bailarines borrachos hasta el otro lado de la procesión, y corrió por una calle lateral hacia la Mansión Garbo, llevando la cara de un cerdo.

Amigos para siempre

La Mansión Garbo era voluminosa, brillante y ruidosa. Estaba situada entre un par de torres de fiesta, como una tetera muy baja entre dos esbeltas copas de champán. Cada una de las torres descansaba sobre una sola columna no superior de ancho a un ascensor. Más arriba, se ampliaban con cinco pisos de terrazas circulares, llenas de nuevos perfectos. Tally subió por la colina hacia el recinto, tratando de abarcar la escena a través de los ojos de su máscara.

Alguien saltó o fue lanzado desde una torre, gritando y agitando los brazos. Tally tragó saliva, y se obligó a seguir la caída, hasta que el tipo fue sujetado por su arnés de salto unos segundos antes de chocar contra el suelo. Rebotó unas cuantas veces sin parar de reír, antes de verse depositado con suavidad en el pavimento, lo bastante cerca de Tally como para que esta oyera los hípidos nerviosos que ponían fin a sus risas. Él se había asustado tanto como Tally.

Ella se estremeció, aunque saltar no era más peligroso que quedarse allí, debajo de las imponentes torres. El arnés de salto utilizaba las mismas alzas que los aeropuntales que sostenían las estructuras. Si todos los juguetes perfectos de Nueva Belleza dejasen de funcionar por algún motivo, casi todo se desmoronaría.

La mansión estaba llena de nuevos perfectos; los cuales, según Peris, eran los peores. Vivían como imperfectos, un centenar más o menos, en una gran residencia. Pero dicha residencia no tenía reglas, salvo que estas fuesen «Haz el tonto», «Diviértete» y «Haz ruido».

En la azotea había un grupo de chicas vestidas con trajes de baile que hacían equilibrios en el borde gritando con todas sus fuerzas y lanzaban fuegos artificiales a la gente de abajo. Una llama esférica de color naranja, fría como la brisa de otoño, rebotó junto a Tally, disipando la oscuridad que la rodeaba.

—¡Eh, ahí abajo hay un cerdo! —chilló alguien desde arriba.

Todas se rieron, y Tally apretó el paso hacia la puerta de la mansión, abierta de par en par, y se coló dentro, haciendo caso omiso de la mirada de sorpresa de dos perfectos que salían.

Era una gran fiesta, como siempre prometían. Esa noche la gente iba de etiqueta, con vestidos y fracs negros. Todos parecían encontrar muy graciosa su máscara de cerdito. La señalaban y reían, y Tally no dejaba de avanzar, sin darles tiempo a nada más. Por supuesto, allí todos siempre se reían. A diferencia de lo que ocurría en una fiesta de imperfectos, nunca había peleas, ni siquiera discusiones.

Pasó de una habitación a otra, tratando de distinguir las caras sin dejarse distraer por sus grandes ojos bellos ni sentirse abrumada por la sensación de estar fuera de lugar. Cada segundo que pasaba allí, Tally se sentía más imperfecta todavía. Tampoco ayudaba mucho que todo el mundo que la veía se riese de ella. Pero eso era preferible a que hubieran visto su verdadera cara.

Tally se preguntó si reconocería a Peris. Solo le había visto una vez desde la operación cuando salía del hospital, antes de que la inflamación remitiese. Pero conocía muy bien su cara. A pesar de lo que Peris decía, no todos los perfectos tenían exactamente el mismo aspecto. A veces, en sus expediciones, ella y Peris habían localizado a perfectos que les resultaban familiares, como si fuesen imperfectos a los que antes hubieran conocido: una especie de hermano o hermana mayor, más seguro de sí mismo, mucho más perfecto, de quien tendrías celos toda tu vida si hubieses nacido cien años antes.

Peris no podía haber cambiado tanto.

—¿Has visto al cerdito?

—¿Qué?

—¡Hay un cerdito suelto!

Las voces y las risitas procedían del piso inferior. Tally se detuvo a escuchar. Estaba sola en las escaleras. Al parecer, los perfectos preferían los ascensores.

—¡Cómo se atreve a venir a nuestra fiesta vestida de cerdito! ¡Hay que venir de etiqueta!

—Se ha equivocado de fiesta.

—¡No tiene modales! ¡Menuda pinta!

Tally tragó saliva. La máscara no era mucho mejor que su cara. La broma había dejado de tener gracia.

Subió las escaleras dando saltos, dejando tras de sí las voces. Tal vez se olvidarían de ella si no se quedaba quieta. Solo faltaban dos pisos más de la Mansión Garbo, y luego la azotea. Peris tenía que estar en alguna parte.

A no ser que estuviese en el césped detrás del edificio, a bordo de un globo o en una torre de fiesta. O en algún jardín del placer... con alguien. Tally sacudió la cabeza para descartar esa última imagen y echó a correr por el pasillo, sin hacer caso de las mismas bromas sobre su máscara y arriesgándose a echar miradas al interior de las habitaciones una por una.

Pero solo halló miradas de sorpresa, dedos señalándola y rostros perfectos. Sin embargo, ninguno de ellos le sonaba. Peris no estaba en ninguna parte.

—¡Aquí, cerdito, aquí! ¡Eh, está aquí!

Tally salió disparada hacia el ático, subiendo los escalones de dos en dos. Su respiración acelerada había calentado el interior de la máscara. Le sudaba la frente, y notaba cómo el adhesivo se dilataba para mantenerse pegado. Un grupo de perfectos la seguía escaleras arriba, riendo y tropezando entre sí.

No tenía tiempo para registrar ese piso. Aun así, Tally miró a ambos lados del pasillo y vio que allí no había nadie. Todas las puertas estaban cerradas. Tal vez más de un perfecto estuviese disfrutando de su sueño reparador de belleza.

Si subía a la azotea en busca de Peris, estaría atrapada.

—¡Aquí, cerdito, aquí!

Era hora de escapar. Tally echó a correr y entró patinando en el ascensor.

—¡Planta baja! —ordenó.

Esperó ansiosa, asomada al pasillo sin dejar de jadear a causa del recalentamiento de su máscara de plástico.

—¡Planta baja! —repitió—. ¡Cerrar la puerta!

Pero no sucedió nada.

Suspiró con los ojos cerrados. Sin anillo de comunicación, no era nadie. El ascensor no la escucharía.

Tally sabía trucar un ascensor, pero hacía falta tiempo y un cortaplumas, y no tenía ni una cosa ni la otra. El primero de sus perseguidores apareció por la escalera y entró tropezando en el pasillo.

Ella se echó atrás, poniéndose de puntillas y tratando de arrimarse todo lo posible contra la pared para que no la viesen. Llegaron más perfectos, resoplando como típicos perfectos en mala forma física. Tally pudo contemplarlos en el espejo del fondo del ascensor, lo cual significaba que ellos también podían verla a ella si se les ocurría mirar hacia allí.

—¿Adónde habrá ido el cerdito?

—¡Aquí, cerdito, aquí!

—¿Habrá ido a la azotea?

Alguien entró en silencio en el ascensor, no sin antes mirar desconcertado al equipo de búsqueda. Cuando la vio, dio un salto.

—¡Madre mía, qué susto me has dado! —exclamó. Agitó sus largas pestañas, observó el rostro enmascarado de ella y luego miró su frac—. ¡Vaya! ¿No era una fiesta de etiqueta?

A Tally se le entrecortó la respiración y se le secó la boca.

—¿Peris? —murmuró.

Él la miró con atención.

—¿Es que…?

La chica empezó a extender el brazo cuando se acordó de apretarse contra la pared. Los músculos le dolían de estar tanto rato de puntillas.

—Soy yo, Peris.

—¡Aquí, cerdito, aquí!

Él se volvió hacia la voz del pasillo, enarcó las cejas y la miró de nuevo.

—Cerrar puerta. Retener —dijo enseguida.

La puerta se cerró, y Tally tropezó hacia delante. Se quitó la máscara para verlo mejor. Era Peris: su voz, sus ojos castaños, su característica forma de arrugar la frente cuando se sentía confuso.

Pero ahora era tan perfecto…

En la escuela explicaban cómo te afectaba el proceso. No importaba cuánto supieras o no acerca de él. Funcionaba siempre en todo el mundo.

Había un tipo de belleza que todo el mundo veía. Ojos grandes y labios gruesos como los de un niño, piel suave y clara, rasgos simétricos y mil pequeños detalles más. En algún punto del fondo de su mente, la gente siempre buscaba esas características. Nadie podía evitar verlas, fuese cual fuese su educación. Un millón de años de evolución habían pasado a formar parte del cerebro humano.

Unos ojos y labios grandes sugerían: soy joven y vulnerable, no puedo hacerte daño, y tú solo deseas protegerme. En cuanto al resto, sugería: estoy sano, no te haré enfermar. E, independientemente de lo que te pareciese un perfecto, había una parte de ti que pensaba: «Si tuviésemos hijos, ellos también estarían sanos. Quiero a esta persona bella…».

Era pura biología, según decían en la escuela. Como el latido de tu corazón, no podías evitar creer todas esas cosas al ver una cara bella como aquella.

Una cara como la de Peris.

—Soy yo —dijo Tally.

Peris dio un paso atrás con las cejas enarcadas, y miró cómo iba vestida.

Tally se dio cuenta de que llevaba la ropa negra de expedición manchada de barro de trepar por las cuerdas, arrastrarse por los jardines y caer entre las parras. El traje de Peris era de terciopelo negro; la camisa, el chaleco y la corbata, de un blanco impoluto.

Ella se apartó.

—Oh, lo siento. No quiero mancharte de barro.

—¿Qué estás haciendo aquí, Tally?

—Es que… —Ahora que estaba ante él, no sabía qué decir. Todas las conversaciones imaginadas se habían esfumado al ver sus grandes y dulces ojos—. Tenía que saber si aún éramos…

Tally levantó la mano derecha con la cicatriz visible y las líneas marcadas por una mezcla de sudor y polvo.

Peris suspiró, sin dirigirle la mirada a la mano ni a los ojos, unos ojos bizcos, entrecerrados y de un color castaño mediocre. Los ojos de nadie.

—Sí, claro —dijo él—. Pero, en fin… ¿No podías haber esperado, Bizca?

Su feo apodo sonaba extraño de labios de un perfecto. Por supuesto, habría sido aún más raro llamarle a él Narizotas, como hacía ella unas cien veces al día. La chica tragó saliva.

—¿Por qué no me has escrito?

—Lo he intentado, pero me sentía falso. Ahora soy tan distinto...

—Pero somos... —empezó ella señalando su cicatriz.

—Echa un vistazo, Tally.

Él levantó la mano.

La piel de su palma era suave y sin defectos. Era una mano que sugería: «No tengo que trabajar mucho y soy demasiado listo para sufrir accidentes».

La cicatriz que se habían hecho había desaparecido.

—Te la han quitado.

—Por supuesto, Bizca. Toda mi piel es nueva.

Tally parpadeó. No había pensado en eso.

Él hizo un gesto de incredulidad con la cabeza.

—Qué cría eres todavía...

—Ascensor solicitado —dijo el ascensor—. ¿Arriba o abajo?

Tally dio un bote al oír la voz de la máquina.

—Retener, por favor —dijo Peris tranquilamente.

Tally tragó saliva y cerró el puño.

—Pero no te han cambiado la sangre. Sea como sea, compartimos eso.

Por fin, Peris la miró directamente a la cara, sin dar un respingo como ella temía, y le dedicó una hermosa sonrisa.

—No, no me la han cambiado. Una piel nueva no es nada del otro mundo. Y dentro de tres meses podremos reírnos de esto. A no ser que...

—¿Qué?

La chica le miró a sus grandes ojos castaños, sumidos en la inquietud.

—Prométeme que no harás más tonterías como venir aquí —dijo Peris—. Nada que te cause problemas. Quiero verte perfecta.

—Por supuesto.

—Prométemelo.

Peris solo tenía tres meses más que Tally, pero al bajar la mirada al suelo, ella volvió a sentirse muy pequeña.

—De acuerdo, lo prometo. Nada de tonterías. No me atraparán esta noche.

—Vale, ponte la máscara y…

Ella la buscó con la mirada. Tras tirarla, la máscara de plástico se había convertido en una especie de polvillo rosado que se estaba filtrando entre la moqueta del ascensor.

Los dos se miraron en silencio.

—Ascensor solicitado —insistió la máquina—. ¿Arriba o abajo?

—Peris, prometo que no me atraparán. Ningún perfecto puede correr tanto como yo. Llévame abajo, hasta la…

Peris negó con la cabeza.

—Arriba, por favor. Azotea.

El ascensor se puso en marcha.

—¿Arriba? Peris, ¿cómo voy a…?

—Nada más salir por la puerta, en un gran perchero, encontrarás arneses. Verás que hay muchos, por si se declara un incendio.

—¿Pretendes que salte? —Tally tragó saliva. El estómago le dio un vuelco cuando se paró el ascensor.

Peris se encogió de hombros.

—Yo lo hago constantemente, Bizca. Te encantará —le dijo con un guiño.

Su expresión hizo que su cara perfecta resplandeciese aún más, y Tally saltó hacia delante para estrecharlo entre sus brazos. Al menos, al tacto seguía siendo el mismo, tal vez un poco más alto y delgado, pero era cálido y robusto. Seguía siendo el Peris de siempre.

—¡Tally!

Ella retrocedió tropezando cuando se abrieron las puertas. Le había manchado de barro todo el chaleco blanco.

—¡Oh, no! Lo...

—¡Vete ya!

La angustia de él hizo que Tally quisiera volver a abrazarlo. Quería quedarse y limpiar a Peris, asegurarse de que tuviese un aspecto perfecto para la fiesta. Extendió una mano.

—Yo...

—¡Vete!

—Pero somos amigos, ¿verdad?

Él suspiró, tratando de limpiarse una mancha.

—Claro, para siempre. Dentro de tres meses...

Ella se volvió y echó a correr mientras las puertas se cerraban tras de sí.

En la azotea, al principio nadie se fijó en ella. Todos estaban mirando hacia abajo. Todo estaba oscuro, aparte de alguna llamarada esporádica de una bengala de seguridad.

Tally encontró el perchero de arneses de salto y tiró de uno de ellos. Estaba sujeto al perchero. Sus dedos buscaron un cierre. Le habría gustado llevar su anillo de comunicación para que le diese instrucciones.

Entonces vio el botón: PULSAR EN CASO DE INCENDIO.

—¡Oh, mierda! —exclamó.

Su sombra saltó removiéndose. Dos perfectos venían hacia ella, con bengalas en la mano.

—¿Quién es? ¿Qué lleva puesto?

—¡Eh, tú! ¡Esta fiesta es de etiqueta!

—Mírale la cara…

—¡Oh, mierda! —repitió Tally.

Y pulsó el botón.

Una sirena ensordecedora llenó el aire, y el arnés de salto pareció saltar del perchero a su mano. Se lo puso y se volvió hacia los dos perfectos, que dieron un salto hacia atrás como si ella se hubiese transformado en un hombre lobo. Uno dejó caer la bengala, que se apagó al instante.

—Simulacro de incendio —dijo Tally antes de echar a correr hacia el borde de la azotea.

Cuando tuvo el arnés alrededor de los hombros, la correa y las cremalleras parecieron envolverla como serpientes hasta que el plástico estuvo ceñido a su cintura y sus muslos. Una luz verde destelló en el cuello de la prenda, donde pudiera verla.

—Buen arnés —dijo.

Al parecer, no era lo bastante inteligente para responder.

Todos los perfectos que antes jugaban en la azotea pululaban ahora en silencio, preguntándose si de verdad se había declarado un incendio. La señalaban, y Tally oyó la palabra «imperfecta» en sus labios.

Se preguntó qué sería peor en Nueva Belleza: que tu mansión ardiese en llamas o que un imperfecto arruinase tu fiesta.

Tally llegó al borde de la azotea, subió de un salto a la barandilla y se tambaleó por un momento. Los perfectos empezaban a salir de la Mansión Garbo en tropel, invadiendo el césped y la colina. Miraban hacia arriba en busca de humo o llamas, pero solo la veían a ella.

Había una gran altura, y el estómago de Tally pareció precipitarse ya en caída libre. Pero también se sentía emocionada. La sirena estridente, la multitud que no dejaba de mirarla desde abajo, todas las luces de Nueva Belleza extendidas a sus pies como un millón de velas.

Tally inspiró profundamente y dobló las rodillas, preparándose para saltar.

Durante una décima de segundo, se preguntó si funcionaría el arnés aunque no llevase el anillo de comunicación. ¿Rebotaría para nadie o simplemente dejaría que chocase contra el suelo?

Pero le había prometido a Peris que no la atraparían. Y el arnés era para emergencias, y había una luz verde encendida...

—¡Allá voy! —gritó Tally.

Y saltó.

Shay

La sirena enmudeció gradualmente tras de sí. A Tally la caída se le hizo eterna —aunque solo durara unos segundos—, mientras las caras de asombro de abajo aumentaban de tamaño cada vez más.

Ella se precipitaba hacia el suelo, donde se abría un espacio entre la multitud asustada. Por unos momentos fue como soñar que volaba, un sueño silencioso y maravilloso.

Pero la realidad le tiró de los hombros y los muslos, y las cinchas del arnés se clavaron en su cuerpo sin piedad. Era más alta que el perfecto medio y seguramente el arnés no estaba preparado para tanto peso.

Tally dio una voltereta en el aire y cayó de cabeza en lo que fueron unos segundos aterradores; su cara quedó tan cerca del suelo que llegó a distinguir una chapa en la hierba. Después se encontró subiendo de nuevo y completando el círculo mientras el cielo giraba sobre ella, para volver a bajar y ver que, ante sus ojos, se abría paso otra multitud.

Muy bien. Se había impulsado con la fuerza suficiente para alejarse de la Mansión Garbo; el arnés la llevaba entre botes colina abajo, en dirección a la oscuridad y al abrigo de los jardines.

Tally dio dos volteretas más, tras lo cual el arnés la bajó hasta la hierba. Tiró de las correas al azar hasta que la prenda emitió un silbido y cayó al suelo.

Aunque todavía se sentía muy mareada, trató de ponerse en pie.

—¿No es una imperfecta? —preguntó alguien de entre la multitud.

Las negras siluetas de dos aerovehículos de extinción de incendios, con sus luces rojas intermitentes y sus ensordecedoras sirenas, sobrevolaron su cabeza a toda velocidad.

—¡Qué buena idea, Peris! —murmuró—. Una falsa alarma.

Si la atrapaban ahora, se metería en un buen lío. Nunca había oído de nadie que hiciera algo tan malo.

Tally echó a correr hacia el jardín.

La oscuridad bajo los sauces resultaba reconfortante.

Allí abajo, a medio camino del río, Tally apenas notaba que en el centro de la ciudad hubiese una alerta de incendio, aunque estaban rastreando la zona. Que hubiera en el aire más aerovehículos de lo habitual, y que el río estuviera muy iluminado, tal vez fuese solo una coincidencia.

Aunque probablemente no.

Avanzó con cuidado entre los árboles. Peris y ella nunca habían permanecido hasta tan tarde en Nueva Belleza. Los jardines del placer estaban abarrotados, sobre todo en las zonas oscuras. Y ahora que la excitación por su huida se había desvanecido, Tally empezaba a darse cuenta de lo estúpido que había sido su plan.

Por supuesto que Peris ya no tenía la cicatriz. Los dos utilizaron un cortaplumas el día que se cortaron y entrelazaron sus manos. En la operación, los médicos empleaban cuchillos mucho más grandes y afilados. Te frotaban hasta dejarte en carne viva, y desarrollabas una nueva piel, perfecta y clara. Te quitaban las viejas marcas de accidentes, así como las señales de la mala alimentación y de las enfermedades infantiles. Borrón y cuenta nueva.

Sin embargo, Tally había arruinado la nueva vida de Peris al presentarse allí como una chiquilla malcriada que no es bien recibida, por no hablar del barro que le había echado encima. Esperaba que tuviese otro chaleco para cambiarse.

Al menos, Peris no parecía demasiado enfadado. Había dicho que volverían a ser amigos una vez que fuese perfecta. Pero la forma como la había mirado a la cara… Tal vez fuera ese el motivo de la separación entre perfectos e imperfectos. Debía de ser horrible ver una cara imperfecta cuando se estaba constantemente rodeado de personas tan hermosas. ¿Y si lo había echado todo a perder esa noche, y Peris iba a verla siempre así —los ojos bizcos y el pelo ensortijado—, incluso después de que se hubiese sometido a la operación?

Un aerovehículo sobrevoló su cabeza, y Tally se agachó. Probablemente, la atraparían esa noche y jamás sería perfecta.

Se lo merecía por ser tan estúpida.

Pero Tally recordó la promesa que le había hecho a Peris de que no iban a atraparla; tenía que convertirse en perfecta para él.

Una luz centelleó en un extremo de su campo visual. Tally se puso en cuclillas y se asomó a través de la cortina que formaban las hojas de sauce.

Había una guarda en el parque. Era una perfecta mediana, no nueva. A la luz del fuego, los atractivos rasgos de la segunda operación resultaban evidentes: hombros anchos y mandíbula firme, nariz afilada y pómulos altos. La mujer poseía la misma autoridad indiscutible que los profesores de Tally en Feópolis.

Tally tragó saliva. Los nuevos perfectos tenían sus propios guardas. Solo había un motivo para que una perfecta mediana estuviese allí, en Nueva Belleza: los guardas buscaban a alguien y estaban decididos a encontrarlo.

La mujer enfocó con su linterna a una pareja que estaba en un banco durante una décima de segundo, lo suficiente para ver que eran perfectos. La pareja dio un bote, tras lo cual la guarda se rió por lo bajo y pidió disculpas. Tally oyó su voz grave y segura, y vio que los nuevos perfectos se relajaban. No debía de pasar nada si ella lo decía.

Tally deseó rendirse, ponerse a merced de la guarda. Si pudiera explicarse, la guarda lo entendería y lo arreglaría todo. Los perfectos medianos siempre sabían qué hacer.

Pero le había hecho una promesa a Peris.

Se echó atrás para internarse de nuevo en la oscuridad, tratando de pasar por alto la horrible sensación de ser una espía, una fisgona, por no someterse a la autoridad de aquella mujer. Avanzó a través de la maleza tan deprisa como pudo.

Cerca del río, Tally oyó un ruido ante sí. Una silueta oscura se perfilaba delante de ella contra las luces del río. No era una pareja, sino una figura solitaria en la oscuridad.

Tenía que ser un guarda que la esperaba entre la maleza.

Tally ni siquiera se atrevía a respirar. Se había quedado petrificada en mitad de un movimiento, con todo su peso apoyado en una rodilla y una mano hundida en el barro. El guarda no la había visto aún. Si Tally esperaba lo suficiente, tal vez se alejaría.

Esperó, inmóvil, durante unos minutos que se le hicieron interminables, pero la figura no se movió. Debían de saber que los jardines eran el único lugar oscuro por el que entrar y salir de Nueva Belleza.

A Tally empezó a temblarle el brazo y los músculos se le resentían por tener que permanecer paralizados tanto tiempo. Pero no se atrevía a apoyar el peso en el otro brazo. El chasquido de una sola ramita la hubiera delatado.

Se quedó quieta hasta que le dolieron todos los músculos. Tal vez el guarda fuera solo un efecto óptico. Tal vez todo estuviera en su imaginación.

Tally parpadeó varias veces, en un intento de hacer desaparecer la figura.

Pero seguía allí, claramente perfilada contra las luces que se reflejaban en la superficie ondulada del río.

Una ramita se partió bajo su rodilla; los músculos doloridos de Tally la habían traicionado al final. Pero la figura siguió sin moverse. Sin duda alguna la había oído…

Quizá el guarda se estaba mostrando amable y esperaba a que ella se entregase, que se rindiese. A veces los profesores hacían eso mismo en la escuela: hacían que te dieses cuenta de que no tenías escapatoria hasta que lo confesaras todo.

Tally carraspeó con un suave y patético sonido.

—Lo siento —dijo.

La figura dejó escapar un suspiro.

—¡Oh, vaya! ¡Eh, no pasa nada! Yo también debo de haberte asustado.

La chica se inclinó hacia delante, haciendo muecas como si ella también estuviese entumecida de permanecer quieta tanto tiempo. La luz alcanzó su rostro.

También ella era imperfecta.

Se llamaba Shay. Llevaba el pelo largo y oscuro recogido en unas trenzas y tenía los ojos muy separados. Sus labios eran bastante gruesos, pero era mucho más flaca que una nueva perfecta. Había ido a Nueva Belleza por libre en su aventura y llevaba una hora escondida allí, junto al río.

—Nunca he visto nada así —susurró—. ¡Hay guardas y aerovehículos por todas partes!

Tally carraspeó.

—Creo que es culpa mía.

Shay pareció dudarlo.

—¿Cómo lo has hecho?

—Bueno, he estado en el centro de la ciudad, en una fiesta.

—¿Has echado a perder una fiesta? —preguntó Shay, antes de volver a susurrar—. Menuda locura. ¿Cómo has entrado?

—Llevaba una máscara.

—¿Una máscara de perfecto?

—Pues… más bien una máscara de cerdo. Es una larga historia.

Shay parpadeó.

—Una máscara de cerdo… Deja que lo adivine… ¿Alguien derribó tu casa soplando?

—¿Cómo? No, no… Estaban a punto de pillarme, así que he activado la alarma de incendios.

—¡Buen truco!

Tally sonrió. Lo cierto es que era una historia bastante buena, ahora que tenía alguien a quien contársela.

—Cuando me he visto atrapada en la azotea, he cogido un arnés de salto y me he lanzado. La mitad del camino la he hecho dando tumbos hasta aquí.

—¡No puede ser!

—Bueno, al menos gran parte del camino.

—¡Qué asombroso! —Shay sonrió, y luego se puso seria. Se mordió una uña, era una fea costumbre que curaba la operación—. Entonces, ¿has ido a esa fiesta… a ver a alguien?

Ahora le llegó a Tally el turno de sorprenderse.

—¿Cómo lo has sabido?

Shay suspiró mirándose las uñas mordidas.

—Yo también tengo amigos aquí. Bueno, antiguos amigos. A veces los espío. Yo siempre he sido la más pequeña, ¿sabes? Y ahora…

—Estás sola.

Shay asintió.

—Por lo que parece, has ido más allá del simple hecho de espiar.

—Sí. Me he acercado a saludar.

—¡Qué locura! ¿Se trata de tu novio o algo así?

Tally negó con la cabeza. Peris había salido con otras chicas. Tally lo había sobrellevado y había intentado hacer lo mismo, pero su amistad había sido siempre lo principal en la vida de ambos. Pero al parecer, ya no era así.

—Si fuese mi novio, no creo que hubiera podido hacerlo, ¿sabes? No habría querido que me viese la cara. Pero, como somos amigos, he pensado que tal vez…

—Sí, claro. ¿Y cómo ha ido?

Tally se quedó pensativa un momento mirando el agua ondulada. Peris estaba muy guapo y parecía mayor, y había dicho que volverían a ser amigos cuando Tally también fuese perfecta…

—Pues… en una palabra, un asco —dijo.

—Ya me lo imaginaba.

—Menos lo de escaparme. Esa parte ha sido genial.

—Has sido muy lista.

Tally percibió un tono alegre en la voz de Shay.

Permanecieron unos momentos en silencio mientras se aproximaba un aerovehículo.

—Pero ¿sabes una cosa?, aún no hemos conseguido escaparnos —dijo Shay—. La próxima vez que quieras activar una alarma de incendio, avísame con tiempo.

—Siento que te hayas visto atrapada.

Shay la miró con el ceño fruncido.

—No me refiero a eso, sino a que, si voy a tener que salir huyendo, más vale que me divierta también.

Tally se echó a reír en voz baja.

—De acuerdo. La próxima vez, te lo haré saber.

—Hazlo, por favor. —Shay recorrió el río con la mirada—. Parece que se ha despejado un poco. ¿Dónde está tu tabla?

—¿Mi qué?

Shay sacó una aerotabla de debajo de un arbusto.

—Tienes una tabla, ¿no? ¿Qué has hecho?, ¿cruzar a nado?

—No, yo… ¡Eh, espera! ¿Cómo has conseguido que una aerotabla te llevase al otro lado del río?

Todo lo que volaba llevaba a bordo guardianes.

Shay se echó a reír.

—Es el truco más viejo del mundo. Creía que lo conocías.

Tally se encogió de hombros.

—No voy mucho en tabla.

—Pues esta nos llevará a las dos.

—Chist…

Había aparecido otro aerovehículo que patrullaba por el río,
justo por encima de los puentes.

Cuando pasó, Tally contó hasta diez antes de hablar.

—No creo que sea buena idea volver volando.

—¿Y cómo has cruzado tú?

—Sígueme. —Tally se apoyó en las manos y las rodillas y se
arrastró un poco hacia delante. Luego volvió la vista atrás—. ¿Puedes llevarla?

—Claro. No pesa mucho. —Shay chasqueó los dedos, y la aerotabla se levantó del suelo—. En realidad, no pesa nada si yo no
se lo digo.

—Eso es muy práctico.

Shay empezó a arrastrarse mientras la tabla daba botes detrás
de ella como si fuera un globo. De todos modos, Tally no vio ninguna cuerda.

—¿Adónde vamos? —preguntó Shay.

—Conozco un puente.

—Pero nos delatará.

—Este no. Es un viejo amigo.

Feos

Tally volvió a caerse.

La caída no fue tan dolorosa esta vez. Se había relajado en cuanto sus pies resbalaron de la aerotabla, tal como Shay le aconsejaba siempre. Dar trompos no era mucho peor que cuando de pequeña tu padre te agarraba por las muñecas para darte vueltas.

Pero ahora era como si tu padre fuera un monstruo sobrehumano y tratara de dislocarte los brazos.

En todo caso, Shay le había explicado que la fuerza del impulso tenía que ir a parar a alguna parte. Y dar vueltas era bastante mejor que chocar contra un árbol. Y allí, en el parque Cleopatra, había muchos.

Tras unas cuantas rotaciones, Tally se encontró bajando hasta la hierba por las muñecas, mareada pero de una pieza.

Shay se acercó a Tally a bordo de su tabla hasta detenerse con elegancia, como si hubiese nacido con una en los pies.

—Eso ha estado mejor.

—Pues a mí no me lo ha parecido.

Tally se quitó una de las pulseras protectoras y se frotó la muñeca enrojecida. Las manos le temblaban.

La pulsera era pesada y sólida. Las pulseras protectoras tenían que ser metálicas por dentro, porque funcionaban con imanes, igual que las tablas. Siempre que a Tally le resbalaban los pies, las pulseras permanecían inmóviles en el aire y la agarraban para impedir que se cayera, como un gigante simpático que la librase del peligro y la detuviese con un balanceo.

Por las muñecas. Otra vez.

Tally se quitó la otra pulsera y se frotó las muñecas.

—No te rindas. ¡Has estado a punto de conseguirlo!

La tabla de Tally se acercó a ella y se acurrucó junto a sus tobillos como un perro arrepentido. Ella cruzó los brazos y se frotó los hombros.

—Querrás decir que he estado a punto de partirme por la mitad.

—Nunca ocurre. Yo me he caído más veces que un vaso de leche en una montaña rusa.

—¿En una qué?

—Déjalo. Venga, inténtalo una vez más.

Tally suspiró. No solo le dolían las muñecas, sino también las rodillas de tanto detenerse bruscamente, girando tan deprisa que su cuerpo parecía pesar una tonelada. Shay llamaba «alta gravedad» a ese efecto, que se producía cada vez que un objeto en rápido movimiento cambiaba de dirección.

—Ir en aerotabla parece muy divertido, como ser un pájaro, pero conseguir hacerlo bien es arduo.

Shay se encogió de hombros.

—Seguramente, ser un pájaro también sea arduo. Imagina cómo debe de ser pasarse el día agitando las alas.

—Es posible. ¿La cosa mejora más adelante?

—¿Para los pájaros? No lo sabría decir. ¿En una tabla? Desde luego que sí.

—Eso espero.

Tally se puso las pulseras y subió a la aerotabla, que se movió un poco mientras se ajustaba a su peso como si fuese el rebote de un trampolín.

—Comprueba tu sensor ventral.

Tally se tocó la anilla del vientre, donde Shay había sujetado el pequeño sensor que indicaba a la tabla dónde estaba el centro de gravedad de Tally y hacia dónde miraba. El sensor interpretaba incluso el movimiento de los músculos de su estómago, que al parecer los usuarios de aerotablas siempre tensaban antes de un giro. La tabla era lo bastante inteligente para aprender de forma gradual cómo se movía el cuerpo de Tally. Cuanto más la utilizase, más tiempo permanecería la tabla en sus pies.

Por supuesto, Tally tenía que aprender también. Shay no paraba de decir que, si los pies no estaban en el lugar adecuado, ni la tabla más inteligente del mundo podría mantener a alguien a bordo. La superficie era muy rugosa para aumentar la tracción, pero era increíble lo fácil que resultaba caerse.

La tabla era ovalada, con una longitud que equivalía a la mitad de la altura de Tally, y era de color negro con manchas plateadas, con la misma forma que las de un guepardo, el único animal del mundo que corría más que una aerotabla. Era la primera tabla que Shay había tenido y nunca la había reciclado. Hasta la fecha había permanecido colgada en la pared, encima de su cama.

Tally chasqueó los dedos, dobló las rodillas mientras se alzaba en el aire y luego se inclinó hacia delante para tomar velocidad.

Shay se situó justo por encima de ella, siguiéndola por detrás.

Los árboles comenzaron a pasar a toda velocidad, azotando los brazos de Tally con sus afiladas hojas como agujas. La tabla no permitiría que chocase contra algo sólido, pero no se preocupaba mucho de las ramitas.

—¡Estira los brazos! ¡Mantén los pies separados! —chilló Shay por enésima vez.

Nerviosa, Tally deslizó rápidamente el pie izquierdo hacia delante.

Al alcanzar el final del parque se viró hacia la derecha, y la tabla dibujó una curva larga y pronunciada. La chica dobló las rodillas, haciéndose más pesada mientras regresaba hacia el punto de partida.

Ahora Tally se dirigía a toda velocidad hacia los banderines de eslalon, agachándose a medida que se acercaba. Notaba cómo el viento le secaba los labios y le levantaba la cola de caballo.

—¡Vaya! —susurró.

La tabla pasó corriendo junto al primer banderín, y ella se inclinó hacia la derecha, abriendo los brazos para mantener el equilibrio.

—¡Cambia! —gritó Shay.

Tally retorció el cuerpo para atraer la tabla debajo de sí de un lado a otro, rodeando el siguiente banderín. Cuando pasó, volvió a retorcerse.

Pero tenía los pies demasiado juntos. ¡Otra vez no! Su zapatilla resbaló en la superficie de la tabla.

—¡No! —gritó tensando los dedos de los pies y ahuecando las manos en el aire con tal de mantenerse a bordo. La zapatilla derecha se deslizó hacia el borde de la tabla hasta que los dedos de los pies se recortaron contra los árboles.

¡Los árboles! Estaba casi de lado, con el cuerpo en paralelo al suelo.

El banderín de eslalon pasó a toda velocidad, y todo terminó de pronto. La tabla volvió a balancearse debajo de Tally mientras su rumbo se hacía recto de nuevo.

¡Había completado la vuelta!

Tally giró para situarse de cara a Shay.

—¡Lo he conseguido! —gritó.

Y entonces… cayó de nuevo.

Confundida por su giro, la tabla había tratado de ejecutar un viraje y la había dejado caer. Tally se relajó mientras sus brazos sufrían una sacudida y todo daba vueltas a su alrededor. Descendió hasta la hierba colgando de sus pulseras sin dejar de reír.

Shay también se reía.

—Casi lo has conseguido.

—¡No he tocado los banderines! ¿Lo has visto?

—Sí, sí, lo has logrado. —Shay se rió, ya en la hierba—. Pero luego no bailes de esa manera, que no es guay, Bizca.

Tally sacó la lengua. En la última semana, Tally se había dado cuenta de que Shay solo utilizaba su feo apodo cuando quería meterse con ella. El resto del tiempo, Shay insistía en que se llamasen por su verdadero nombre, a lo que Tally se había acostumbrado enseguida. Lo cierto era que le gustaba. Nadie la había llamado nunca «Tally», salvo Sol y Ellie —sus padres— y algunos profesores engreídos.

—Lo que tú digas, Flaca. Ha sido fantástico.

Tally se dejó caer sobre la hierba, el cuerpo entero dolorido y los músculos destrozados.

—Gracias por la lección. No hay nada como volar.

Shay se sentó junto a ella.

—Nunca puedes aburrirte a bordo de una aerotabla.

—No me lo había pasado tan bien desde que estaba con...

Tally no pronunció su nombre y alzó la vista al cielo, de un azul espléndido. Un cielo perfecto. Habían empezado bastante tarde. Sobre su cabeza, algunas nubes altas mostraban ya toques de rosa, aunque aún faltaban horas para la puesta de sol.

—Sí —convino Shay—. A mí me pasa lo mismo. Me estaba hartando de andar sola por ahí.

—Bueno, ¿cuánto te falta?

Shay respondió al instante.

—Dos meses y veintiséis días.

Por un momento, Tally se quedó atónita.

—¿Estás segura?

—Claro que lo estoy.

Tally sintió cómo una gran sonrisa se extendía despacio por su rostro y cayó hacia atrás sobre la hierba, riendo.

—Estás de broma. ¡Cumplimos años el mismo día!

—No puede ser.

—Pues así es. Es genial. ¡Las dos nos volveremos perfectas al mismo tiempo!

Shay se quedó en silencio por un momento.

—Sí, supongo.

—El nueve de septiembre, ¿verdad?

Shay asintió.

—Qué guay. La verdad, no creo que pudiera soportar perder a otra amiga, ¿sabes? No tenemos que preocuparnos de que una de nosotras abandone a la otra ni un solo día.

Shay enderezó la espalda, pero ya no sonreía.

—Yo nunca haría eso.

Tally parpadeó.

—No he dicho que fueras a hacerlo, pero…

—Pero ¿qué?

—Cuando uno se vuelve perfecto, se va a Nueva Belleza.

—¿Y qué? Ya sabes que a los perfectos se les permite volver aquí, o escribir.

Tally soltó un bufido.

—Pero nunca lo hacen.

—Yo lo haría.

Shay miró al otro lado del río, hacia las agujas de las torres de fiesta, mordiéndose con firmeza la uña del pulgar.

—Yo también vendría a verte, Shay.

—¿Estás segura?

—Sí.

Shay se encogió de hombros y se tumbó para contemplar las nubes.

—De acuerdo. Pero no eres la primera persona que hace esa promesa, ¿sabes?

—Sí, ya lo sé.

Se quedaron en silencio durante unos segundos. Las nubes cubrieron el sol poco a poco y empezó a refrescar. Tally pensó en Peris y trató de recordar el aspecto que tenía cuando era Narizotas. Sin saber por qué, ya no se acordaba de su fea cara. Como si aquellos pocos minutos de verlo perfecto hubiesen borrado toda una vida de recuerdos. Todo lo que veía ahora era al Peris perfecto, sus perfectos ojos, su perfecta sonrisa…

—Me pregunto por qué nunca vuelven —dijo Shay—. Solo vienen de visita.

Tally tragó saliva.

—Por lo feos que somos, Flaca, por eso.

Afrontar el futuro

—Esta es la opción número dos.

Tally tocó su anillo de comunicación, y la pantalla mural cambió.

Esta Tally era elegante, con los pómulos muy altos, los ojos rasgados de un verde intenso y la boca ancha dibujando una sonrisa de complicidad.

—Eso es… hummm… muy diferente.

—Sí. Hasta dudo que sea legal.

Tally ajustó los parámetros de la forma de los ojos, bajando el arco de las cejas hasta casi alcanzar la normalidad. Algunas ciudades permitían operaciones exóticas —solo para nuevos perfectos—, pero aquí las autoridades tenían fama de conservadoras. La chica dudaba que un médico se dignase mirar dos veces aquel morfo, pero era divertido llevar el programa a sus límites.

—¿Crees que doy miedo?

—No. Pareces una auténtica gatita —dijo Shay con una risita—. Por desgracia, lo digo en sentido literal, que come ratones muertos.

—De acuerdo, vamos a otra cosa.

La siguiente Tally era un modelo morfológico mucho más normal, con los ojos rasgados de color castaño, el cabello negro y liso con flequillo largo, y los labios oscuros ajustados al máximo grosor.

—Muy vulgar, Tally.

—¡Oh, vamos! He trabajado mucho en este. Creo que así estaría fantástica. Se inspira mucho en Cleopatra.

—¿Sabes? —dijo Shay—. Leí que la verdadera Cleopatra no tenía un aspecto tan fantástico, sino que seducía a todo el mundo por lo inteligente que era.

—Sí, claro. ¿Y has visto alguna foto de ella?

—En esa época no existían las cámaras fotográficas, Bizca.

—Ya. Y entonces, ¿cómo sabes que era fea?

—Porque eso es lo que escribieron los historiadores en su época.

Tally se encogió de hombros.

—Seguramente era una belleza clásica y ni siquiera lo sabían. En aquel entonces tenían ideas raras sobre la belleza. No sabían nada de biología.

—¡Qué suerte la suya!

Shay miró por la ventana.

—Bueno, pues si piensas que todas mis caras son tan penosas, ¿por qué no me enseñas alguna de las tuyas?

Tally borró la pantalla mural y se echó hacia atrás en la cama.

—No puedo.

—Repartes golpes a diestro y siniestro, pero contigo que no se metan, ¿eh?

—No puedo. Nunca he hecho ninguna.

Tally se quedó boquiabierta. Todo el mundo hacía morfos, incluso los más pequeños, demasiado jóvenes para tener una estructura facial definitiva. Imaginar todos los posibles aspectos que podías tener cuando por fin te convirtieses en perfecto era una forma fantástica de pasar el rato.

—¿Ni una sola?

—Tal vez de pequeña. Pero mis amigos y yo dejamos de hacer ese tipo de cosas hace mucho tiempo.

—Bueno. —Tally se incorporó—. Deberíamos arreglar eso ahora mismo.

—Preferiría salir a volar con la aerotabla.

Shay se metió la mano bajo la camisa y dio un tirón ansioso. Tally suponía que Shay dormía con el sensor ventral puesto, practicando con la aerotabla en sueños.

—Ya irás luego, Shay. No puedo creer que no tengas ni un solo morfo. Por favor, por favor…

—Es una tontería. Los médicos hacen lo que quieren, digas lo que digas.

—Ya lo sé, pero es divertidísimo.

Shay se esforzó mucho por poner los ojos en blanco, pero al final asintió. Se levantó de la cama a rastras y se dejó caer delante de la pantalla mural, apartándose el cabello de la cara.

Tally soltó un bufido.

—De modo que ya has hecho esto antes.

—Ya te lo he dicho, de pequeña.

—Claro.

Tally giró su anillo de comunicación para visualizar un menú en la pantalla mural y parpadeó varias veces para avanzar a través de una serie de opciones de ratón ocular. La cámara de la pantalla emitió una luz láser, y una cuadrícula verde apareció sobre el rostro de Shay como un campo de cuadraditos sobre la forma de sus pómulos, nariz, labios y frente.

Al cabo de unos segundos aparecieron dos caras en la pantalla. Ambas eran Shay, pero había diferencias evidentes: una parecía rebelde y un tanto enfadada; la otra tenía una expresión distante, como la de quien sueña despierto.

—Es raro cómo funciona, ¿verdad? —dijo Tally—. Como si fueran personas distintas.

Shay asintió.

—Es repulsivo.

Las caras imperfectas siempre eran asimétricas; ninguna de las mitades tenía exactamente el mismo aspecto que la otra. Así pues, lo primero que hacía el programa de morfos era coger cada lado de la cara y duplicarlo, como si colocase un espejo justo en el centro, creando dos ejemplos de perfecta simetría. Las dos Shay simétricas presentaban mejor aspecto que la original.

—Bueno, Shay, ¿cuál crees que es tu lado bueno?

—¿Por qué tengo que ser simétrica? Prefiero tener un rostro con dos lados diferentes.

—Eso es un síntoma de estrés infantil —protestó Tally—. A nadie le gusta eso.

—Bueno, no quisiera parecer estresada —resopló Shay, y señaló el rostro más rebelde—. Venga, cualquiera. El derecho es mejor, ¿no crees?

—Yo odio mi lado derecho. Siempre empiezo por el izquierdo.

—Pero, resulta que a mí me gusta mi lado derecho. Tiene un aspecto más duro.

—Vale, tú mandas.

Tally parpadeó, y el rostro del lado derecho pasó a ocupar toda la pantalla.

—Primero, lo básico.

El programa tomó el relevo: los ojos crecieron de forma gradual, reduciendo el tamaño de la nariz; los pómulos de Shay subieron y sus labios se hicieron un poquito más gruesos (ya casi tenían el tamaño de los de un perfecto). Desaparecieron todas las manchas y su piel se volvió impecablemente lisa. El cráneo se movió un poco bajo los rasgos, haciendo que el ángulo de la frente se inclinase hacia atrás y la barbilla se volviese más definida, con una mandíbula más fuerte.

Al acabar, Tally silbó.

—¡Caramba!, eso ya está mejor.

—Estupendo —se quejó Shay—. Soy idéntica a cualquier otra nueva perfecta del mundo.

—Bueno, acabamos de empezar. ¿Y si te ponemos pelo?

Tally parpadeó deprisa para seleccionar los menús y escogió un estilo al azar.

Cuando cambió la pantalla mural, a Shay le dio un ataque de risa tonta. El peinado alto se elevaba por encima de su fino rostro como unas orejas de burro, y el cabello rubio ceniza resultaba profundamente incongruente con su piel aceitunada.

Tally apenas podía hablar a causa de la risa.

—De acuerdo, puede que así no —dijo antes de repasar más estilos hasta decidirse por un cabello oscuro y corto—. Primero arreglemos la cara.

Ajustó las cejas, exagerando un poco su arco, y añadió redondez a las mejillas. Shay seguía estando demasiado delgada, incluso después de que el programa de morfología la hubiera transformado según la media.

—¿Y qué tal un poco más claro?

Tally acercó el tono a la referencia.

—¡Eh, Bizca! —dijo Shay—. ¿De quién es la cara?

—Solo estoy jugando —respondió Tally—. ¿Quieres hacer una foto?

—No, quiero salir con la aerotabla.

—Claro, estupendo. Pero antes arreglemos esto.

—¿A qué te refieres con «arreglemos esto», Tally? ¡Puede que piense que mi cara ya está bien!

—Sí, es fantástica —Tally puso los ojos en blanco— para una imperfecta.

Shay frunció el ceño.

—¿Qué pasa?, ¿es que no puedes soportar mi aspecto? ¿Necesitas tener otra imagen en la cabeza en lugar de mi cara?

—¡Shay! Vamos. Es solo para divertirnos.

—Hacer que nos sintamos feas no es divertido.

—¡Pero es que somos feas!

—Este juego solo está pensado para hacer que nos odiemos a nosotras mismas.

Tally gimió, se dejó caer sobre la cama y miró al techo con furia. A veces Shay podía ser muy rara. Siempre se quejaba de la operación, como si alguien la obligase a cumplir los dieciséis.

—Sí, claro, y las cosas eran fantásticas cuando todo el mundo era imperfecto. ¿O ese día faltaste a clase?

—Sí, sí, ya lo sé —recitó Shay—. Las personas se juzgaban unas a otras basándose en su apariencia. La gente que era más alta conseguía mejores trabajos, y la gente llegaba incluso a votar a algunos políticos solo porque no eran tan imperfectos como todos los demás. Bla, bla, bla.

—Sí, y la gente se mataba entre sí por el color de piel. —Tally hizo un gesto de incredulidad con la cabeza. Por muchas veces que lo repitiesen en la escuela, nunca había llegado a creérselo del todo—. ¿Y qué pasa si la gente se parece más ahora? Es la única forma de hacer a las personas iguales.

—¿Y si las hiciesen más inteligentes?

Tally se echó a reír.

—¡Ni soñarlo! De todas formas, ahora solo estábamos imaginando qué aspecto tendremos tú y yo dentro de… dos meses y quince días.

—¿No podemos simplemente esperar hasta entonces?

Tally cerró los ojos con un suspiro.

—A veces creo que no puedo.

Tally notó el peso de Shay sobre su cama, así como un ligero puñetazo en el brazo.

—Bueno, pues mala suerte. Venga, ahora más vale que aprovechemos el tiempo. ¿Podemos salir con las aerotablas, por favor?

Tally abrió los ojos y vio que su amiga sonreía.

—Vale, tú ganas —dijo antes de incorporarse y echar un vistazo a la pantalla. Incluso sin ponerle mucho esmero, la cara de Shay era afable, vulnerable, sana… bella—. ¿No te parece que eres preciosa?

Shay se encogió de hombros sin mirar.

—Esa no soy yo, sino la idea que tiene de mí algún comité.

Tally sonrió y le dio un abrazo.

—Sin embargo, serás tú. Tú de verdad. Muy pronto.

Perfecto aburrimiento

—Creo que estás preparada.

Tally se detuvo poco a poco: el pie derecho abajo, el pie izquierdo arriba, las rodillas dobladas.

—¿Preparada para qué?

Shay pasó despacio junto a ella, dejándose arrastrar por la brisa. Se hallaban en el punto más alto y lejano que podía alcanzarse con las aerotablas, justo por encima de las copas de los árboles, en un extremo de la ciudad. Era asombroso lo deprisa que Tally se había acostumbrado a estar en las alturas, mediando entre ella y una posible caída tan solo una tabla y unas pulseras.

La vista desde allí arriba era fantástica. A sus espaldas, las agujas de Nueva Belleza se alzaban desde el centro de la ciudad, y a su alrededor se extendía el cinturón verde, un área de bosque que separaba a los perfectos medianos y mayores de los jóvenes. Generaciones mayores de perfectos vivían en los suburbios, ocultos tras las colinas, en hileras de grandes casas separadas por jardines privados para que jugasen sus pequeños.

Shay sonrió.

—¿Preparada para un paseo nocturno?

—No sé si me apetece cruzar el río otra vez —dijo Tally, que recordó de pronto la promesa que le había hecho a Peris. Shay y ella habían aprendido muchas cosas la una de la otra en las últimas tres semanas, pero no habían regresado a Nueva Belleza desde la noche que se conocieron—. Hasta la conversión, claro. Después de la última vez, seguramente todos los guardas están…

—No hablaba de Nueva Belleza —la interrumpió Shay—. Además, ese lugar es un aburrimiento. Tendríamos que andar a escondidas toda la noche.

—Ya entiendo, dar una vuelta por Feópolis con la tabla.

Shay negó con la cabeza, sin dejar de alejarse despacio llevada por la brisa. Incómoda, Tally se removió sobre la tabla.

—¿Por dónde si no?

Shay se metió las manos en los bolsillos y abrió los brazos, convirtiendo la cazadora del equipo de su residencia en una vela. La brisa la alejó aún más de Tally. Siguiendo un acto reflejo, Tally inclinó los dedos de los pies hacia delante para evitar que su tabla se quedase atrás.

—Bueno, está aquello.

Shay señaló con la cabeza hacia la tierra que se abría ante ellas.

—¿La periferia? Ese sitio es un aburrimiento.

—No me refiero al extrarradio, sino a lo que hay más allá.

Shay deslizó los pies en direcciones opuestas, hasta los bordes de la tabla. Su falda captó el fresco viento del atardecer, que la arrastró aún más deprisa. Se dirigía hacia el límite del cinturón verde. Zona prohibida.

Tally afianzó los pies y bajó la tabla hasta situarse junto a su amiga.

—¿Qué quieres decir? ¿Fuera de la ciudad?

—Sí.

—¡Qué locura! Allí no hay nada.

—Allí hay muchas cosas. Árboles de verdad centenarios. Montañas. Y ruinas. ¿Has estado alguna vez allí?

Tally parpadeó.

—Por supuesto.

—No me refiero a una excursión con la escuela, Tally. ¿Has estado alguna vez allí de noche?

Tally detuvo su tabla de golpe. Las Ruinas Oxidadas eran los restos de una vieja ciudad, un mastodóntico testimonio de los tiempos en que había demasiada gente y todo el mundo era increíblemente estúpido. E imperfecto.

—¡Ni hablar! No me digas que tú sí.

Shay asintió.

Tally se quedó boquiabierta.

—Eso es imposible.

—¿Crees que eres la única que se sabe buenos trucos?

—Bueno, puede que te crea —dijo Tally. Shay tenía aquella expresión que Tally había aprendido a temer—. Pero ¿y si nos pillan?

Shay se echó a reír.

—Tally, tú lo has dicho. Allí no hay nada. Nada ni nadie para pillarnos.

—¿Funcionan allí las aerotablas? ¿Funciona algo?

—Las especiales sí, si sabes cómo trucarlas y dónde usarlas. Y cruzar el extrarradio es fácil. Hay que seguir el río hasta el final. Siguiendo corriente arriba las aguas están, demasiado embravecidas para los barcos.

Tally volvió a quedarse boquiabierta.

—Entonces... es cierto que lo has hecho antes.

Una ráfaga de viento hinchó la cazadora de Shay, que se alejó aún más sin dejar de sonreír. Tally tuvo que inclinarse para poner de nuevo la tabla en movimiento a fin de poder seguir hablando con su amiga. Se rozó los tobillos con la copa de un árbol mientras el suelo bajo sus pies empezaba a alzarse.

—¡Será muy divertido! —gritó Shay.

—Es demasiado arriesgado.

—Venga. Desde que nos conocimos tengo ganas de enseñártelo. Desde que me dijiste que arruinaste una fiesta de perfectos... ¡y activaste una alarma de incendios!

Tally tragó saliva, lamentando no haberle contado antes la verdad sobre aquella noche, que no sabía cómo había ocurrido. Ahora Shay creía que era la chica más temeraria del mundo.

—Bueno, lo cierto es que lo de la alarma puede decirse que fue en parte un accidente.

—Sí, claro.

—Creo que deberíamos esperar. Ya solo faltan un par de meses.

—Ah, muy bien —dijo Shay—. Dentro de un par de meses nos pondrán en el río. Qué aburrido.

Tally soltó un soplido.

—Yo no diría precisamente aburrido, Shay.

—Hacer lo que tienes que hacer es siempre aburrido. No puedo imaginar nada peor que tener que divertirse por obligación.

—Yo sí —dijo Tally en voz baja—: no divertirse nunca.

—Escucha, Tally, estos dos meses son nuestra última oportunidad para hacer algo que realmente se salga de la norma. Para ser nosotras mismas. Después de la conversión, vendrá lo de nuevas perfectas, perfectas medianas y perfectas mayores. —Shay dejó caer los brazos, y su tabla se paró—. Y luego perfectas muertas.

—Mejor que imperfectas muertas —dijo Tally.

Shay se encogió de hombros y volvió a abrir su cazadora para convertirla en una vela. Ya no estaban lejos del límite del cinturón verde. Shay recibiría pronto un aviso. Luego su tabla la delataría.

—Además —argumentó Tally—, que nos operemos no significa que no podamos hacer estas cosas.

—Pero los perfectos nunca las hacen, Tally. Nunca.

Tally suspiró, inclinando de nuevo los pies para seguir a su amiga.

—Puede que sea porque tienen mejores cosas que hacer que ir por ahí haciendo chiquilladas. Puede que estar de fiesta en la ciudad sea mejor que andar entre viejas ruinas.

Los ojos de Shay centellearon.

—O puede que cuando practican la operación, cuando te liman y estiran los huesos para darles la forma adecuada, te pelan la cara y te frotan la piel hasta quitártela toda, y te ponen pómulos de plástico para que parezcas igual que todo el mundo... puede que después de pasar por todo eso ya no seas muy interesante.

Tally dio un respingo. Nunca había oído describir la operación de aquella forma. Ni siquiera en clase de biología, donde entraban en detalles, sonaba tan mal.

—Vamos, ni siquiera nos daremos cuenta. Tienes sueños bonitos mientras dura.

—Sí, claro.

Una voz surgió en la mente de Tally: «Aviso, zona de acceso restringido». El viento se estaba enfriando al ponerse el sol.

—Vamos, Shay, regresemos abajo. Es casi la hora de la cena.

Shay sonrió, negó con la cabeza y se quitó el anillo de comunicación. Ahora no oiría los avisos.

—Vamos a ir esta noche. Ya casi dominas la tabla tanto como yo.

—Shay.

—Ven conmigo. Te enseñaré una montaña rusa.

—¿Qué es una...?

«Segundo aviso. Zona de acceso restringido.»

Tally detuvo su tabla.

—Si continúas, Shay, te pillarán y no haremos nada esta noche.

Shay se encogió de hombros mientras el viento la arrastraba aún más lejos.

—Solamente quiero mostrarte lo que yo entiendo por diversión, Tally. Antes de que nos volvamos perfectas y solo podamos divertirnos como quieren los demás.

Tally negó con la cabeza, queriendo decir con ello que Shay ya le había enseñado a ir en aerotabla, lo mejor que había aprendido hasta entonces. En menos de un mes había llegado a considerarla su mejor amiga. Casi era como cuando conoció a Peris de pequeña y ambos supieron al instante que siempre estarían juntos.

—Shay...

—Por favor.

Tally suspiró.

—De acuerdo.

Shay dejó caer los brazos y bajó los dedos de los pies para detener la tabla.

—¿De verdad? ¿Esta noche?

—Claro. Vamos a las Ruinas Oxidadas.

Tally intentó relajarse. En realidad no era para tanto. Ella incumplía las normas constantemente, y todo el mundo iba a las ruinas una vez al año de excursión con la escuela. No podía ser peligroso ni nada por el estilo.

Shay regresó a toda velocidad desde el extremo del cinturón y en un instante se situó junto a Tally para apoyar un brazo en su hombro.

—Espera a ver el río.

—¿Has dicho que tiene rápidos?

—Sí.

—¿Y eso qué es?

Shay sonrió.

—Es agua. Pero mucho, mucho mejor.

Rápidos

—B uenas noches.

—Que duermas bien —respondió la habitación.

Tally se puso una chaqueta, se sujetó el sensor a la anilla del vientre y abrió la ventana. No hacía viento, y el río estaba tan liso que podía distinguir cada detalle del perfil de la ciudad reflejado en él.

Parecía que los perfectos asistían a alguna clase de espectáculo, porque oyó el rugido de la multitud al otro lado del agua, mil gritos de entusiasmo alzándose y descendiendo a la vez. Las torres de fiesta estaban a oscuras bajo la luna casi llena, y los fuegos artificiales emitían trémulas tonalidades azules, subiendo tan alto que explotaban en silencio.

La ciudad nunca había parecido tan lejana.

—Muy pronto te veré, Peris —dijo en voz baja.

Las tejas estaban resbaladizas por la lluvia nocturna. Tally ascendió con cuidado hasta la esquina de la residencia, donde había un viejo plátano. Los asideros de sus ramas le resultaban sólidos y familiares, y ella descendió rápidamente hasta la oscuridad, detrás de un reciclador.

Cuando salió de los límites de la residencia, miró hacia atrás. El entramado de sombras que se alejaba de ella parecía muy oportuno, casi intencionado. Como si se esperase que los imperfectos saliesen a hurtadillas de vez en cuando.

Tally hizo un gesto de incredulidad con la cabeza. Estaba empezando a pensar como Shay.

Se reunieron en el dique, donde el río se dividía en dos para rodear Nueva Belleza.

Esa noche no había ningún barco que perturbase la oscuridad, y Shay estaba practicando movimientos en su tabla cuando se acercó Tally.

—¿Tienes que hacer eso aquí, en la ciudad? —gritó Tally por encima del rugido del agua, que cruzaba a toda prisa las compuertas del dique.

Shay se mecía, dejando caer el peso de un lado a otro sobre la tabla flotante y esquivando obstáculos imaginarios.

—Solo me estaba asegurando de que funcionaba, por si estabas preocupada.

Tally miró su propia tabla. Shay había trucado el regulador de seguridad para que no la delatase cuando volasen de noche o cruzasen los límites de la ciudad. A Tally no le preocupaba tanto que la delatara como que no volase, o que la enviase contra un árbol. Pero la tabla de Shay parecía aeroflotar muy bien.

—He venido hasta aquí en la tabla, y nadie ha venido a buscarme —dijo Shay.

Tally dejó caer su tabla al suelo.

—Gracias por asegurarte. No era mi intención mostrarme tan cobarde.

—No lo has hecho.

—Sí que lo he hecho. Tengo que decirte una cosa. La noche que nos conocimos, le prometí a mi amigo Peris que no me arriesgaría demasiado. Ya sabes, por si me metía en un lío y ellos se enfadaban de verdad.

—¿Qué más da si se enfadan? Pronto vas a cumplir los dieciséis.

—Pero ¿y si se enfadan tanto que no me vuelven perfecta?

Shay dejó de dar saltos.

—Nunca he oído que haya ocurrido eso.

—Creo que yo tampoco. Pero tal vez no nos lo dirían si hubiese ocurrido. Sea como sea, Peris me hizo prometerle que me lo tomaría con calma.

—Tally, ¿no crees que quizá lo dijo solo para que no volvieses por allí?

—¿Cómo?

—Quizá te hizo prometerle que te lo tomarías con calma para que no le molestases, para que te diese miedo volver a Nueva Belleza.

Tally intentó responder, pero tenía la garganta seca.

—Escucha, si no quieres venir no pasa nada —dijo Shay—. Lo digo en serio, Bizca. Pero no nos van a atrapar. Y si nos atrapan, yo cargaré con las culpas. Les diré que te he secuestrado —acabó entre risas.

Tally se subió a la tabla y chasqueó los dedos.

—Voy contigo —dijo al llegar a la altura de Shay—. Dije que lo haría.

Shay sonrió y apretó un instante la mano de Tally.

—¡Genial! Ya verás como nos vamos a divertir. No como los nuevos perfectos, sino de verdad. Ponte esto.

—¿Qué son? ¿Visión nocturna?

—No. Gafas de buceo. Te van a encantar los rápidos.

Llegaron a los rápidos diez minutos más tarde.

Tally había vivido durante toda su vida al lado del río. Lento y majestuoso, definía la ciudad, marcando la frontera entre dos mundos. Pero nunca se hubiera imaginado que, pocos kilómetros más arriba del dique, la imponente cinta de plata se convertía en un monstruo rugiente.

El agua estaba embravecida de verdad. Rompía sobre las rocas y, a través de estrechos canales, se lanzaba hacia arriba en salpicaduras iluminadas por la luna, se dividía, se reunía y caía dentro de burbujeantes calderos, al pie de las cataratas.

Shay flotaba justo por encima del torrente, tan bajo que levantaba una estela cada vez que se ladeaba. Tally la seguía a una distancia que se suponía segura, confiando en que su tabla trucada continuase siendo reacia a chocar contra las rocas y las ramas envueltas en la oscuridad. A los lados, el bosque era un vacío oscuro, lleno de árboles centenarios silvestres que en nada se parecían a los absorbentes de dióxido de carbono que decoraban la ciudad. Las nubes iluminadas por la luna brillaban a través de sus ramas como un techo de nácar.

Cada vez que Shay chillaba, Tally sabía que estaba a punto de seguir a su amiga a través de un muro de salpicaduras que saltaban desde la vorágine. Algunas brillaban como cortinas de encaje a la luz de la luna, pero otras sobrevenían de forma inesperada desde la oscuridad. Tally también se estrellaba contra los arcos de agua fría que se alzaban de la tabla de Shay cuando bajaba o se ladeaba, pero al menos sabía cuándo venía una curva.

Los primeros minutos para Tally fueron de verdadero terror, con los dientes tan apretados que le dolía la mandíbula, los dedos de los pies doblados dentro de su nuevo calzado adherente especial y los brazos e incluso los dedos separados en busca del equilibrio. Pero poco a poco Tally se fue acostumbrando a la oscuridad, al rugido del agua bajo sus pies, a la bofetada inesperada de las frías salpicaduras contra la cara. Nunca había volado tan a lo loco, tan rápido ni tan lejos. El río zigzagueaba por el oscuro bosque, adentrándose serpenteante en lo desconocido.

En un momento dado, Shay agitó las manos y se paró. La parte posterior de su tabla se metió en el agua. Tally ascendió para evitar la estela e hizo girar la tabla en un estrecho círculo para detenerla con suavidad.

—¿Ya hemos llegado?

—Aún no. Pero mira.

Shay señaló hacia atrás.

Tally lanzó un grito ahogado al abarcar el paisaje con la vista. A lo lejos la ciudad era una reluciente moneda enclavada al abrigo de la oscuridad, y los fuegos artificiales de Nueva Belleza, con sus fríos tonos azules, despedían un brillo apagado. Debían de haber ascendido mucho; Tally vio manchas de luz de luna que cruzaban despacio las colinas bajas en torno a la ciudad, empujadas por el suave viento que apenas tiraba de las nubes.

Nunca había estado más allá de los límites de la ciudad de noche, y jamás la había visto iluminada así desde lejos.

Tally se quitó las gafas de buceo e inspiró profundamente. El aire estaba impregnado de olores intensos, savia de coníferas y flores silvestres, y el olor eléctrico del agua agitada.

—Bonito, ¿eh?

—Sí —contestó Tally entre jadeos—. Mucho mejor que andar a escondidas por Nueva Belleza.

Shay sonrió feliz.

—Me alegro mucho de oírte decir esto. Me apetecía volver aquí, pero no sola, ¿sabes?

Tally miró el bosque circundante, tratando de atisbar en los espacios negros que había entre los árboles. Aquello era realmente la naturaleza en estado puro, un lugar donde podía ocultarse cualquier cosa, no un lugar para seres humanos. Se estremeció al imaginarse allí sola.

—¿Y ahora adónde vamos?

—A caminar.

—¿A caminar?

Con cuidado, Shay llevó su tabla a la orilla y se bajó.

—Sí, hay un filón de hierro más o menos a medio kilómetro en esa dirección, pero en este tramo no hay nada.

—¿De qué estás hablando?

—Tally, las aerotablas funcionan con la levitación magnética, ¿verdad? Por tanto, tiene que haber alguna clase de metal en las proximidades o no aeroflotan.

—Supongo que así es, pero en la ciudad…

—En la ciudad hay una reja de acero empotrada en el suelo, vayas donde vayas. Aquí hay que tomar precauciones.

—¿Qué pasa si tu tabla deja de aeroflotar?

—Que cae, y tus pulseras protectoras tampoco funcionan.

—Oh.

Tally se bajó de la tabla y se la puso bajo el brazo. Le dolían todos los músculos a causa de la loca carrera que la había llevado hasta allí. Era agradable pisar tierra firme. Bajo sus piernas temblorosas, las rocas parecían lo contrario de la aeroflotación.

Sin embargo, tras caminar durante unos minutos, la tabla empezó a resultar pesada. Para cuando el ruido del río se había convertido en un rugido apagado a sus espaldas, parecía una tabla de roble bajo su brazo.

—No sabía que estas cosas pesaran tanto.

—Sí, eso es lo que pesa una tabla cuando no está aeroflotando. Aquí te enteras de que la ciudad te engaña sobre el funcionamiento real de las cosas.

El cielo se estaba nublando, y en la oscuridad el frío parecía más intenso. Tally levantó la tabla para sujetarla mejor, preguntándose si iba a llover. Ya estaba bastante mojada por culpa de los rápidos.

—La verdad es que me gusta que me engañen sobre algunas cosas.

Después de trepar un buen rato entre las rocas, Shay rompió el silencio.

—Por aquí. Hay un filón natural de hierro bajo tierra. Lo notarás en las pulseras protectoras.

Tally alargó la mano con el ceño fruncido, poco convencida. Pero al cabo de un minuto notó un leve tirón de su pulsera, como si un fantasma la arrastrase hacia delante. La tabla empezó a aligerarse, y pronto Shay y ella volvieron a montar para avanzar sobre una cresta y bajar por un oscuro valle.

Sobre la tabla, Tally tuvo fuerzas para hacer una pregunta que la inquietaba.

—Entonces, si las aerotablas necesitan metal, ¿cómo funcionan sobre el río?

—Extrayendo oro.

—¿Cómo?

—Los ríos nacen de manantiales, que a su vez nacen del interior de las montañas. El agua arrastra los minerales del interior de la tierra. Por eso hay siempre metales en el fondo de los ríos.

—¿Como cuando la gente extraía oro?

—Sí, exacto. Pero en realidad las tablas prefieren el hierro. No es aeroflotación todo lo que reluce.

Tally frunció el ceño. A veces Shay hablaba de forma misteriosa, como si citase las letras de un grupo de música que nadie más conocía.

Estuvo a punto de hacerle una nueva pregunta cuando Shay se detuvo de pronto y señaló hacia abajo.

Las nubes se estaban abriendo, y la luz de la luna las atravesó para caer sobre el fondo del valle. Unas torres mastodónticas de construcción humana se alzaban entre las copas de los árboles que oscilaban al viento, proyectando sombras recortadas.

Las Ruinas Oxidadas.

Las Ruinas Oxidadas

Unas cuantas ventanas vacías las observaban en silencio desde las estructuras de los gigantescos edificios. Los cristales hacía tiempo que se habían hecho añicos, así como se había podrido la madera, quedando solo estructuras metálicas, el cemento y las piedras que se desmoronaban bajo el empuje de la vegetación invasora. Al mirar los negros umbrales desiertos, a Tally se le puso la carne de gallina solo de pensar en descender para echar un vistazo en uno de ellos.

Las dos amigas se deslizaron entre los edificios en ruinas avanzando desde lo alto en silencio, como para no molestar a los fantasmas de la ciudad muerta. A sus pies, las calles estaban llenas de pilas de coches quemados entre los muros. Fuese cual fuese la causa de la destrucción de la ciudad, los habitantes habían tratado de escapar. Tally recordaba de su última excursión escolar a las ruinas que aquellos coches no aeroflotaban, sino que avanzaban sobre ruedas de caucho. Los oxidados tuvieron que permanecer en aquellas calles como una plaga de ratas atrapadas en un laberinto en llamas.

—Shay, estás segura de que nuestras tablas no van a fallar de golpe, ¿verdad? —preguntó sin alzar mucho la voz.

—No te preocupes. A quien construyó esta ciudad le encantaba malgastar el metal. No se llaman Ruinas Oxidadas porque las descubriese un tipo llamado Oxidado.

Tally no pudo menos de admitirlo, al ver que todos los edificios mostraban ramificaciones irregulares de metal insertadas en sus muros destruidos, como huesos que sobresaliesen de un animal muerto tiempo atrás. Recordaba que los oxidados no utilizaban aeropuntales; todos los edificios eran muy bajos, toscos e inmensos, por lo que necesitaban una estructura de acero sólida que impidiese su caída.

Algunos eran enormes. Los oxidados no instalaban sus fábricas bajo tierra, y todos trabajaban juntos como abejas en una colmena en vez de hacerlo en su casa. La ruina más pequeña de allí era mayor que la residencia más grande de Feópolis, mayor incluso que la Mansión Garbo.

Al verlas de noche, las ruinas le parecieron a Tally mucho más reales. En las excursiones de la escuela, los profesores siempre decían que los oxidados eran muy estúpidos. Costaba creer que la gente viviese así, quemando árboles para despejar terreno, quemando petróleo para obtener calor y electricidad, calcinando la atmósfera con sus armas. Pero a la luz de la luna podía imaginar a la gente moviéndose con dificultad por encima de los coches en llamas para escapar de la ciudad que se desmoronaba, aterrorizada en su huida de aquel montón insostenible de metal y piedra.

La voz de Shay sacó a Tally de su ensimismamiento.

—Vamos, quiero enseñarte una cosa.

Shay se dirigió al borde de los edificios, y desde allí hacia los árboles.

—¿Estás segura de que podemos…?

—Mira abajo.

Bajo sus pies, Tally vio destellos de metal a través de los árboles.

—Las ruinas son mucho mayores de lo que dicen —le explicó Shay—. Solo mantienen en pie esa parte de la ciudad para las excursiones de la escuela y todas esas cosas de los museos. Pero no se acaba nunca.

—¿Hay mucho metal?

—Toneladas. No te preocupes, he sobrevolado toda la zona.

Tally tragó saliva, atenta a las ruinas bajo sus pies, contenta de que Shay se moviese a una velocidad lenta y agradable.

Una larga columna vertebral que subía y bajaba como una ola congelada emergió del bosque, alejándose de ellas, hacia la oscuridad.

—Aquí está.

—¿Qué diablos es? —preguntó Tally.

—Se llama montaña rusa. Te dije que te enseñaría una, ¿recuerdas?

—Es bonita, pero ¿para qué sirve?

—Para divertirse.

—No puede ser.

—Pues así es. Al parecer, los oxidados sí se divertían. Es como una pista. Clavaban en ella vehículos terrestres y corrían tanto como podían. Arriba, abajo, en círculos. Como ir en aerotabla, pero sin aeroflotación. Y la hicieron con alguna clase de acero que no se oxidaba, supongo que para más seguridad.

Tally frunció el ceño. La única imagen que tenía de los oxidados para nada era divirtiéndose, sino trabajando en las gigantescas colmenas de piedra y luchando por escapar durante aquel horrible último día.

—Venga —dijo Shay—. Demos una vuelta en la montaña rusa.

—¿Cómo? —preguntó Tally.

—Sobre la tabla —respondió Shay en tono serio—. Pero tienes que ir deprisa. Es peligroso si no corres.

—¿Por qué?

—Ya lo verás.

Shay le dio la espalda y bajó muy rápido por la montaña rusa, volando justo por encima de la pista. Tally suspiró y fue tras ella. Al menos aquella cosa era metálica.

También resultó ser una gran atracción. Era como un sólido circuito para aerotablas, con sus curvas cerradas e inclinadas, sus cuestas empinadas seguidas de largas caídas, e incluso *loopings* que situaban a Tally cabeza abajo, mientras sus pulseras protectoras se activaban para mantenerla sobre la tabla. Era asombroso el buen estado en que se hallaba. Los oxidados debían de haberla construido con algo especial, como había dicho Shay.

La pista llegaba mucho más alto de lo que una aerotabla podía subir por sí sola. En la montaña rusa, uno se sentía igual que un pájaro.

La pista dibujaba un amplio y lento arco, volviendo en círculo hacia el punto de partida. El tramo final comenzó con una cuesta muy empinada.

—¡Toma rápido esta parte! —gritó Shay por encima de Tally mientras se lanzaba.

Tally la siguió a toda velocidad, subiendo como un cohete por la alta y esbelta pista. Vio las ruinas a lo lejos: agujas rotas y negras recortadas contra los árboles. Y detrás de ellas un tenue brillo a la luz de la luna que podría haber sido el mar. ¡Estaban muy arriba!

Oyó un chillido de placer cuando alcanzaba la cima. Shay había desaparecido. Tally se inclinó hacia delante para acelerar.

De pronto, la tabla se retiró de debajo de su cuerpo. Se separó de sus pies y la abandonó en el aire. La pista había desaparecido.

Tally apretó los puños, esperando a que las pulseras protectoras se pusieran en marcha y la agarrasen por las muñecas. Pero ahora eran tan inútiles como la tabla, solo unas pesadas tiras de acero que la arrastraban hacia el suelo.

—¡Shay! —chilló mientras caía en la oscuridad.

Entonces Tally vio ante sí la estructura de la montaña rusa, a la que le faltaba un breve segmento.

De pronto, las pulseras protectoras tiraron de ella hacia arriba, y la chica notó cómo la sólida superficie de la aerotabla subía hasta sus pies. ¡Su impulso la había llevado al otro lado del hueco! La tabla debía de haber avanzado junto con ella, justo por debajo de sus pies, durante aquellos aterradores segundos de caída libre.

Se encontró bajando por la pista hacia su base, donde la esperaba Shay.

—¡Estás loca! —gritó.

—Qué guay, ¿eh?

—¡No! —gritó Tally—. ¿Por qué no me has dicho que estaba rota?

Shay se encogió de hombros.

—Así es más divertido.

—¿Más divertido, dices?

El corazón le latía deprisa. Su visión resultaba extrañamente lúcida. Se sentía llena de rabia, alivio y… alegría.

—Bueno, más o menos —concedió—. Pero… ¡eres una mala amiga!

Tally se bajó de la tabla y cruzó la hierba con las piernas temblorosas. Encontró una piedra lo bastante grande para sentarse en la que se acomodó, todavía asustada.

Shay saltó de la tabla.

—Oye, lo siento.

—Ha sido horrible, Shay. Me estaba cayendo.

—No ha sido mucho rato. Unos cinco segundos. Creía que habías dicho que saltaste desde un edificio.

Tally miró a Shay con furia.

—Sí, lo hice, pero sabía muy bien que no iba a estrellarme contra el suelo.

—Cierto. Pero ¿sabes una cosa?, la primera vez que me enseñaron la montaña rusa no me hablaron del hueco. Y a mí me pareció genial averiguarlo así. La primera vez es la mejor. Quería que tú también lo sintieras.

—¿De verdad te pareció genial caerte?

—Bueno, es posible que al principio también me enfadase bastante. —Shay exhibió una amplia sonrisa—. Pero con el tiempo lo superé.

—Dame un segundo para respirar, Flaca.

—Tómate tu tiempo.

La respiración de Tally se hizo más lenta, y poco a poco su corazón dejó de intentar salírsele del pecho. Pero su cerebro permaneció tan lúcido como en aquellos segundos de caída libre, y se encontró preguntándose quién habría sido el primero en encontrar la montaña rusa y cuántos imperfectos habrían ido allí desde entonces.

—Shay, ¿quién te enseñó todo esto?

—Unos amigos mayores que yo. Imperfectos como nosotras que tratan de averiguar cómo funcionan las cosas. Y cómo trucarlas.

Tally alzó la mirada para contemplar la antigua y serpenteante forma de la montaña rusa y las parras que trepaban por su estructura.

—Me pregunto cuánto tiempo hace que vienen imperfectos por aquí.

—Seguramente mucho. Estas cosas circulan. Ya sabes, una persona averigua cómo trucar su tabla, la siguiente encuentra los rápidos y la siguiente llega hasta las ruinas.

—Entonces alguien se arma de valor y salta el hueco de la montaña rusa. —Tally tragó saliva—. O lo salta de forma accidental.

Shay asintió.

—Pero todos acaban siendo perfectos…

—Un final feliz —dijo Tally.

Shay se encogió de hombros.

—¿Cómo sabes que se llama «montaña rusa»? ¿Lo has buscado en algún sitio?

—No —dijo Shay—. Me lo dijeron.

—Pero ¿cómo iban a saberlo?

—Conozco a un tipo que sabe muchas cosas y trucos de las ruinas. Es muy guay.

Algo en la voz de Shay hizo que Tally se volviese y le cogiese la mano.

—Pero supongo que ahora es perfecto.

Shay se apartó mordiéndose una uña.

—No. No lo es.

—Pero creía que todos tus amigos…

—Tally, ¿me harás una promesa? Una promesa de verdad.

—¿Qué clase de promesa?

—No puedes contarle nunca a nadie lo que voy a enseñarte.

—No tiene que ver con la caída libre, ¿verdad?

—No.

—Vale. Lo juro. —Tally levantó la mano que tenía la cicatriz que Peris y ella se habían hecho—. Nunca se lo contaré a nadie.

Shay la miró a los ojos por un momento, con atención, y luego asintió.

—De acuerdo. Quiero que conozcas a alguien esta noche.

—¿Esta noche? Pero no volveremos a la ciudad hasta…

—No está en la ciudad —aclaró Shay con una sonrisa—. Está aquí.

Esperando a David

—Es una broma, ¿no?

Shay no contestó. Volvían a estar en el corazón de las ruinas, a la sombra del edificio más alto de la zona. La chica lo miraba con una expresión perpleja.

—Creo recordar cómo se hace —dijo.

—¿Qué?

—Subir ahí. Sí, aquí está.

Shay deslizó la tabla hacia delante y se agachó para pasar por un hueco de la pared medio desmoronada.

—¿Shay?

—No te preocupes. Ya he hecho esto otras veces.

—Creo que ya he tenido suficiente iniciación por esta noche, Shay.

Tally no estaba de humor para soportar otra de las bromas de su amiga. Se sentía cansada, y les quedaba un largo camino de regreso a la ciudad. Además, al día siguiente le tocaba limpieza en su residencia. Que fuese verano no significaba que pudiese pasarse el día durmiendo.

Pero Tally siguió a Shay a través del hueco. Seguramente, si discutían aún tardarían más.

Ambas se elevaron en línea recta por el aire, aprovechando la estructura metálica del edificio para ascender con las tablas. Resultaba espeluznante mirar desde el interior, a través de las ventanas vacías, las formas ajadas de otros edificios. Era como ser un fantasma oxidado que estuviera contemplando cómo se desmoronaba su ciudad a lo largo de los siglos.

El edificio no tenía techo, y emergieron a una vista espectacular. Todas las nubes habían desaparecido, y la luz de la luna ponía de relieve las ruinas, cuyos edificios parecían hileras de dientes rotos. Tally comprobó que lo que había vislumbrado desde la montaña rusa era realmente el océano. Desde donde se hallaban ahora, el agua brillaba como una pálida cinta de plata a la luz de la luna.

Shay sacó alguna cosa de su mochila y la partió por la mitad, provocando una gran llamarada.

—¡Ay! ¿Por qué no me dejas ciega directamente? —gritó Tally tapándose los ojos.

—Ah, perdona.

Shay sostuvo con el brazo extendido la bengala de seguridad, que crepitó en el silencio de las ruinas, proyectando sombras vacilantes a través del interior. A la luz de la bengala, la cara de Shay tenía un aspecto monstruoso. Unas chispas bajaban flotando y se perdían en las profundidades del edificio destruido.

Por fin, la bengala se apagó. Tally parpadeó, tratando de disipar las manchas que tenía ante sus ojos. Con su visión nocturna mermada, apenas veía nada que no fuese la luna en el cielo.

Tragó saliva al percatarse de que la bengala se habría visto desde cualquier punto del valle, tal vez incluso desde el mar.

—Shay, ¿era eso una señal?

—Sí, eso era.

Tally miró hacia abajo. Los oscuros edificios que se hallaban a sus pies estaban llenos de parpadeos de luz, ecos fantasma de la bengala recién apagada. De pronto, Tally fue consciente de que apenas veía nada y notó cómo se deslizaba por su columna una gota de sudor frío.

—¿Y con quién vamos a encontrarnos?

—Se llama David.

—¿David? ¡Qué nombre más raro!

A Tally le pareció un nombre inventado, y quiso creer una vez más que todo aquello era una broma.

—Entonces, ¿va a presentarse aquí? Ese tipo no vive en las ruinas, ¿verdad?

—No. Vive bastante más lejos. Pero podría estar cerca. A veces viene por aquí.

—¿Quieres decir que es de otra ciudad?

Shay la miró, pero Tally no pudo interpretar su expresión en la oscuridad.

—Algo así.

Shay volvió a mirar al horizonte, como si buscase una señal en respuesta a la suya. Tally se arrebujó en su chaqueta. Al estar quieta, empezaba a darse cuenta del frío que hacía. Se preguntó si sería muy tarde. Sin su anillo de comunicación, no podía saberlo.

La luna casi llena descendía en el cielo, por lo que debía de ser más de medianoche, según recordaba Tally de sus clases de astronomía. Estar fuera de la ciudad tenía eso: hacía que todo aquel rollo de la naturaleza que enseñaban en la escuela pareciese mucho más útil. Ahora recordaba que el agua de lluvia caía sobre las montañas y se absorbía en el suelo antes de salir burbujeando, llena de minerales. A continuación regresaba al mar, formando ríos y cañones en la tierra a lo largo de los siglos. «Si vivieras aquí —se dijo para sus adentros—, podrías recorrer los ríos con tu aerotabla como en la época antigua, antes de los oxidados, cuando los preoxidados, no tan locos, viajaban en embarcaciones hechas con árboles.»

Tras recuperar poco a poco su visión nocturna, Tally oteó el horizonte. ¿Se encendería otra bengala a lo lejos, en respuesta a la de Shay? Esperaba que no. Nunca había conocido a nadie de otra ciudad. Sabía por la escuela que en algunas ciudades hablaban otros idiomas, o que no se volvían perfectos hasta los dieciocho años, y otras cosas por el estilo.

—Shay, tal vez deberíamos irnos a casa ya.

—Esperemos un poco más.

Tally se mordió el labio inferior.

—Mira, es posible que el tal David no esté por aquí esta noche.

—Sí, debe de ser eso. Pero esperaba que estuviese aquí —dijo, antes de volverse hacia Tally—. Sería estupendo que lo conocieras. Él es… diferente.

—Eso parece.

—No me lo estoy inventando, ¿sabes?

—Oye, te creo —dijo Tally, aunque con Shay nunca estaba segura del todo.

Shay se volvió de nuevo hacia el horizonte, mordisqueándose una uña.

—Supongo que no está por aquí. Podemos irnos si quieres.

—Es que es muy tarde y nos queda un largo camino de vuelta. Y encima mañana tengo limpieza…

Shay asintió.

—Yo también.

—Gracias por enseñarme todo esto, Shay. Ha sido increíble, de verdad. Pero creo que por esta noche ya es suficiente.

Shay se echó a reír.

—La montaña rusa no ha acabado contigo.

—Poco ha faltado.

—¿Ya me has perdonado?

—Cuando lo haga ya te avisaré, Flaca.

Shay se rió.

—Vale. Pero acuérdate de no hablarle a nadie de David.

—Oye, te lo he prometido. En serio, puedes confiar en mí, Shay.

—De acuerdo. Confío en ti, Tally.

Dobló las rodillas, y su tabla empezó a descender.

Tally echó un último vistazo a su alrededor, abarcando las ruinas que se ensanchaban a sus pies, el oscuro bosque y la franja nacarada del río que se extendía hacia el mar brillante. Se preguntó si de verdad habría alguien allí, o si David era solo una leyenda que los imperfectos se inventaban para asustarse entre sí.

Pero Shay no parecía asustada. Parecía sinceramente decepcionada de que nadie hubiese respondido a su señal, como si reunirse con David hubiese sido aún mejor que enseñar con orgullo los rápidos, las ruinas y la montaña rusa.

Tally pensó que, fuese o no real, David era muy real para su amiga.

Salieron por el hueco de la pared, volaron hasta las afueras de las ruinas y a continuación siguieron el filón de hierro hasta salir del valle. En la cresta, las tablas empezaron a traquetear, y las chicas se bajaron. Esta vez, pese al cansancio, a Tally no le pareció tan difícil llevar la tabla. Había dejado de verla como un juguete, como el globo de un niño pequeño. La aerotabla se había convertido en algo más sólido, algo que obedecía sus propias reglas y que también podía ser peligroso.

Tally pensó que Shay tenía razón en una cosa: en cierto modo, pasar todo el tiempo en la ciudad hacía que todo resultase artificial. Como los edificios y puentes sostenidos por aeropuntales, o saltar de una azotea con un arnés de salto puesto, nada era del todo real allí. Se alegraba de que Shay la hubiese llevado a las ruinas. Por lo menos, el desastre dejado por los oxidados demostraba que las cosas podían salir muy mal si uno no se andaba con cuidado.

Cerca del río las tablas se hicieron más ligeras, y las dos saltaron sobre ellas, agradecidas.

Shay gimió mientras se equilibraban.

—No sé tú, pero yo no doy ni un paso más esta noche.

—Por descontado.

Shay se inclinó hacia delante y deslizó la tabla hasta el río, arrebujándose en la cazadora de su residencia para protegerse de las salpicaduras de los rápidos. Tally se volvió para echar un último vistazo atrás. Ahora que las nubes habían desaparecido, podía ver las ruinas desde allí.

La chica parpadeó. La montaña rusa parecía despedir un ligero resplandor. Tal vez fuese solo un efecto de la luz, la luna reflejada en alguna pieza metálica al descubierto.

—¿Shay? —llamó en voz baja.

—¿Vienes o qué? —gritó Shay por encima del rugido del río.

Tally parpadeó otra vez, pero no pudo volver a distinguir el resplandor. En cualquier caso, estaban demasiado lejos. Si se lo mencionaba a Shay, solo conseguiría que quisiera regresar. Tally no podía de ninguna manera recorrer de nuevo toda aquella distancia.

Y seguramente no era nada…

Tally inspiró profundamente.

—¡Vamos, Flaca! —gritó—. ¡Te echo una carrera!

Impulsó su tabla sobre el río, atravesando las frías salpicaduras y dejando atrás por un momento a una sonriente Shay.

La pelea

—M ira a esa panda de pringados.

—¿También nosotras hemos tenido esas pintas?

—Seguro, pero que nosotras las tuviésemos no quita que ellos lo sean aún.

Tally asintió, intentando recordar cómo era tener doce años y qué le había parecido la residencia en su primer día. Recordaba lo imponente que le resultó el edificio. Mucho más grande que la casa de Sol y Ellie, por supuesto, y mayor que las cabañas a las que iban a estudiar los pequeños, cada una con un profesor y diez alumnos.

Ahora la residencia le parecía muy pequeña y claustrofóbica. Terriblemente infantil, con sus colores vivos y escaleras acolchadas. Tan aburrida durante el día como fácil de abandonar de noche.

Los nuevos imperfectos iban muy juntos, temerosos de alejarse demasiado de su guía. Sus caritas feas miraban los cuatro pisos de altura de la residencia con los ojos llenos de asombro y terror.

Shay volvió a meter la cabeza por la ventana.

—Esto va a ser muy divertido.

—Será un curso acelerado que no olvidarán nunca.

Faltaban dos semanas para el final del verano. La población de la residencia de Tally había ido disminuyendo en el último año a medida que los mayores cumplían los dieciséis. Ya casi había llegado el momento de que una nueva tanda ocupase su lugar. Tally observó la entrada de los últimos imperfectos en llegar, desgarbados y nerviosos, descuidados y torpes. Desde luego, los doce años eran una edad decisiva, cuando pasabas de ser un gracioso pequeño a convertirte en un imperfecto grandullón y poco culto.

Era una etapa de la vida que se alegraba de haber dejado atrás.

—¿Estás segura de que este cacharro funcionará? —preguntó Shay.

Tally sonrió. No era frecuente que Shay fuese la prudente. Señaló el cuello del arnés de salto.

—¿Ves esa lucecita verde? Eso significa que funciona. Es para las emergencias, así que siempre está a punto.

Shay se metió la mano debajo del arnés para tirar de su sensor ventral, lo que significaba que estaba nerviosa.

—¿Y si sabe que no hay una emergencia real?

—No es tan inteligente. Si te caes, te agarra. No hacen falta trucos.

Shay se encogió de hombros y se lo puso.

Habían tomado el arnés prestado de la escuela de Bellas Artes, el edificio más alto de Feópolis. Era una pieza sobrante procedente del sótano, y ni siquiera habían tenido que trucar el perchero para soltarlo. Desde luego, Tally no quería que la sorprendiesen tramando algo con las alarmas de incendio, por si los guardas la relacionaban con el incidente que se había producido en Nueva Belleza a principios del verano.

Shay se puso una enorme camiseta de béisbol encima del arnés de salto. Llevaba los colores de su residencia, y ninguno de los profesores de allí conocía su cara muy bien.

—¿Cómo me queda?

—Como si hubieras ganado peso. Te queda bien.

Shay frunció el ceño. Detestaba que la llamasen Insecto Palo, u Ojos de Cerdo, o cualquiera de las otras cosas que los imperfectos se llamaban entre sí. A veces Shay afirmaba que le daba igual operarse o no. Era hablar por hablar, por supuesto. Shay no era precisamente un monstruo, pero tampoco una perfecta de nacimiento. Al fin y al cabo, solo había habido diez casos así en toda la historia.

—¿Quieres saltar tú, Bizca?

—He estado allí y también he saltado, Shay, incluso antes de conocerte. Y fuiste tú la que tuvo esta idea tan genial.

El ceño fruncido de Shay dio paso a una sonrisa.

—Es genial, ¿verdad?

—Nunca sabrán qué les cayó encima.

Esperaron a que los nuevos imperfectos estuviesen sentados en torno a las mesas de trabajo de la biblioteca para ver un vídeo orientativo. Shay y Tally estaban tumbadas boca abajo en el piso de arriba, junto a los estantes en que se guardaban los viejos y polvorientos libros de papel, atisbando a través de la barandilla. Esperaron a que el guía de la visita hiciese callar a los imperfectos, que parloteaban.

—Resulta demasiado fácil —dijo Shay pintándose unas cejas gruesas y negras encima de las suyas.

—Fácil para ti. Tú habrás salido por la puerta antes de que nadie sepa lo que ha pasado. Yo tengo que bajar todas las escaleras.

—¿Y qué, Tally? ¿Qué van a hacer si nos pillan?

Tally se encogió de hombros.

—Es verdad.

Aun así, se puso la peluca de color marrón pardusco.

A lo largo del verano, a medida que los últimos mayores cumplían dieciséis años y se volvían perfectos, las bromas se habían vuelto cada vez más pesadas. Como nunca castigaban a nadie, la promesa que Tally le hizo a Peris de no meterse en líos parecía tener siglos de antigüedad. Una vez que fuese perfecta, no importaría nada de lo que hubiese hecho aquel último mes. Estaba deseando dejarlo todo atrás, no sin tener antes un gran final.

Pensando en Peris, Tally se puso una gran nariz de plástico. La noche anterior habían saqueado la sala de teatro de la residencia de Shay e iban cargadas de complementos para disfrazarse.

—¿Lista? —preguntó.

Luego se rió al oír el tono nasal que la nariz postiza le daba a su voz.

—Un momento. —Shay agarró un libro grande y grueso de la estantería—. Vale, que empiece el espectáculo.

Se pusieron en pie.

—¡Dame ese libro! —le gritó Tally a Shay—. ¡Es mío!

Oyó que los imperfectos se quedaban en silencio, y tuvo que resistirse a bajar la vista para ver sus caras vueltas hacia arriba.

—¡Ni hablar, Nariz de Cerdo! Yo lo he sacado primero.

—¿Estás de broma, Gordita? ¡Ni siquiera sabes leer!

—Ah, ¿sí? ¡Pues lee esto!

Shay le tiró el libro a Tally, que se agachó. Esta lo cogió de un tirón, se lo arrojó a su vez y alcanzó a Shay de pleno en los antebrazos levantados. Shay rodó hacia atrás al recibir el impacto y dio la vuelta completa sobre el pasamanos.

Tally se inclinó hacia delante con los ojos abiertos como platos mientras Shay se desplomaba hacia la planta principal de la biblioteca, tres pisos más abajo. Los nuevos imperfectos chillaron al mismo tiempo, dispersándose para alejarse del cuerpo descontrolado que caía en picado hacia ellos.

Un segundo más tarde, se activó el arnés de salto, y Shay se movió hacia arriba en el aire, riendo como una loca a voz en cuello. Tally esperó unos segundos más, contemplando cómo el horror de los imperfectos se convertía en confusión mientras Shay volvía a botar antes de aterrizar sobre una de las mesas y dirigirse a la puerta. Tally dejó caer el libro y se lanzó hacia las escaleras, que saltó de tramo en tramo hasta llegar a la salida trasera de la residencia.

—¡Oh, ha sido perfecto!

—¿Has visto qué caras?

—La verdad es que no —dijo Shay—. Demasiado ocupada estaba viendo cómo el suelo se tiraba hacia mí.

—Sí, a mí me pasó lo mismo cuando salté de la azotea. Llama la atención.

—Hablando de caras, me encanta tu nariz.

Tally se la quitó entre risas.

—Sí, no tiene sentido seguir más fea de lo habitual.

El rostro de Shay se ensombreció. Se limpió una ceja y luego alzó la mirada.

—No eres fea.

—Oh, vamos, Shay.

—No, lo digo en serio —dijo antes de alargar la mano y tocar la verdadera nariz de Tally—. Tienes un perfil estupendo.

—No digas tonterías, Shay. Yo soy fea y tú eres fea. Lo seremos durante dos semanas más. No pasa nada —respondió ella echándose a reír—. Tú, por ejemplo, tienes las cejas desiguales, una gigantesca y otra diminuta.

Shay apartó la mirada mientras se quitaba el resto del disfraz en silencio.

Estaban escondidas en los vestuarios situados junto a la playa arenosa, donde habían dejado los anillos de comunicación y la ropa de recambio. Si alguien preguntaba, dirían que se habían pasado todo el tiempo nadando. Nadar era un buen ardid, porque ocultaba el calor corporal, implicaba cambiarse de ropa y era una excusa perfecta para no llevar el anillo de comunicación. El río lavaba todos los delitos.

Al cabo de un minuto, se tiraron al agua chapoteando y hundieron los disfraces. El arnés de salto volvería al sótano de la escuela de Bellas Artes esa noche.

—Hablo en serio, Tally —dijo Shay una vez en el agua—. Tu nariz no es fea y también me gustan tus ojos.

—¿Mis ojos? Ahora sí que te has vuelto loca del todo. Están demasiado juntos.

—¿Quién lo dice?

—Lo dice la biología.

Shay le echó agua.

—No irás a creerte todas esas tonterías, ¿verdad? ¿No ves que todo el mundo está programado para creer que solo se puede tener un aspecto?

—No se trata de creerlo, Shay. Se sabe y ya está. Tú has visto a los perfectos. Tienen un aspecto… maravilloso.

—Todos tienen el mismo aspecto.

—Yo también lo creía. Pero cuando Peris y yo fuimos a la ciudad vimos a muchos, y nos dimos cuenta de que en realidad los perfectos tienen aspectos distintos. Se parecen a sí mismos. Es mucho más sutil, porque no son todos monstruos.

—Nosotras no somos monstruos, Tally. Somos normales. Puede que no seamos guapísimas, pero al menos no somos muñecas Barbie.

—¿Qué es eso?

Ella desvió la mirada.

—Es algo de lo que me habló David.

—Oh, fantástico. Otra vez David.

Tally se apartó y se puso a flotar de espaldas, mirando al cielo y deseando que terminase aquella conversación. Habían ido a las ruinas unas cuantas veces más, y Shay siempre insistía en encender una bengala, pero David nunca había aparecido. Todo aquello de esperar en la ciudad muerta a un tipo que no parecía existir le ponía a Tally la carne de gallina. Era estupendo explorar allí, pero la obsesión de Shay por David había empezado a agobiar a Tally.

—Es real. Lo he visto más de una vez.

—Está bien, Shay, David es real. Pero ser imperfecto también. No puedes cambiarlo solo con desearlo o con decirte que eres perfecto. Por eso inventaron la operación.

—Pero es un engaño, Tally. Te has pasado toda la vida viendo solo caras perfectas. Tus padres, tus profesores, todos los mayores de dieciséis años. Pero no naciste esperando esa clase de perfección en todo el mundo todo el tiempo. Simplemente te han programado para pensar que todo lo demás es imperfecto.

—No es programación, es solo una reacción natural. Y, lo que es aún más importante, es justo. Antiguamente, todo era casual, algunas personas eran bastante bellas, y la mayoría eran feas durante toda su vida. Ahora todas son feas... hasta que son perfectas. No hay perdedores.

Shay se quedó callada un rato.

—Hay perdedores, Tally —dijo luego.

Tally se estremeció. Todo el mundo había oído hablar de los imperfectos de por vida, las pocas personas para las que no funcionaba la operación. No se les veía mucho por ahí. Podían aparecer en público, aunque la mayoría preferían esconderse. ¿Quién no lo habría preferido? Los imperfectos podían parecer bobos, pero al menos eran jóvenes. Los imperfectos viejos eran realmente increíbles.

—¿Es eso? ¿Te preocupa que la operación no funcione? Eso es una tontería, Shay. No eres ningún monstruo. Dentro de dos semanas serás tan perfecta como cualquiera.

—No quiero ser perfecta.

Tally suspiró. Otra vez la misma cantinela.

—Estoy harta de esta ciudad —continuó Shay—. Estoy harta de normas y límites. Lo último que quiero es convertirme en una nueva perfecta boba que se pasa el día entero en una gran fiesta.

—Vamos, Shay. Hacen las mismas cosas que nosotras: saltar desde edificios, volar, jugar con fuegos artificiales... La diferencia es que no tienen que hacerlo a escondidas.

—No tienen imaginación para hacerlo a escondidas.

—Mira, Flaca, estoy contigo —dijo Tally secamente—. ¡Hacer bromas es fantástico!, ¿vale? ¡Incumplir las normas es divertido! Pero al final tienes que hacer algo más que ser una imperfecta lista.

—¿Como ser una perfecta insulsa y aburrida?

—No, como ser una adulta. ¿Has pensado alguna vez que cuando seas perfecta quizá no tengas necesidad de gastar bromas ni de fastidiar? Quizá ser feos es la razón de que los imperfectos siempre se peleen y se metan unos con otros, porque no se sienten felices con lo que son. Bueno, pues yo quiero ser feliz, y parecer una persona de verdad es el primer paso.

—A mí no me da miedo tener el aspecto que tengo, Tally.

—Tal vez no, ¡pero te da miedo crecer!

Shay no dijo nada. Tally flotó en silencio, mirando al cielo, casi incapaz de ver las nubes a causa de su rabia. Quería ser perfecta, quería volver a ver a Peris. Parecía haber pasado una eternidad desde que habló con él, o con alguien que no fuera Shay. Estaba harta de todo aquel asunto de los imperfectos, y solo quería que terminase ya.

Al cabo de un minuto, oyó que Shay nadaba hacia la orilla.

La última travesura

Resultaba extraño, pero Tally no podía evitar estar triste. Echaría de menos las vistas desde aquella ventana.

Se había pasado los últimos cuatro años mirando hacia Nueva Belleza, deseando con todas sus fuerzas cruzar el río y no regresar más. Eso era seguramente lo que la había impulsado a salir por la ventana tantas veces y a aprender todos los ardides posibles para acercarse a escondidas a los nuevos perfectos, a espiar la vida que con el tiempo ella también tendría.

Pero ahora que solo faltaba una semana para la operación, el tiempo parecía avanzar demasiado deprisa. A veces Tally deseaba que la operación fuese de forma gradual. Primero, arreglarle los ojos bizcos, luego los labios, y cruzar el río por etapas. Para no tener que mirar por la ventana por última vez y saber que nunca volvería a contemplar aquella vista.

Sin la presencia de Shay, las cosas parecían incompletas, y Tally se había pasado aún más tiempo allí, sentada en la cama y contemplando Nueva Belleza.

Por supuesto, no había mucho más que hacer aquellos días. Ahora todos los ocupantes de la residencia eran más jóvenes que

Tally, y ya les había enseñado todos sus trucos a los de la siguiente promoción. Había visto unas diez veces todas las películas que emitía su pantalla mural, incluso algunas antiguas en blanco y negro a cuyos actores apenas entendía. No tenía a nadie con quien ir a conciertos, y los deportes de la residencia resultaban aburridos ahora que no conocía a ningún miembro de los equipos. Todos los demás imperfectos la miraban con envidia, pero nadie le encontraba sentido a hacerse amigo de ella. Seguramente era mejor acabar con la operación de una vez. Se pasaba la mitad del tiempo deseando que los médicos la raptaran en mitad de la noche para operarla. Podía imaginar muchas cosas peores que despertar una mañana siendo perfecta. En la escuela decían que ahora podían lograr que la operación funcionase en chicos y chicas de quince años. Esperar a los dieciséis era solo una estúpida y vieja tradición.

Pero era una tradición que nadie cuestionaba, salvo unos pocos. Así que a Tally le quedaba esperar una semana sola.

Shay no había hablado con ella desde su última discusión. Tally había tratado de escribirle, pero intentar explicarlo todo en la pantalla solo le había servido para enfadarse de nuevo, y no tenía mucho sentido arreglarlo ahora. Cuando ambas fuesen perfectas ya no tendrían ningún motivo para discutir. Y aunque Shay siguiese detestándola, siempre quedaban Peris y todos sus viejos amigos, que la esperaban al otro lado del río con sus grandes ojos y maravillosas sonrisas.

Aun así, Tally pasaba mucho tiempo preguntándose qué aspecto tendría Shay cuando fuese perfecta, con su delgado cuerpo más carnoso, los labios ya gruesos perfeccionados y las mordidas uñas desaparecidas para siempre. Seguramente darían a sus ojos un tono más intenso de verde, o tal vez uno de los colores más recientes, violeta, oro o plata.

—¡Eh, Bizca!

Tally se sobresaltó al oír el susurro. Escrutó la oscuridad con la mirada y vio una forma que correteaba hacia ella sobre las tejas. Una sonrisa se le dibujó en la cara.

—¡Shay!

La silueta se detuvo un instante.

Tally ni siquiera se molestó en susurrar.

—No te quedes ahí. ¡Pasa, tonta!

Shay entró por la ventana riéndose, y Tally la acogió con un abrazo cálido, alegre y firme. Dieron un paso atrás cogidas de las manos. Por un momento, la fea cara de Shay pareció perfecta.

—Me alegro mucho de verte.

—Yo también, Tally.

—Te he echado de menos. Quise… Siento mucho lo de…

—No sigas —interrumpió Shay—. Tenías razón. Me hiciste pensar. Iba a escribirte, pero todo era…

La chica terminó la frase con un suspiro.

Tally asintió apretando las manos de Shay.

—Sí. Fue un asco.

Se quedaron un momento en silencio y Tally miró por la ventana, a espaldas de su amiga. De pronto, la vista de Nueva Belleza no resultaba tan deprimente. Ahora todo adquiría un aspecto brillante y tentador, como si todas sus dudas se hubieran disipado. La ventana abierta volvía a ser emocionante.

—¿Shay?

—¿Sí?

—Vayamos a algún sitio esta noche. La última travesura.

Shay se echó a reír.

—En cierto modo esperaba que dijeras eso.

Tally se fijó en la forma como Shay iba vestida. Llevaba la indumentaria adecuada para una travesura en toda regla: ropa negra, cola de caballo y una mochila al hombro. La miró sonriendo.

—Veo que ya tienes un plan.

—Sí —dijo Shay en voz baja—. Lo tengo.

Se acercó a la cama de Tally y se quitó la mochila del hombro. Hacía ruido al caminar, y Tally sonrió al ver que Shay llevaba calzado antideslizante. Hacía días que Tally no usaba la aerotabla. Volar sola suponía todo el trabajo duro y solo la mitad de la diversión.

Shay vació el contenido de la mochila sobre la cama enumerándolo:

—Indicador de posición, encendedor y depurador de agua. —Luego cogió dos bolas brillantes del tamaño de bocadillos—. Estas cosas se convierten en sacos de dormir y son muy calientes por dentro.

—¿Sacos de dormir? ¿Depurador de agua? —exclamó Tally—. Debe de tratarse de una aventura de varios días. ¿Vamos hasta el mar o algo por el estilo?

Shay sacudió la cabeza.

—Más lejos.

—¡Guay! —Tally no dejaba de sonreír—. Pero solo faltan seis días para la operación…

—Ya sé qué día es. —Shay abrió una bolsa impermeable y dejó caer su contenido junto a lo demás—. Comida deshidratada para dos semanas. Solo hay que echar uno de estos en el depurador y añadir agua. Cualquier clase de agua —aclaró con una risita—. El depurador funciona tan bien que hasta puedes hacer pipí en él.

Tally se sentó en la cama mientras leía las etiquetas de los paquetes de comida.

—¿Dos semanas?

—Dos semanas para dos personas —explicó Shay—. Cuatro semanas para una.

Tally no dijo nada. De pronto, no pudo mirar las cosas que había sobre la cama ni tampoco a Shay. Se quedó mirando por la ventana hacia Nueva Belleza, donde estaban empezando los fuegos artificiales.

—Pero no harán falta dos semanas, Tally. El lugar adonde vamos está mucho más cerca.

Una nube roja se elevó en el centro de la ciudad, zarcillos de fuegos artificiales que bajaban flotando como las hojas de un sauce gigantesco.

—¿Para qué no harán falta dos semanas?

—Para ir al lugar donde vive David.

Tally asintió y cerró los ojos.

—No es como aquí, Tally. No separan a todo el mundo, a los imperfectos de los perfectos, a los nuevos de los medianos y los mayores. Y puedes marcharte cuando quieras, ir a donde quieras.

—¿Por ejemplo?

—A cualquier parte. A las ruinas, al bosque, al mar. Y... no tienes que someterte a la operación.

—¿Qué has dicho?

Shay se sentó junto a ella y tocó la mejilla de Tally con un dedo. Tally abrió los ojos.

—No tenemos que tener el mismo aspecto que todo el mundo, Tally, ni actuar como todo el mundo. Podemos elegir. Podemos crecer como queramos.

Tally tragó saliva. Le resultaba imposible hablar, pero sabía que debía decir algo. De su garganta seca salieron palabras forzadas.

—¿No ser perfectos? Eso es absurdo, Shay. Siempre que hablabas así, pensé que solo decías sandeces. Peris siempre soltaba la misma cantinela.

—Es que solo decía sandeces. Pero cuando dijiste que tenía miedo de crecer, me hiciste pensar de verdad.

—¿Yo te hice pensar?

—Hiciste que me diese cuenta de que no decía más que sandeces. Tally, tengo que contarte otro secreto.

Tally suspiró.

—Está bien, supongo que la cosa no puede empeorar.

—¿Te acuerdas de mis amigos mayores con los que iba antes de conocerte? No todos han acabado siendo perfectos.

—¿Qué quieres decir?

—Algunos se escaparon, como voy a hacer yo. Como quiero que hagamos las dos.

Tally miró a Shay a los ojos, en busca de algún indicio que sugiriese que todo aquello era una broma. Pero su expresión intensa se mantuvo firme. Hablaba muy en serio.

—¿Conoces a alguien que se haya escapado de verdad?

Shay asintió.

—Se suponía que también iba a ir yo. Lo teníamos todo planeado aproximadamente una semana antes de que el primero de nosotros cumpliese los dieciséis. Ya habíamos robado el kit de supervivencia y le habíamos dicho a David que íbamos a ir. Todo estaba preparado. De eso hace cuatro meses.

—Pero tú no...

—Algunos lo hicieron, pero yo me acobardé. —Shay miró por la ventana—. Y no fui la única. Se quedaron un par más y se convirtieron en perfectos. Seguramente, yo también lo habría hecho si no te hubiera conocido.

—¿A mí?

—De repente ya no estaba sola. No tenía miedo de volver a las ruinas para buscar otra vez a David.

—Pero nosotras nunca... —Tally parpadeó—. Al final lo has encontrado, ¿verdad?

—Hace dos días. He salido todas las noches desde que nos peleamos. Cuando me dijiste que tenía miedo de crecer, me di cuenta de que tenías razón. Me había acobardado una vez, pero no tenía por qué volver a hacerlo.

Shay cogió la mano de Tally con fuerza y esperó a que la mirase a los ojos.

—Quiero que vengas, Tally.

—No —dijo Tally sin pensar. Luego sacudió la cabeza—. ¿Por qué nunca me has contado nada de esto?

—Quería hacerlo, pero habrías pensado que estaba loca.

—¡Es que estás loca!

—Tal vez. Pero no como tú crees. Por eso quería que conocieras a David. Así sabrías que todo era cierto.

—No lo parece. A ver, ¿qué sitio es ese del que hablas?

—Se llama el Humo. No es una ciudad, y no manda nadie y nadie es perfecto.

—Suena como una pesadilla. ¿Y cómo se llega hasta allí? ¿Caminando?

Shay se echó a reír.

—¿Estás de broma? Con aerotablas, cómo si no. Hay tablas de larga distancia que se recargan con energía solar, y toda la ruta está pensada para seguir ríos y demás. David lo hace constantemente y llega hasta las ruinas. Él nos llevará al Humo.

—Pero ¿cómo puede vivir la gente allí, Shay? ¿Como los oxidados? ¿Quemando árboles para calentarse y enterrando su propia basura por todas partes? No está bien vivir en la naturaleza, salvo que quieras vivir como un animal.

Shay negó con la cabeza mientras suspiraba.

—Eso es lo que cuentan en la escuela, Tally. Todavía tienen tecnología. Y no son como los oxidados, que queman árboles y todo lo demás. Pero tampoco levantan un muro entre la naturaleza y ellos.

—Y todo el mundo es imperfecto.

—Lo que significa que nadie lo es.

Tally consiguió reírse.

—Querrás decir que nadie es perfecto.

Permanecieron sentadas en silencio. Tally contemplaba los fuegos artificiales, sintiéndose mil veces peor que antes de que Shay apareciese en la ventana.

Por último, Shay pronunció las palabras exactas que Tally estaba pensando.

—Voy a perderte, ¿verdad?

—Eres tú la que se va.

Shay apoyó los puños en las rodillas.

—Todo es culpa mía. Debería habértelo contado antes. Si hubieses tenido más tiempo para hacerte a la idea, tal vez...

—Shay, nunca me habría hecho a la idea. No quiero ser imperfecta toda la vida. Quiero tener esos ojos y esos labios perfectos, y que todos me miren boquiabiertos, que cuando me vean piensen «¿Quién es?» y quieran conocerme.

—Yo preferiría tener algo que decir.

—¿Como, por ejemplo: «Hoy he matado un lobo de un tiro y me lo he comido»?

Shay soltó unas risitas.

—La gente no come lobos, Tally, sino conejos y ciervos.

—¡Qué asco! Gracias por ser tan explícita, Shay.

—Tienes razón, creo que me limitaré a las verduras y al pescado. Pero no se trata de salir de acampada, Tally. Se trata de ser lo que yo quiera ser, no lo que un comité quirúrgico considere que debo ser.

—Pero sigues siendo la misma por dentro, Shay, solo que, cuando eres perfecto, la gente te presta más atención.

—No todo el mundo piensa así.

—¿Estás segura de que puedes ir contracorriente siendo lista o interesante? Porque si te equivocas... si no regresas antes de cumplir los veinte, la operación no funcionará. Tendrás mal aspecto... para siempre.

—No regresaré nunca.

Aunque se le entrecortó la voz, Tally se obligó a decir:

—Y yo no vendré contigo.

Se despidieron bajo el dique.

La aerotabla de largo recorrido de Shay era más gruesa y relucía por las facetas de las placas solares. También había escondido debajo del puente una cazadora y una gorra térmicas. Tally supuso que los inviernos en el Humo debían de ser fríos y desagradables.

No podía creer que su amiga se marchase de verdad.

—Siempre puedes volver, si no te gusta.

Shay se encogió de hombros.

—Ninguno de mis amigos ha vuelto.

Aquellas palabras sobrecogieron a Tally. Se le ocurrían muchas razones horribles y espeluznantes para explicar por qué no había regresado nadie.

—Ten cuidado, Shay.

—Tú también. No vas a contárselo a nadie, ¿verdad?

—Nunca, Shay.

—¿Lo juras? ¿Pase lo que pase?

Tally levantó la palma que tenía la cicatriz.

—Lo juro.

Shay sonrió.

—Lo sé, pero tenía que preguntártelo otra vez antes de…

Sacó un trozo de papel y se lo entregó a Tally.

—¿Qué es esto? —Tally lo desdobló y vio unos garabatos—. ¿Cuándo has aprendido a escribir a mano?

—Cuando planeábamos marcharnos. Es la mejor forma de asegurarte que los guardianes no metan las narices en tu diario. De todos modos, es para ti. Se supone que no tengo que dejar constancia del lugar adonde voy, así que está más o menos cifrado.

Tally frunció el ceño mientras leía la primera línea de palabras inclinadas.

—¿«Coger la rusa justo después del hueco»?

—Sí. ¿Lo pillas? Solo tú puedes resolverlo, por si alguien lo encuentra. Ya sabes, si alguna vez quieres seguirme...

Tally iba a decir algo, pero no pudo y se limitó a asentir con la cabeza.

—Por si acaso —dijo Shay.

Saltó encima de la tabla, chasqueó los dedos y se colocó la mochila sobre los hombros.

—Adiós, Tally.

—Adiós, Shay. Me habría gustado...

Shay esperó, moviéndose solo un poco al viento fresco de septiembre. Tally trató de imaginarla envejeciendo, arrugándose, estropeándose poco a poco, todo sin haber sido nunca realmente guapa. Sin haber aprendido a vestir bien ni a comportarse en un baile formal. Sin que nadie la hubiese mirado a los ojos y se sintiese simplemente abrumado.

—Me habría gustado poder verte... perfecta.

—Supongo que tendrás que recordar mi cara así —dijo Shay.

Luego se volvió, y su aerotabla se alejó ascendiendo hacia el río, mientras las siguientes palabras de Tally se perdían en el rugido del agua.

La operación

Cuando llegó el día, Tally esperó sola el coche.

Al día siguiente, cuando la operación hubiese terminado, sus padres estarían esperándola en la puerta del hospital, junto a Peris y sus otros amigos mayores. Esa era la tradición. Era extraño que no hubiese nadie para despedirla. No había nadie para decirle adiós, solo unos cuantos imperfectos que pasaban por allí. Ahora le parecían muy jóvenes, sobre todo los recién llegados de la nueva promoción, que la miraban boquiabiertos como si fuese un viejo dinosaurio.

Siempre le había gustado mucho ser independiente, pero ahora Tally se sentía como la última pequeña que venían a buscar a la escuela, abandonada y sola. Septiembre era un mal mes para nacer.

—Eres Tally, ¿verdad?

Ella levantó la mirada. Era un nuevo imperfecto que se adaptaba con torpeza a la estatura poco familiar y que daba tirones al uniforme de su residencia como si ya le quedase demasiado ajustado.

—Sí.

—¿No eres tú la que va a convertirse hoy?

—Soy yo, Pequeñajo.

—¿Y cómo es que pareces tan triste?

Tally se encogió de hombros. De todos modos, ¿qué podía entender aquel medio pequeño, aquel medio imperfecto? Pensó en lo que Shay había dicho de la operación.

El día anterior le habían tomado las últimas medidas, dándole vueltas a través de un tubo catódico. ¿Debía contarle a aquel nuevo imperfecto que, esa misma tarde, iban a abrirle el cuerpo, a limarle los huesos para darles la forma adecuada, a estirar o rellenar algunos, a quitarle el cartílago nasal y los pómulos y a sustituirlos por plástico programable, a lijarle la piel y volver a sembrarla como a un campo de fútbol en primavera? ¿Que le tallarían los ojos con láser para toda una vida de visión perfecta, que le colocarían implantes reflectantes bajo el iris para añadir motas doradas a su mediocre castaño? ¿Que le arreglarían todos los músculos con una noche de electrócisis y le succionarían toda la grasa infantil para siempre? ¿Que le sustituirían los dientes por cerámicas fuertes como el ala de una aeronave suborbital y blancas como la porcelana buena de la residencia?

Decían que no dolía, salvo la piel nueva, que durante un par de semanas producía la misma sensación que una quemadura solar.

Mientras los detalles de la operación zumbaban en su cabeza, pudo imaginar por qué se había escapado Shay. Sí, parecía que había que sufrir demasiado solo para tener un aspecto determinado. Ojalá la gente fuese más lista, lo bastante evolucionada para tratar a todas las personas igual aunque tuviesen un aspecto diferente. Un aspecto imperfecto.

Ojalá a Tally se le hubiese ocurrido el argumento adecuado para hacer que se quedase.

Las conversaciones imaginarias habían vuelto, pero mucho peores que cuando se marchó Peris. Mil veces se había peleado con Shay mentalmente, tras largas discusiones inconexas sobre la perfección, la biología y el significado de crecer. Las veces que habían estado en las ruinas, Shay había hecho observaciones sobre los imperfectos y los perfectos, la ciudad y el exterior, lo falso y lo real. Pero Tally no se había dado cuenta ni una sola vez de que su amiga podía escaparse de verdad, renunciando a una vida de belleza, sofisticación y elegancia. Ojalá hubiese dicho lo apropiado. Lo que fuese.

Allí sentada, le parecía que ni siquiera lo había intentado.

Tally miró a los ojos al nuevo imperfecto.

—Porque todo se reduce a esto: toda una vida de perfección bien vale dos semanas de quemadura solar.

El chaval se rascó la cabeza.

—¿Cómo?

—Nada. Solo algo que debería haber dicho y no dije. Eso es todo.

El aerovehículo del hospital llegó por fin y se posó en los terrenos de la escuela, con tanta ligereza que apenas agitó el césped recién segado.

El conductor era un perfecto mediano que irradiaba confianza y autoridad. Se parecía tanto a Sol, que Tally estuvo a punto de pronunciar el nombre de su padre.

—¿Tally Youngblood? —dijo él.

—Sí, soy yo —respondió Tally, aunque ya había visto el destello de luz que había leído su huella ocular.

El perfecto mediano tenía algo que impedía la frivolidad. Era la sensatez personificada. Sus modales eran tan serios y formales que Tally deseó haberse arreglado un poco más.

—¿Estás preparada? No llevas gran cosa.

Llevaba el petate de lona medio lleno. De todos modos, todo el mundo sabía que los nuevos perfectos acababan reciclando la mayoría de las cosas que llevaban al otro lado del río. Le darían toda la ropa nueva, por supuesto, y todos los juguetes para nuevos perfectos que quisiera. Lo que sí había conservado era la nota manuscrita de Shay, oculta entre unas cuantas fruslerías cogidas al azar.

—Ya tengo bastante.

—Muy bien, Tally. Eso es muy maduro.

—Yo soy así, señor.

Se cerró la puerta, y el vehículo despegó.

El gran hospital estaba al otro extremo de Nueva Belleza. Era allí donde iba todo el mundo para las operaciones graves: pequeños, imperfectos e incluso perfectos mayores desde Ancianópolis que acudían para tratamientos de prolongación vital.

El río brillaba bajo un cielo sin nubes, y Tally se dejó arrastrar por la perfección de Nueva Belleza. Incluso sin las luces y los fuegos artificiales que se encendían por la noche, el vidrio y el metal hacían brillar las superficies de la ciudad; las inverosímiles agujas de las torres de fiesta proyectaban delgadas sombras a través de la isla. Tally vio de pronto que resultaba mucho más vibrante que las Ruinas Oxidadas. Tal vez no era tan oscura ni resultaba tan misteriosa, pero allí había más vida.

Había llegado el momento de dejar de preocuparse por Shay. En adelante, la vida iba a ser una gran fiesta llena de gente guapa. Como Tally Youngblood.

El aerovehículo descendió hasta una de las X rojas de la azotea del hospital, y el conductor de Tally la acompañó hasta una sala de espera del interior. Un celador consultó el nombre de Tally, volvió a comprobar su ojo con un destello y le dijo que esperase.

—¿Te las arreglarás bien? —preguntó el conductor.

Ella levantó la vista hasta sus ojos claros y apacibles, deseando que se quedase. Pero pedirle que esperase con ella no parecía muy maduro.

—Sí, estoy bien, gracias.

Él sonrió y se marchó.

No había nadie más en la sala de espera. Tally se arrellanó en su asiento y contó las losas del techo. Mientras esperaba, volvieron de nuevo a su mente las conversaciones con Shay, pero allí no resultaban tan perturbadoras. Era demasiado tarde para arrepentirse.

Tally deseó que hubiese una ventana para contemplar Nueva Belleza. Estaba ya tan cerca… Se imaginó al día siguiente por la noche, su primera noche de perfecta, vestida con ropa nueva y maravillosa (con todos sus uniformes de la residencia metidos en el reciclador), mirando desde la cima de la torre de fiesta más alta que pudiese encontrar. Vería apagarse las luces al otro lado del río, la hora de acostarse en Feópolis, y tendría toda la noche por delante con Peris y sus nuevos amigos, toda la gente guapa que conocería.

Suspiró.

Dieciséis años. Por fin.

Durante una hora larga no ocurrió nada. Tally tamborileaba con los dedos sobre la silla, preguntándose si siempre harían esperar tanto tiempo a los imperfectos.

Entonces llegó el hombre.

Tenía un aspecto extraño, distinto del de cualquier perfecto que Tally hubiese visto jamás. Desde luego, era mediano, pero su operación era una chapuza. Aunque sin duda era guapo, su perfección resultaba sobrecogedora.

En lugar de sensato y seguro de sí mismo, el hombre tenía un aspecto frío, autoritario y avasallador, como un regio animal de presa. Cuando se acercó, Tally empezó a preguntar qué ocurría, pero una mirada suya le impuso silencio.

Nunca había conocido a un adulto que la desconcertase de aquella manera. Siempre sentía respeto cuando se hallaba cara a cara con un perfecto mediano o mayor. Pero en presencia de aquel hombre cruelmente guapo, el respeto aparecía saturado de miedo.

—Hay un problema con tu operación —dijo el hombre—. Ven conmigo.

Circunstancias Especiales

Aquel aerovehículo era más grande aunque no tan cómodo, y el viaje no fue nada agradable. Aquel hombre extraño pilotaba con agresiva impaciencia: bajaba como una roca para atajar entre pasillos aéreos y se escoraba como una aerotabla a cada giro. Tally nunca se había mareado, pero ahora permanecía agarrada a las correas del asiento, con los nudillos blancos y los ojos fijos en la tierra firme. Entrevió por última vez la ciudad de Nueva Belleza, que iba empequeñeciéndose detrás de ellos.

Se dirigieron río abajo, a través de Feópolis, más allá del cinturón verde, hacia el anillo de transporte, donde las fábricas asomaban sus cabezas sobre el suelo. Junto a una gran colina deforme, el vehículo descendió hasta un complejo de edificios rectangulares, que eran tan bajos como residencias de imperfectos y estaban pintados del color de la hierba seca.

Aterrizaron con una dolorosa sacudida, y el hombre la acompañó hasta el interior de uno de los edificios, atravesando unos pasillos tenebrosos de color amarillo pardusco. Tally nunca había visto tanto espacio pintado con colores tan horrorosos; era como si el edificio estuviese diseñado para que sus ocupantes sintiesen náuseas.

Había más personas como aquel hombre. Todas iban vestidas con ropas formales de seda natural negra y gris, y sus rostros tenían la misma expresión fría y dura. Tanto los hombres como las mujeres eran más altos que el perfecto estándar y poseían una complexión más fuerte. Sus ojos eran tan claros como los de un imperfecto. También había algunas personas normales, pero se volvían insignificantes junto a aquellas formas depredadoras que se movían con elegancia por los pasillos.

Tally se preguntó si aquel era un lugar al que llevaban a la gente cuando sus operaciones salían mal, cuando la belleza se volvía cruel. Entonces, ¿por qué estaba ella allí? Ni siquiera la habían operado todavía. Tally tragó saliva. ¿Y si habían hecho intencionadamente así a aquellos perfectos terribles? Cuando la midieron el día anterior, ¿habían determinado que nunca encajaría en el molde de la perfecta vulnerable con ojos de cierva? Tal vez la hubiesen elegido ya para aquel otro mundo extraño.

El hombre se detuvo junto a una puerta metálica, y Tally se paró detrás de él. Volvía a sentirse como una niña pequeña que es arrastrada con una cuerda invisible por un guardián. Toda su seguridad de mayor imperfecta se había evaporado en el instante que lo vio en el hospital. Cuatro años de travesuras e independencia esfumados.

La puerta iluminó con un destello el ojo del hombre y se abrió. Él le indicó con un gesto que entrase. Tally se dio cuenta de que no había dicho ni una palabra desde que la recogió en el hospital. Inspiró profundamente y sintió que el corazón se le encogía.

—Diga, por favor —consiguió mascullar.

—Adentro —fue la respuesta de él.

Tally sonrió, pues era una pequeña victoria haberle hecho hablar de nuevo, pero obedeció.

—Soy la doctora Cable.

—Tally Youngblood.

La doctora Cable sonrió.

—Ya sé quién eres.

La mujer era una perfecta cruel. Tenía la nariz aguileña, los dientes afilados y los ojos de un gris mate. Su voz tenía la misma cadencia lenta y monótona que un libro para antes de acostarse. Pero a Tally no le producía sueño. En aquella voz podía percibirse un filo solapado, como si un trozo de metal se deslizara suavemente sobre un vidrio.

—Tienes un problema, Tally.

—Ya me lo había imaginado…

Resultaba extraño ignorar el nombre de la mujer.

—Puedes llamarme doctora Cable.

Tally parpadeó. Nunca en su vida había llamado a nadie por su apellido.

—De acuerdo, doctora Cable. —Tally carraspeó—. Mi problema ahora mismo es que no sé qué pasa —consiguió añadir con voz seca—. Así que… ¿por qué no me lo cuenta?

—¿Qué crees que está pasando, Tally?

Tally cerró los ojos para dejar de ver por un momento el rostro anguloso de la mujer.

—Bueno, en realidad aquel arnés de salto era una pieza sobrante, ¿sabe?, y lo devolvimos a la pila de recarga.

—No se trata de ninguna aventura de imperfectos.

Ella suspiró y abrió los ojos.

—Lo suponía.

—Se trata de una amiga tuya que, al parecer, ha desaparecido.

Así que se trataba de eso: Shay había ido demasiado lejos con su aventura, dejando a Tally para que diera la cara.

—No sé dónde está.

La doctora Cable sonrió, mostrando solo los dientes superiores.

—Pero sabes algo.

—¿Quién es usted? —soltó Tally—. ¿Dónde estoy?

—Soy la doctora Cable —dijo la mujer—. Y esto es Circunstancias Especiales.

Ante todo, la doctora Cable le hizo muchas preguntas.

—No hacía mucho que conocías a Shay, ¿verdad?

—No. La conocí este verano. Estábamos en residencias distintas.

—¿Y no conociste a ninguno de sus amigos?

—No. Eran mayores que ella. Ya se habían convertido.

—¿Como tu amigo Peris?

Tally tragó saliva. ¿Cuánto sabía aquella mujer de ella?

—Sí. Como Peris.

—Pero los amigos de Shay no se volvieron perfectos, ¿verdad?

Tally inspiró despacio mientras recordaba la promesa que le había hecho a Shay. De todos modos, no quería mentir. Tally estaba segura de que la doctora Cable se daría cuenta. Ya tenía bastantes problemas.

—¿Por qué no? ¿Te habló de sus amigos?

—No hablábamos de eso, solo andábamos por ahí, porque... estar sola es muy aburrido. Solo hacíamos chiquilladas.

—¿Sabías que había formado parte de una pandilla?

Tally alzó la vista hasta los ojos de la doctora Cable. Eran casi tan grandes como los de los perfectos normales, pero se desviaban hacia arriba como los de un lobo.

—¿Una pandilla? ¿A qué se refiere?

—¿Alguna vez fuisteis Shay y tú a las Ruinas Oxidadas?

—Todo el mundo va allí.

—Pero ¿alguna vez fuisteis a hurtadillas a las ruinas?

—Sí. Mucha gente lo hace.

—¿Alguna vez conociste a alguien en las Ruinas Oxidadas?

Tally se mordió el labio inferior.

—¿Qué es Circunstancias Especiales?

—Tally.

De pronto su voz resultaba tan afilada como la hoja de una navaja.

—Si me dice qué es Circunstancias Especiales, le contestaré.

La doctora Cable se arrellanó en su butaca, juntó las manos y asintió.

—Esta ciudad es un paraíso, Tally. Te alimenta, te educa, te mantiene seguro. Te hace perfecto.

Cuando oyó esto, Tally no pudo evitar alzar una mirada esperanzada.

—Y nuestra ciudad puede soportar muchísima libertad, Tally. Les da a los jóvenes espacio para hacer de las suyas, para desarrollar su creatividad e independencia. Pero de vez en cuando llegan cosas malas del exterior de la ciudad.

La doctora Cable entornó los ojos, lo cual le confería a su cara una expresión más felina aún.

—Vivimos en equilibrio con nuestro entorno, Tally, depurando el agua que devolvemos al río, reciclando la biomasa y utilizando solo electricidad procedente de nuestra propia zona de cobertura solar. Pero a veces no podemos depurar lo que tomamos del exterior. A veces hay amenazas del entorno que deben afrontarse.

La mujer se detuvo y sonrió.

—A veces hay Circunstancias Especiales.

—Entonces, ustedes son una especie de guardianes para toda la ciudad.

La doctora Cable asintió.

—A veces otras ciudades plantean retos. Y a veces las pocas personas que viven fuera de las ciudades pueden crear problemas.

Tally abrió los ojos de par en par. ¿Fuera de las ciudades? Shay había dicho la verdad cuando decía que existían lugares como el Humo.

—Ahora te toca a ti responder a mis preguntas, Tally. ¿Alguna vez has conocido a alguien en las ruinas, a alguien que no fuese de esta ciudad, que no fuese de ninguna ciudad?

Tally sonrió.

—No, nunca.

La doctora Cable frunció el ceño y miró hacia abajo unos segundos como si comprobara algo. Cuando sus ojos miraron de nuevo a Tally, se habían vuelto más fríos aún. Tally sonrió otra vez, segura de que la doctora Cable sabía cuándo decía la verdad. La habitación debía de estar leyendo su frecuencia cardíaca, su sudor y la dilatación de sus pupilas. Pero Tally no podía decir lo que no sabía.

La voz de la mujer volvió a sonar afilada como una navaja.

—No juegues conmigo, Tally. Tu amiga Shay nunca te lo agradecerá, porque nunca volverás a verla.

Tally sintió que la emoción por su pequeña victoria se desvanecía y que la sonrisa se borraba de su rostro.

—Seis de sus amigos desaparecieron, Tally, todos a la vez. Nunca se ha encontrado a ninguno de ellos. Sin embargo, otros dos que tenían que unirse a ellos decidieron no desperdiciar su vida, y obtuvimos información de lo que había ocurrido con los demás. No huyeron por su cuenta. Alguien de fuera los tentó, alguien que quiso robarnos a nuestros imperfectos más listos. Nos dimos cuenta de que era una circunstancia especial.

Tally sintió un escalofrío. ¿De verdad habían robado a Shay? ¿Qué sabían realmente Shay o cualquier imperfecto acerca del Humo?

—Hemos estado vigilando a Shay desde entonces con la esperanza de que nos condujese hasta sus amigos.

—Entonces, ¿por qué no...? —soltó Tally—. Ya sabe, ¿por qué no la han detenido antes?

—Por ti, Tally.

—¿Por mí?

La voz de la doctora Cable se suavizó.

—Creímos que, al haber hecho una amiga, tenía una razón para permanecer aquí en la ciudad. Creímos que no pasaría nada.

Tally solo pudo cerrar los ojos y sacudir la cabeza.

—Hasta que Shay también desapareció —continuó la doctora Cable—. Resultó ser más lista que sus amigos. Le enseñaste bien.

—¿Yo? —exclamó Tally—. No conozco más trucos que la mayoría de los imperfectos.

—Te subestimas —dijo la doctora Cable.

Tally desvió la mirada de sus ladinos ojos e ignoró la voz afilada. No era culpa suya. Al fin y al cabo, ella había decidido quedarse en la ciudad. Quería convertirse en perfecta. Incluso había tratado de convencer a Shay. Pero había fracasado.

—No es culpa mía.

—Tienes que ayudarnos, Tally.

—¿Ayudarles a qué?

—A encontrarla. A encontrarlos a todos.

Ella inspiró profundamente.

—¿Y si no quieren que los encuentren?

—¿Y si quieren? ¿Y si les han mentido?

Tally recordó la cara de Shay aquella última noche, lo esperanzada que estaba. Deseaba abandonar la ciudad con tanta intensidad como Tally anhelaba ser perfecta. Por estúpida que pareciese la decisión, Shay no la había tomado a la ligera, y además había respetado la decisión de Tally de quedarse.

Tally alzó la mirada hacia la cruel bella doctora Cable, hacia el amarillo pardusco de las paredes. Recordó todo aquello por lo que le estaban haciendo pasar: hacerle esperar durante una hora en el hospital, creyendo que pronto sería perfecta, el vuelo brutal hasta allí y todos los rostros crueles de los pasillos…

—No puedo ayudarla —dijo decidida—. Hice una promesa.

La doctora Cable esta vez enseñó los dientes, y no la falsa sonrisa de hasta entonces. La mujer se convirtió en un verdadero monstruo, vengativo e inhumano.

—Entonces yo también te haré una promesa, Tally Youngblood. No serás perfecta hasta que nos ayudes en todo lo que puedas.

La doctora Cable le dio la espalda.

—Me trae sin cuidado que seas imperfecta el resto de tus días.

Se abrió la puerta. El hombre que la había asustado estaba fuera, no se había movido de allí en todo aquel tiempo.

Imperfecta de por vida

Seguidamente habían avisado a los guardianes de su regreso, ya que todos los demás imperfectos habían sido invitados a una excursión sorpresa. Aun así, estaba claro que los guardianes no habían llegado a tiempo para conservar sus cosas, y cuando Tally llegó a su antigua habitación, vio que lo habían reciclado todo: prendas de vestir, ropa de cama, mobiliario, las imágenes de la pantalla mural… Todo había vuelto a convertirse en Imperfecto Genérico. Parecía incluso que otra persona se hubiese mudado allí brevemente antes de volver a marcharse, dejando tan solo una lata de refresco en la nevera.

Tally se sentó en la cama; estaba todavía tan atónita que no pudo llorar. Supo que pronto estallaría en llanto, seguramente en el peor momento y en el peor lugar posible. Ahora que había terminado la entrevista con la doctora Cable, su rabia y rebeldía se estaban desvaneciendo, y no quedaba nada que la sostuviese. Sus cosas se habían esfumado, su futuro se había esfumado, solo quedaba la vista de Nueva Belleza desde su ventana.

Permaneció un rato más sentada allí con la mirada perdida. No podía creerse todo lo ocurrido: los perfectos crueles, los extraños edificios en las afueras de la ciudad, el terrible ultimátum de la doctora Cable. Tally se sentía como si alguna arriesgada aventura hubiese salido muy mal. Una nueva realidad extraña y horrible se había abierto ante sus ojos, haciendo pedazos el mundo que hasta ahora ella conocía.

Todo lo que le quedaba de él era el pequeño petate de lona que había preparado para el hospital. Ni siquiera recordaba haberlo traído de vuelta. Sacó la escasa ropa que contenía, metida al azar, y encontró la nota cifrada de Shay.

La leyó en busca de pistas.

Coger la rusa justo después del hueco,
hasta encontrar uno que es largo y plano.
Frío es el mar y ojo con las aberturas.
En la segunda, cometer el peor de los errores.
Cuatro días después, tomar el lado que desprecias,
y buscar en las flores ojos de pirómano.
Una vez hallados, disfrutar del vuelo.
Luego esperar sobre la cabeza calva a que se haga la luz.

Casi nada de aquello tenía sentido para ella, tan solo algunas palabras sueltas. Era evidente que Shay había querido ocultar su significado a cualquier otra persona que pudiese leer la nota, utilizando referencias que solo ellas dos podían entender. Ahora entendía la actitud paranoica de su amiga. Después de conocer a la doctora Cable, Tally comprendía por qué David quería mantener en secreto su ciudad, campamento o lo que fuese.

De repente, Tally cayó en la cuenta de que aquella nota era lo que quería la doctora Cable. La mujer había estado todo el tiempo sentada frente al petate, pero nadie se había molestado en registrarlo. Eso significaba que Tally había conseguido preservar el secreto de Shay y que aún tenía algo con lo que negociar.

Pero también significaba que Circunstancias Especiales podía cometer errores.

Tally vio regresar a los demás imperfectos antes de la hora de comer. Mientras salían del transporte escolar, todos miraron hacia su ventana. Antes de agacharse y retroceder hacia las sombras, Tally observó que algunos la señalaban.

Minutos después, oyó a unos niños en el pasillo que se callaron al pasar junto a su puerta. A algunos incluso les entró la risa tonta, algo muy propio de los nuevos imperfectos siempre que trataban de permanecer en silencio.

¿Acaso se estaban riendo de ella?

Un gruñido de su estómago le recordó que no había desayunado ni había cenado la noche anterior. Se suponía que no debía comer ni beber en las dieciséis horas previas a la operación. Estaba muerta de hambre.

Sin embargo, se quedó en su habitación hasta después del almuerzo. No podía afrontar una cafetería llena de imperfectos que observarían cada uno de sus movimientos, preguntándose qué había hecho para seguir teniendo una cara imperfecta. Cuando ya no pudo soportar el hambre, subió furtivamente a la azotea, donde dejaban las sobras para quien las quisiera.

Unos cuantos imperfectos la vieron en el pasillo. No dijeron esta boca es mía y se apartaron a su paso, como si fuese a contagiarles algo. Tally se preguntó qué les habrían dicho los guardianes. ¿Que había hecho demasiadas de las suyas? ¿Que no era operable, que era una imperfecta de por vida? ¿O solo que era una Circunstancia Especial?

Aunque todas las miradas se apartaban de ella, nunca se había sentido tan observada.

En la azotea habían preparado para ella una bandeja con su nombre, envuelta en papel transparente. Alguien se había fijado en que no había comido. Y, por supuesto, todo el mundo daba por hecho que se escondería.

La visión de la bandeja de comida, marchita y solitaria, hizo que asomasen a sus ojos las lágrimas reprimidas. Le ardía la garganta como si se hubiese tragado algo afilado, y solo tuvo tiempo de volver a su habitación antes de estallar en llanto.

Al llegar allí, se dio cuenta de que, a pesar de todo, no se había dejado la bandeja. Comió mientras lloraba, saboreando la sal de sus lágrimas en cada bocado.

Sus padres llegaron al cabo de una hora.

Ellie entró la primera y estrechó a Tally en un fuerte abrazo que casi la dejó sin aliento.

—¡Tally, mi pobre niña!

—No vayas a hacerle daño, Ellie. Ha tenido un mal día.

Aunque le costaba respirar, se estaba bien en aquel abrazo aplastante. Ellie siempre olía bien, como una mamá, y Tally siempre se sentía como una niña pequeña entre sus brazos. Permaneció así un minuto entero, y luego dio un paso atrás, esperando no volver a llorar. Miró a sus padres tímidamente, preguntándose qué debían de pensar. Se sentía fracasada.

—Me sorprende que hayáis podido venir.

—¿Acaso crees que íbamos a dejarte sola? —dijo Ellie.

Sol hizo un gesto de incredulidad con la cabeza.

—Nunca he oído nada semejante. Es ridículo. ¡Llegaremos hasta el fondo de todo este asunto, no te preocupes!

Tally sintió que le quitaban un peso de encima. Por fin sentía que alguien estaba de su parte. Los ojos de perfecto de su padre brillaban con serena firmeza. No cabía duda de que lo resolvería todo.

—¿Qué os han dicho? —preguntó Tally.

Sol hizo un gesto y Tally se sentó en la cama. Ellie se acomodó junto a ella mientras él caminaba de un lado a otro por la pequeña habitación.

—Bueno, nos han hablado de esa tal Shay. Parece que siempre ha sido muy problemática.

—¡Sol! —le interrumpió Ellie—. Esa pobre chica ha desaparecido.

—Parece que ha querido desaparecer.

Su madre frunció los labios en silencio.

—No es culpa suya, Sol —dijo Tally—. Lo único que quería era no convertirse en perfecta.

—Así que es una librepensadora. Muy bien. Pero debería haber tenido sentido común y no arrastrar a nadie con ella.

—No me ha arrastrado a ninguna parte. Estoy aquí. —Tally miró por la ventana la imagen familiar de la ciudad de Nueva Belleza—. Donde al parecer estaré siempre.

—Vamos, vamos —dijo Ellie—. Han dicho que cuando les hayas ayudado a encontrar a esa tal Shay todo seguirá su curso con normalidad.

—No importa si la operación se produce con unos días de retraso. Será una excelente anécdota que podrás explicar de mayor —comentó Sol riéndose por lo bajo.

Tally se mordió el labio inferior.

—No creo que pueda ayudarles.

—Bueno, solo tienes que hacer todo lo que puedas —dijo Ellie.

—No puedo. Le prometí a Shay que no le contaría a nadie sus planes.

Ellie y Sol se miraron. Todos se quedaron en silencio un momento.

Sol se sentó y cogió una mano de Tally entre las suyas. Eran cálidas y fuertes, y estaban casi tan arrugadas como las de un viejecito de tanto trabajar en su taller de carpintería. Tally se dio cuenta de que no había visitado a sus padres desde la semana de las vacaciones estivales; recordaba que entonces lo único que deseaba era regresar, para reanudar sus correrías con Shay. Pero ahora se alegraba de verlos.

—Tally, de pequeños todos hacemos promesas, precisamente por ser imperfectos; todo es emocionante, intenso e importante, pero tienes que madurar. Al fin y al cabo, no le debes nada a esa chica. No ha hecho más que causarte problemas.

Ellie le cogió la otra mano.

—Además, estarás ayudándola, Tally. ¿Quién sabe dónde estará ahora y en qué lío estará metida? Me sorprende que la dejases marcharse así. ¿No sabes lo peligroso que es estar ahí fuera?

Tally no pudo menos de asentir. Al mirar el rostro de Sol y Ellie, todo parecía muy claro. Tal vez si colaboraba con la doctora Cable, ayudaría realmente a Shay y volvería a encauzar su propia vida. Pero al pensar en la doctora Cable hizo una mueca.

—Deberíais haber visto a las personas que investigan a Shay. Parecen…

Sol se echó a reír.

—Supongo que a tu edad debes de haberte llevado un buen susto, Tally, pero nosotros los mayores lo sabemos todo de Circunstancias Especiales; eso que quede claro. Puede que sean duros, pero solo hacen su trabajo, ¿sabes? El mundo de ahí fuera también es duro.

Tally suspiró. Tal vez su reticencia se debía solo a que los perfectos crueles la habían asustado.

—¿Alguna vez los habéis visto? Son realmente muy extraños.

Ellie frunció el ceño.

—Bueno, no puedo decir que haya visto a ninguno con mis propios ojos.

Sol se echó a reír.

—Bueno, ¿y quién quiere verlos, Ellie? Créeme, Tally, si ahora haces lo correcto, seguramente nunca más volverás a verlos. Todos podemos pasar sin esa clase de cosas.

Tally miró a su padre y por un momento vio en su expresión algo que no era sensatez ni seguridad. Sol se reía con demasiada facilidad de Circunstancias Especiales, rechazando todo lo que pudiera estar ocurriendo fuera de la ciudad. Por primera vez en su vida, Tally se encontró escuchando a un perfecto mediano sin tranquilizarse del todo, y al darse cuenta se sintió mareada. Además, no podía dejar de pensar que Sol no sabía nada del mundo exterior al que había huido Shay.

Tal vez la mayoría de la gente no quisiera saber nada. A Tally se lo habían enseñado todo sobre los oxidados y la historia antigua, pero en la escuela nunca decían una sola palabra sobre las personas que vivían fuera de las ciudades en ese mismo momento, personas como David. Hasta que conoció a Shay, Tally tampoco había pensado en ello.

Ella no podía rechazarlo todo tan fácilmente como su padre.

Además, le había hecho a Shay una promesa solemne. Aunque solo fuese una imperfecta, una promesa era una promesa.

—Voy a tener que pensarlo.

Por un momento, se hizo un silencio incómodo en la habitación. Había dicho algo que sus padres no esperaban.

Entonces Ellie se rió y le dio unas palmaditas en la mano.

—Bueno, por supuesto, Tally.

Sol asintió tras recuperar una expresión de firmeza.

—Sabemos que harás lo correcto.

—Pero, mientras tanto —dijo Tally—, ¿podría ir a casa con vosotros?

Sus padres intercambiaron otra mirada de sorpresa.

—La verdad, me resulta muy extraño estar aquí ahora. Todo el mundo sabe que yo… yo ya no tengo clases, así que solo sería como volver a casa para las vacaciones de otoño, aunque un poco antes.

Sol se recuperó primero y le dio unas palmaditas en el hombro.

—Vamos, Tally, ¿no crees que te resultaría aún más raro estar en Ancianópolis? En esta época del año allí no hay ningún niño de tu edad.

—Cariño, estás mucho mejor aquí con los demás niños —añadió Ellie—. Solo eres unos meses mayor que ellos. Además, ¡no tenemos tu habitación preparada!

—No me importa. Nada podría ser peor que esto —dijo Tally.

—Oh, solo tienes que encargar un poco más de ropa y volver a poner esa pantalla mural como a ti te gusta —dijo Sol.

—No me refería a la habitación…

—En todo caso —interrumpió Ellie—, ¿por qué armar un escándalo? Todo esto pasará enseguida. Solo tienes que tener una pequeña charla con Circunstancias Especiales y contárselo todo. Entonces te mandarán donde de verdad quieres estar.

Los tres miraron por la ventana, hacia las torres de la ciudad de Nueva Belleza.

—Quizá tengáis razón.

—Preciosa —dijo Ellie, dándole unas palmaditas en la pierna—, ¿qué otra opción tienes?

Peris

Durante el día, Tally se escondía en su habitación. Ir a cualquier otra parte era una auténtica tortura. Los imperfectos de su residencia la trataban como si fuese la peste, y todas las demás personas que la reconocían tarde o temprano preguntaban: «¿Por qué no eres perfecta todavía?».

Era extraño. Llevaba cuatro años siendo imperfecta, pero unos pocos días más le estaban haciendo sentir en carne propia el significado exacto de la palabra. Se pasaba todo el día ante el espejo observando cada defecto, cada deformidad. Sus labios delgados se fruncían de disgusto. Su pelo se volvía aún más ensortijado porque, en su frustración, no paraba de tocárselo. Le habían aparecido tres granos en la frente, como para marcar los días transcurridos desde que había cumplido los dieciséis. Sus ojos llorosos y demasiado pequeños le devolvían una mirada llena de rabia.

Solo por la noche podía escapar de aquella asfixiante habitación, de las miradas suspicaces y de la visión de su cara imperfecta.

Como siempre, engañaba a los guardianes y salía al exterior, pero no le apetecía hacer de las suyas. No había nadie a quien poder visitar ni a quien gastarle una broma, y la idea de cruzar el río le resultaba demasiado dolorosa para tenerla en cuenta. Había conseguido una nueva aerotabla y la había trucado tal como Shay le enseñó, así que por lo menos podía volar de noche.

Pero volar ya no era lo mismo. Estaba sola, hacía frío por las noches, y por muy rápido que volase se sentía atrapada.

La cuarta noche de exilio imperfecto fue con su tabla hasta el cinturón verde y se quedó en un extremo de la ciudad. Voló a toda velocidad más allá de las columnas oscuras de los troncos de árboles, pasando como una exhalación a través de ellos, tan rápido que sus manos y cara quedaron marcadas por docenas de arañazos provocados por las ramas que iba dejando atrás.

Después de unas cuantas horas de vuelo, Tally notó que su angustia se aligeraba. Se sentía feliz porque nunca hasta entonces había volado tan bien; ya era casi tan buena como Shay. La tabla no la había derribado ni una sola vez por acercarse demasiado a un árbol, y su calzado se agarraba a la superficie antideslizante como si estuviese pegado a ella. Estaba empapada de sudor a pesar de la fresca temperatura otoñal, pero siguió volando hasta sentir las piernas cansadas, los tobillos doloridos y los brazos agarrotados de tanto extenderlos como alas para guiarse a través del oscuro bosque. Tally pensó que, si se pasaba toda la noche volando así, tal vez lograría pasarse durmiendo el espantoso día siguiente.

Voló hasta que el agotamiento la obligó a volver a casa.

Al amanecer, cuando regresó a su habitación a rastras, alguien la estaba esperando.

—¡Peris!

Su amigo lucía una radiante sonrisa, mientras sus grandes ojos lanzaban bonitos destellos a la luz del alba. Pero cuando la miró más de cerca, su expresión cambió.

—¿Qué te ha pasado en la cara, Bizca?

Tally parpadeó.

—¿No te has enterado? No me han hecho la...

—No me refiero a eso. —Peris alargó la mano y le tocó la mejilla, que le escoció bajo las puntas de sus dedos—. Parece que te hayas pasado toda la noche peleándote con gatos.

—Ah, sí.

Tally se pasó los dedos por el pelo y rebuscó en un cajón. Sacó un pulverizador medicinal, cerró los ojos y se lanzó un chorro a la cara.

—¡Ay! —chilló en los pocos segundos que pasaron hasta que el anestésico hizo su efecto. También se pulverizó las manos—. Solo un poco de aerotabla a medianoche.

—Un poco más tarde de medianoche, ¿no crees?

Al otro lado de la ventana, el sol estaba empezando a teñir las torres de la ciudad de Nueva Belleza de color rosa. Rosa vómito de gato. Miró a Peris agotada y confusa.

—¿Cuánto rato llevas aquí?

Él se removió incómodo en la silla junto a la ventana.

—Bastante.

—Lo siento. No sabía que vendrías.

Peris enarcó las cejas en un bonito gesto de angustia.

—Claro que sí. En cuanto he averiguado lo ocurrido, he venido hasta aquí.

Tally le dio la espalda y se puso a desatarse los cordones del calzado antideslizante mientras se concentraba. Se había sentido tan abandonada a su suerte desde su cumpleaños que en ningún momento se le había ocurrido que Peris quisiera verla, y menos aún en Feópolis. Pero allí estaba, preocupado, ansioso y encantador.

—Me alegro de verte —dijo ella, sintiendo que las lágrimas acudían a sus ojos, que últimamente los tenía casi siempre rojos e hinchados.

Él le sonrió.

—Yo también.

Al pensar en el aspecto que debía de tener, Tally se sintió abrumada. Se dejó caer en la cama, se tapó la cara con las manos y se echó a llorar. Peris se sentó junto a ella y la abrazó mientras sollozaba. Al cabo de unos momentos, la chica se sonó y se incorporó.

—Menuda pinta tienes, Tally Youngblood.

Ella sacudió la cabeza.

—Por favor, no digas nada.

—Estás hecha un desastre.

Peris encontró un cepillo y se lo pasó por el pelo. Tally no se sintió con fuerzas para mirarle a los ojos y clavó la vista en el suelo.

—Bueno, ¿acaso tienes la costumbre de practicar con la aerotabla en una batidora?

Ella negó con la cabeza, tocándose con cuidado los arañazos de la cara.

—Son ramas de árbol a toda velocidad.

—Ah, y supongo que para superar la actual, matarte será tu próxima aventura.

—¿Qué aventura?

Peris puso los ojos en blanco.

—Me refiero a esa historia misteriosa por la que no te has convertido en perfecta todavía.

—Sí, claro. Toda una historia.

—¿Desde cuándo te has vuelto modesta, Bizca? Todos mis amigos están fascinados contigo.

Ella volvió sus ojos hinchados hacia su amigo, tratando de averiguar si bromeaba.

—Verás, después de aquello de la alarma de incendios le hablé sin parar a todo el mundo de ti, pero ahora es que se mueren de ganas de conocerte, están impacientes —continuó—. Incluso corre el rumor de que los de Circunstancias Especiales tienen mucho que ver en todo esto.

Tally parpadeó. Peris hablaba en serio.

—Bueno, eso es verdad —dijo—. Son el motivo de que siga siendo imperfecta.

Los bellos ojos de Peris se agrandaron aún más.

—¿De verdad? ¡No me digas!

Ella frunció el ceño.

—¿Es que todo el mundo menos yo conocía su existencia?

—Bueno, yo no sabía de qué hablaban. Al parecer, los especiales son como duendes; se les echa la culpa cuando pasa algo raro. Algunas personas creen que son unos farsantes, y nadie que yo conozca ha visto de verdad a un especial.

Tally suspiró.

—Supongo que solo yo he tenido esa suerte.

—Entonces, ¿son reales? —Peris bajó la voz en un susurro—. ¿De verdad tienen un aspecto no perfecto?

—No es que no sean perfectos, Peris, pero son muy... —Tally lo miró: estaba guapísimo y totalmente pendiente de sus palabras. Era maravilloso estar sentada tan cerca de él y hablar como si nunca se hubiesen separado. Sonrió—. No son tan perfectos como tú.

Él se echó a reír.

—Tendrás que contármelo todo. Pero aún no se lo cuentes a nadie más. Como todo el mundo se sentirá muy intrigado, podemos montar una gran fiesta cuando te embellezcan.

Ella trató de sonreír.

—Peris...

—Lo sé, seguramente no deberías hablar de ello. Pero en cuanto estés al otro lado del río, solo hace falta que dejes caer algunas insinuaciones sobre los especiales y te invitarán a todas las fiestas. Eso sí, asegúrate de llevarme contigo —le pidió inclinándose hacia ella—. Incluso corre el rumor de que los mejores empleos son para tipos que de niños tenían un largo historial de correrías. Pero para eso faltan años. Lo principal es que te conviertas ya en perfecta.

—Pero, Peris... —dijo Tally, notando cómo el estómago empezaba a dolerle—. No creo que...

—Te encantará, Tally. Ser perfecto es lo mejor del mundo. Y lo disfrutarás un millón de veces más cuando estés allí conmigo.

—No puedo.

Él frunció el ceño.

—¿Qué es lo que no puedes?

Tally miró a Peris y le apretó la mano.

—Verás, quieren que traicione a una amiga que conocí después de que te marcharas.

—¿Traicionar? No me digas que todo esto tiene algo que ver con algún juego de imperfectos.

—Más o menos.

—Entonces, no es una traición. ¿Es más importante que contar la verdad?

Tally le dio la espalda.

—Es importante, Peris. Es mucho más que un simple juego de niños. Le prometí a mi amiga que le guardaría un secreto.

Él entornó los ojos y, por un momento, se pareció al viejo Peris: serio, pensativo e incluso un poquito infeliz.

—Tally, a mí también me prometiste una cosa.

Ella tragó saliva y le miró de nuevo. En los ojos de su amigo brillaban las lágrimas.

—Me prometiste que no harías ninguna tontería, Tally, que pronto estarías conmigo, que seríamos perfectos juntos.

Tally tocó la cicatriz en su palma, aún presente aunque la de Peris hubiese desaparecido. Él le tomó la mano.

—Amigos para siempre, Tally.

Ella supo que si volvía a mirarle a los ojos, todo habría terminado. Una mirada, y su resistencia se esfumaría.

—¿Amigos para siempre? —repitió.

—Para siempre.

Inspiró profundamente y se permitió mirarle a los ojos. Parecía muy triste, vulnerable y herido. Perfecto.

Tally se imaginó a su lado, igual de guapa que él, dejando transcurrir los días sin hacer otra cosa que no fuera hablar, reír y divertirse.

—¿Mantendrás tu promesa, Tally?

Se estremeció de agotamiento y alivio. Ya tenía una excusa para incumplir su palabra. Le había hecho esa promesa a Peris, igual de auténtica, antes de saber siquiera quién era Shay. A él lo conocía desde hacía años, y en cambio a Shay solo la conocía desde hacía unos meses.

Y Peris estaba allí mismo, no en algún remoto desierto, y la miraba con aquellos ojos...

—Claro que sí.

—¿De verdad?

Él sonrió, y su sonrisa fue tan brillante como el amanecer del exterior.

—Sí —respondió ella sin pensarlo más—. Estaré allí en cuanto pueda, lo prometo.

Él suspiró y la abrazó con fuerza, meciéndola suavemente. Las lágrimas volvieron a brotar en los ojos de Tally.

Peris la soltó por fin y observó por la ventana el día soleado.

—Debería irme —dijo haciendo un gesto hacia la puerta—. Ya sabes, antes de que todos los... pequeñajos... se despierten.

—Por supuesto.

—Para mí ya casi es hora de acostarse, y tú tienes un gran día por delante.

Tally asintió. Nunca se había sentido tan agotada. Le dolían los músculos, y la cara y las manos habían empezado a escocerle otra vez. Pero se sentía muy aliviada. Aquella pesadilla, que había empezado tres meses atrás cuando Peris cruzó el río, pronto se acabaría.

—De acuerdo, Peris. Nos vemos pronto. Lo antes posible.

Él volvió a abrazarla y besó sus mejillas saladas y arañadas.

—Quizá en un par de días —susurró—. ¡Estoy tan ilusionado!

Se despidió y se marchó, mirando a ambos lados del pasillo antes de irse. Tally miró por la ventana para observar a Peris otra vez, y se dio cuenta de que un aerovehículo le esperaba abajo. Desde luego, los perfectos conseguían todo lo que querían.

Aunque Tally ansiaba dormir, su decisión no podía esperar. Sabía que, ahora que Peris se había ido, las dudas regresarían de nuevo para atormentarla. No podía soportar otro día así, sin saber si su purgatorio imperfecto acabaría alguna vez. Y, además, le había prometido a Peris que estaría con él lo antes posible.

—Lo siento, Shay —dijo Tally en voz baja.

A continuación, cogió su anillo de comunicación de la mesita de noche y se lo puso.

—Mensaje para la doctora Cable, o quien sea —dijo—. Haré lo que quieren, pero déjenme dormir un rato. Final del mensaje.

Tally suspiró y se dejó caer en la cama. Pensó que debía pulverizarse de nuevo los arañazos antes de dormirse, pero la sola idea de moverse hizo que le doliese todo el cuerpo. Unos cuantos arañazos no le impedirían dormir aquel día. Nada lo haría.

Al cabo de unos segundos, habló la habitación.

—Respuesta de la doctora Cable: pasará un vehículo a recogerte en veinte minutos.

—No —dijo entre dientes, aunque se daba cuenta de que de nada serviría discutir. Vendrían los de Circunstancias Especiales, la despertarían y se la llevarían.

Tally decidió intentar dormir durante unos minutos. Siempre sería mejor que nada.

Pero en el transcurso de los veinte minutos siguientes no cerró los ojos ni una sola vez.

Infiltrada

Tal vez a causa de su agotamiento, los perfectos crueles le parecieron aún más espantosos. Tally se sentía como un ratón en una jaula llena de halcones, esperando a que uno se lanzase en picado y la atrapase. Esta vez el viaje en el aerovehículo había sido aún más horripilante. Se concentró en las náuseas que le sacudían el estómago, tratando de olvidar por qué estaba allí. Mientras Tally y su escolta avanzaban por el pasillo, intentó serenarse y arreglarse un poco la ropa y el pelo.

Desde luego, no parecía que la doctora Cable acabara de levantarse. Tally intentó sin éxito imaginarse el aspecto que tendría aquella mujer con el pelo alborotado. Sus ojos astutos de un gris metálico no debían de cerrarse nunca lo suficiente para dormir.

—Bueno, Tally. Veo que has reconsiderado tu postura.

—Sí.

—¿Y ahora responderás a todas nuestras preguntas? ¿Sinceramente y por propia voluntad?

Tally soltó una risa sarcástica.

—No tengo otra opción.

La doctora Cable sonrió.

—Siempre hay opciones, Tally. Tú has tomado tu decisión.

—Fantástico. Oiga, hágame las preguntas ya.

—Desde luego. Primero de todo, ¿qué le ha pasado a tu cara?

Tally suspiró y se tocó los arañazos con una mano.

—Los árboles.

—¿Los árboles? —repitió la doctora Cable arqueando una ceja—. Muy bien, y ahora pasemos a temas más importantes: ¿de qué hablasteis Shay y tú la última vez que la viste?

Tally cerró los ojos. Había llegado el momento de incumplir la palabra que le había dado a Shay. Pero una vocecita en su agotado cerebro le recordó que también estaba manteniendo una promesa. Ahora por fin podría reunirse con Peris.

—Habló de marcharse, de huir con alguien llamado David.

—Ah, sí, el misterioso David —comentó la doctora Cable arrellanándose en su asiento—. ¿Y dijo hacia dónde iban David y ella?

—A un lugar llamado el Humo. Una especie de ciudad, pero más pequeño. Al parecer, nadie manda allí, y nadie es perfecto.

—¿Y dijo dónde estaba?

—No, la verdad es que no. —Tally suspiró y se sacó del bolsillo la nota arrugada de Shay—. Pero me dejó estas indicaciones.

La doctora Cable ni siquiera miró la nota. En lugar de eso, empujó un trozo de papel desde su lado de la mesa hasta el de Tally. Con ojos de sueño, Tally vio que era una copia de la nota en 3-D que reproducía incluso las ligeras incisiones de la esmerada escritura de Shay sobre el papel.

—Nos tomamos la libertad de hacer una copia la primera vez que estuviste aquí.

Tally le lanzó una mirada furiosa a la doctora Cable al darse cuenta de que la habían engañado.

—Entonces, ¿para qué me necesita? No sé nada más que lo que acabo de decir. No le pedí que me contase nada más. Y no fui con ella, porque... quería... ¡ser perfecta!

A Tally se le hizo un nudo en la garganta, pero decidió que en ninguna circunstancia —especial o no— iba a llorar delante de la doctora Cable.

—Me temo que las instrucciones de la nota nos resultan bastante crípticas, Tally.

—A mí también.

Los ojos de halcón de la doctora Cable se entornaron.

—Parecen estar pensadas para ser leídas por alguien que conozca muy bien a Shay. Alguien como tú, tal vez.

—Sí, bueno, entiendo algo. Pero después de las dos primeras líneas, me pierdo.

—Estoy segura de que es muy difícil. Sobre todo después de una larga noche de... árboles. Sin embargo, sigo pensando que puedes ayudarnos.

La doctora Cable abrió un pequeño maletín que estaba en el centro de la mesa. El cerebro cansado de Tally se esforzó por hallar sentido a los objetos del maletín; una bengala, un saco de dormir arrugado...

—Eh, es como el kit de supervivencia que llevaba Shay.

—Así es, Tally. Estos kits de guardabosques desaparecen de vez en cuando, por lo general cada vez que se fuga uno de nuestros imperfectos.

—Bueno, misterio resuelto. Shay dijo que estaba preparada para viajar hasta el Humo con un equipo como este.

—¿Qué más llevaba?

Tally se encogió de hombros.

—Una aerotabla especial, con energía solar.

—Por supuesto, una aerotabla. ¿Por qué les gustan tanto a los malhechores? ¿Y qué supones que pensaba comer Shay?

—Tenía comida deshidratada en paquetes.

—¿Como esta?

La doctora Cable sacó un paquete plateado de comida.

—Sí. Tenía suficiente para cuatro semanas. —Tally inspiró profundamente—. Dos semanas, si yo la hubiese acompañado. Dijo que era más que suficiente.

—¿Dos semanas? No debe de estar muy lejos —comentó la doctora Cable mientras sacaba una mochila negra de un lateral de su mesa y empezaba a meter en ella los diversos objetos—. Podrías hacerlo.

—¿Hacerlo? ¿Hacer qué?

—El viaje. Hasta ese lugar que llaman el Humo.

—¿Yo?

—Tally, solo tú puedes entender esas indicaciones.

—Ya se lo he dicho: ¡no sé lo que significan!

—Pero una vez que estés de viaje lo sabrás. Y si tienes… la motivación suficiente.

—Pero ya le he dicho todo lo que quería saber. Le he dado la nota. ¡Me lo prometió!

La doctora Cable negó con la cabeza.

—Mi promesa, Tally, fue que no serías perfecta hasta que nos ayudases en todo lo que pudieras. Estoy segura que puedes hacer lo que te pido.

—Pero ¿por qué yo?

—Escúchame bien, Tally. ¿De verdad crees que es la primera vez que nos hablan de David o del Humo, o la primera vez que encontramos unas indicaciones garabateadas sobre como llegar allí?

Tally se estremeció al oír aquella voz afilada y al ver la crueldad que expresaba el rostro de aquella mujer.

—No lo sé.

—Ya hemos visto todo esto antes. Pero cada vez que vamos nosotros mismos, no encontramos nada más que humo.

Tally volvía a tener un nudo en la garganta.

—¿Y cómo se supone que voy a encontrarlo yo?

La doctora Cable cogió la copia de la nota de Shay.

—Esta última línea, donde dice «esperar sobre la cabeza calva» hace una referencia clara a un punto de encuentro. Ve allí y espera. Tarde o temprano te recogerán. Si envío un aerovehículo lleno de especiales, es probable que tus suspicaces amigos prefieran no aparecer.

—¿Quiere decir que tengo que ir sola?

La doctora Cable inspiró profundamente con una expresión de hastío.

—Tampoco es tan complicado de entender, Tally. Has cambiado de opinión. Has decidido escapar y seguir a tu amiga Shay. Una imperfecta más escapando de la tiranía de la belleza.

Tally miró aquel rostro cruel a través de un velo de lágrimas.

—¿Y luego qué?

La doctora Cable sacó otro objeto del maletín, un collar con un pequeño colgante en forma de corazón. Presionó a ambos lados y el corazón se abrió con un chasquido.

—Mira dentro.

Tally se acercó a los ojos el diminuto corazón.

—No veo nada… ¡Ay!

El colgante había lanzado un destello que la deslumbró por un momento. El corazón emitió un breve pitido.

—El localizador solo responderá a tu huella ocular, Tally. Una vez que se active, estaremos allí en cuestión de horas. Podemos viajar muy deprisa. —La doctora Cable dejó caer el collar sobre la mesa—. Pero no lo actives hasta que estés en la zona que llaman el Humo. Nos ha costado algún tiempo organizar todo esto, por lo que quiero que funcione, Tally.

Tally parpadeó para eliminar la imagen que persistía en su retina después del destello y trató de obligar a hacer un último esfuerzo a su cerebro agotado. Ahora se daba cuenta de que en ningún momento habían pretendido que se limitase a responder a sus preguntas, sino que querían que fuera una espía, una infiltrada. Se preguntó cuánto tiempo hacía que lo tenían planeado, y en cuántas ocasiones habían intentado los de Circunstancias Especiales convencer a un imperfecto de que trabajase para ellos.

—No puedo hacerlo.

—Sí que puedes, Tally. Tienes que hacerlo. Considéralo como una aventura.

—Por favor. Nunca he pasado una noche entera fuera de la ciudad sola.

La doctora Cable hizo caso omiso del sollozo que entrecortaba las palabras de Tally.

—Si no accedes ahora mismo, buscaré a otra persona, y tú serás imperfecta para siempre.

Tally alzó la mirada, tratando de ver a través de las lágrimas que ahora corrían por sus mejillas, de atisbar más allá de la cruel máscara de la doctora Cable y averiguar la verdad. Estaba allí, en sus apagados ojos de color gris metálico: era una garantía fría y terrible, distinta de la que un perfecto normal podría transmitir jamás. Tally se dio cuenta de que la mujer hablaba en serio.

O Tally se infiltraba en el Humo y traicionaba a Shay, o sería una imperfecta de por vida.

—Tengo que pensarlo.

—Les contarás que huiste la noche antes de tu cumpleaños —dijo la doctora Cable—. Eso significa que tienes que recuperar cuatro días perdidos. Si hay más retrasos, no te creerán y adivinarán lo que ha pasado. Así que decide ahora. No tendrás otra oportunidad.

—No puedo. Estoy demasiado cansada.

La doctora Cable señaló la pantalla mural y apareció una imagen. Como un espejo, pero en primer plano, mostraba a Tally tal como estaba en ese momento: con los ojos hinchados y desaliñada, con el rostro castigado por el agotamiento y los arañazos, con el pelo alborotado... Tally observó horrorizada su propia imagen.

—Esa serás tú para siempre, Tally.

—Apáguelo...

—Decide.

—De acuerdo... lo haré. ¡Apáguelo!

La pantalla mural lanzó un destello y quedó a oscuras.

SEGUNDA PARTE

EL HUMO

No hay belleza excelente que no contenga
cierta cantidad de extrañeza en su proporción.

FRANCIS BACON,
Ensayos civiles y morales, «De la belleza»

Partida

Tally partió a medianoche.

La doctora Cable había exigido que no hablase con nadie de su misión, ni siquiera con los guardianes de la residencia. No pasaba nada si Peris hacía circular rumores, ya que nadie daba crédito a los cotilleos de los nuevos perfectos. Pero ni siquiera sus padres serían informados oficialmente de que Tally se había visto obligada a huir. Salvo por su colgante en forma de corazón, estaba sola.

Se escabulló como de costumbre, saliendo por la ventana y bajando por detrás del reciclador. Su anillo de comunicación se quedó sobre la mesita de noche, y Tally no se llevó nada excepto la mochila de supervivencia y la nota de Shay. Estuvo a punto de olvidarse el sensor ventral, pero se lo puso justo antes de marcharse. La luna estaba en cuarto creciente. Al menos contaría con algo de luz para el viaje.

Una aerotabla especial de largo recorrido la esperaba bajo el dique. Cuando se subió encima, la tabla apenas se movió. La mayoría de las tablas cedían un poco mientras se ajustaban al peso del ocupante, y rebotaban como un trampolín, pero esta era absolutamente firme. Tally chasqueó los dedos y la tabla se alzó en el acto, estable como el hormigón.

—No está mal —dijo, y luego se mordió el labio inferior.

Desde la fuga de Shay, diez días atrás, había empezado a hablar sola. Aquello no era buena señal. Iba a pasar completamente sola al menos unos días, y lo último que necesitaba eran más conversaciones imaginarias.

La tabla avanzó sin sacudidas y ascendió por el terraplén hasta la parte superior del dique. Ya sobrevolando el río, Tally la impulsó para darle más velocidad, inclinándose hacia delante hasta que el río se convirtió en una imagen borrosa y brillante bajo sus pies. La tabla no debía de tener regulador de velocidad, porque no sonó ninguna alarma. Tal vez sus únicos límites fuesen el espacio abierto ante Tally, el metal en el suelo y sus pies sobre la tabla.

La velocidad era de vital importancia si tenía que recuperar los últimos cuatro días perdidos. Si aparecía demasiado tiempo después de su cumpleaños, Shay podía darse cuenta de que habían atrasado su operación, de lo cual podría adivinar que Tally no era una verdadera fugitiva.

Voló sobre el río a toda velocidad y llegó a los rápidos en un tiempo récord. Las gotas que salpicaban su rostro dolían como el granizo cuando alcanzó las primeras cascadas, y Tally se inclinó hacia atrás para aminorar un poco la velocidad, pese a lo cual estaba tomando los rápidos más deprisa que nunca.

Tally se dio cuenta de que aquella aerotabla no era un simple juguete de imperfectos, sino un vehículo de primera categoría. En su parte frontal resplandecía un semicírculo de luces que mostraba la reacción del detector de metales: un sensor indicaba si había suficiente hierro en el terreno para mantenerse en el aire. Las luces permanecieron encendidas sin interrupción mientras Tally subía por los rápidos. Esperaba que Shay estuviese en lo cierto cuando decía que había depósitos de metal en todos los ríos. De lo contrario, aquel podía ser un viaje muy largo.

Por otra parte, a la velocidad que iba no tendría tiempo de detenerse si las luces se apagaban de pronto. Y eso lo convertiría en un viaje muy corto.

Pero las luces permanecieron encendidas, y Tally se tranquilizó con el rugido del agua blanca, la fría bofetada de las salpicaduras en su rostro y la emoción de inclinar el cuerpo curva tras curva en la oscuridad moteada por la luna. Aquella tabla era más inteligente que la vieja y asimiló sus movimientos en cuestión de minutos. Era como pasar de un triciclo a una moto: aterrador pero emocionante.

Tally se preguntó si la ruta hacia el Humo tendría muchos rápidos que superar. Tal vez aquello fuese una verdadera aventura. Por supuesto, al final del viaje solo habría traición. O peor aún, descubriría que Shay se había equivocado al depositar su confianza en David, lo que podía significar... cualquier cosa. Probablemente algo horrible.

Se estremeció y decidió no volver a pensar en esa posibilidad.

Cuando llegó al desvío, aminoró la velocidad y dio la vuelta a la tabla para contemplar la ciudad por última vez. Brillaba con fuerza en el valle oscuro y estaba tan lejos que podía taparla con una mano. En el aire transparente de la noche, Tally pudo distinguir fuegos artificiales aislados que se desplegaban como flores brillantes, todo en perfecta miniatura. La naturaleza que la rodeaba resultaba inconmensurable, con el agitado río desbordante de energía y el gran bosque que guardaba secretos ocultos en sus negras profundidades.

Se permitió una larga mirada hacia las luces de la ciudad antes de poner el pie en la orilla, preguntándose cuándo volvería a ver su casa.

Mientras andaba, Tally se planteó con cuánta frecuencia tendría que ir a pie. La subida por los rápidos había sido el vuelo más veloz de su vida, incluso más que el del aerovehículo de Circunstancias Especiales que se movía bruscamente a través del tráfico urbano. Después de aquel acelerón, con la mochila y la tabla a cuestas, se sentía como si de repente se hubiera convertido en una babosa.

Pero muy pronto aparecieron ante sí las Ruinas Oxidadas, y el detector de metales de la tabla guió a Tally hasta el filón natural de hierro. Bajó por él hacia las torres medio desmoronadas, sintiéndose más nerviosa a medida que las ruinas se alzaban para tapar la luna. Los edificios destrozados la rodeaban, y abajo quedaban los vehículos calcinados y silenciosos. Al mirar por las ventanas percibía lo sola que estaba, como una trotamundos solitaria en una ciudad vacía.

—«Coger la rusa justo después del hueco» —dijo en voz alta, como si fuera un hechizo para mantener alejados a los fantasmas oxidados. Al menos aquella parte de la nota era muy clara: la «rusa» tenía que ser la montaña rusa.

Cuando las imponentes ruinas dieron paso a un terreno más plano, Tally subió a la aerotabla. Al llegar a la montaña rusa, tomó el circuito a toda velocidad. Tal vez «justo después del hueco» fuese la única parte importante de la pista, pero Tally había decidido tratar la nota como una fórmula mágica. Omitir cualquier parte podía suponer la pérdida del sentido global.

Además, era agradable volver a volar a toda velocidad y dejar atrás los fantasmas de las Ruinas Oxidadas. Mientras tomaba a toda velocidad las curvas cerradas y las pendientes pronunciadas, con el mundo girando vertiginosamente a su alrededor, Tally se sentía como un objeto a merced del viento, sin un destino preciso.

Unos segundos antes de dar el salto a través del hueco, se apagaron las luces del detector de metales. La tabla descendió, y su estómago pareció irse con ella, dejando una sensación de vacío en su interior. Su sospecha había resultado acertada: a la máxima velocidad, el tiempo de reacción era insuficiente.

Tally atravesó el aire en la silenciosa oscuridad, con el ruido de su vuelo como único sonido. Recordó la primera vez que había cruzado el hueco y cuánto se había enfadado con Shay. Unos días después aquello se había convertido en una broma entre Shay y ella, cosas típicas de imperfectos. Fuera como fuese, Shay se la había jugado de nuevo, había desaparecido como la pista bajo sus pies, dejando a Tally en caída libre.

Cinco segundos después, las luces se encendieron con un parpadeo y las pulseras protectoras la estabilizaron mientras la tabla se reactivaba, alzándose suavemente con una solidez tranquilizadora. Al pie de la colina, la pista giraba y subía por una pronunciada espiral de curvas. Tally aminoró la velocidad y siguió adelante.

—Justo después del hueco —murmuró.

Las ruinas continuaban bajo sus pies, ocultas casi por completo, salvo algunas masas informes se alzaban a través de la espesa vegetación. Pero los oxidados habían construido de forma sólida, enamorados de sus derrochadoras estructuras metálicas. Las luces de la parte frontal de la tabla se mantenían brillantes.

—«Hasta encontrar uno que es largo y plano» —se dijo Tally.

Había memorizado la nota hacia atrás y hacia delante, pero no había logrado descifrar su sentido.

La cuestión estribaba en saber a qué se refería. ¿A otra montaña rusa? ¿A un hueco? La primera opción era muy improbable. ¿Qué sentido tendría una montaña rusa larga y plana? ¿Un hueco largo y plano? Tal vez eso describiría un cañón, con su correspondiente río al fondo. Pero ¿cómo podía ser plano un cañón?

Tal vez «uno» significase el número uno. ¿Debía buscar algo que pareciese un uno? Pero un uno solo era una línea recta, más o menos larga y plana. Y también lo era I, el número romano que significaba uno, salvo por las barras superior e inferior. O el punto encima si era una pequeña i.

—Gracias por la estupenda pista, Shay —dijo Tally en voz alta.

Hablar consigo misma no parecía tan mala idea allí en las ruinas, donde las reliquias de los oxidados forcejeaban con las plantas trepadoras. Cualquier cosa era mejor que aquel silencio fantasmal. Sobrevoló llanuras de hormigón, vastas extensiones agrietadas por la agresiva vegetación. Las ventanas de los muros caídos, cubiertas de maleza, la miraban fijamente, como si a la tierra le hubiesen brotado ojos.

Escudriñó el horizonte en busca de alguna pista, pero no vio nada que fuese largo y plano. Al mirar el suelo que se deslizaba bajo sus pies, Tally apenas distinguía nada en la oscuridad invadida por la maleza. Podía pasar a toda velocidad por encima de cualquier pista sin tan siquiera darse cuenta y tener que volver sobre sus pasos a la luz del día. Pero ¿cómo sabría cuándo había ido demasiado lejos?

—Gracias, Shay —repitió.

Entonces descubrió algo en el suelo y se detuvo.

A través de la maraña de malas hierbas y escombros habían aparecido unas formas geométricas, una serie de rectángulos alineados. Tally bajó la tabla y vio que a sus pies había una pista con raíles metálicos y barras de madera, como la montaña rusa pero mucho más grande. Y seguía en línea recta hasta donde alcanzaba su mirada.

—«Coger la rusa justo después del hueco, hasta encontrar uno que es largo y plano.»

Aquello era una montaña rusa, pero larga y plana.

—Pero ¿para qué sirve? —se preguntó en voz alta.

¿Qué tenía de divertido una montaña rusa sin curvas ni pendientes?

Se encogió de hombros. Disfrutaran como disfrutasen los oxidados, aquella pista era perfecta para una aerotabla. Esta se extendía en dos direcciones, pero resultaba muy fácil saber cuál había que tomar. Una llevaba hacia el centro de las ruinas, de donde venía ella. La otra se dirigía hacia fuera, hacia el norte y en dirección al mar.

—«Frío es el mar» —citó evocando la siguiente línea de la nota de Shay mientras se preguntaba hasta dónde tendría que ir.

Volvió a imprimir velocidad a la aerotabla, satisfecha de haber encontrado la respuesta. Si todas las adivinanzas de Shay eran tan fáciles de resolver, aquel viaje iba a ser pan comido.

EspagBol

Esa noche Tally alcanzó un buen ritmo.

La pista pasaba zumbando bajo sus pies, dibujando arcos lentos en torno a las colinas y cruzando ríos sobre puentes medio desmoronados, siempre en dirección al mar. En dos ocasiones pasó por otras ruinas oxidadas, pequeñas ciudades aún más desintegradas. Solo quedaban algunas formas metálicas retorcidas que se alzaban por encima de los árboles como dedos esqueléticos que intentasen aferrar el aire. Por todas partes había vehículos terrestres calcinados que colapsaban las calles de las afueras, retorcidos y unidos en las colisiones del último instante de pánico de los oxidados.

Cerca del centro de una ciudad en ruinas, descubrió para qué servía aquella extraña montaña rusa larga y plana. En un nudo de pistas enmarañadas como un enorme circuito eléctrico, encontró algunos coches de montaña rusa podridos, grandes contenedores móviles llenos de cosas de los oxidados, pilas de óxido y plástico imposibles de identificar. Tally recordó entonces que las ciudades de los oxidados no eran autosuficientes y que siempre estaban comerciando entre sí, cuando no se peleaban por averiguar quién tenía más cosas. Debían de utilizar la montaña rusa plana para el comercio entre ciudades.

Cuando el cielo empezó a aclararse, Tally oyó el rugido apagado del mar a lo lejos, procedente del otro lado del horizonte. Percibió en el aire el olor a sal, lo que le trajo recuerdos de cuando iba de pequeña al océano con sus padres.

«Frío es el mar y ojo con las aberturas», decía la nota de Shay. Tally podría ver pronto las olas rompiendo en la orilla. Tal vez estuviese cerca de la siguiente pista.

Se preguntó cuánto tiempo habría recuperado con su nueva aerotabla. Aumentó la velocidad mientras se arrebujaba con la chaqueta de su residencia para protegerse del frío que precedía al amanecer. La pista subía despacio, atravesando formaciones de roca caliza. Recordó unos acantilados blancos que se elevaban por encima del océano, plagados de aves marinas que anidaban en elevadas cuevas.

Tenía la sensación de que aquellos viajes de acampada con Sol y Ellie se habían producido cien años atrás. Se preguntó si habría alguna operación que pudiese volver a convertirla en una niña pequeña para siempre.

De pronto se abrió un hueco delante de Tally, atravesado por un puente medio derrumbado. Al cabo de un instante, vio que el puente no llegaba a alcanzar el otro lado y que debajo no había ningún río lleno de depósitos metálicos para sujetarla. Solo una caída en picado hasta el mar.

Tally hizo girar la tabla de lado con un derrape. Sus rodillas se doblaron bajo la fuerza del frenazo mientras el calzado antideslizante chirriaba al resbalar sobre la superficie y su cuerpo se situaba casi paralelo al suelo.

Pero el suelo había desaparecido.

Un profundo abismo se abría debajo de ella, una grieta cortada en los acantilados por el mar. Olas hirvientes rompían contra la estrecha ranura; sus crestas resplandecían en la oscuridad y sus voraces rugidos llegaban hasta sus oídos. Las luces del detector de metales de la tabla se apagaron una detrás de otra a medida que Tally se alejaba del extremo astillado del puente de hierro.

Notó que la tabla perdía agarre y se deslizaba hacia abajo.

De pronto se le ocurrió una idea: si saltaba en ese momento, podría tratar de aferrarse al extremo del puente roto. Pero entonces la aerotabla se precipitaría al abismo, dejándola tirada.

La tabla detuvo su avance, pero seguía descendiendo en vertical. Ahora los últimos centímetros del puente medio derrumbado estaban por encima de Tally, fuera de su alcance. La tabla bajó poco a poco mientras las luces del detector de metales se apagaban una a una a medida que los imanes perdían su agarre. Tally pesaba demasiado. Se quitó la mochila, dispuesta a tirarla. Pero ¿cómo podría sobrevivir sin ella? Su única opción sería regresar a la ciudad a en busca de más provisiones, lo cual le haría perder dos días más. Un viento frío procedente del océano ascendía por el abismo, helándole los brazos como si fuese el beso helado de la muerte.

Pero la brisa mantuvo a flote la aerotabla, y por un momento Tally no subió ni bajó. Pero al cabo de unos instantes la tabla empezó a deslizarse de nuevo hacia abajo...

Tally se metió las manos en los bolsillos de la chaqueta y abrió los brazos, formando una vela para atrapar el viento. Sopló una ráfaga más fuerte que la levantó un poco y aligeró el peso que soportaba la tabla, y una de las luces del detector de metales parpadeó con más fuerza.

Como un pájaro con las alas extendidas, Tally empezó a subir.

Los elevadores recuperaron poco a poco el agarre a la pista, hasta que la aerotabla la situó a la altura del extremo derruido del puente. Con cuidado, la joven la condujo hasta el borde del acantilado. Un fuerte estremecimiento recorrió su cuerpo cuando la tabla se situó sobre tierra firme. Tally se bajó con las piernas temblorosas.

—«Frío es el mar y ojo con las aberturas» —dijo con voz ronca.

¿Cómo había cometido la estupidez de acelerar justo cuando la nota de Shay decía que había que tener cuidado?

Tally se dejó caer al suelo, sintiéndose de repente mareada y cansada. Su mente volvió a evocar el abismo abierto y las olas al fondo que se estrellaban indiferentes contra las rocas. Ella podría haber ido a parar allí abajo, y haber sido sacudida una y otra vez hasta morir.

Tuvo que recordarse que la naturaleza era así de implacable. Los errores tenían fatales consecuencias.

Antes de que el corazón de Tally dejase de palpitar acelerado, su estómago gruñó.

Sacó de la mochila el depurador de agua, que había llenado en el último río, y vació el filtro. Salió una cucharada de lodo marrón del agua.

—¡Puaj! —exclamó antes de abrir la tapa para mirar el interior. Parecía transparente y olía como el agua.

Bebió un poco para aplacar su sed, pero reservó la mayor parte para la cena, o el desayuno, o lo que fuese. Tenía previsto viajar sobre todo de noche para dejar que la aerotabla se recargase a la luz del sol y no perder tiempo.

De la bolsa impermeable sacó un paquete de comida al azar.

—EspagBol —leyó en la etiqueta, y se encogió de hombros.

Desenvuelto, tenía el aspecto y el tacto de un nudo del tamaño de un dedo. Lo dejó caer dentro del depurador, que emitió unos borboteos mientras alcanzaba la ebullición.

Cuando Tally echó un vistazo al horizonte encendido, sus ojos se abrieron de par en par. Nunca había visto el alba desde fuera de la ciudad. Como la mayoría de los imperfectos, no solía levantarse demasiado temprano, y en cualquier caso el horizonte quedaba siempre oculto tras la silueta de Nueva Belleza. La visión de un auténtico amanecer la dejó asombrada.

Una franja en la que se mezclaban el naranja y el amarillo prendía fuego al cielo, espléndida e inesperada, tan espectacular como los fuegos artificiales, aunque cambiaba a un ritmo majestuoso y apenas perceptible. Tally estaba descubriendo que así era la naturaleza. Peligrosa o bella. O ambas cosas a la vez.

Sonó el reloj del depurador. Tally abrió la tapa y miró dentro. Eran fideos largos con una salsa roja, con trocitos de carne de soja, y desprendían un delicioso aroma. Miró otra vez la etiqueta.

—EspagBol… ¡Espaguetis a la boloñesa!

Encontró un tenedor en la mochila y comió con apetito. Al calor del amanecer y con el estruendo del mar que retumbaba a sus pies, le pareció la mejor comida que había tomado desde hacía siglos.

A la aerotabla aún le quedaba algo de carga, así que, después de desayunar, decidió seguir adelante. Releyó las primeras líneas de la nota de Shay:

Coger la rusa justo después del hueco,
hasta encontrar uno que es largo y plano.
Frío es el mar y ojo con las aberturas.
En la segunda, cometer el peor de los errores.

Si «la segunda» significaba un segundo puente roto, Tally quería encontrarse con él a plena luz del día. Si hubiese descubierto el hueco medio segundo después, habría acabado con un aspecto muy parecido al EspagBol al pie de los acantilados.

Sin embargo, su primer problema era cruzar el abismo. Era mucho más ancho que el hueco de la montaña rusa, sin duda demasiado ancho para saltar. Ir a pie parecía ser la única forma de rodearlo. Caminó tierra adentro a través de la maleza, contenta de poder estirar las piernas después de una larga noche sobre la tabla. Pronto se cerró el abismo, y al cabo de una hora había vuelto a subir por el otro lado.

Tally volaba ahora mucho más despacio, con la mirada fija hacia delante, contemplando solo de vez en cuando la belleza que la rodeaba.

Unas montañas se alzaban a su derecha, tan altas que la nieve ya había cubierto sus cimas con los primeros fríos del otoño. Tally siempre había considerado la ciudad un mundo completo en sí mismo, pero aquí todo era mucho más grandioso. Y tan bonito... Ahora entendía por qué en el pasado la gente vivía en la naturaleza, aunque no hubiese torres de fiesta ni mansiones, ni siquiera residencias.

Sin embargo, al evocar su hogar, Tally pensó que a sus músculos doloridos les iría muy bien un baño caliente. Imaginó una bañera gigante, como las que tenían en Nueva Belleza, con chorros de hidromasaje y un montón de burbujas. Se preguntó si el depurador podría hervir agua suficiente para llenar una bañera, en el improbable caso de que encontrase una. ¿Cómo se bañaban en el Humo? Tally se preguntó cómo olería al llegar, después de pasar tantos días sin darse un baño. ¿Había jabón en el kit de supervivencia? ¿Y champú? Desde luego, no había toallas. Tally nunca se había dado cuenta del montón de cosas que necesitaba.

El segundo corte en la pista llegó al cabo de una hora: un puente medio caído sobre un río que bajaba serpenteando de las montañas.

Tally se detuvo con cuidado y atisbó por encima del borde. La caída no era tan mala como en el primer abismo, pero seguía siendo lo bastante profunda para resultar mortal. Demasiado ancho para saltar. Si lo rodeaba caminando, tardaría una eternidad. El desfiladero del río se extendía a lo lejos, sin ningún camino practicable a la vista.

—«En la segunda, cometer el peor de los errores» —murmuró.

Vaya pista. Cualquier cosa que hiciera en ese momento sería un error. Su cerebro estaba demasiado cansado para afrontar aquello, y de todos modos la tabla estaba ya escasa de energía.

Era media mañana, hora de dormir.

Pero antes tenía que desplegar la aerotabla. El especial que le había dado las instrucciones le explicó que, para recargarse, necesitaba tener al sol tanta superficie como fuese posible. Tiró de las anillas y la tabla emitió un chasquido. Se abrió como un libro entre sus manos, convirtiéndose en dos aerotablas, y cada una de las partes se abrió a su vez, y luego las siguientes, desplegándose como una tira de muñecas de papel. Al final, Tally tenía ocho aerotablas conectadas una a la otra, con una anchura que duplicaba su propia estatura, aunque no más gruesas que una hoja de papel. El conjunto se agitaba con la fuerte brisa del océano como una cometa gigantesca, aunque los imanes de la tabla impedían que saliese volando.

Tally la apoyó plana en el suelo, extendida al sol, y su superficie metálica se volvió negra como el azabache mientras absorbía la energía solar. En pocas horas estaría cargada y lista para volver a funcionar. Tally confiaba en que se recompusiera con tanta facilidad como se había separado.

Extrajo su saco de dormir, lo desenfundó y se metió en él sin quitarse la ropa.

—Pijama —añadió a su lista de cosas que añoraba de la ciudad.

Hizo una almohada con su chaqueta, se quitó la camisa y se tapó la cabeza con ella. Notaba ya un principio de quemadura en la nariz, y se dio cuenta de que había olvidado ponerse un parche de protección solar después del alba. Estupendo. Una piel un poco roja y descamada haría juego con los arañazos en su imperfecta cara.

Pero el sueño no llegaba. Hacía cada vez más calor y le resultaba raro estar allí tumbada al aire libre. Los chillidos de las aves marinas resonaban en su cabeza. Se incorporó con un suspiro. Tal vez si comía un poco más…

Sacó los paquetes de comida de uno en uno. Las etiquetas decían:

EspagBol
EspagBol
EspagBol
EspagBol
EspagBol...

Contó cuarenta y un paquetes, una cantidad suficiente para comer tres EspagBols al día durante dos semanas. Se echó hacia atrás y cerró los ojos, sintiéndose de pronto completamente agotada.

—Gracias, doctora Cable.

Al cabo de unos minutos, estaba dormida.

«El peor de los errores»

Iba volando a ras del suelo sin ninguna pista bajo sus pies, ni siquiera una aerotabla, manteniéndose en el aire a base de pura fuerza de voluntad y gracias al empuje del viento en su chaqueta desplegada. Rodeó el borde de un gran acantilado que dominaba un enorme océano negro. Una bandada de aves marinas la perseguía, y sus chillidos salvajes perforaban sus oídos como la voz afilada de la doctora Cable.

De pronto, los pedregosos acantilados se agrietaron y se resquebrajaron con gran estruendo. Se abrió una enorme brecha y el océano se precipitó por ella con un rugido que sofocó los chillidos de las aves marinas. Tally se encontró cayendo en picado a través del aire, hacia las negras aguas.

El océano se la tragó, llenando sus pulmones, congelando su corazón para que no pudiese gritar...

—¡No! —chilló Tally incorporándose.

Un viento frío procedente del mar le azotó el rostro. Tally miró a su alrededor y se dio cuenta de que estaba sobre los acantilados, enredada en su saco de dormir. Cansada, hambrienta y con muchas ganas de orinar, pero no ahogándose en el océano.

Inspiró profundamente. A lo lejos los chillidos de las aves marinas seguían envolviéndola.

Aquella última pesadilla solo había sido una más entre muchas.

Caía la noche, y el sol se ponía sobre el océano, tiñendo el agua de un rojo sangre. Tally se puso la camisa y la chaqueta antes de atreverse a salir del saco de dormir. La temperatura parecía disminuir minuto a minuto, y la luz se apagaba lentamente. Se apresuró a prepararse para seguir.

La aerotabla era la parte difícil. Su superficie desplegada estaba empapada y cubierta con una fina capa de rocío. Tally trató de secarla con la manga de su chaqueta, pero había demasiada agua y poca chaqueta. La tabla húmeda se plegó con bastante facilidad, aunque resultaba demasiado pesada, como si el agua continuase atrapada entre las capas. La luz de funcionamiento de la tabla se puso amarilla, y Tally la miró de cerca. Salía agua por los lados.

—Bien. Así tengo tiempo para comer.

Sacó un paquete de EspagBol y entonces se dio cuenta de que el depurador estaba vacío. La única fuente de agua disponible estaba al fondo del acantilado, y no había ningún camino que llevara hasta allí. Escurrió su chaqueta mojada, lo que produjo unos cuantos chorros, y luego recogió con las manos el agua que salía de la tabla hasta que el depurador estuvo medio lleno. El resultado fue un EspagBol denso y demasiado salado que la obligó a masticar mucho.

Cuando acabó su frugal comida, la luz de la tabla estaba verde.

—Listos para salir —se dijo Tally.

Pero ¿hacia dónde? Se quedó reflexionando, con un pie sobre la tabla y el otro en el suelo.

La nota de Shay decía: «En la segunda, cometer el peor de los errores».

Cometer un error era bastante fácil. Pero ¿cuál era el peor de los errores? Aquel día ya había estado a punto de matarse una vez.

Entonces recordó su sueño. Caer en el desfiladero sería un error bastante grave. Se subió a la tabla, avanzó hasta el extremo medio derrumbado del puente y miró hacia abajo, en la confluencia del río con el mar.

Si bajaba, el único camino posible consistiría en seguir río arriba. Tal vez fuera ese el significado de la pista. Pero en el empinado acantilado no había ningún camino a la vista, ni siquiera un asidero.

Por supuesto, un filón de hierro en el acantilado podía llevarla abajo sana y salva. Sus ojos escrudriñaron las paredes del desfiladero en busca del color rojizo del hierro. Algunos puntos parecían prometedores, pero como cada vez estaba más oscuro no podía estar segura del todo.

—Estupendo.

Tally se dio cuenta de que había dormido demasiado. Si esperaba al alba perdería doce horas, y no le quedaba agua.

Solo tenía una opción: caminar río arriba siguiendo la peña que formaba el acantilado. Pero podía tardar días en llegar a un lugar desde el que poder bajar. ¿Y cómo lo vería de noche?

Tenía que recuperar tiempo, no ir dando tropezones en la oscuridad.

Tally tragó saliva y tomó una decisión. Sin duda había una forma de bajar sobre la tabla. Tal vez estuviese cometiendo un error, pero eso era precisamente lo que exigía la nota. Avanzó con la tabla desde el puente hasta que empezó a perder agarre. La tabla se deslizó por la ladera del acantilado, y empezó a descender más y más rápido a medida que dejaba atrás el metal de la pista.

Tally buscó con desesperación algún indicio de hierro en el acantilado. Llevó la tabla hacia delante, aproximándola a la pared de piedra, pero no vio nada. Algunas de las luces del detector de metales de la tabla se apagaron. Si seguía bajando caería en picado.

Aquello no iba a funcionar. Tally chasqueó los dedos. La tabla aminoró la velocidad durante un segundo, tratando de subir, pero luego tembló y continuó descendiendo.

Demasiado tarde.

Tally extendió su chaqueta, pero en el desfiladero no hacía viento. Descubrió una franja de aspecto oxidado en la pared de piedra y forzó la tabla para acercarse, aunque resultó ser solo una pegajosa capa de líquenes. La tabla empezó a deslizarse hacia abajo cada vez más deprisa, mientras las luces del detector de metales se apagaban una detrás de otra.

Hasta que, finalmente, dejó de funcionar.

Tally se dio cuenta de que aquel error podía ser el último. Cayó como una roca hacia las olas rompientes. Igual que en el sueño, su voz enmudeció en el aire helado, como si sus pulmones estuviesen llenos de agua. La tabla se precipitaba hacia abajo, dando vueltas como una hoja caída de un árbol.

Tally cerró los ojos, esperando el impacto demoledor del agua fría.

De pronto, algo la agarró por las muñecas y tiró bruscamente de ella hacia arriba, haciéndola girar en el aire. Dio una vuelta entera como una gimnasta en las anillas y sus hombros se estremecieron de dolor.

Abrió los ojos atónita. Estaba descendiendo hacia la aerotabla, que esperaba firme en el agua.

—Pero ¿cómo…? —se preguntó en voz alta.

Cuando sus pies se hubieron apoyado en la tabla, Tally supo lo que había ocurrido.

El río la había sujetado. Llevaba allí siglos, o el tiempo que durasen los ríos, dejando depósitos de metal, y los imanes de la tabla habían encontrado un punto de agarre justo a tiempo.

—Salvada… más o menos —murmuró Tally.

Se frotó los doloridos hombros por la fuerza que habían ejercido las pulseras protectoras al sujetarla, y se preguntó desde qué altura había que caer para que las pulseras te arrancasen los brazos.

Pero había conseguido bajar. El río se extendía ante sí, abriéndose paso entre las montañas nevadas. Tally se estremeció al sentir la brisa del océano y se ajustó la chaqueta empapada.

—«Cuatro días después, tomar el lado que desprecias» —recitó de la nota de Shay—. Cuatro días. Más vale que me ponga en marcha.

Tras quemarse, decidió ponerse un parche de protección solar en la piel cada amanecer. Pero incluso con solo unas horas al sol cada día, sus brazos ya morenos fueron oscureciéndose aún más.

El EspagBol nunca volvió a tener tan buen sabor como aquella primera vez en los acantilados. Las comidas de Tally iban de decentes a odiosas. Lo peor eran los desayunos con EspagBol, al atardecer, cuando el simple hecho de pensar en más fideos hacía que no quisiera volver a comer jamás. Casi deseaba quedarse sin comida y tener que atrapar un pescado y cocinarlo, o simplemente morir de hambre, perdiendo su grasa de imperfecta por las malas.

Lo que de verdad temía Tally era quedarse sin papel higiénico. Su único rollo estaba a medias, y ahora lo racionaba de forma estricta, contando las hojas. Además, cada día olía un poco peor.

El tercer día río arriba, decidió darse un baño.

Se despertó una hora antes del ocaso como de costumbre, sintiéndose pegajosa dentro del saco de dormir. Esa mañana había lavado su ropa y la había dejado sobre una roca para que se secara. La idea de ponerse la ropa limpia con la piel sucia le puso la carne de gallina.

En aquella zona, el río corría rápido, y sus aguas no dejaban casi nada en el filtro del depurador, lo que significaba que estaba limpia. No obstante, estaba helada, ya que debía de proceder de la nieve fundida de las montañas. Tally esperaba que estuviese un poco menos fría al final del día, una vez que el sol hubiese tenido tiempo de calentarla.

Resultó que el kit de supervivencia sí llevaba jabón, unos cuantos paquetes desechables metidos en uno de los bolsillos de la mochila. Tally cogió uno y se situó a la orilla del río. Solo llevaba puesto el sensor sujeto a la anilla del vientre, y tiritaba solo sentir la fría brisa.

—Vamos allá —dijo tratando de impedir que le castañeteasen los dientes.

Metió un pie y dio un salto atrás al notar un intenso dolor en la pierna, como si le clavaran mil agujas en la piel. Al parecer, meterse en el agua despacio iba a ser imposible. Tendría que tomar carrerilla y saltar.

Tally caminó por la orilla del río en busca de un buen sitio para zambullirse, armándose de valor poco a poco. Se dio cuenta de que nunca había estado desnuda al aire libre. En la ciudad, todo lo que se situaba fuera de los edificios era público, pero allí hacía días que no veía ningún rostro humano. El mundo parecía pertenecerle y, a pesar del aire fresco, el sol producía una sensación maravillosa sobre su piel.

Apretó los dientes y se colocó de cara al río. Si se quedaba allí meditando sobre la naturaleza, jamás se daría un baño. Solo unos pocos pasos y un salto, y la fuerza de gravedad haría el resto.

Contó hasta cinco, y contó hasta diez, pero ninguna de las dos cosas funcionó. Entonces se dio cuenta de que empezaba a coger frío allí quieta.

Por fin, decidió saltar.

El agua helada se cerró como un puño a su alrededor, paralizando todos sus músculos, y convirtiendo sus manos en garras temblorosas. Por un momento, Tally se preguntó cómo conseguiría volver a la orilla. Tal vez moriría allí, deslizándose para siempre bajo el agua helada.

Inspiró hondo, no sin antes recordar estremecida que los antepasados de los oxidados sin duda se veían obligados a bañarse en arroyos como aquel. Apretó los dientes para impedir que siguieran castañeteando, metió la cabeza bajo el agua y la sacó de inmediato, notando cómo el cabello mojado caía sobre su espalda.

Al cabo de unos momentos, un foco de calor se encendió en su estómago, como si el agua helada hubiese activado alguna reserva secreta de energía dentro de su cuerpo. Abrió mucho los ojos y se encontró gritando de emoción. Las montañas, que se elevaban sobre su cabeza después de tres noches de viajar tierra adentro, parecían de pronto muy nítidas mientras sus picos nevados captaban los últimos rayos del sol poniente. El corazón de Tally palpitó con fuerza y su sangre difundió un calor inesperado por todo el cuerpo.

Pero el arrebato de energía no iba a durar mucho. Forcejeó para abrir el paquete de jabón y lo derramó en sus manos, sobre su piel y en su cabello. Un chapuzón más y estaría lista para salir.

Al mirar hacia la orilla, Tally se dio cuenta de que la corriente del río la había arrastrado lejos de su campamento. Dio unas cuantas brazadas corriente arriba y luego avanzó fatigosamente hacia la orilla rocosa.

Cuando el agua le llegaba hasta la cintura y se disponía a salir, tiritando por el contacto de la brisa sobre su cuerpo mojado, oyó un ruido que le heló la sangre.

Algo de grandes dimensiones se acercaba.

«El lado que desprecias»

Un trueno llegó del cielo, como un tambor gigante tocado con furia y rapidez, abriéndose paso hasta la cabeza y el pecho de Tally. Pareció sacudir todo el horizonte e hizo temblar la superficie del río con cada golpe sordo.

Tally se agachó dentro del agua, hundiéndose hasta el cuello justo antes de que apareciese la máquina.

Venía de las montañas, volando bajo y levantando vendavales polvorientos a su paso. Era mucho más grande que un aerovehículo y hacía cien veces más ruido. Al parecer, funcionaba sin imanes, y cortaba el aire con un disco casi invisible que brillaba al sol.

Al llegar al río, la máquina se ladeó. Su avance agitó el agua, formando olas circulares como si una piedra enorme rozase la superficie. Tally pudo ver en su interior a unas personas que parecían mirar hacia su campamento. La aerotabla desplegada se tambaleó en el vendaval mientras sus imanes luchaban por mantenerla en el suelo. La mochila desapareció en el polvo, y Tally vio que su ropa, el saco de dormir y los paquetes de EspagBol se esparcían al paso de la máquina.

Se hundió todavía más en el agua, asustada ante la perspectiva de quedarse allí, desnuda y sola, sin nada. Y por si fuera poco, estaba medio congelada.

Pero la máquina siguió adelante, igual que una aerotabla. Se dirigió hacia el mar y se desvaneció tan deprisa como había aparecido, dejando los oídos de Tally a punto de estallar y la superficie del río hirviendo.

Tally salió a rastras tiritando. Tenía el cuerpo helado y apenas podía cerrar los puños. Regresó al campamento, recogió su ropa y se la puso, aunque todavía estaba mojada. Se sentó y se envolvió el cuerpo con los brazos, echando miradas atemorizadas al rojo horizonte cada pocos segundos.

Los daños eran menores de lo que se temía. La luz de funcionamiento de la aerotabla estaba verde, y la mochila estaba cubierta de polvo pero intacta. Después de buscar y contar los paquetes que quedaban de EspagBol, Tally comprobó que solamente había perdido dos. Pero el saco de dormir había quedado hecho trizas.

Tally tragó saliva. Del saco solo quedaba un pedazo no más grande que un pañuelo. ¿Y si ella hubiese estado dentro cuando llegó la máquina?

Plegó rápidamente la aerotabla y lo guardó todo. Al instante la tabla estaba lista para partir. Al menos, el vendaval provocado por la extraña máquina la había secado.

—Muchas gracias —dijo Tally mientras subía a la tabla y se inclinaba hacia delante.

El sol empezaba a ponerse. Estaba deseando abandonar el campamento lo antes posible, por si volvían.

Pero ¿quiénes eran? La máquina voladora era justo lo que Tally imaginaba cuando sus profesores describían los artilugios de los oxidados: un estruendoso tornado portátil que lo destruía todo a su paso. Tally había leído cosas sobre aeronaves que hacían añicos las ventanas al pasar volando y vehículos de guerra blindados que podían atravesar una casa.

Sin embargo, los oxidados habían desaparecido hacía tiempo. ¿Quién iba a cometer la estupidez de reconstruir sus demenciales máquinas?

Tally avanzó en la creciente oscuridad con los ojos bien abiertos por si veía algún indicio de la siguiente pista —«Cuatro días después, tomar el lado que desprecias»— o cualquier otra sorpresa que le deparase la noche.

Una cosa era segura: no estaba sola.

Aquella noche llegó a una zona donde el río se bifurcaba.

Tally se detuvo y contempló la bifurcación. Una de las divisiones era mucho más caudalosa, mientras que la otra parecía un arroyo ancho. Recordó que un «afluente» era un río pequeño que alimentaba a uno más grande.

Probablemente debía seguir el río principal. Pero ya llevaba tres días viajando, y su aerotabla era mucho más rápida que la mayoría. Tal vez había llegado el momento de la tercera pista.

—«Cuatro días después, tomar el lado que desprecias» —murmuró Tally.

Observó los dos ríos a la luz de la luna casi llena. ¿Qué río había que despreciar? ¿O cuál debió de creer Shay que ella despreciaría? Ambos parecían muy corrientes. Entornó los ojos mirando a lo lejos. Tal vez uno conducía hacia algo despreciable que fuese visible a la luz del día.

Pero esperar hasta el amanecer supondría perder una noche de viaje y dormir rodeada de frío y oscuridad sin saco de dormir.

Tally se dijo a sí misma que la pista podía no referirse a aquella bifurcación. Tal vez solo debía seguir el río grande hasta que apareciese algo más evidente. De todos modos, ¿por qué iba Shay a llamar a los dos ríos «lados»? Si se refería a aquella bifurcación, ¿no sería «tomar la dirección que desprecias»?

—«El lado que desprecias…» —masculló Tally cuando de pronto recordó algo.

Se llevó las manos a la cara mientras recordaba que cuando le enseñó a Shay sus morfos perfectos, Tally había mencionado que siempre empezaba duplicando su lado izquierdo, porque siempre había detestado el lado derecho de su cara. Ese tipo de detalles eran seguramente los que tendría en cuenta Shay.

¿Era esa la forma que tenía Shay de decirle que fuese a la derecha?

El que se dirigía hacia la derecha era el río más pequeño, el afluente. Las montañas estaban más cerca en aquella dirección. Tal vez se estuviese acercando al Humo.

Se quedó mirando los dos ríos en la oscuridad, uno grande y uno pequeño, y recordó que Shay decía que la simetría perfecta era una tontería y que ella prefería tener una cara con dos lados diferentes.

Tally no le había prestado atención, pero aquella conversación había sido importante para Shay, pues era la primera vez que habían hablado de la posibilidad de seguir siendo imperfectas. Si Tally se hubiese fijado entonces, tal vez habría podido disuadir a Shay. Y ahora ambas estarían en una torre de fiesta, juntas y perfectas.

—A la derecha entonces —dijo Tally con un suspiro, y situó su tabla hacia el río más pequeño.

Cuando salió el sol, Tally ya sabía que había tomado la decisión acertada.

A medida que el afluente ascendía entre las montañas, vio cómo los campos se llenaban de flores. Pronto las brillantes capuchas blancas fueron tan abundantes como la hierba y eliminaron cualquier otro color del paisaje. A la luz del alba, parecía que la tierra resplandecía a su alrededor.

—«Y buscar en las flores ojos de pirómano» —se dijo Tally, preguntándose si debía bajarse de la tabla. Tal vez tenía que buscar alguna clase de bicho de ojos extraños.

Se dirigió a la orilla y se bajó de la tabla.

Las flores llegaban hasta la orilla del agua. Tally se arrodilló para inspeccionar una de cerca. Los cinco largos pétalos blancos se curvaban con delicadeza desde el tallo y en torno a la corola, que contenía solo una pizca de amarillo en lo más hondo. Uno de los pétalos situados debajo de la corola era más largo y se arqueaba hacia abajo, casi hasta el suelo. Un movimiento atrajo su mirada, y descubrió un pajarito que revoloteaba entre las flores, saltando de una a otra para posarse sobre el pétalo más largo y metiendo el pico en todas.

—¡Qué bonitas son! —exclamó.

Había muchísimas. Le entraron ganas de echarse a dormir entre las flores.

Pero no descubrió nada que pudiese tener «ojos de pirómano». Tally se levantó y escudriñó el horizonte. No vio más que las colinas cubiertas de flores de un blanco deslumbrante y el río reluciente que ascendía entre las montañas. Todo parecía muy tranquilo, un mundo muy distinto del que la máquina voladora había destruido la noche anterior.

Volvió a subirse a la tabla y continuó la marcha, esta vez más despacio, mientras buscaba atentamente algo que pudiese encajar con la pista de Shay, sin olvidar ponerse un parche de protección solar cuando el sol se alzó en el cielo.

El río seguía ascendiendo entre las colinas. Desde allí arriba, Tally vio franjas desnudas entre las flores, extensiones de tierra seca y arenosa. El paisaje irregular era una visión extraña, como un bonito cuadro por el que alguien hubiese pasado papel de lija.

Se bajó de la tabla varias veces para inspeccionar las flores, en busca de insectos o cualquier otra cosa que pudiese corresponder a las palabras «ojos de pirómano». Pero al cabo de unas horas seguía sin encontrar ningún indicio.

Cerca del mediodía, el afluente fue haciéndose cada vez más pequeño. Tarde o temprano, Tally llegaría a su lugar de nacimiento, un manantial de montaña o ventisquero a medio derretir, y entonces tendría que caminar. Cansada tras la larga noche, decidió acampar.

Escudriñó el cielo, preguntándose si habría más máquinas voladoras de los oxidados. Le aterraba la idea de que otra máquina cayese sobre ella mientras dormía. ¿Quién sabía lo que podía esperarse de la gente que iba dentro de aquel artefacto? Si no hubiese estado escondida en el agua la noche anterior, ¿qué habrían hecho con ella?

Una cosa era segura: las brillantes pilas solares de la aerotabla serían muy visibles desde el aire. Tally comprobó la carga; quedaba más de la mitad gracias a que había ido a poca velocidad y al sol que ahora brillaba sobre su cabeza. Desplegó la aerotabla, aunque solo a medias, y la escondió entre las flores más altas que pudo encontrar. A continuación, subió a pie hasta la cima de una colina cercana. Desde allí arriba podía vigilar la aerotabla y también oír y ver cualquier cosa que se aproximase desde el aire. Decidió meter todas las cosas en la mochila antes de acostarse para poder salir huyendo en el acto.

Era lo mejor que podía hacer.

Después de comerse una ración de EspagBol ligeramente repugnante, se acurrucó en una zona en la que las flores blancas eran lo bastante altas para ocultarla. La brisa agitaba sus largos tallos, y las sombras danzaban sobre los párpados cerrados de Tally.

Se sentía extrañamente desprotegida sin su saco de dormir, allí tumbada y con la ropa puesta, pero el cálido sol y el largo viaje nocturno hicieron que se durmiese enseguida.

Cuando despertó, el mundo estaba en llamas.

Tormenta de fuego

Al principio oyó en sus sueños el sonido de un viento muy fuerte.

A continuación, un ruido desgarrador llenó el aire, la crepitación de la maleza seca inflamada, y el olor de humo cubrió a Tally, despertándola por completo de repente.

Unas nubes de humo la rodeaban, tapando el cielo. Una cortina irregular de llamas avanzó entre las flores, despidiendo una oleada de calor abrasador. Tally agarró la mochila y bajó a trompicones por la colina para alejarse del fuego.

No sabía en qué dirección se hallaba el río. No se veía nada a través de las densas nubes. Sus pulmones luchaban por respirar entre el viciado humo pardo.

Entonces vio algunos rayos del sol poniente que atravesaban la humareda y pudo orientarse. El río estaba detrás de las llamas, al otro lado de la colina.

Volvió sobre sus pasos, subió hasta la cima de la colina y miró hacia abajo, a través del humo. El fuego estaba arreciando. Algunas lenguas de fuego subían con rapidez colina arriba, arrasando a su paso las bellas flores, dejándolas chamuscadas y negras.

Tally distinguió el brillo tenue del río a través del humo, pero el calor la obligó a retroceder.

Volvió a bajar a trompicones por el otro lado, tosiendo y escupiendo, y preguntándose si su aerotabla habría sido ya devorada por las llamas.

Tenía que llegar al río. El agua era el único lugar que la mantendría a salvo del fuego, que todo lo arrasaba. Si no podía bajar por la colina, tal vez podría rodearla.

Descendió por la pendiente a toda velocidad. Había algunas zonas que también ardían en ese lado, pero nada comparado con las llamas galopantes que había dejado tras de sí. Llegó al llano y rodeó el pie de la colina, agachándose para pasar por debajo del humo.

A medio camino alcanzó una zona ennegrecida por la que ya habían pasado las llamas. Los tallos quebradizos de las flores crujían bajo sus zapatos, y le picaban los ojos por el calor procedente de la tierra chamuscada.

Las brasas se encendían a su paso mientras corría a través de las flores ennegrecidas, como cuando se atiza un fuego adormecido. Notaba que se le secaban los ojos y le salían ampollas en la piel.

Al cabo de unos momentos, Tally encontró el río. El fuego se extendía en un muro ininterrumpido en la orilla opuesta; el fuerte viento lo empujaba por detrás y mandaba por los aires brasas que iban a posarse al otro lado. Una nube de humo avanzó con fuerza hacia ella, sofocándola y cegándola por unos instantes.

Cuando pudo abrir los ojos de nuevo, Tally descubrió la brillante superficie solar de su aerotabla y corrió en su busca, haciendo caso omiso de las flores que ardían a su paso.

La tabla estaba intacta, gracias a la buena suerte y a la capa de rocío que la cubría.

Plegó la tabla deprisa y se subió a ella, sin esperar a que la luz amarilla se volviese verde. El calor ya la había secado casi por completo, y se alzó en el aire a sus órdenes. Tally llevó la tabla sobre el río, justo por encima del agua, y ascendió corriente arriba en busca de un hueco en la cortina de fuego que quedaba a su izquierda.

Sus botas antideslizantes se habían estropeado y las suelas crujían como fango secado al sol, así que voló despacio, recogiendo agua con las manos para remojar la piel ardiente de su rostro y sus brazos.

Un ruido retumbó a su izquierda, inconfundible pese al rugido del fuego. Un viento repentino la empujó hacia atrás, en dirección a la otra orilla. Tally se inclinó y metió un pie en el agua para frenar la tabla. Se aferró firmemente con ambas manos, luchando desesperada para no ser arrojada al río.

De pronto el humo se despejó y un objeto que le resultaba familiar emergió de la oscuridad. Era la máquina voladora, cuyo atronador latido se hacía oír por encima del pavoroso incendio. Unas chispas saltaron al otro lado del río mientras el vendaval provocado por la máquina reavivaba el fuego.

Se preguntó qué estaban haciendo. ¿No se daban cuenta de que estaban propagando el fuego?

Su pregunta obtuvo respuesta al cabo de un momento, cuando vio que la máquina se dirigía hasta el otro lado del río para prender fuego a otro grupo de flores.

Habían provocado el fuego y lo estaban propagando con todos los medios a su alcance.

La máquina voladora se acercó retumbando, y Tally distinguió una cara inhumana que la miraba desde el asiento del piloto. Dio la vuelta a la tabla para alejarse volando, pero la máquina se elevó en el aire, pasó justo por encima de ella y el viento la sacudió con fuerza.

Tally cayó al agua. Sus pulseras protectoras la sujetaron un momento por encima de las olas, pero luego el viento se apoderó de la tabla, mucho más ligera ahora sin ella encima, y se la llevó girando como si fuese una hoja.

Tally se hundió en las profundidades del río, con su mochila a cuestas.

Bajo el agua halló frescor y silencio.

Durante unos momentos interminables, Tally solo sintió alivio por haber escapado del intenso viento, de la máquina atronadora y del calor abrasador de la tormenta de fuego. Pero enseguida advirtió que el peso de las pulseras protectoras y de la mochila la estaban hundiendo, y tuvo un ataque de pánico.

Agitó con violencia los brazos y las piernas, ascendiendo hacia las luces parpadeantes de la superficie. La ropa y el equipo mojados la arrastraban hacia abajo, pero justo cuando sus pulmones estaban a punto de estallar consiguió salir a la superficie. Engulló varias bocanadas de aire lleno de humo y una ola la abofeteó en la cara. Tosió y escupió, luchando por mantenerse a flote.

Una sombra pasó por encima de ella, oscureciendo el cielo. Entonces su mano chocó con algo, una conocida superficie antideslizante...

Su tabla había regresado junto a ella, como siempre que se caía. Las pulseras protectoras la levantaron hasta que pudo agarrarse. Sus dedos se aferraron a la superficie rugosa mientras respiraba jadeando.

Un chirrido agudo llegó desde la orilla cercana. Tally parpadeó para quitarse el agua de los ojos y vio que la máquina de los oxidados había aterrizado. Unas figuras iban saliendo de la máquina y pulverizaban el suelo con espuma blanca mientras se abrían paso entre las flores en llamas y entraban en el río. Se dirigían hacia ella.

Tally luchó por subirse a la tabla.

—¡Espera! —exclamó la figura más cercana a ella.

Tally se puso en pie temblorosa, tratando de mantener el equilibrio sobre la superficie mojada de la tabla. Sus botas quemadas resbalaban, y la mochila empapada parecía pesar una tonelada. Mientras se inclinaba hacia delante, una mano enguantada agarró la parte frontal de la tabla. Del agua salió un rostro cubierto con algún tipo de máscara. Unos ojos enormes la miraron fijamente.

Pisó con fuerza la mano, machacando los dedos. Estos se retiraron, pero Tally se había adelantado demasiado y la punta de la tabla se hundió en el agua.

Tally volvió a precipitarse al río.

Unas manos la sujetaron y la apartaron de la aerotabla. Alguien la sacó del agua y la cogió en brazos. Entrevió rostros enmascarados: ojos enormes e inhumanos que la miraban sin pestañear.

«Ojos de pirómano.»

«Ojos de pirómano»

Tiraron de Tally hasta la orilla, la sacaron del agua y la llevaron hacia la máquina voladora.

Los pulmones de la chica estaban llenos de agua y humo. Apenas podía coger aire sin que la tos sacudiese todo su cuerpo.

—¡Túmbala!

—¿De dónde demonios ha salido?

—Dale oxígeno.

Dejaron caer a Tally de espaldas sobre el suelo cubierto de espuma blanca. El que la había llevado hasta allí se quitó la máscara, y Tally parpadeó atónita.

Era un perfecto. Un nuevo perfecto, igual de guapo que Peris.

El hombre le puso la máscara. Por un momento, Tally se debatió débilmente, pero luego un aire frío y puro avanzó con fuerza por sus pulmones. Sintió la cabeza ligera mientras lo absorbía agradecida.

Él le quitó la máscara.

—No demasiado, o hiperventilarás.

La chica trató de hablar, pero solo pudo toser.

—La cosa se está poniendo fea —dijo otra figura—. Jenks quiere subirla.

—Jenks puede esperar.

Tally carraspeó.

—Mi tabla.

El hombre lució una bonita sonrisa y miró hacia arriba.

—La han llevado arriba, no te preocupes. ¡Eh! ¡Que alguien enganche esa cosa al helicóptero! ¿Cómo te llamas, jovencita?

—Tally.

Un nuevo acceso de tos la sacudió.

—Bueno, Tally, ¿estás preparada para moverte? El fuego no esperará.

Ella se aclaró la garganta y volvió a toser.

—Creo que sí.

—De acuerdo, vamos pues.

El hombre la ayudó a levantarse y la acompañó hasta la máquina. En el interior, el ruido era mucho más suave, y Tally se encontró de pronto apiñada en la parte trasera junto a otros tres enmascarados. Una puerta se cerró de golpe.

La máquina retumbó, y luego Tally notó que se elevaba del suelo.

—¡Mi tabla!

—Relájate, jovencita. La tenemos.

La mujer se quitó la máscara. Era otra perfecta joven.

Tally se preguntó si serían las personas de la pista de Shay. Los «ojos de pirómano». ¿Se suponía que tenía que buscarlos a ellos?

—¿Va a salir de esta? —preguntó una voz desde la cabina.

—Sobrevivirá, Jenks. Da el rodeo habitual y activa un poco el fuego de vuelta a casa.

Tally miró hacia abajo mientras la máquina ascendía. Su vuelo seguía el curso del río, y vio que los incendios se propagaban hasta la otra orilla, impulsados por el viento levantado por la máquina. De vez en cuando brotaban llamas de la nave.

Observó los rostros de los miembros de la tripulación. Para ser nuevos perfectos, parecían muy decididos, muy concentrados en su tarea. Pero sus acciones eran una locura.

—¿Qué estáis haciendo? —preguntó.

—Quemar un poco aquí y allá.

—Ya lo veo. Pero ¿por qué lo hacéis?

—Para salvar el mundo, jovencita. Escucha, sentimos mucho que te hayas visto en medio.

Se llamaban a sí mismos «guardabosques».

El que la había sacado del río se llamaba Tonk. Todos hablaban con marcado acento y procedían de una ciudad de la que Tally nunca había oído hablar.

—No está demasiado lejos de aquí —dijo Tonk—. Pero nosotros los guardabosques pasamos casi todo el tiempo en la naturaleza. Los helicópteros de incendios tienen su base en las montañas.

—¿Los qué?

—Helicópteros. Estás en uno de ellos.

Tally observó de un lado a otro el interior de aquella máquina que traqueteaba.

—¡Es tan típico de los oxidados…! —gritó por encima del ruido.

—Sí, es un cacharro prehistórico. Algunas piezas tienen casi doscientos años. Copiamos las piezas a medida que se desgastan.

—Pero ¿por qué?

—Puedes pilotarlo en cualquier parte, con o sin reja magnética. Y es estupendo para propagar incendios. Desde luego, los oxidados sabían liarla bien.

Tally hizo un gesto de incredulidad con la cabeza.

—Y propagáis incendios porque…

Con una sonrisa, él levantó una de las botas de Tally y retiró de la suela una flor aplastada, aunque no quemada.

—Porque existe la *Phragmipedium panthera* —dijo.

—¿Cómo?

—Esta flor, una orquídea atigrada blanca, era una de las plantas más escasas del mundo. En tiempos de los oxidados, un solo bulbo valía más que una casa.

—¿Una casa? Pero si hay un montón.

—¿Te has fijado? —preguntó él levantando la flor y observando su delicada corola—. Hace unos trescientos años, una oxidada encontró la forma de manipular la especie para adaptarla a condiciones más variadas. Manipuló los genes para que esta especie se propagase mejor.

—¿Por qué?

—Lo de siempre. Para intercambiarlas por otras cosas. Pero su iniciativa tuvo demasiado éxito. Mira hacia abajo.

Tally se asomó a la ventanilla. La máquina había ganado altitud y la tormenta de fuego había quedado atrás. Debajo había campos interminables de blanco, interrumpidos solo por algunas zonas yermas.

—Parece que hizo un buen trabajo. ¿Qué problema hay?, si son muy bonitas.

—Una de las plantas más hermosas del mundo, pero demasiado prolífica. Se convirtieron en la peor de las plagas, lo que llamamos un monocultivo. Acaban con todas las demás especies, sofocan árboles y hierba, y no hay nada que se las coma, salvo una especie de colibrí que se alimenta de su néctar. Pero los colibríes anidan en los árboles.

—Allí abajo no hay árboles —dijo Tally—. Solo las orquídeas.

—Precisamente eso es lo que significa un monocultivo: que todo es lo mismo. Cuando se acumulan orquídeas en número suficiente en una zona, no hay bastantes colibríes para polinizarlas, ya sabes, para propagar las semillas...

—Sí —dijo Tally—. Conozco lo de los pájaros y las abejas.

—Claro que sí, jovencita. Así que con el viento las orquídeas desaparecen víctimas de su propio éxito, dejando tras de sí un erial. Cero biológico. Nosotros, los guardabosques, tratamos de impedir que se propaguen. Hemos probado con veneno, con enfermedades artificiales, con depredadores que tengan a los colibríes como objetivo... pero el fuego es lo único que funciona de verdad —dijo mientras daba vueltas a la orquídea que tenía en la mano. El hombre cogió una bengala y dejó que la llama lamiese la corola de la flor—. Hemos de tener cuidado, ¿sabes?

Tally se fijó en que los demás guardabosques estaban limpiándose las botas y el uniforme, buscando algún rastro de las flores entre el fango y la espuma. Miró los prados llenos de flores que se extendían hasta el horizonte.

—¿Cuánto tiempo lleváis haciendo esto?

—Casi trescientos años. Los oxidados iniciaron la tarea... una vez que entendieron lo que habían hecho, claro está. Pero nunca venceremos. Lo único que podemos esperar es contener la plaga.

Tally se incorporó sacudiendo la cabeza y tosiendo una vez más. Las flores eran preciosas, delicadas y en apariencia inocentes, pero acababan con todo lo que las rodeaba.

El guardabosques se inclinó hacia delante y le pasó su cantimplora. Ella la cogió y bebió agradecida.

—Te diriges al Humo, ¿verdad?

Tally tragó un poco de agua por el otro lado y escupió.

—Sí. ¿Cómo lo has sabido?

—Bueno, una imperfecta deambulando por los campos de orquídeas con una aerotabla y un kit de supervivencia… Resulta evidente, jovencita.

—Ah, sí —Tally recordó la pista—. «Buscar en las flores ojos de pirómano.»

Sin duda habían visto antes a imperfectos como ella.

—Ayudamos a los habitantes del Humo, y ellos también nos ayudan a nosotros —dijo Tonk—. En mi opinión, están locos, con eso de vivir a la intemperie y no dejar de ser imperfectos. Pero saben más de la naturaleza que la mayoría de los perfectos de ciudad. En cierto modo, es admirable.

—Sí —dijo ella—. Supongo.

El hombre frunció el ceño.

—¿Supones? Pero te diriges allí. ¿No estás segura?

Tally se dio cuenta de que las mentiras empezaban allí. No podía contarles a los guardabosques la verdad: que ella era una espía, una infiltrada.

—Claro que estoy segura.

—Bueno, pronto te dejaremos bajar.

—¿En el Humo?

Él volvió a fruncir el ceño.

—¿Acaso no lo sabes? La ubicación es un gran secreto. Los habitantes del Humo no confían en los perfectos. Ni siquiera en nosotros, los guardabosques. Te llevaremos al punto habitual, y tú ya conoces el resto, ¿verdad?

Tally asintió con una sonrisa de oreja a oreja.

—Claro. Solo te estaba poniendo a prueba.

El helicóptero aterrizó en medio de un remolino de polvo, mientras las flores blancas se doblaban en un amplio círculo en torno al punto de aterrizaje.

—Gracias por todo y... por el viaje —dijo Tally.

—Buena suerte —dijo Tonk—. Espero que te guste el Humo.

—Yo también.

—Pero si cambias de idea, jovencita, los guardabosques siempre estamos buscando voluntarios.

Tally frunció el ceño.

—¿Qué es un voluntario?

El guardabosques sonrió.

—Bueno... Digamos que lo eres cuando escoges tu propio empleo.

—Ah, ya. —Tally había oído que se podía hacer eso en algunas ciudades—. Quién sabe. Mientras tanto, continuad trabajando igual de bien. Por cierto, no iréis a provocar ningún incendio por aquí, ¿verdad?

Los guardabosques se rieron.

—Solo trabajamos en los límites de la plaga —dijo Tonk—, para impedir que las flores se propaguen. Este sitio está justo en medio. Todo esfuerzo es inútil.

Tally miró a su alrededor. Los campos de orquídeas llegaban hasta el horizonte. El sol se había puesto hacía una hora, pero las flores brillaban como fantasmas a la luz de la luna. Ahora que sabía lo que eran, la visión le produjo un escalofrío. ¿Cómo lo había llamado él? Cero biológico.

—Gracias una vez más por salvarme.

Saltó del helicóptero y sacó su aerotabla de un tirón del colgador magnético situado junto a la puerta. Se alejó retrocediendo, agachándose con cuidado, como le habían indicado los guardabosques.

La máquina volvió a ponerse en marcha con gran estruendo, y ella observó desde abajo el disco brillante. Tonk le había explicado que lo formaban un par de finas palas; giraban tan rápido que no podían verse, y eso sostenía la nave en el aire. Se preguntó si lo habría dicho en broma. A ella solo le parecía un típico campo de fuerza.

El aire volvió a formar torbellinos mientras la máquina se alzaba, y Tally agarró con fuerza su tabla mientras saludaba, hasta que la aeronave desapareció en el oscuro cielo. Suspiró.

Sola de nuevo.

Mirando a su alrededor, se preguntó cómo podría encontrar a los habitantes del Humo en aquel desierto uniforme de orquídeas.

«Luego esperar sobre la cabeza calva a que se haga la luz», era la última línea de la nota de Shay. Tally escudriñó el horizonte, y una sonrisa de alivio se dibujó en su rostro.

No muy lejos de allí se alzaba una colina alta y redonda. Debía de ser uno de los lugares donde las flores manipuladas habían arraigado por primera vez. La mitad superior de la colina estaba agonizando, arruinada por las orquídeas; no quedaba nada más que la tierra desnuda.

La zona despejada tenía el mismo aspecto que una cabeza calva.

Alcanzó la cima de la desnuda colina en pocas horas.

Su aerotabla era inútil allí, pero la excursión resultó fácil con el nuevo calzado que los guardabosques le habían dado, ya que sus botas estaban tan quemadas que se habían desmenuzado en el helicóptero. Aquel perfecto tan guapo también le había llenado de agua el depurador.

El viaje en helicóptero había empezado a secar las ropas de Tally, y la excursión había hecho el resto. Su mochila había sobrevivido al remojón, y hasta los paquetes de EspagBol se habían mantenido secos en su bolsa impermeable. Lo único perdido en el río era la nota de Shay, reducida ahora a una bola de papel mojado en su bolsillo.

Pero ya casi lo había conseguido. Ya en la cima de la colina, Tally se dio cuenta de que, salvo por las ampollas causadas por las quemaduras en las manos y los pies, unos cuantos cardenales en las rodillas y algunos mechones de pelo chamuscados, había sobrevivido bastante bien. Siempre que los habitantes del Humo supieran dónde encontrarla y creyeran la historia de que era una imperfecta que había venido para unirse a ellos, y no descubriesen que en realidad era una espía, todo saldría a la perfección.

Esperó en la colina, agotada pero incapaz de dormir, preguntándose si de verdad podría hacer lo que pretendía la doctora Cable. El colgante que llevaba al cuello también parecía haber sobrevivido a la dura prueba. Tal vez con un poco de suerte alguna de las sacudidas del camino hubiese roto su pequeño lector ocular y nunca enviaría su mensaje a la doctora Cable, pero era inútil confiar en ello. Sin el colgante, Tally quedaría atrapada para siempre allí, en plena naturaleza. Imperfecta de por vida.

La única forma que tenía de volver a casa era traicionando a su amiga.

Mentiras

Un par de horas después del alba vinieron a buscarla.

Tally vio cuatro figuras vestidas de blanco con aerotablas avanzar a través de las orquídeas. Amplios sombreros blancos con un dibujo moteado ocultaban sus cabezas, y Tally se dio cuenta de que, si se agachaban entre las flores, prácticamente desaparecían.

Aquellas personas se tomaban muchas molestias para mantenerse ocultas.

Cuando se acercó el grupo, reconoció las trenzas de Shay, que se movían bajo uno de los sombreros, y agitó los brazos con gestos frenéticos. Tally tenía previsto seguir las instrucciones al pie de la letra y esperar en la cima de la colina, pero al ver a su amiga agarró su tabla y bajó corriendo para reunirse con ellos.

Espía o no, Tally estaba deseando ver a Shay.

La silueta alta y larguirucha se apartó de las demás y corrió hacia ella. Se abrazaron entre risas.

—¡Eres tú! ¡Sabía que eras tú!

—Claro que soy yo, Shay. Te echaba tanto de menos que no lo pude soportar.

Lo cual era verdad.

Shay no paraba de sonreír.

—Cuando divisamos el helicóptero anoche, casi todo el mundo decía que tenía que ser otro grupo. Decían que tardabas demasiado y que debía renunciar a esperarte.

Tally trató de devolverle la sonrisa, mientras se preguntaba si no había conseguido recuperar el tiempo suficiente. No podía decir que había partido cuatro días después de cumplir los dieciséis años.

—He dado bastantes vueltas. Tu nota no podía ser más enigmática.

—¡Oh! —exclamó Shay mientras su expresión se ensombrecía—. Creí que la entenderías.

Incapaz de soportar que Shay cargase con las culpas, Tally negó con la cabeza.

—La verdad es que la nota estaba bien. Es que soy una estúpida. Y el principal problema surgió cuando llegué a las flores. Al principio los guardabosques no me vieron y estuve a punto de achicharrarme.

Shay miró con atención la cara de Tally, arañada y quemada por el sol, las ampollas de las manos y el pelo chamuscado.

—¡Oh, Tally! Parece que vengas de una guerra.

—Más o menos.

Llegaron los otros tres imperfectos. Se mantuvieron un poco apartados mientras uno de ellos sostenía un aparato en el aire.

—Lleva un detector —dijo.

A Tally se le heló la sangre.

—¿Un qué?

Shay cogió la tabla con suavidad y se la entregó al chico. Este pasó el aparato por encima de la tabla, asintió y retiró una de las aletas estabilizadoras.

—Aquí está.

—A veces ponen rastreadores en las tablas de largo recorrido —dijo Shay—. Tratan de encontrar el Humo.

—Oh, lo… No lo sabía. ¡Lo juro!

—Relájate, Tally —dijo el chico—. No es culpa tuya. La tabla de Shay también llevaba uno. Por eso nos encontramos con los novatos aquí —añadió sosteniendo el chivato en alto—. Lo retiraremos y lo pegaremos en un ave migratoria. A ver si a los especiales les gusta Sudamérica.

Todos los demás se rieron.

Se acercó más y recorrió de arriba abajo el cuerpo de Tally con el aparato. Ella se estremeció cuando pasó cerca del colgante. Pero el chico sonrió.

—Muy bien. Estás limpia.

Tally suspiró aliviada. De hecho, aún no había activado el colgante, por lo que el aparato no podía detectarlo. El otro detector solo era la forma que tenía la doctora Cable de engañar a los habitantes del Humo y hacer que bajaran la guardia. La propia Tally era el auténtico peligro.

Shay cogió de la mano al chico acercándolo.

—Tally, este es David.

El chico sonrió de nuevo. Aunque era imperfecto, tenía una sonrisa muy agradable. Y su rostro expresaba una seguridad que Tally nunca antes había visto en un imperfecto. Tal vez fuese varios años mayor que ella. Tally nunca había visto madurar de forma natural a nadie que tuviese más de dieciséis años. Se preguntó hasta qué punto la sensación de ser imperfecto guardaría relación con el hecho de estar pasando por una edad difícil.

Desde luego, David no era un perfecto. Tenía la sonrisa torcida y la frente demasiado alta. Pero, imperfectos o no, era estupendo estar con Shay, con David y con todos los demás. Aunque acababa de pasar un par de horas con los guardabosques, tenía la sensación de que hacía años que no veía caras humanas.

—Bueno, ¿y qué nos traes?

—¿Cómo?

Croy era uno de los imperfectos que habían acudido a recibirla. También parecía tener más de dieciséis años, pero no llevaba su edad tan bien como David. Había personas que necesitaban la operación más que otras. El chico alargó una mano para coger su mochila.

—Oh, gracias.

Tally tenía los hombros doloridos después de cargar una semana con su mochila a cuestas.

El joven la abrió mientras caminaban y miró dentro.

—Depurador, indicador de posición. —Croy sacó la bolsa impermeable y la abrió—. ¡EspagBol! ¡Delicioso!

Tally gruñó.

—Puedes quedártelo.

Croy abrió los ojos de par en par.

—¿Puedo?

Shay le quitó la mochila.

—No, no puedes.

—Oye, he comido esa porquería tres veces al día durante… toda una eternidad —dijo Tally.

—Pero es que la comida deshidratada es difícil de conseguir en el Humo —explicó Shay—. Deberías guardártela para comerciar.

—¿Comerciar? —Tally frunció el ceño—. ¿A qué te refieres?

En la ciudad, los imperfectos podían comerciar con tareas o con cosas robadas, pero ¿comerciar con comida?

Shay se echó a reír.

—Ya te harás a la idea. En el Humo, nada sale de las piedras. Tienes que conservar las cosas que has traído. No vayas por ahí regalándoselas al primero que te las pida.

Shay miró con recelo a Croy, que bajó los ojos tímidamente.

—Iba a darle algo a cambio —insistió él.

—Seguro que sí —dijo David.

Tally se fijó en que David mantenía la mano sobre el hombro de Shay, rozándola con suavidad mientras caminaban. Recordó la cara de ensoñación que ponía Shay cuando hablaba de David. Tal vez no era solo la promesa de libertad lo que había traído a su amiga hasta allí.

Llegaron a la zona en que se acababan las flores, un denso bosque de árboles y matorrales que comenzaba al pie de una imponente montaña.

—¿Cómo impedís que se extiendan las orquídeas? —preguntó Tally.

A David se le iluminaron los ojos, como si aquel fuese su tema favorito.

—Este viejo bosque natural las detiene. Lleva siglos aquí, seguramente incluso desde antes de los oxidados.

—Tiene montones y montones de especies —dijo Shay—. Por eso es lo bastante fuerte para mantener a raya la plaga.

La chica miró a David en busca de aprobación.

—El resto de la zona estaba cubierta de granjas o pastos —continuó, señalando la extensión de blanco que había detrás de ellos—. Los oxidados ya habían hecho el trabajo más duro antes de que llegase la plaga.

Cuando llevaba apenas unos minutos dentro del bosque, Tally comprendió por qué las orquídeas no habían podido apoderarse de él. Los matorrales enmarañados y los gruesos árboles formaban un muro infranqueable a cada lado. Iba caminando por un sendero estrecho, pero aun así tenía que abrirse paso a empujones entre las ramas y no paraba de tropezar con raíces y rocas. Nunca había visto un bosque tan salvaje e inhóspito. Las zarzas atravesaban la penumbra como alambres de espinos.

—¿Acaso vivís aquí?

Shay se echó a reír.

—No te preocupes, que tenemos nuestros recursos. Solo nos estamos asegurando de que no te han seguido. El Humo está mucho más arriba, donde los árboles no son tan densos. Ya está cerca el riachuelo. Pronto podremos subir a las tablas.

—Bien —dijo Tally.

Sus pies tenían rozaduras por culpa del calzado nuevo. Pero este abrigaba más que sus botas antideslizantes destruidas y era mejor para caminar. Se preguntó qué habría hecho si los guardabosques no se lo hubiesen dado. ¿Cómo se conseguían botas nuevas en el Humo? ¿Le dabas a cambio a alguien toda tu comida? ¿Las fabricabas tú mismo? Miró los pies de David, que iba por delante de ella, y vio que su calzado parecía hecho a mano, con un par de trozos de cuero cosidos toscamente. No obstante, se movía con elegancia a través de la maleza, silencioso y seguro, mientras que los demás avanzaban haciendo tanto ruido que parecían elefantes.

La sola idea de fabricar un par de zapatos a mano le horripilaba.

Inspirando profundamente, Tally se dijo a sí misma que no tenía por qué preocuparse. Una vez en el Humo, activaría el colgante y estaría en casa aquel mismo día, tal vez en cuestión de pocas horas. Toda la comida y la ropa que necesitase sería suya con solo pedirla. Su cara sería perfecta por fin, y Peris y todos sus viejos amigos estarían con ella.

Aquella pesadilla pronto terminaría.

Poco después, el sonido de agua en movimiento llenó el bosque y llegaron a un pequeño claro. David volvió a sacar el aparato y apuntó hacia el camino por el que venían.

—No nos han seguido. Enhorabuena, ya eres una de los nuestros —le dijo a Tally con una sonrisa.

A Shay le entró la risa tonta y abrazó a Tally otra vez mientras los demás preparaban sus tablas.

—Aún no puedo creer que estés aquí. Pensé que me había equivocado al esperar tanto para proponerte que huyeras. Y, además, fui una estúpida al provocar una pelea en lugar de decirte simplemente lo que iba a hacer.

Tally negó con la cabeza.

—Ya lo habías dicho todo, pero yo no escuchaba. Cuando me di cuenta de que hablabas en serio, necesité pensarlo un poco. Solo tardé unos días… pero pensé en ello cada minuto, hasta la última noche antes de mi cumpleaños.

Inspiró profundamente, preguntándose por qué estaba mintiéndole a Shay cuando en realidad no hacía falta que lo hiciese. Solo debía callarse, llegar al Humo y acabar con aquello. Pero no pudo evitar seguir hablando:

—Entonces me di cuenta de que nunca volvería a verte si no venía, y de que siempre me preguntaría qué había sido de ti.

Al menos, aquella última parte era verdad.

Mientras subían montaña arriba sobre las tablas, el riachuelo se ensanchó, abriendo una franja en el denso bosque. Los árboles retorcidos y nudosos, más bajos y tupidos, eran sustituidos ahora por pinos más altos; la maleza se aclaraba y el arroyo rompía en rápidos de vez en cuando. Shay gritó mientras atravesaba las agitadas aguas embravecidas.

—¡Me moría de ganas de enseñarte esto! Y los rápidos buenos de verdad están al otro lado.

Al cabo de un rato, abandonaron el riachuelo, siguiendo un filón de hierro sobre una colina. Desde arriba, contemplaron un pequeño valle sin maleza.

Shay tomó de la mano a Tally.

—Ya estamos en casa.

El Humo se hallaba a sus pies.

La modelo

El Humo, valga la redundancia, estaba lleno de humo.

Había hogueras aquí y allá, rodeadas de pequeños grupos de personas. El olor a leña y guisos llegó hasta Tally, que evocó las acampadas y las fiestas al aire libre de antaño. Además del humo, una neblina matinal empañaba el aire, un dedo blanco que bajaba poco a poco hasta el valle desde un banco de nubes enclavado en las montañas, en las alturas. Unas cuantas placas solares brillaban tenuemente, recogiendo el escaso sol reflejado por la neblina. Había huertos plantados entre los edificios, unas veinte estructuras de una planta hechas de largos tablones de madera. Había madera por todas partes: en vallas, como asadores, colocada en el suelo para pasar por zonas fangosas y en grandes pilas junto a las hogueras. Tally se preguntó de dónde habrían sacado tanta madera.

Entonces vio los tocones en los límites del asentamiento y lanzó un grito ahogado.

—Árboles —susurró horrorizada—. Taláis árboles.

Shay le apretó la mano.

—Solamente en este valle. Al principio parece raro, pero así vivían también los preoxidados, ¿sabes? Además, estamos plantando más árboles al otro lado de la montaña, ganando terreno a las orquídeas.

—Está bien —dijo Tally en tono de duda. Vio a un grupo de imperfectos que movían un árbol derribado, empujándolo sobre un par de aerotablas—. ¿Hay hierro?

Shay asintió complacida.

—En algunos sitios. Arrancamos un montón de metal de una vía férrea, como la pista sobre la que bordeaste la costa. Hemos colocado unas cuantas aerovías a través del Humo, y con el tiempo haremos todo el valle. He estado trabajando en ese proyecto. Enterramos un trozo de vía cada pocos pasos. Es una tarea mucho más dura de lo que te puedas imaginar. No quieras saber cuánto pesa una mochila llena de acero.

David y los demás se dirigían ya hacia abajo, planeando en fila india entre dos hileras de rocas pintadas de un naranja brillante.

—¿Es esa la aerovía? —preguntó Tally.

—Sí. Vamos, te llevaré a la biblioteca. Tienes que conocer al Jefe.

Shay le explicó que en realidad el Jefe no mandaba allí, sino solo actuaba como si lo hiciese, sobre todo ante los novatos. Estaba al cuidado de la biblioteca, el más grande de los edificios de la plaza central del asentamiento.

El familiar olor de libros polvorientos asaltó a Tally en la puerta de la biblioteca, y al mirar a su alrededor se dio cuenta de que todo lo que había allí eran libros. No había ninguna aeropantalla grande, ni siquiera pantallas de trabajo privadas. Solo mesas y sillas desparejadas y filas y más filas de estanterías.

Shay la condujo al centro del edificio, donde había un quiosco redondo ocupado por una pequeña figura que estaba hablando por un anticuado teléfono manual. Mientras se acercaban, Tally sintió que su corazón empezaba a palpitar con fuerza. Se estremecía con solo imaginarse lo que estaba a punto de ver.

El Jefe era un imperfecto mayor de edad. Desde su entrada en el edificio, Tally había divisado a otros como él a lo lejos, aunque se las había arreglado para apartar la vista. Pero allí, delante de sus ojos, estaba aquella verdad arrugada, venosa, descolorida y horrible que arrastraba los pies. Sus ojos lechosos las miraron con furia mientras reñía con voz chirriante a quien estaba al teléfono y agitaba una garra hacia ellas para indicarles que se marchasen.

Shay se rió y tiró de ella hacia los estantes.

—Ya vendrá él. Antes, hay algo que quiero enseñarte.

—Ese pobre hombre…

—¿El Jefe? Tiene mal genio, ¿eh? ¡Es que tiene cuarenta años! Espera a hablar con él.

Tally tragó saliva, intentando borrar de su mente la imagen de aquellos rasgos caídos. Esa gente estaba loca si toleraba y deseaba aquello.

—Pero su cara… —dijo Tally.

—Eso no es nada comparado con estas.

Shay la obligó a sentarse a una mesa, se volvió hacia un estante y sacó un puñado de volúmenes con cubiertas protectoras, que dejó delante de Tally.

—¿Libros de papel? ¿Qué tienen de especial?

—Libros no. Se llaman «revistas» —dijo Shay.

Abrió una al azar. Sus páginas extrañamente brillantes estaban cubiertas de fotos de personas.

Imperfectos.

Tally observó con atención mientras Shay pasaba las páginas señalando entre risas. Nunca había visto tantas caras distintas. Bocas, ojos y narices de todas las formas imaginables, todo combinado de forma disparatada en personas de todas las edades. ¡Y los cuerpos! Algunos eran grotescamente gordos, o demasiado musculosos, o resultaban muy delgados, y casi todos tenían proporciones incorrectas e imperfectas. Pero en lugar de avergonzarse de sus deformidades, la gente se reía, se besaba y posaba alegremente, como si todas las fotos se hubiesen hecho en una gran fiesta.

—¿Quiénes son esos monstruos?

—No son monstruos —dijo Shay—. Y lo más curioso es que son gente famosa.

—¿Famosos por qué? ¿Por ser horrorosos?

—No. Son estrellas del deporte, actores y artistas. Creo que los hombres con el pelo lacio son músicos. Los más imperfectos son políticos, y me han dicho que los gorditos son casi todos cómicos.

—¡Qué curioso! —dijo Tally—. Entonces, ¿ese es el aspecto que tenía la gente antes del primer perfecto? ¿Cómo soportaban abrir los ojos?

—Sí. Al principio es espantoso. Pero lo raro es que, si los miras un buen rato, en cierto modo te acostumbras.

Shay volvió la página y apareció una gran foto de una mujer vestida solo con una ajustada ropa interior, como un bañador de encaje.

—Pero ¿qué…? —dijo Tally.

—Sí.

La mujer parecía medio muerta de hambre, con las costillas salientes y las piernas tan delgadas que Tally se preguntó cómo no se partían bajo su peso. Sus codos y huesos pélvicos parecían agujas. Pero allí estaba, sonriendo y mostrando orgullosa su cuerpo, como si la acabasen de operar y no se diese cuenta de que le habían absorbido demasiada grasa. Lo curioso era que su rostro estaba más cerca de ser perfecto que todos los demás. Tenía los ojos grandes, la piel lisa y la nariz pequeña, pero sus pómulos se veían demasiado tensos y el cráneo prácticamente se transparentaba bajo su carne.

—¿Qué demonios es?

—Una modelo.

—¿Y qué es eso?

—Una especie de perfecta profesional. Me parece que cuando todos los demás son imperfectos, ser perfecto viene a ser un trabajo.

—¿Y está en ropa interior porque…? —empezó Tally, y entonces surgió en su mente un recuerdo—. ¡Tiene esa enfermedad! Esa de la que siempre nos hablaban los profesores.

—Eso creo. Siempre creí que se lo inventaban para asustarnos.

Tally recordó que, en la época de antes de la operación, muchas personas, sobre todo las chicas jóvenes, se avergonzaban tanto de estar gordas que dejaban de comer. Perdían peso demasiado deprisa, y algunas se obsesionaban y seguían perdiendo peso hasta acabar como aquella «modelo». Decían en la escuela que algunas llegaban incluso a morir. Esa era una de las razones por las que habían inventado la operación. Ya nadie contraía la enfermedad, ya que todo el mundo sabía que a los dieciséis años se volvería guapo.

En realidad, la mayoría de las personas se ponían las botas comiendo justo antes de operarse, sabiendo que se lo absorberían todo.

Tally se quedó mirando la foto y se estremeció. ¿Por qué volver a eso?

—Espeluznante, ¿verdad? —Shay se levantó—. Veré si el Jefe ya está listo.

Antes de que desapareciese entre las estanterías, Tally se fijó en lo flaca que estaba Shay. No flaca de enferma, sino flaca de imperfecta. Nunca había sido de comer mucho. Tally se preguntó si, allí en el Humo, esa tendencia iría en aumento hasta que Shay acabase muriéndose de hambre.

Tally tocó el colgante. Aquella era su oportunidad. Cuanto antes lo hiciera, mejor.

Aquella gente había olvidado cómo era de verdad el viejo mundo. De acuerdo, lo pasaban muy bien acampando al aire libre y jugando al escondite, y vivir allí suponía toda una victoria frente a las ciudades. Pero de algún modo habían olvidado que los oxidados estaban locos de remate y que habían estado a punto de destruir el mundo de un millón de formas distintas. Aquella casi perfecta hambrienta era tan solo una de las muchas formas de destrucción. ¿Por qué volver a aquello?

Ya habían empezado a talar árboles…

Tally abrió el colgante en forma de corazón y bajó la vista hasta la pequeña abertura brillante en la que el láser estaba preparado para leer su huella ocular. Se lo acercó más con mano temblorosa. Esperar resultaba imprudente. Solo serviría para hacerlo todo más difícil.

¿Y qué otra opción tenía?

—¿Tally? Ya casi…

Tally cerró el colgante con un «clac» y se lo colocó por dentro de la camisa.

Shay sonrió con malicia.

—Ya me he fijado en eso. ¿Qué pasa?

—¿A qué te refieres?

—Oh, vamos. Nunca has llevado nada así. ¿Te dejo sola dos semanas y te pones romántica?

Tally tragó saliva mientras palpaba el corazón de plata.

—La verdad, es un collar muy bonito. Precioso. ¿Quién te lo ha dado, Tally?

Tally comprendió que no podía mentir.

—Alguien. Alguien y ya está.

Shay puso ojos de incrédula.

—Una aventura de última hora, ¿eh? Siempre pensé que te reservabas para Peris.

—No es eso. Es que…

¿Por qué no decírselo?, se preguntó Tally. De todos modos, lo descubriría cuando irrumpiesen los especiales. Si lo sabía, Shay podría al menos prepararse antes de que aquel mundo de fantasía se derrumbase.

—Tengo que decirte una cosa.

—Claro.

—En cierto sentido, venir aquí ha sido… La cuestión es que, cuando fui a hacerme…

—¿Qué estáis haciendo?

Tally dio un brinco al oír la fuerte voz. Era como una versión vieja y estropeada de la voz de la doctora Cable, la hoja oxidada de una navaja clavada en sus nervios.

—¡Esas revistas tienen más de tres siglos de antigüedad, y no lleváis guantes!

El Jefe se acercó arrastrando los pies hasta donde Tally estaba sentada mientras sacaba unos guantes blancos de algodón y se los ponía. Alargó la mano para cerrar la revista que estaba mirando.

—Sus dedos están cubiertos de ácidos muy peligrosos, señorita. Si no va con cuidado destruirá esas revistas. ¡Antes de meter las narices en la colección, venga a hablar conmigo!

—Lo siento, Jefe —dijo Shay—. Ha sido culpa mía.

—No lo dudo —le espetó el Jefe mientras devolvía las revistas al estante con movimientos elegantes y cuidadosos que no se correspondían con el tono de su voz—. Bueno, señorita, supongo que está aquí para que se le asigne un trabajo.

—¿Trabajo? —repitió Tally.

Ambos observaron su expresión de asombro, y Shay se echó a reír.

Trabajo

Todos los habitantes del Humo almorzaban juntos, igual que en una residencia de imperfectos.

Resultaba evidente que las largas mesas habían sido construidas con troncos de árboles. Tenían nudos y espirales, y unas vetas onduladas recorrían toda su longitud. Eran rústicas y bonitas, pero Tally no podía olvidar que los árboles eran seres vivos.

Se alegró cuando Shay y David la acompañaron hasta el fuego para cocinar; allí se había reunido un grupo de imperfectos más jóvenes. Era un alivio alejarse de los árboles talados y de los perturbadores imperfectos más viejos. Allí fuera, al menos, cualquiera de los habitantes del Humo podía pasar por un imperfecto de mediana edad. Tally no estaba acostumbrada a juzgar la edad de un imperfecto, pero no le resultó difícil adivinarla. Dos de ellos acababan de llegar de otra ciudad y ni siquiera tenían aún los dieciséis. Los otros tres —Croy, Ryde y Astrix— eran amigos de Shay; formaban parte del grupo que había huido antes de que Tally y Shay se conociesen.

Los amigos de Shay, que solamente llevaban cinco meses en el Humo, mostraban ya parte de la seguridad que tenía David. De algún modo, transmitían la misma autoridad de los perfectos medianos, pero sin la mandíbula firme, ni los ojos sutilmente perfilados, ni la ropa elegante. Pasaron el almuerzo hablando de proyectos que estaban en marcha. Un canal para acercar al Humo una ramificación del riachuelo; nuevos dibujos para la lana de oveja con la que se hacían sus jerséis; una nueva letrina (Tally se preguntó qué sería una «letrina»). Hablaban con mucha seriedad, como si su vida fuese un asunto muy complicado que tuviese que planearse día a día.

La comida también era seria, y estaba apilada en los platos en serias cantidades. A Tally le resultaba un poco pesada, pues los sabores eran demasiado intensos. Se parecía a la comida que preparaban en las clases de historia de la alimentación. Pero las fresas resultaban dulces sin azúcar y, aunque parecía raro comerlo solo, el pan de los habitantes del Humo tenía su propio sabor sin tener que añadirle nada. Por supuesto, Tally habría devorado complacida cualquier cosa que no fuese EspagBol.

No obstante, no preguntó qué llevaba el guiso. Tener que asimilar la idea de los árboles muertos ya era suficiente para un solo día.

Mientras vaciaban los platos, los amigos de Shay empezaron a pedirle a Tally noticias de la ciudad. Resultados deportivos de las residencias, argumentos de las telenovelas, política urbana… ¿Había oído hablar de otros fugitivos? Tally respondió a sus preguntas lo mejor que supo. Nadie trataba de disimular su añoranza. Sus rostros rejuvenecían al recordar a los viejos amigos y las viejas anécdotas.

Entonces Astrix le preguntó por su viaje hasta el Humo.

—Fue muy fácil cuando pillé el truco a las instrucciones de Shay.

—No tan fácil. ¿Cuánto has tardado?, ¿diez días? —preguntó David.

—Saliste la noche antes de tu cumpleaños, ¿verdad? —dijo Shay.

—Al dar la medianoche —dijo Tally—. Nueve días… y medio.

Croy frunció el ceño.

—Los guardabosques tardaron bastante en encontrarte, ¿no?

—Pues sí. Y cuando lo hicieron estuvieron a punto de achicharrarme, provocando un gran incendio que se les fue de las manos.

—¿De verdad? ¡Vaya!

Los amigos de Shay parecían impresionados.

—Mi tabla estuvo a punto de arder. Tuve que salvarla y saltar al río.

—¿Por eso te quemaste la cara? —preguntó Ryde.

Tally se tocó la piel descamada de la nariz.

—Bueno, esto es…

«Una quemadura solar», estuvo a punto de decir. Pero las caras de los demás parecían entusiasmadas. Después de pasar tanto tiempo sola, Tally disfrutaba siendo el centro de atención.

—El fuego me rodeaba —continuó—. Mis zapatos se derritieron al cruzar una gran zona de flores en llamas.

Shay silbó.

—Increíble.

—Es raro. Los guardabosques suelen estar atentos por si aparece alguno de nosotros —comentó David.

—Pues a mí no me vieron. —Tally decidió no decir que había escondido su aerotabla intencionadamente—. En todo caso, estaba en el río y nunca había visto un helicóptero, hasta el día anterior, y aquella cosa salió del humo con gran estruendo, impulsando el fuego hacia mí. Yo no tenía ni idea de que los guardabosques eran los buenos. ¡Creí que eran pirómanos oxidados que salían de sus tumbas!

Todos rieron mientras Tally disfrutaba de la cálida atención del grupo. Era como contarles a todos los de la residencia una travesura que hubiese salido bien, pero mucho mejor, porque había sobrevivido a una situación de vida o muerte. David y Shay estaban totalmente pendientes de sus palabras. Tally se alegraba de no haber activado el colgante todavía, porque no habría podido estar allí sentada disfrutando de la admiración de los habitantes del Humo si minutos antes los hubiera traicionado. Decidió esperar hasta la noche, cuando estuviese sola, para cumplir con su misión.

—Tuvo que ser espeluznante —dijo David, rescatándola de sus incómodos pensamientos—. Me refiero a estar sola entre las orquídeas durante todos esos días, esperando.

Ella se encogió de hombros.

—Pensé que eran bastante bonitas. No tenía ni idea de que eran una plaga tan devastadora.

David miró a Shay con el ceño fruncido.

—¿No le dijiste nada en tu nota?

Shay se ruborizó.

—Me dijiste que no anotase nada que delatase el Humo, así que la escribí en una especie de clave.

—Da la impresión de que tu clave estuvo a punto de matarla —dijo David, y la expresión de Shay se ensombreció—. Tally, casi nadie hace el viaje en solitario. Y menos cuando es la primera vez que uno sale de la ciudad.

—Ya había salido antes de la ciudad. —Tally puso el brazo sobre los hombros de Shay en un gesto de consuelo—. No me pasó nada. Para mí solo era un montón de flores bonitas y, además, llevaba comida para dos semanas.

—¿Por qué robaste solo EspagBol? —preguntó Croy—. Debe de encantarte.

Los demás rieron al oírle.

Tally trató de sonreír.

—Ni siquiera me fijé cuando lo robé. Tres EspagBols al día durante nueve días… apenas podía digerirlo al segundo día, pero tenía mucha hambre.

Todos asintieron. Sabían lo que era viajar con incomodidades y, al parecer, también estaban acostumbrados a trabajar duro. Tally se había fijado en las cantidades que había consumido todo el mundo en el almuerzo. Tal vez no fuese tan probable que Shay contrajese la enfermedad de no comer. Había limpiado el plato, que estaba hasta arriba.

—Bueno, me alegro de que lo hayas conseguido —dijo David. Alargó la mano por encima de la mesa y tocó con suavidad los arañazos del rostro de Tally—. Parece que has tenido más aventuras de las que nos cuentas.

Tally tragó saliva y se encogió de hombros, con la esperanza de parecer modesta.

Shay sonrió y abrazó a David.

—Sabía que Tally te parecería estupenda.

De pronto sonó un timbre, y todos se apresuraron a acabarse la comida.

—¿Qué significa? —preguntó ella.

David sonrió.

—Significa que hay que volver al trabajo.

—Ven con nosotros —dijo Shay—. No te preocupes, no te vas a herniar.

Camino del trabajo, Shay le explicó más cosas sobre las largas y planas montañas rusas llamadas vías férreas. Algunas se extendían a través del continente entero como una pequeña parte del legado de los oxidados que aún marcaba la tierra. Pero, a diferencia de la mayoría de las ruinas, las vías férreas eran útiles, y no solo para ir en aerotabla. Eran la principal fuente de metal para los habitantes del Humo.

David había descubierto una nueva vía férrea hacía un año más o menos. No llevaba a ningún lugar útil, así que había organizado un plan para extraer el metal y construir más aerovías en el valle y en las zonas colindantes. Shay había estado trabajando en el proyecto desde su llegada al Humo diez días antes.

Seis jóvenes cogieron sus tablas y las llevaron al otro lado del valle por un arroyo de aguas embravecidas y a lo largo de una afilada cresta llena de mineral de hierro. Desde allí, Tally pudo darse cuenta de cuánto había subido por la montaña desde que abandonó la costa. El continente entero parecía extenderse ante ellos. Un delgado banco de nubes cubría el paisaje, y a través de su brumoso velo se veían bosques, pastos y ríos que brillaban trémulos. El mar de orquídeas blancas aún podía distinguirse desde aquella ladera de la montaña, reluciente como un desierto invasor al sol.

—Todo es tan grande… —murmuró Tally.

—Eso es lo que nunca se puede percibir desde dentro —dijo Shay—. Lo pequeña que es la ciudad. Y hasta qué punto tienen que empequeñecernos para mantenernos atrapados allí.

Tally asintió, pero no quería ni pensar en toda aquella gente suelta en el campo que se extendía a sus pies, talando árboles, matando seres vivos para comer y atravesando el paisaje con estruendo como una máquina resucitada de los oxidados.

Aun así, mientras contemplaba las llanuras que se extendían a sus pies, Tally no habría cambiado aquel momento por nada. Se había pasado los últimos cuatro años mirando el perfil de Nueva Belleza pensando que era la visión más bonita del mundo, pero ahora ya no opinaba lo mismo.

Más abajo, en medio de la ladera de la montaña, otro río cruzaba la vía férrea de David. La ruta que los había conducido hasta allí desde el Humo giraba en todas direcciones, aprovechando filones de hierro, ríos y lechos secos de arroyos, pero en ningún momento habían tenido que bajarse de las tablas. Shay explicó que no hubieran podido regresar caminando cargados con el pesado metal.

La vía estaba cubierta de vides y árboles esmirriados. Cada travesaño de madera se hallaba tomado por numerosos tentáculos de vegetación. El bosque había sido talado en algunas zonas que rodeaban tramos desaparecidos de la vía, pero el resto de la vegetación estaba fuertemente arraigado.

—¿Cómo vamos a arrancar todo esto? —preguntó Tally.

Dio una patada a una raíz retorcida y nudosa, sintiéndose enclenque ante la fuerza de la naturaleza.

—Cuidado con eso —dijo Shay. Sacó una herramienta de su mochila, un palo largo como un brazo que se desplegó hasta alcanzar casi la altura de Tally. Shay retorció uno de los extremos, y se abrieron cuatro puntales cortos como las varillas de un para-guas—. Se llama gato eléctrico y puede moverlo casi todo.

Shay volvió a torcer el mango, y las varillas se replegaron. A continuación, introdujo un extremo del gato debajo de un tra-vesaño. Con otro giro de la muñeca, el palo empezó a dar sacudidas, y de la madera salieron unos gemidos. Los pies de Shay resbalaron hacia atrás, pero ella descargó su peso sobre el palo, manteniéndo-lo encajado bajo el travesaño. Despacio, la madera empezó a le-vantarse, liberándose de plantas y tierra y doblando el raíl apoyado en ella. Tally vio que los puntales del gato eléctrico se desplegaban debajo del travesaño, forzándolo poco a poco hacia arriba, mien-tras el raíl empezaba a soltarse de sus amarras.

Shay la miró sonriendo.

—Ya te lo he dicho.

—Déjame probar —dijo Tally alargando la mano con los ojos abiertos de par en par.

Shay se echó a reír y sacó otro gato eléctrico de su mochila.

—Coge aquel travesaño mientras yo mantengo este arriba.

El gato eléctrico pesaba más de lo que parecía, pero era fácil de manejar. Tally lo abrió y lo clavó debajo del travesaño que Shay había indicado. Giró el mango despacio, hasta que el gato empezó a dar sacudidas en sus manos.

La madera empezó a moverse, y la presión del metal y la tierra se retorcía en sus manos. Las vides se arrancaron de la tierra, y Tally pudo notar sus quejas a través de las suelas de los zapatos, como un terremoto que retumba en la distancia. Un chirrido metálico in-vadió el aire cuando el raíl empezó a doblarse, liberándose de la vegetación y de los clavos oxidados que lo habían sujetado durante siglos. Por último, el gato se abrió al máximo y el raíl quedó liberado a medias de sus antiguas ataduras. Shay y Tally forcejearon para sacar los gatos.

—¿Te diviertes? —preguntó Shay secándose el sudor de la frente.

Tally asintió sonriendo.

—No te quedes ahí parada, acabemos el trabajo.

David

Al cabo de unas horas había una pila de chatarra en un extremo del claro. Tardaban una hora en arrancar cada tramo de raíl, que luego transportaban entre todos. Los travesaños se hallaban en otra pila; no toda la madera de los habitantes del Humo procedía de árboles vivos. Tally observó con admiración la vía arrancada del bosque.

Asimismo, le llamó la atención el aspecto de sus manos: rojas e irritadas, doloridas y cubiertas de ampollas.

—Tienen mala pinta —dijo David tras echar un vistazo de soslayo a Tally, que se las miraba asombrada.

—Hasta ahora no me he dado cuenta de que me duelen tanto —dijo ella.

David se echó a reír.

—El trabajo duro es una buena distracción, aunque tal vez deberías tomarte un descanso. Estaba a punto de ir a inspeccionar la vía en busca de otro tramo que recuperar. ¿Quieres venir?

—Claro —contestó ella agradecida.

Solo pensar en volver a coger el gato le producía temblores en las manos.

Dejando a los demás en el claro, volaron con la aerotabla por encima de los árboles de troncos nudosos, siguiendo la vía apenas visible que se extendía a sus pies, entre la espesura. David volaba bajo, a la altura de las copas de los árboles, evitando con elegancia las ramas y las púas como si hiciese eslalon. Tally observó que, al igual que sus zapatos, toda su ropa estaba hecha a mano. En la ropa de ciudad solo se usaban las costuras y pespuntes como adorno; en cambio, la chaqueta de David parecía compuesta por una docena de retales de cuero de varios tonos y formas. Aquellas piezas de cuero le recordaron al monstruo de Frankenstein, y en su mente surgió un terrible pensamiento.

¿Y si la chaqueta estaba hecha de cuero auténtico, como en los viejos tiempos? Pieles.

Se estremeció. David no podía llevar sobre su cuerpo un puñado de animales muertos. Aquellas personas no eran salvajes. Además, tenía que reconocer que la prenda le sentaba bien; el cuero se ajustaba a sus hombros como un guante. Y resistía el azote de las ramas mejor que su chaqueta de microfibra de la residencia.

David aminoró la velocidad al llegar a un claro, y Tally vio que habían alcanzado un muro de roca.

—¡Qué raro! —exclamó.

La vía férrea penetraba en la montaña y desaparecía entre un montón de piedras.

—Los oxidados se tomaban muy en serio las líneas rectas —explicó David—. Cuando construían raíles, no les gustaba rodear las cosas.

—Entonces, ¿las atravesaban?

David asintió.

—Sí. Esto era un túnel que se había abierto en la montaña. Debió de derrumbarse algún tiempo después del estallido de pánico de los oxidados.

—¿Crees que había alguien dentro cuando ocurrió?

—Seguramente no, aunque nunca se sabe. Podría haber un tren lleno de esqueletos de oxidados ahí dentro.

Tally tragó saliva, tratando de imaginar lo que habría allí dentro, aplastado y enterrado durante siglos en la oscuridad.

—El bosque es mucho más claro por aquí —dijo David—, y el trabajo será más fácil. Lo único que me preocupa es que esas piedras se derrumben si empezamos a levantar raíles.

—Parecen bastante sólidas.

—¿Tú crees? Fíjate —replicó David.

Se bajó de la tabla sobre una piedra y escaló hábilmente hasta una zona que el sol del atardecer dejaba en penumbra.

Tally acercó su tabla y saltó hasta una gran roca junto a David. Cuando sus ojos se adaptaron a la oscuridad, vio que había una abertura entre las piedras. David entró a rastras y sus pies desaparecieron en la oscuridad.

—Ven —le dijo desde dentro.

—Oye, no habrá ahí dentro ningún tren lleno de oxidados muertos, ¿verdad?

—No he encontrado ninguno, pero hoy podría ser nuestro día de suerte.

Tally puso los ojos en blanco y entró a rastras, sintiendo el frío peso de las rocas sobre ella.

Delante de Tally se encendió una luz vacilante. Vio a David sentado en un espacio reducido, con una linterna en la mano. Se acercó y se sentó junto a él en un trozo plano de roca. Formas gigantescas se apilaban sobre sus cabezas.

—Está claro que el túnel no se derrumbó del todo.

—En absoluto. La roca se agrietó y se partió en trozos, unos grandes y otros pequeños.

David dirigió hacia abajo la luz de la linterna, a través de una grieta situada entre los dos. Tally entornó los ojos y vio debajo, en la oscuridad, un espacio abierto mucho más grande. Un destello de metal revelaba un tramo de vía.

—Piénsalo. Si pudiésemos bajar por ahí —dijo David—, no tendríamos que arrancar todas esas vides. Toda esa vía nos está esperando.

—Solo que hay más de cien toneladas de roca en medio.

David asintió.

—Sí, pero valdría la pena. Nadie ha estado ahí abajo desde hace cientos de años —dijo dirigiendo la linterna hacia su propia cara.

—Estupendo.

A Tally se le puso la carne de gallina mientras contemplaba las oscuras grietas que los rodeaban. Tal vez hiciese mucho tiempo que no había allí seres humanos, pero a muchos seres vivos les gustaba vivir en cuevas frías y oscuras.

—Continúo pensando que podríamos abrir todo esto de golpe si pudiésemos mover la piedra correcta... —comentó David.

—Y no la piedra incorrecta... que haría que todo esto nos aplastase.

David se echó a reír y dirigió la linterna hacia el rostro de Tally.

—Sabía que dirías eso.

Tally miró a través de la oscuridad, tratando de distinguir su expresión.

—¿A qué te refieres?

—Me doy cuenta de que estás pasándolo mal.

—¿Pasándolo mal? ¿Con qué?

—Con estar aquí, en el Humo. No estás segura de nada.

A Tally se le volvió a poner la carne de gallina, pero esta vez no por las serpientes, murciélagos u oxidados muertos que pudiera haber, sino por si David había intuido que era una espía.

—No, creo que no estoy segura —dijo con tranquilidad.

Tally percibió que los ojos de David brillaban en la oscuridad.

—Eso es bueno, significa que lo tomas en serio. Muchos niñatos llegan aquí y piensan que todo consiste en pasárselo bien.

—Yo no he pensado eso ni un instante —respondió ella con voz suave.

—Ya lo sé. Para ti no es una correría más, como ocurre con casi todos los fugitivos. Ni siquiera Shay, que está convencida de que la operación no es algo bueno, se da cuenta de lo serio que es el Humo en realidad.

Tally no dijo nada.

Tras una breve pausa, David prosiguió:

—Esto es peligroso. Las ciudades son como estas piedras. Pueden parecer sólidas, pero si empiezas a escarbar en ellas podría desmoronarse toda la pila.

—Creo que sé a qué te refieres —dijo Tally. Desde el día que salió para someterse a la operación, había sentido el enorme peso de la ciudad cerniéndose sobre ella y había descubierto de primera mano hasta qué punto los lugares como el Humo amenazaban a las personas como la doctora Cable—. Pero no acabo de entender del todo por qué se preocupan tanto por vosotros.

—Es una larga historia, parte de la cual es...

Tally esperó.

—¿Es qué? —preguntó al cabo de un momento.

—Bueno, es un secreto que no suelo contar a la gente hasta que lleva aquí algún tiempo, mejor dicho, años. Pero tú pareces... lo bastante seria para soportarlo.

—Puedes confiar en mí —dijo Tally, y de inmediato se preguntó por qué. Era una espía, una infiltrada. Era la última persona en la que David debía confiar.

—Espero que sí, Tally —respondió él tendiéndole un brazo—. Toca la palma de mi mano.

Tally pasó los dedos por su piel áspera como la madera de la mesa del comedor; el pulgar estaba tan duro y seco como el cuero agrietado por los años. No era de extrañar que pudiese trabajar durante todo el día sin quejarse.

—¡Vaya! ¿Cuánto se tarda en tener callos como esos?

—Unos dieciocho años.

—¿Cómo?

Tally lo miró incrédula, y luego comparó la encallecida palma con su propia carne, tierna y cubierta de ampollas. Había pasado una tarde agotadora trabajando, pero la palma de David revelaba el trabajo de toda una vida.

—Pero ¿cómo es posible que lleves tanto tiempo en el Humo?

—Yo no soy un fugitivo, Tally.

—No lo entiendo.

—Mis padres fueron los fugitivos, no yo.

—¡Oh!

En ese momento se sintió estúpida, pues aquella posibilidad nunca se le había pasado por la cabeza. Si se podía vivir en el Humo, también se podían criar hijos allí. Pero no había visto niños pequeños. Además, aquel lugar parecía inseguro y temporal. Sería como llevarse a un niño de acampada.

—¿Cómo se las arreglaron sin médicos?

—Mis padres son médicos.

—Ah. Pero... un momento. ¿Médicos? ¿Qué edad tenían cuando huyeron?

—La suficiente. Ya no eran imperfectos. Creo que se les llama «perfectos medianos», ¿no?

—Sí, en efecto.

Los perfectos más jóvenes trabajaban o estudiaban, si querían, pero poca gente se dedicaba en serio a una profesión antes de la madurez.

—Espera. ¿A qué te refieres al decir que no eran imperfectos?

—A que no lo eran, aunque ahora sí lo son.

Tally trató de asimilar aquellas palabras.

—¿Quieres decir que nunca llegaron a someterse a la tercera operación? ¿Siguen pareciendo perfectos medianos, aunque sean viejecitos?

—No, Tally. Ya te lo he dicho: son médicos.

La chica se quedó de piedra. Aquello era más impactante que los árboles derribados o los perfectos crueles; lo más abrumador que había sentido desde que Peris se marchó.

—¿Quieres decir que invirtieron la operación?

—Sí.

—¿Se operaron el uno al otro? ¿Aquí en el bosque? Para hacerse…

De su garganta no salió una palabra, como si fuese a atragantársele.

—No. No utilizaron cirugía.

Tally tuvo la sensación de que la oscura cueva la aplastaba y absorbía el aire de su pecho. Se obligó a respirar.

David apartó la mano, y Tally se dio cuenta de que se la había estado agarrando con fuerza todo el tiempo.

—No debería haberte contado todo esto.

—Lo siento, David. Pero la verdad es que me he quedado paralizada.

—Es culpa mía. Acabas de llegar, y voy yo y te suelto todo esto.

—Pero es que me gustaría que… —no quería decirlo, pero no pudo evitarlo— que confiaras en mí, que me lo contaras todo. Ya sabes que me lo tomo en serio.

Eso era cierto.

—Sí, Tally, pero creo que por ahora es suficiente. Debemos volver.

David se arrastró hacia la luz del sol.

Mientras lo seguía, Tally pensó en lo que David había dicho sobre las piedras. Aunque parecían sólidas, podían venirse abajo de un momento a otro si las empujabas en la dirección equivocada. Podían aplastarte.

Sintió en su cuello el peso de su colgante, ligero pero insistente. La doctora Cable ya debía de estar impaciente, esperando la señal. Pero la revelación de David lo había complicado todo mucho más. Ahora sabía que el Humo no era solo un escondite para fugitivos, sino una auténtica población, una ciudad por derecho propio. Si Tally activaba el rastreador, no solo acabaría con la gran aventura de Shay, también supondría arrebatarle a David su hogar, despojarlo de su vida entera.

Tally sintió el peso de la montaña sobre sus hombros y notó que seguía costándole respirar mientras salía a la luz del sol.

El novio

Esa noche, mientras cenaban en torno al fuego, Tally contó cómo se había escondido en el río la primera vez que apareció el helicóptero de los guardabosques. Todo el mundo volvió a escucharla con gran atención. Al parecer, había tenido uno de los viajes más emocionantes hasta el Humo.

—¿Os lo imagináis? ¡Estaba desnuda y agachada dentro del agua mientras la máquina de los oxidados destruía todo mi campamento!

—¿Por qué no aterrizaron? —preguntó Astrix—. ¿No vieron tus cosas?

—Pensé que las habían visto.

—Los guardabosques solamente recogen a los imperfectos en las flores blancas —explicó David—. Ese es el punto de encuentro que deben utilizar siempre los fugitivos. No pueden recoger a cualquiera porque podrían traer aquí a un espía de forma accidental.

—Supongo que eso sería terrible —dijo Tally en voz baja.

—Aun así, deberían tener más cuidado con esos helicópteros —dijo Shay—. Algún día van a hacer picadillo a alguien.

—Y que lo digas —respondió Tally—. El viento estuvo a punto de llevarse mi aerotabla. Levantó mi saco de dormir del suelo y lo succionó hasta las palas, quedando hecho trizas.

La chica se sintió complacida al ver las caras de asombro de su auditorio.

—Bueno, ¿y dónde dormiste? —preguntó Croy.

—La cosa no fue tan terrible. Solo duró... —Tally se detuvo justo a tiempo. En realidad había pasado una noche sin el saco de dormir, pero en teoría tenía que haber pasado cuatro días entre las orquídeas—. Hacía bastante calor.

—Más vale que consigas otro saco antes de acostarte —dijo David—. Aquí arriba hace mucho más frío que en la zona de las malas hierbas.

—La acompañaré al puesto de intercambio —se ofreció Shay—. Es como un centro de aprovisionamiento, Tally, pero cuando te llevas algo tienes que dejar otra cosa a cambio.

Tally se removió incómoda en su asiento. Aún no se había hecho a la idea de tener que pagar por las cosas.

—Solo tengo EspagBol.

Shay sonrió.

—Es perfecto para intercambiar. Aquí solo podemos deshidratar la fruta, y viajar con comida normal es un rollo. El EspagBol vale su peso en oro.

Después de cenar, Shay la llevó a una gran cabaña situada en una zona céntrica de la población. Los estantes estaban llenos de objetos hechos en el Humo, junto a otros fabricados en las ciudades.

En la mayoría de los casos, estos últimos se veían cochambrosos y desgastados, reparados una y otra vez. En cambio, los objetos hechos a mano fascinaron a Tally. Pasó sus dedos aún enrojecidos e irritados por las vasijas de arcilla y herramientas de madera, sorprendida al ver que cada una tenía su propia textura y su propio peso. Todo parecía muy pesado y... serio.

Un imperfecto adulto estaba a cargo del almacén, pero no resultaba tan aterrador como el Jefe. Sacó ropa de lana y unos cuantos sacos de dormir plateados. Las mantas, las bufandas y los guantes eran muy bonitos, de colores suaves y estampados sencillos, pero Shay insistió en que Tally se hiciese con un saco de dormir fabricado en la ciudad.

—Es mucho más ligero y ocupa poco espacio. Es mucho mejor para cuando salgamos a explorar.

—Claro —contestó Tally tratando de sonreír—. Eso será fantástico.

Acabó intercambiando doce paquetes de EspagBol por un saco de dormir, y seis por un jersey hecho a mano, con lo que le quedaron ocho paquetes. Le resultó muy extraño ver que el jersey, marrón con rayas rojas y verdes, costaba la mitad que un saco de dormir raído y remendado.

—Es una suerte que no hayas perdido el depurador —comentó Shay en el camino de regreso—. Es imposible conseguirlos.

Tally abrió los ojos de par en par.

—¿Qué pasa si se rompen?

—Bueno, dicen que puedes beber agua de los arroyos sin depurarla.

—Estás de broma.

—No. Muchos mayores lo hacen —dijo Shay—. Aunque tengan depurador, no se molestan en usarlo.

—¡Puaj!

Shay se rió.

—Sí, te lo digo en serio. Pero, oye, siempre puedes utilizar el mío.

Tally apoyó una mano en el hombro de Shay.

—Lo mismo digo.

Shay aminoró el paso.

—Tally, quiero comentarte algo.

—¿Sí?

—En la biblioteca, antes de que el Jefe empezara a gritarte, estabas a punto de contarme algo.

Tally, agobiada, se tocó de forma automática el colgante del cuello.

—Sí —dijo Shay—. Ibas a decirme algo sobre ese collar.

Tally asintió, pero no sabía por dónde empezar. Aún no había activado el colgante ni estaba segura de poder hacerlo desde que había hablado con David. Tal vez si regresaba a la ciudad en un mes, medio muerta de hambre y con las manos vacías, la doctora Cable se apiadaría de ella.

Pero ¿y si la doctora mantenía su promesa y Tally nunca era sometida a la operación? En veintitantos años estaría arrugada y ajada, tan fea como el Jefe, y sería una marginada. Y si se quedaba allí, en el Humo, dormiría en un viejo saco de dormir, temiendo que se estropease su depurador de agua.

Estaba harta de mentirle a todo el mundo.

—No te lo he contado todo —empezó a decir.

—Lo sé, pero creo que me lo imagino.

Tally miró a su amiga, temerosa de hablar.

—Está bastante claro, ¿no? Te sientes mal porque rompiste tu promesa. No guardaste el secreto acerca del Humo.

Tally se quedó boquiabierta.

Shay sonrió y tomó su mano.

—A medida que se acercaba tu cumpleaños, empezaste a pensar que querías huir. Pero mientras tanto, conociste a alguien. Alguien importante. La misma persona que te regaló ese collar en forma de corazón. Así que incumpliste la promesa que me hiciste. Le contaste a esa persona adónde ibas.

—Pues... más o menos —consiguió articular Tally.

Shay se rió.

—¡Lo sabía! Por eso estabas tan nerviosa. Quieres estar aquí, pero también desearías estar en otro sitio. Con otra persona. Y antes de huir, dejaste indicaciones, una copia de mi nota, por si tu nuevo novio quiere unirse a nosotros. ¿Tengo o no razón?

Tally se mordió el labio inferior. La cara de Shay resplandecía de satisfacción a la luz de la luna; evidentemente, estaba convencida de haber descubierto el gran secreto de Tally.

—Pues... tienes razón en parte.

—Oh, Tally. —Shay la cogió por los hombros—. ¿No ves que no pasa nada? Escucha, yo hice lo mismo.

Tally frunció el ceño.

—¿A qué te refieres?

—Se suponía que no tenía que contarle a nadie que iba a venir aquí. Le prometí a David que ni siquiera te lo diría a ti.

—¿Por qué?

Shay hizo un gesto con la cabeza.

—David no te conocía y no estaba seguro de poder confiar en ti. Normalmente, los fugitivos solo reclutan a viejos amigos, a personas con las que tratan desde hace años. Pero yo solo te conocía desde principios del verano. No te hablé del Humo ni una sola vez hasta la víspera de marcharme. Nunca tuve el valor suficiente, por si decías que no.

—Entonces, ¿se suponía que no debías contármelo?

—Desde luego que no. Por eso, cuando te has presentado aquí todo el mundo se ha puesto nervioso. No saben si pueden confiar en ti. Hasta David se ha comportado de forma rara conmigo.

—Shay, lo siento mucho.

—¡No es culpa tuya! —Shay sacudió la cabeza vigorosamente—. La culpa es mía. Lo he fastidiado todo. Pero no pasa nada. Cuando te conozcan mejor, pensarán que eres genial.

—Sí —dijo Tally en voz baja—. De hecho, todos han sido muy simpáticos.

Deseaba haber activado el colgante nada más llegar. En un solo día había empezado a darse cuenta de que no traicionaría solo el sueño de Shay, sino el de cientos de personas que habían construido su vida en el Humo.

—Y estoy convencida de que tu novio también será genial —comentó Shay—. Tengo muchas ganas de que estemos todos juntos.

—No sé si… eso va a ocurrir.

Tenía que haber alguna otra forma de salir de aquella situación. Tal vez si se iba a otra ciudad… o buscaba a los guardabosques y les contaba que quería hacerse voluntaria, la harían perfecta. Pero lo ignoraba casi todo acerca de los guardabosques…

Shay se encogió de hombros.

—Quizá no, pero tampoco yo estaba segura de que fueras a venir —dijo apretándole la mano—. De todos modos, me alegro mucho de que lo hayas hecho.

Tally trató de sonreír.

—¿Aunque te haya causado problemas?

—No es para tanto. Creo que aquí están obsesionados. Pasan mucho tiempo camuflando este sitio para que los satélites no lo detecten y tapan las comunicaciones telefónicas para que no las intercepten. Además, tanto secreto acerca de los fugitivos es muy exagerado. Y peligroso. Piénsalo, si no hubieses sido lo bastante lista para entender mis indicaciones, ¡ahora podrías estar a medio camino de Alaska!

—No sé, Shay. Puede que sepan lo que hacen. Las autoridades de la ciudad pueden ser muy duras.

Shay se echó a reír.

—No me digas que crees en Circunstancias Especiales.

—Yo… —Tally cerró los ojos—. Yo solo pienso que los habitantes del Humo tienen que andarse con cuidado.

—Por supuesto. No estoy diciendo que debamos proclamarlo a los cuatro vientos, pero si las personas como tú y yo queremos venir aquí y vivir de una forma distinta, ¿por qué no vamos a poder hacerlo? O sea, nadie tiene derecho a decirnos que tenemos que ser perfectas, ¿verdad?

—Puede que solo se preocupen porque somos unas crías, ¿no te parece?

—Ese es el problema de las ciudades, Tally. Todo el mundo es un crío consentido, dependiente y perfecto. Tal como dicen en la escuela, tener los ojos grandes significa ser vulnerable. Como me dijiste en una ocasión, alguna vez hay que crecer.

Tally asintió.

—Ya sé lo que quieres decir. Los imperfectos de aquí son más maduros, se les ve en la cara.

Shay obligó a Tally a detenerse y la miró fijamente un instante.

—Te sientes culpable, ¿verdad?

Tally miró a Shay a los ojos, incapaz de articular una sola palabra. De pronto se sintió desnuda bajo el frío aire nocturno, como si Shay pudiese ver a través de sus mentiras.

—¿Cómo? —consiguió decir.

—Culpable, no solo porque le has hablado a tu novio del Humo, sino porque podría venir. Ahora que has visto el Humo, no estás segura de que haya sido tan buena idea. —Shay suspiró—. Ya sé que al principio parece raro y que hay que trabajar mucho, pero creo que con el tiempo te gustará.

Tally bajó la vista mientras las lágrimas brotaban en sus ojos.

—No es eso, o tal vez sí. Es que no sé si puedo…

Tenía la garganta demasiado saturada para poder hablar. Si decía otra palabra, tendría que contarle a Shay la verdad: que era una espía, una traidora enviada allí para destruir todo aquello.

Y que Shay era la idiota que la había conducido hasta allí.

—Escucha, no pasa nada. —Shay la estrechó entre sus brazos y empezó a mecerla con suavidad—. Lo siento. No pretendía soltártelo todo de una vez. Pero me he sentido un poco distanciada de ti desde que has llegado. Me da la impresión de que evitas mi mirada.

—Debería contártelo todo.

—Chist. —Shay acarició el pelo de Tally—. Me alegro de que estés aquí, con eso basta.

Tally se echó a llorar, enterrando la cara en la áspera lana de su jersey nuevo, notando el calor de Shay contra su cuerpo y sintiéndose fatal ante los gestos de amabilidad de su amiga.

Por un lado, estaba contenta de haber llegado hasta allí y haber podido contemplar todo aquello. De lo contrario, habría podido vivir toda la vida en la ciudad sin ver jamás aquella parte del mundo. Por otra parte, seguía deseando haber activado el colgante nada más llegar al Humo. De esa forma todo habría sido mucho más fácil.

Pero ya no podía retroceder en el tiempo. Tenía que decidir si traicionaba al Humo o no, y era muy consciente de lo que eso supondría para Shay, para David, para todos los que estaban allí.

—No pasa nada, Tally —murmuró Shay—. Pronto te sentirás mejor.

Sospecha

Con el paso de los días, Tally se iba adaptando a las rutinas del Humo.

El agotamiento causado por el trabajo duro resultaba reconfortante. Durante toda su vida, Tally había sufrido insomnio, y se pasaba casi todas las noches despierta pensando en las discusiones que había tenido o quería tener, o en cosas que debería haber hecho de forma distinta. Pero allí en el Humo su mente se desconectaba tan pronto como apoyaba la cabeza en la almohada, que ni siquiera era una almohada, tan solo su jersey nuevo metido en una bolsa de algodón.

Aún no sabía cuánto tiempo iba a quedarse allí. No había decidido si activaría el colgante, pero sabía que se volvería loca si se pasaba todo el tiempo pensando en aquello. Así pues, decidió quitárselo de la cabeza. Un día tal vez se daría cuenta al despertar de que no podía soportar la idea de pasar toda su vida como una imperfecta, perjudicase a quien perjudicase y costase lo que costase... pero por el momento la doctora Cable podía esperar.

En el Humo le resultaba fácil olvidar sus problemas. La vida era mucho más intensa que en la ciudad. Se bañaba en un río tan frío que tenía que zambullirse gritando, y comía alimentos sacados del fuego lo bastante calientes para quemarse la lengua, cosa que nunca ocurría en la ciudad. Por supuesto, echaba de menos un champú que no le escociese en los ojos, inodoros con cisterna (había averiguado horrorizada lo que eran las «letrinas») y sobre todo un pulverizador medicinal. Pero pese a las ampollas que le habían salido en las manos, se sentía más fuerte que nunca. Podía trabajar durante todo el día en el ferrocarril y luego echar una carrera con David y Shay sobre las aerotablas, con la mochila llena de chatarra. David le enseñó a remendar su ropa con aguja e hilo, a distinguir a las rapaces por su presa e incluso a limpiar pescado, lo cual le pareció mucho menos desagradable que diseccionarlo en clase de biología.

La belleza del Humo también vaciaba su mente de preocupaciones. La montaña, el cielo y los valles circundantes parecían cambiar a diario, renovándose de forma espectacular. La naturaleza, al menos, no necesitaba de operaciones para ser bella. Simplemente lo era.

Una mañana, de camino hacia la vía férrea, David situó su tabla junto a la de Tally y avanzó en silencio durante un rato, tomando las curvas con su elegancia habitual. En las últimas dos semanas, Tally había averiguado que su chaqueta estaba hecha de cuero auténtico, de verdaderos animales muertos, pero poco a poco se había acostumbrado a la idea. Los habitantes del Humo cazaban, pero actuaban como los guardabosques y solo mataban especies foráneas o cuya población estaba descontrolada debido a la intro-

misión de los oxidados. Con sus retales reunidos al azar, seguramente la chaqueta habría quedado ridícula en cualquier otra persona. Pero a David le sentaba bien, como si haberse criado en el bosque le permitiese fundirse con los animales. Y que él mismo se
hubiese confeccionado la prenda no hacía sino favorecerle aún más.

De pronto, David se dirigió a ella.

—Tengo un regalo para ti.

—¿Un regalo para mí?

A aquellas alturas, Tally ya había comprendido que en el Humo
todo adquiría un valor suplementario. Nada se desechaba ni rega-
laba solo porque fuese viejo o estuviese estropeado. Todo se arreglaba, reparaba y reciclaba, y si alguien no sabía qué hacer con algún objeto, lo intercambiaba por otro. Pocas cosas se regalaban a
la ligera.

—Sí, para ti.

David le entregó un paquetito acercándose a ella.

Tally lo desenvolvió mientras seguía la ruta arroyo abajo, casi
sin mirar. Era un par de guantes hechos a mano, de piel marrón
claro.

Se metió en el bolsillo el brillante papel de envolver fabricado en
la ciudad y se puso los guantes en las manos cubiertas de ampollas.

—¡Gracias! Me quedan muy bien.

David asintió.

—Los hice cuando tenía más o menos tu edad. Ahora me están
un poco pequeños.

Tally sonrió, y de repente sintió deseos de abrazarlo. Cuando
abrieron los brazos para tomar una curva cerrada, lo cogió de la
mano durante un instante.

Al doblar los dedos, Tally descubrió que los guantes eran suaves y flexibles y que las palmas estaban descoloridas por los años de uso. Unas líneas blancas en las articulaciones de los dedos revelaban la marca de las manos de David.

—Son maravillosos.

—Vamos —dijo David—. Ni que fuesen mágicos o algo así.

—No, pero tienen… algo.

Tally comprendió que lo que tenían era historia. En la ciudad tenía muchas cosas; conseguía casi todo lo que quería solo con pedirlo. Pero las cosas de la ciudad eran desechables y sustituibles, intercambiables como las combinaciones de camisa, chaqueta y falda de los uniformes de la residencia. En cambio, en el Humo los objetos envejecían y revelaban su historia con crujidos, arañazos y jirones.

David se rió por lo bajo y aceleró para reunirse con Shay delante del grupo.

Cuando llegaron al ferrocarril, David indicó que tenían que sacar más vía utilizando sierras vibradoras para cortar la vegetación que había crecido en torno a los raíles metálicos.

—¿Y los árboles? —preguntó Croy.

—¿Qué pasa con los árboles?

—¿Tenemos que cortarlos? —quiso saber Tally.

David se encogió de hombros.

—Unos árboles tan esmirriados como estos no tienen demasiada utilidad. Sin embargo, no vamos a desperdiciarlos. Nos los llevaremos al Humo para quemarlos.

—¿Quemarlos? —repitió Tally.

Por lo general, solo talaban los árboles del valle, no los del resto de la montaña. Aquellos árboles llevaban décadas creciendo allí, ¿y David pretendía utilizarlos solo para preparar una comida? Miró a Shay en busca de apoyo, pero la expresión de su amiga era neutral. Seguramente estaba de acuerdo con ella, pero no quería discutir con David delante de todo el mundo sobre la forma de llevar adelante su proyecto.

—Sí, quemarlos —dijo él—. Y cuando hayamos recuperado la vía, replantaremos. Pondremos una hilera de árboles útiles donde estaba el ferrocarril.

Los otros cinco lo miraron en silencio. David cogió una sierra, deseoso de empezar, aunque era consciente de que aún no contaba con el apoyo de todos.

—Escucha, David —dijo Croy—, estos árboles no son inútiles. Protegen la maleza de la luz solar, cosa que evita que la tierra se erosione.

—De acuerdo, vosotros ganáis. En lugar de plantar otra clase de árboles, dejaremos que el bosque gane terreno. Y habrá tantos matorrales y maleza como queráis.

—Pero ¿debemos talarlos indiscriminadamente? —preguntó Astrix.

David suspiró. «Tala indiscriminada» era la expresión que designaba lo que los antiguos oxidados habían hecho con los viejos bosques: derribar cada árbol, matar cada ser vivo, convertir países enteros en pastos. Selvas tropicales enteras habían sido consumidas, pasando de albergar millones de especies interconectadas a un puñado de vacas herbívoras: una vasta red de vida perdida a cambio de hamburguesas baratas.

—Mirad, no estamos desbrozando. Solo estamos retirando la basura que los oxidados dejaron tras de sí —explicó David—. Solo hace falta algo de cirugía para hacerlo.

—Podemos cortar alrededor de los árboles —sugirió Tally—. Podarlos solo donde haga falta. Como tú has dicho: cirugía.

—Vale, muy bien —contestó él con una risita—. Ya veremos qué opináis de esos árboles cuando hayáis tenido que «podar» unos cuantos.

David estaba en lo cierto.

La sierra vibradora zumbaba a través de las pesadas vides, desbrozaba los matorrales como un peine a través del pelo mojado y partía limpiamente el metal cuando algún movimiento en falso llevaba el filo hasta la vía. Sin embargo, cuando sus dientes encontraban las raíces nudosas y las ramas retorcidas de los árboles esmirriados, la cosa era distinta.

Tally hizo un gesto de fastidio cuando su sierra volvió a rebotar contra la dura madera, escupiendo trozos de corteza contra su cara mientras el zumbido de la herramienta se transformaba en un gemido de protesta. Forcejeó para introducir el filo en la vieja y resistente rama. Un corte más y aquel tramo de vía quedaría fuera.

—Vamos, muy bien. Ya casi lo tienes, Tally.

Vio que Croy se mantenía apartado, listo para saltar si la sierra le resbalaba de las manos. Tally entendía ahora por qué David quería cortar en trozos los árboles esmirriados. Habría sido mucho más fácil que atravesar la maraña de raíces y ramas, tratando de situar la sierra vibradora en un punto concreto.

—Estúpidos árboles —murmuró Tally apretando los dientes mientras volvía a bajar la hoja.

Por fin, la sierra penetró en la madera, emitiendo un chirrido agudo. A continuación se coló a través de la rama, libre por un instante antes de clavarse en la tierra escupiendo y rechinando.

—¡Sí!

Tally dio un paso atrás y se quitó las gafas protectoras mientras la sierra se apagaba entre sus manos.

Croy dio un paso adelante y apartó de la vía el trozo de rama de una patada.

—Un corte quirúrgico perfecto, doctora —dijo.

—Creo que le estoy pillando el truco —dijo Tally secándose la frente.

Era casi mediodía, y un sol despiadado caía a plomo sobre el claro. Se quitó el jersey, tras notar que el frío matutino había desaparecido hacía rato.

—Tenías razón: los árboles daban sombra.

—¡Y que lo digas! —exclamó Croy—. Por cierto, bonito jersey.

Ella sonrió. Junto con sus nuevos guantes, era su más valiosa posesión.

—Gracias.

—¿Cuánto te ha costado?

—Seis EspagBols.

—Un poco caro, pero muy bonito. —Croy la miró a los ojos—. Tally, ¿te acuerdas del día que llegaste, cuando cogí tu mochila? La verdad es que no me habría quedado tus cosas sin darte algo a cambio. Es que me sorprendiste al decir que podía quedármelo todo.

—Claro, no pasa nada —dijo ella.

Ahora que había trabajado con Croy, le parecía un tipo bastante agradable. Habría preferido que la pusieran con David o Shay, pero ya iba siendo hora de empezar a conocer a otros miembros del grupo.

—Espero que también tengas un saco de dormir nuevo.

—Sí. Doce EspagBols.

—Ya casi no deben de quedarte.

Ella asintió.

—Solo me quedan ocho.

—No está mal. Seguro que cuando venías hacia aquí no sabías que te estabas comiendo tu futura fortuna.

Tally se echó a reír y los dos se agacharon bajo el árbol parcialmente talado para retirar los montones de vides cortadas de alrededor de la vía.

—De haber sabido lo valiosos que eran los paquetes de comida, no me habría comido tantos aunque hubiese estado muerta de hambre. Ya ni siquiera me gusta. Lo peor de todo era tomar EspagBol para desayunar.

—A mí me suena exquisito —respondió Croy entre risas—. ¿Crees que ya está despejado este trozo?

—Desde luego. Empecemos con el siguiente.

Tally le pasó la sierra.

Croy hizo primero la parte fácil, atacando la maleza con la sierra.

—Por cierto, Tally, hay una cosa que me resulta un poco desconcertante.

—¿Qué es?

La sierra rebotó en el metal despidiendo algunas chispas.

—El día que llegaste dijiste que saliste de la ciudad con comida para dos semanas.

—Sí.

—Si tardaste nueve días en llegar aquí, solo debería de haberte quedado comida para cinco días. Tal vez quince paquetes en total. Pero recuerdo que aquel primer día, cuando miré dentro de tu mochila, pensé: «¡Tiene toneladas!».

Tally tragó saliva, tratando de permanecer impasible.

—Y resulta que tenía razón —continuó—. Doce más seis más ocho son... veintiséis, ¿no?

—Sí, supongo.

Croy asintió, manejando con cuidado la sierra debajo de una rama situada cerca del suelo.

—Eso me parecía. Pero saliste de la ciudad antes de tu cumpleaños, ¿verdad?

Tally pensó deprisa.

—Claro. Pero creo que en realidad no tomé tres comidas cada día, Croy. Como ya te he dicho, al cabo de un tiempo acabé bastante harta del EspagBol.

—Parece que no comiste casi nada para un viaje tan largo.

Tally se esforzó por echar cuentas, por calcular qué cifras cuadrarían. Recordó lo que Shay le había dicho aquella primera noche: algunos miembros sospechaban de ella, preocupados por si era una espía. Tally creía que todos la aceptaban ya, pero al parecer no era así.

Inspiró profundamente, tratando de aparentar seguridad.

—Mira, Croy, te contaré un secreto.

—¿A qué te refieres?

—Seguramente salí de la ciudad con comida para más de dos semanas, pero en realidad nunca me preocupé de contarla.

—Pero siempre has dicho…

—Sí, puede que haya exagerado un poco, solo para que el viaje sonase más interesante, ¿sabes? Quería daros a entender que hubiese podido quedarme sin comida si los guardabosques no hubiesen aparecido. Pero tienes razón. Siempre tuve comida de sobra.

—Claro —respondió él mirándola con una amable sonrisa—. Ya me parecía que tu viaje sonaba demasiado… interesante para ser verdad.

—Pero casi todo lo que conté era…

—Por supuesto —la interrumpió él mientras la sierra se apagaba en su mano con un chirrido—. Estoy seguro de que casi todo lo era. La pregunta es: ¿cuánto?

Tally miró sus penetrantes ojos, intentando pensar en algo que decir. Solo se trataba de unos cuantos paquetes de comida de más, y eso no demostraba que fuese una espía. Lo que tenía que hacer era echarse a reír para quitarle importancia. Pero Croy había dado en el clavo y no supo qué decir.

—¿Quieres la sierra un rato? —preguntó él con suavidad—. Este es un trabajo muy duro.

Como estaban arrancando maleza no había carga de metal que llevarse a mediodía, por lo que el equipo del ferrocarril se había traído el almuerzo: sopa de patata y pan con aceitunas. Tally se alegró al ver que Shay cogía su almuerzo, se apartaba del resto del grupo y se situaba en el límite del denso bosque. La siguió y se acomodó junto a su amiga en la luz salpicada de sombras.

—Tengo que hablar contigo, Shay.

Shay, sin mirarla, suspiró suavemente mientras troceaba su pan.

—Sí, creo que sí.

—Oh. ¿También ha hablado contigo?

Shay negó con la cabeza.

—No ha tenido que decir nada.

Tally frunció el ceño.

—¿A qué te refieres?

—Me refiero a que es evidente. Desde que llegaste… Debería haberlo visto enseguida.

—Yo nunca… —empezó Tally, pero su voz la traicionó—. ¿Qué quieres decir? ¿Acaso crees que Croy tiene razón?

Shay suspiró.

—Solo quiero decir que… ¿Croy? ¿Qué pasa con Croy?

—Estaba hablando conmigo antes del almuerzo cuando se ha fijado en mi jersey y me ha preguntado si tenía saco de dormir. Y ha calculado que después de tardar nueve días en llegar aquí me quedaban demasiados EspagBoles.

—¿Que te quedaba demasiado qué? —preguntó Shay, cuya expresión revelaba gran confusión—. ¿De qué me estás hablando, Tally?

—¿Recuerdas cuando llegué aquí? Les conté a todos que… —Tally se interrumpió, fijándose por primera vez en los ojos de Shay. Los tenía irritados, como si no hubiese dormido—. Espera un segundo, ¿de qué creías que estaba hablando?

Shay tendió una mano con los dedos separados.

—De esto.

—¿Qué?

—Tiende la tuya.

Tally puso su mano sobre la palma de Shay.

—El mismo tamaño —dijo Shay, volviendo sus dos palmas hacia arriba—. También las mismas ampollas.

Tally bajó la mirada y parpadeó. En cualquier caso, las manos de Shay se hallaban en peor estado, enrojecidas, secas y agrietadas por los bordes irregulares de las ampollas reventadas. Shay siempre trabajaba muy duro, lanzándose la primera y haciéndose cargo de los trabajos más pesados.

Tally palpó los guantes metidos en su cinturón.

—Shay, estoy segura de que David no pretendía…

—Pues mira, yo estoy segura de que sí. En el Humo, la gente se lo piensa mucho antes de hacer regalos.

Tally se mordió el labio inferior. Era cierto. Se sacó los guantes del cinturón.

—Deberías quedártelos.

—No los quiero.

Tally se quedó atónita. Primero Croy y luego aquello.

—No, supongo que no —dijo dejando caer los guantes—. Pero, Shay, ¿no deberías hablar con David antes de ponerte furiosa por esto?

Shay se mordisqueó una uña negando con la cabeza.

—Desde que apareciste tú ya no habla mucho conmigo. Desde luego, no de temas importantes. Dice que tiene cosas en la cabeza.

—Oh. —Tally apretó los dientes—. Yo nunca… David me cae bien, pero…

—No es culpa tuya, ¿vale? Ya lo sé. —Shay extendió el brazo y tocó el colgante en forma de corazón—. Y, además, tal vez aparezca tu misterioso novio, y entonces ya todo dará igual.

Tally asintió. Era cierto, una vez que los especiales llegasen allí, la vida sentimental de Shay sería la menor de las preocupaciones.

—¿Ya le has dicho a David que le contaste a tu novio lo del Humo? —preguntó Shay—. Me parece que eso podría ser un problema.

—No, no se lo he dicho.

—¿Por qué no?

—No ha surgido el tema.

El rostro de Shay se tensó.

—¡Qué casualidad!

Tally hizo un gesto de protesta.

—Pero, Shay, tú misma lo dijiste: se suponía que no debía divulgar las indicaciones para llegar al Humo. Todo esto hace que me sienta muy mal. No voy a ir por ahí gritándolo a los cuatro vientos.

—Pero llevas ese colgante alrededor del cuello, que de todos modos no ha servido de gran cosa ya que al parecer David ni siquiera lo ha visto.

Tally suspiró.

—O tal vez no le importa, porque todo esto está solo en tu...

No pudo acabar. No estaba solo en la cabeza de Shay; ahora lo veía con claridad. Al enseñarle la cueva del ferrocarril y contarle su secreto sobre sus padres, David había confiado en ella, aunque no debió hacerlo. Y ahora aquel regalo. ¿De verdad era tan solo una reacción exagerada por parte de Shay?

En su fuero interno, Tally se dio cuenta de que en el fondo esperaba que Shay tuviera razón.

Inspiró profundamente y desechó aquel pensamiento.

—Shay, ¿qué quieres que haga?

—Cuéntaselo.

—¿Que le cuente qué?

—La razón por la que llevas ese colgante, lo de tu misterioso novio.

Tally no fue capaz de contener una expresión de duda.

Shay hizo un gesto con la cabeza.

—No quieres, ¿eh? Está muy claro.

—Se lo diré. De verdad.

—Seguro.

Shay le volvió la espalda, sacó un pedazo de pan de la sopa y lo mordió con rabia.

—Se lo diré.

Tally tocó el hombro de su amiga y, en lugar de apartarse, Shay se volvió de nuevo hacia ella con una expresión casi esperanzada.

Tally tragó saliva.

—Se lo contaré todo, te lo prometo.

Valor

Aquella noche cenó sola.

Ahora que ella misma se había pasado un día cortando árboles, la mesa de madera del comedor ya no le causaba horror. La solidez de la veta le resultaba reconfortante, y seguir sus anillos con los ojos era más fácil que pensar.

Por primera vez, Tally se fijó en la monotonía de la comida. Pan y estofado otra vez. Hacía un par de días, Shay le había explicado que la carne del estofado era conejo. No estaba hecha a base de soja, como la carne deshidratada del EspagBol, sino que eran animales de verdad procedentes de la abarrotada conejera situada en un extremo del Humo. Aquellos conejos muertos, despellejados y cocinados se adecuaban a su estado de ánimo. Como el resto de la jornada, aquella comida tenía un sabor brutalmente dramático.

Shay no había vuelto a hablar con ella después del almuerzo, y Tally no sabía qué decirle a Croy, así que había trabajado el resto del día en silencio. El colgante de la doctora Cable parecía volverse cada vez más pesado; lo sentía tan apretado alrededor de su cuello como las vides, la maleza y las raíces agarradas a las vías férreas.

Parecía como si todos en el Humo pudiesen ver lo que el collar era en realidad: un símbolo de su traición.

Tally se preguntó si podría quedarse allí. Croy sospechaba que era una espía, y que todos los demás lo supiesen solo parecía ser cuestión de tiempo. Durante todo el día, un pensamiento terrible la había asaltado una y otra vez: tal vez el Humo fuese su verdadero hogar, pero había perdido su oportunidad al presentarse allí como una espía.

Y ahora se había interpuesto entre David y Shay. Sin proponérselo, había fastidiado a su mejor amiga. Como un veneno que todo lo mata.

Pensó en las orquídeas que se propagaban a través de las llanuras, ahogando otras plantas hasta matarlas, hasta matar la propia tierra, egoístas e imparables. Tally Youngblood era una mala hierba. Y, a diferencia de las orquídeas, ni siquiera era perfecta.

Justo cuando acababa de cenar, David se sentó frente a ella.

—Hola.

—Hola.

Tally consiguió sonreír. A pesar de todo, estar con él suponía un alivio. Cenar sola le había recordado los días que siguieron a su cumpleaños, cuando todos la evitaban porque continuaba siendo imperfecta. Aquella era la primera vez que se sentía imperfecta desde su llegada al Humo.

David extendió el brazo y tomó su mano.

—Tally, lo siento.

—¿Lo sientes?

David volvió hacia arriba la palma de Tally y señaló sus dedos, recién cubiertos de ampollas.

—Me he fijado en que, después de almorzar con Shay, te has quitado los guantes. No ha sido difícil adivinar por qué.

—No es que no me gusten. Es que no he podido ponérmelos.

—Claro, ya lo sé. Todo es culpa mía —dijo mirando el comedor atestado—. ¿Podemos salir de aquí? Tengo algo que decirte.

Tally asintió, notando el frío colgante sobre su piel y recordando la promesa que le había hecho a Shay.

—Sí. Yo también tengo algo que decirte.

Mientras cruzaban el Humo, vieron las hogueras que los cocineros apagaban con paletadas de tierra, las ventanas que se iluminaban con velas y bombillas eléctricas, y a un grupo de jóvenes imperfectos que perseguían un pollo que se había escapado. Subieron a la cima desde la que Tally había contemplado el asentamiento por primera vez, y David la condujo a un afloramiento de rocas fresco y plano, donde se abría una vista entre los árboles. Como siempre, Tally se fijó en los elegantes movimientos de David, que parecía conocer al detalle cada paso del camino. Ni siquiera los perfectos, cuyos cuerpos gozaban de un equilibrio impecable y habían sido diseñados para tener estilo con cualquier clase de ropa, se movían con un control tan natural.

Tally apartó los ojos de él. En el valle que se extendía a sus pies, las orquídeas brillaban a la luz de la luna con pálida malevolencia, como un mar congelado junto a la orilla oscura del bosque.

David fue el primero en hablar.

—¿Sabías que eres la primera fugitiva que viene sola hasta aquí?

—¿De verdad?

David asintió sin dejar de mirar la blanca extensión de flores.

—Casi siempre los traigo yo.

Tally recordó que, la última noche que se vieron en la ciudad, Shay le había dicho que el misterioso David la acompañaría al Humo. En aquel momento, Tally no había creído que existiese tal persona. Ahora, en cambio, David era muy real. Se tomaba el mundo mucho más en serio que cualquier otro imperfecto que hubiese conocido jamás; en realidad, más en serio que los perfectos medianos como sus padres. Resultaba curioso, pero su mirada era tan intensa como la de los perfectos crueles, aunque también mucho más cálida.

—Hace años era mi madre quien traía a los fugitivos —añadió—, pero ahora es demasiado mayor.

Tally tragó saliva. En la escuela siempre explicaban que los imperfectos que no se operaban se volvían achacosos con el tiempo.

—Oh, lo siento mucho. ¿Qué edad tiene?

David se echó a reír.

—Se mantiene muy en forma, pero a los imperfectos les resulta más fácil confiar en alguien como yo, alguien de su misma edad.

—Ah, claro.

Tally recordó su propia reacción al ver al Jefe aquel primer día. Ahora ya se había acostumbrado a ver caras envejecidas por la edad.

—A veces, unos cuantos imperfectos lo consiguen por su cuenta, siguiendo indicaciones en clave como tú hiciste. Pero siempre han venido en grupos de tres o cuatro. Nadie lo ha hecho nunca solo.

—Debes de pensar que soy idiota.

—En absoluto —respondió él cogiéndole la mano—. Creo que tuviste mucho valor.

Tally se encogió de hombros.

—En realidad, no fue un viaje tan duro.

—No es el trayecto lo que requiere valentía, Tally. Yo he hecho viajes mucho más largos en solitario. Es abandonar el hogar —dijo David mientras su dedo trazaba una línea en la dolorida mano de la chica—. No puedo ni imaginarme cómo me sentiría si tuviera que marcharme del Humo y alejarme de todo lo que conozco, sabiendo que seguramente nunca podría volver.

Tally tragó saliva. Era verdad que su viaje no había sido fácil, pero también que no había tenido otra opción.

—Pero tú abandonaste sola tu ciudad, el único sitio en el que habías vivido —prosiguió David—. Ni siquiera habías conocido a ninguno de los nuestros, a alguien que pudiera confirmarte de primera mano que este lugar existía. Actuaste movida por la confianza, porque tu amiga te lo pidió. Creo que por eso siento que puedo confiar en ti.

Tally contempló las malas hierbas, sintiéndose peor con cada palabra que decía David. Si supiese la verdadera razón por la que estaba allí...

—Cuando Shay me dijo que venías, me enfadé mucho con ella.

—¿Porque podía haberos delatado?

—En parte. Y en parte porque para una chica de dieciséis años criada en la ciudad resulta muy peligroso cruzar cientos de kilómetros a solas. Pero sobre todo pensé que Shay había corrido un riesgo inútil, porque seguramente ni siquiera serías capaz de cruzar la ventana de tu residencia.

La miró y le apretó la mano con suavidad.

—Me quedé asombrado cuando te vi bajar corriendo por esa colina.

Tally sonrió.

—Aquel día tenía un aspecto bastante lamentable.

—Estabas cubierta de arañazos, con el pelo y la ropa chamuscados por aquel incendio, pero ibas sonriendo…

La cara de David resplandecía a la suave luz de la luna.

Tally cerró los ojos e hizo un gesto de incredulidad con la cabeza. Fantástico. Iban a darle el premio al valor cuando en realidad debían echarla a patadas del Humo por traición.

—Pero ahora no pareces tan contenta —añadió David con voz suave.

—No todos se alegran de que haya venido.

David se echó a reír.

—Sí, Croy me ha hablado de su gran descubrimiento.

—Ah, ¿sí?

Tally abrió los ojos de par en par.

—No le hagas caso. Desde que llegaste aquí, le pareció sospechoso que hubieras venido sola. Pensó que debías de haber recibido ayuda por el camino, ayuda de la ciudad. Pero le dije que estaba loco.

—Gracias.

David se encogió de hombros.

—Cuando Shay y tú os visteis, os alegrasteis mucho. Me di cuenta de que realmente la habías echado de menos.

—Sí. Estaba preocupada por ella.

—Claro que sí. Y fuiste lo bastante valiente para venir tú sola, aunque eso significaba alejarte de todo lo que conocías. En realidad, no viniste porque quisieras vivir en el Humo, ¿verdad?

—Hummm..., ¿a qué te refieres?

—Viniste a ver si Shay estaba bien.

Tally lo miró a los ojos. Aunque estaba muy equivocado, era agradable disfrutar de sus palabras. Hasta ese momento se había sentido atenazada por la sospecha y la duda, pero el rostro de David brillaba de admiración por lo que había hecho. Le invadió una sensación cálida que le hizo olvidar el frío viento que azotaba la colina.

Pero luego se estremeció al darse cuenta de lo que significaba aquella sensación. Era el mismo calor que había experimentado al ver a Peris después de su operación, el mismo calor que experimentaba cuando los profesores la miraban con aprobación; era una sensación que nunca había tenido con un imperfecto. Sin unos ojos grandes y de forma impecable, los rostros imperfectos no podían provocarte sentimientos tan intensos. Pero, de algún modo, la luz de la luna y el escenario, o tal vez las palabras que decía, habían convertido a David en un ser perfecto.

Pero toda aquella magia estaba basada en mentiras. No merecía la mirada de David.

Se volvió otra vez hacia el océano de maleza.

—Apuesto a que Shay desearía no haberme hablado nunca del Humo.

Es posible que Shay piense así durante algún tiempo —dijo David—, pero no para siempre.

—Pero ella y tú...

—Ella y yo —repitió él suspirando—. Shay cambia de opinión muy deprisa, ¿sabes?

—¿A qué te refieres?

—La primera vez que quiso venir al Humo fue la primavera pasada, cuando vinieron Croy y los demás.

—Me contó que se acobardó, ¿verdad?

David asintió.

—Siempre pensé que no se atrevería. Solo quería huir porque sus amigos lo hacían. Si permanecía en la ciudad, iba a quedarse sola.

Tally recordó los días que ella misma se había quedado sin amigos, después de la operación de Peris.

—Sí, conozco esa sensación.

—Finalmente aquella noche no se presentó. A veces pasa. Me sorprendió mucho verla en las ruinas hace unas semanas, súbitamente convencida de pronto de que quería abandonar la ciudad para siempre. Y hablaba ya de traer a una amiga, aunque aún no te había dicho ni una palabra. Estuve a punto de decirle que lo olvidase, que se quedase en la ciudad y se volviese perfecta.

Tally suspiró. Todo habría sido mucho más fácil si David hubiese hecho exactamente eso. Ahora Tally sería perfecta, y en ese momento estaría en una torre de fiesta con Peris, Shay y una pandilla de nuevos amigos. Pero esa idea no le suscitó la emoción acostumbrada; esta vez no funcionó, como si fuese una canción oída demasiadas veces.

David le apretó la mano.

—Me alegro de no haberlo hecho.

Tally se oyó a sí misma diciendo:

—Yo también.

Sus propias palabras la dejaron sorprendida, porque en cierto modo eran sinceras. Miró a David con atención, y volvió a sentir un fuerte cosquilleo en su interior. Vio que su frente era demasiado alta, que tenía una pequeña cicatriz en la ceja y que su sonrisa era muy torcida. Pero era como si algo hubiese cambiado en la mente de Tally, algo que hacía que la cara de David fuese perfecta para ella. El calor de su cuerpo la protegía del frío otoñal, y la chica se le acercó aún más.

—Shay se ha esforzado mucho para compensar el hecho de haberse acobardado aquella primera vez y haberte dado indicaciones después de prometerme que no lo haría —dijo David—. Ahora ha decidido que el Humo es el sitio más fantástico del mundo. Y que yo soy la mejor persona que conoce por haberla traído aquí.

—Le gustas de verdad, David.

—Y a mí me gusta ella. Pero no es…

—¿Qué?

—No es una chica seria. No es como tú.

Tally le dio la espalda. La cabeza le daba vueltas. Sabía que, o cumplía su promesa en ese momento, o nunca lo haría. Se llevó los dedos al colgante.

—David…

—Sí, ya me he fijado en ese collar. Después de tu sonrisa, fue la segunda cosa en que me fijé.

—Ya supondrás que me lo ha regalado alguien.

Eso me imaginaba.

—Y yo… yo le hablé a esa persona del Humo.

Él asintió.

—También me lo imaginaba.

—¿No estás enfadado conmigo?

David se encogió de hombros.

—Nunca me prometiste nada. Ni siquiera te conocía.

—Pero aun así...

David la miraba fijamente y su rostro volvía a resplandecer. Tally miró hacia otro lado, tratando de ahogar sus inexplicables sensaciones perfectas en el mar de flores blancas.

David suspiró suavemente.

—Has dejado muchas cosas atrás al venir aquí: tus padres, tu ciudad, toda tu vida. Y me doy cuenta de que el Humo está empezando a gustarte. Entiendes lo que hacemos mejor que la mayoría de los fugitivos.

—Me gusta cómo me siento aquí. Sin embargo, tal vez no... me quede.

David sonrió.

—Lo sé. Escucha, no quiero agobiarte. Puede que la persona que te haya regalado ese corazón venga, y puede que no. Es posible que tú vuelvas con ella. Pero mientras tanto, ¿podrías hacer algo por mí?

—Claro. ¿Qué quieres que haga?

David se puso en pie y le tendió la mano.

—Me gustaría que conocieras a mis padres.

El secreto

Descendieron desde la cima por un camino empinado y estrecho. David andaba rápidamente en la oscuridad, guiándola sin vacilar por aquella senda casi impracticable. Tally tenía que hacer un esfuerzo para no quedarse atrás.

El día le había traído una conmoción tras otra, y ahora para colmo iba a conocer a los padres de David. Eso era lo último que esperaba después de enseñarle el colgante y confesarle que no había mantenido el secreto acerca del Humo. Sus reacciones eran distintas de las de todas las personas que conocía. Tal vez fuese porque se había criado allí, lejos de la ciudad. O tal vez él fuese... distinto.

—¿Tus padres no viven en el Humo?

—No. Es demasiado peligroso.

—¿Peligroso en qué sentido?

—Tiene que ver con lo que te dije el primer día en la cueva del ferrocarril.

—¿Te refieres a tu secreto? ¿A que te criaste en el bosque?

David se detuvo un instante y se volvió a mirarla en la oscuridad.

—Es más que eso.

—¿De qué se trata?

—Ya te lo contarán ellos. Vamos.

Al cabo de unos minutos apareció una luz débil flotando en la oscuridad de la ladera. Tally advirtió que era una ventana y que una luz de color rojo intenso brillaba a través de una cortina cerrada. La casa parecía medio sepultada, como si estuviese encajada en la montaña.

Cuando estaban a punto de llegar, David se detuvo.

—No quiero cogerlos por sorpresa. Pueden ponerse nerviosos, ¿comprendes? —dijo—. ¡Hola! —gritó a continuación.

Al cabo de un momento se abrió una puerta y un rayo de luz se filtró al exterior.

—¿David? —llamó una voz. La puerta se abrió más hasta que la luz los iluminó por completo—. Az, es David.

Mientras se acercaban, Tally vio que era una imperfecta adulta. Tally no pudo distinguir si era más joven o más vieja que el Jefe, pero desde luego su aspecto no resultaba tan aterrador. Sus ojos lanzaban destellos como los de un perfecto, y las arrugas de su cara desaparecieron en una afable sonrisa mientras estrechaba a su hijo en un abrazo.

—Hola, mamá.

—Tú debes de ser Tally.

—Encantada de conocerla.

Tally se preguntó si debía darle la mano o algo por el estilo. En la ciudad, nunca pasabas mucho tiempo con los padres de otros imperfectos, salvo cuando ibas a casa de tus amigos durante las vacaciones escolares.

La casa era mucho más cálida que el barracón, y los suelos de madera no eran tan ásperos, como si los padres de David llevasen tanto tiempo viviendo allí que sus pies los hubiesen alisado. Además, la casa parecía más sólida que los edificios del Humo. Tally observó que estaba tallada en la montaña. Una de las paredes era de piedra, y relucía en la oscuridad debido a una especie de sellador transparente.

—Yo también estoy encantada de conocerte, Tally —dijo la madre de David.

Tally ignoraba su nombre. David siempre se refería a ellos como «mamá» y «papá», palabras que Tally no utilizaba para Sol y Ellie desde que era pequeña.

Apareció un hombre que estrechó la mano de David antes de volverse hacia ella.

—Me alegro de conocerte, Tally.

Tally se quedó sin aliento, incapaz de decir una sola palabra. David y su padre parecían... iguales.

No tenía sentido. Debían de llevarse más de treinta años, si el padre ya era médico cuando David nació. Pero sus mandíbulas, sus frentes e incluso sus sonrisas ligeramente torcidas eran muy similares.

—¿Te pasa algo, Tally? —dijo David.

—Lo siento. Es que ¡sois iguales!

Los padres de David se echaron a reír, y Tally notó que se ruborizaba.

—Nos lo dicen a menudo —dijo el padre—. Vosotros, los chicos de ciudad, siempre os lleváis un susto. Pero tienes nociones de genética, ¿no?

—Claro. Lo sé todo sobre los genes. Conocí a dos hermanas imperfectas que eran casi iguales. Pero ¿padres e hijos? Eso es muy raro.

La madre de David se puso seria, pero la sonrisa permaneció en sus ojos.

—Los rasgos que recibimos de nuestros padres son los que nos hacen diferentes. Una nariz grande, unos labios finos, una frente alta… Todas las características que elimina la operación.

—La preferencia por el término medio —dijo su padre.

Tally asintió, recordando las lecciones de la escuela. El promedio global de las características faciales humanas era la plantilla principal para la operación.

—Claro. Unos rasgos normales son una de las cosas que la gente busca en una cara.

—Pero las familias se transmiten aspectos normales. Como nuestra nariz grande.

El hombre pellizcó la nariz de su hijo, y David puso los ojos en blanco. Tally se fijó en que la nariz de David era mucho más grande que las narices de los perfectos. ¿Cómo era posible que no se hubiese dado cuenta antes?

—La nariz familiar es una de las cosas a las que renuncias cuando te vuelves perfecto —dijo la madre—. ¿Por qué no enciendes la calefacción, Az?

Tally se dio cuenta de que seguía tiritando, aunque no se debía al frío del exterior. Todo aquello era muy raro. No podía dar crédito al parecido que existía entre David y su padre.

—Se está bien. Esto es precioso…

—Maddy —dijo el padre de David—, ¿nos sentamos?

Al parecer, Az y Maddy los estaban esperando. En la sala de estar había cuatro tazas antiguas colocadas sobre platillos. Al poco rato, un hervidor empezó a emitir un suave silbido sobre un calentador eléctrico, y Az vertió el agua hirviendo en una vieja tetera, llenando la habitación de un aroma floral.

Tally miró a su alrededor. La casa era distinta de todas las del Humo. Era como un hogar de ancianos normal, lleno de objetos poco prácticos. En un rincón había una estatuilla de mármol, y de las paredes colgaban suntuosas alfombras, que alegraban la habitación y suavizaban los contornos de las paredes. Az y Maddy debían de haberse llevado muchas cosas de la ciudad cuando huyeron. Y, a diferencia de los imperfectos, que solo tenían los uniformes de su residencia y otras posesiones desechables, los dos se habían pasado media vida coleccionando objetos antes de escapar de la ciudad.

Tally había crecido rodeada de las figuras de madera de Sol, formas abstractas modeladas con ramas caídas que ella recogía de los parques cuando era pequeña. Tal vez la infancia de David no había sido tan distinta de la suya...

—Todo esto me resulta tan familiar... —dijo.

—¿No te lo ha dicho David? —dijo Maddy—. Az y yo procedemos de la misma ciudad que tú. Si nos hubiésemos quedado, quizá habríamos sido los que te volviésemos perfecta.

—Oh, supongo que sí —murmuró Tally.

Si se hubiesen quedado en la ciudad, no habría existido el Humo, y Shay nunca habría huido.

—David dice que llegaste sola hasta aquí —dijo Maddy.

Tally asintió.

—Seguía a una amiga, que me dejó escritas unas indicaciones.

—¿Y decidiste venir sola? ¿No podías esperar a que David pasase otra vez por allí?

—No le quedaba tiempo —explicó David—. Se marchó la noche antes de cumplir dieciséis años.

—A eso se le llama dejar las cosas para el último momento —dijo Az.

—Pero al mismo tiempo, hacer las cosas con mayor efectividad —dijo Maddy en tono de aprobación.

—La verdad, no pude elegir. Ni siquiera había oído hablar del Humo hasta que mi amiga Shay me dijo que se marchaba. Eso fue más o menos una semana antes de mi cumpleaños.

—¿Shay? Creo que no la conocemos —dijo Az.

Tally miró a David, que se encogió de hombros. ¿Nunca había llevado a Shay allí? Se preguntó por un momento qué tipo de relación existía realmente entre David y Shay.

—Desde luego, te decidiste rápido —dijo Maddy.

Tally regresó al presente.

—Debía hacerlo. Solo tenía una oportunidad.

—Hablas como una verdadera habitante del Humo —dijo Az vertiendo un líquido oscuro en las tazas—. ¿Té?

—Pues… sí, gracias. —Tally aceptó un platillo y notó el calor ardiente a través del fino material blanco de la taza. Cuando reparó en que aquello era uno de sus característicos brebajes que te quemaban la lengua, tomó un sorbo con precaución e hizo una mueca al notar el sabor amargo—. ¡Uf! Vaya… lo siento. La verdad es que nunca había tomado té.

Az hizo un gesto de sorpresa.

—¿De verdad? Pero si era muy popular cuando vivíamos allí.

—Había oído hablar del té, pero es más bien una bebida para ancianos. Humm, o sea, la toman sobre todo los perfectos adultos.

Tally sintió que se ruborizaba.

Maddy se echó a reír.

—Bueno, somos bastante ancianos, así que supongo que se trata de una definición ajustada.

—Habla por ti, querida —bromeó su marido.

—Prueba esto —dijo David.

Dejó caer un terrón blanco en la taza de Tally, que eliminó el sabor amargo del brebaje. Ahora era posible tomarse el té sin hacer muecas.

—Supongo que David te habrá hablado de nosotros —dijo Maddy.

—Bueno, me contó que huyeron hace mucho tiempo, antes de que él naciese.

—Ah, ¿sí? —dijo Az.

La expresión de su cara era idéntica a la de David cuando un miembro del equipo del ferrocarril hacía algo irreflexivo y peligroso con una sierra vibradora.

—No se lo conté todo, papá —dijo David—. Solo que me crié en el bosque.

—¿Nos dejaste el resto a nosotros? —replicó Az con un tono seco—. Pues qué bien, ¿no?

David sostuvo la mirada de su padre.

—Tally vino sola hasta aquí para asegurarse de que su amiga estaba bien. Pero tal vez no quiera quedarse.

—Nosotros no obligamos a nadie a quedarse —dijo Maddy.

—No me refiero a eso —dijo David—. Creo que debería saberlo antes de decidir si vuelve a la ciudad.

Tally miró asombrada a David y luego a sus padres. Su forma de comunicarse era muy extraña, como si no fuesen imperfectos de mediana edad e imperfectos adultos. Parecían discutir de tú a tú.

—¿Qué debería saber? —preguntó ella suavemente.

Todos la miraron; Tally notó que Az y Maddy la estaban evaluando.

—El gran secreto —dijo Az—, el que nos impulsó a huir hace casi veinte años.

—Un secreto que no solemos revelar —dijo Maddy con tranquilidad, mirando a David.

—Tally merece saberlo —dijo David con los ojos clavados en los de su madre—. Entenderá lo importante que es.

—Es una cría que viene de la ciudad.

—Llegó hasta aquí sola, con la única ayuda de unas pocas indicaciones ininteligibles.

Maddy frunció el ceño.

—Tú nunca has estado en una ciudad, David. No tienes ni idea de lo mimados que están los jóvenes allí. Se pasan toda la vida en una burbuja.

—Sobrevivió sola durante nueve días, mamá. Consiguió sobrevivir a un incendio en mitad de la maleza.

—Por favor, ya está bien —intervino Az—. Habláis como si Tally no estuviera aquí delante. ¿No es así, Tally?

—Sí —respondió ella suavemente—. Y me gustaría que me dijesen de qué están hablando.

—Lo siento, Tally —dijo Maddy—, pero este secreto es muy importante. Y muy peligroso.

Tally asintió mirando al suelo.

—Aquí todo es peligroso.

Todos se quedaron en silencio por un momento. Solo se oía el tintineo de la cucharilla de Az en la taza.

—¿Lo veis? —preguntó David por fin—. Lo entiende. Podéis confiar en ella. Merece saber la verdad.

—Todo el mundo lo merece —dijo Maddy—. Con el tiempo.

—Bueno —dijo Az antes de tomar un sorbo de té—, supongo que tendremos que contártelo, Tally.

—¿Contarme qué?

David suspiró profundamente.

—La verdad sobre los perfectos.

Mentes perfectas

—É ramos médicos —empezó a decir Az.

—Cirujanos estéticos, para ser exactos —añadió Maddy—. Ambos habíamos realizado la operación cientos de veces. Y cuando nos conocimos, a mí acababan de nombrarme miembro del Comité de Criterios Morfológicos.

Tally puso cara de sorpresa.

—¿El Comité de Perfectos?

Maddy sonrió al oír aquel apelativo.

—Estábamos preparando un Congreso Morfológico, para que todas las ciudades pudieran compartir sus datos sobre la operación.

Tally asintió. Sabía que las ciudades se esforzaban por mantenerse independientes unas de otras, pero el Comité de Perfectos constituía una institución global que se aseguraba de que todos los perfectos fuesen más o menos iguales. Todo el sentido de la operación se perdería si los habitantes de una ciudad acababan siendo más perfectos que los de otra.

Como la mayoría de los imperfectos, Tally había fantaseado a menudo con la idea de formar parte algún día del comité y ayudar a decidir qué aspecto debería tener la siguiente generación. En la escuela, desde luego, se limitaban a darles explicaciones muy aburridas, basadas en gráficos y promedios, en mediciones de las distintas pupilas y cosas por el estilo.

—Al mismo tiempo, yo estaba haciendo investigaciones por mi cuenta sobre la anestesia para que la operación resultase más segura —dijo Az.

—¿Más segura? —preguntó Tally.

—Cada año mueren personas como en cualquier cirugía, debido sobre todo a que permanecen inconscientes durante mucho tiempo —dijo.

Tally se mordió el labio inferior. Nunca había oído hablar de eso.

—Oh.

—Descubrí que el anestésico utilizado en la operación causaba complicaciones. Pequeñas lesiones en el cerebro. Apenas resultaban detectables, ni siquiera con los mejores aparatos.

Tally decidió arriesgarse a parecer estúpida.

—¿Qué es una lesión?

—Viene a ser un grupo de células que no tiene buen aspecto —dijo Az—. Como una herida, un cáncer o simplemente algo que no debería estar ahí.

—Podías haberlo dicho con esas palabras —dijo David, poniendo los ojos en blanco—. ¡Médicos!

Maddy no hizo caso a su hijo.

—Cuando Az me mostró los resultados que había obtenido, empecé a investigar. El comité local tenía millones de tomografías en su base de datos. No se trataba de todas esas parrafadas que llenan las páginas de los manuales de medicina, sino de datos reales procedentes de perfectos de todo el mundo. Las lesiones aparecían por todas partes.

Tally frunció el ceño.

—¿Quiere decir que las personas estaban enfermas?

—No lo parecían. Además, las lesiones no eran cancerosas, porque no se extendían. Casi todo el mundo las tenía, y aparecían siempre en el mismo lugar.

Señaló un punto situado en su coronilla.

—Un poco más a la izquierda, querida —dijo Az mientras dejaba caer un terrón de azúcar en el té.

Maddy rectificó y luego continuó:

—Lo más significativo era que casi todo el mundo tenía esas lesiones. Si hubiesen sido un peligro para la salud, el noventa y nueve por ciento de la población habría mostrado alguna clase de síntoma.

—Pero ¿no eran naturales? —preguntó Tally.

—No. Solo las presentaban los perfectos —dijo Az—. Ningún imperfecto las tenía. Desde luego, eran resultado de la operación.

Tally se removió en la silla. La idea de un pequeño misterio en el cerebro de todos los perfectos le ponía los pelos de punta.

—¿Averiguaron qué las causaba?

Maddy suspiró.

—Hasta cierto punto. Az y yo estudiamos con mucha atención a los negativos, es decir, a los pocos perfectos que no tenían las lesiones, y tratamos de descubrir por qué eran diferentes. ¿Qué les hacía inmunes a las lesiones? Descartamos el grupo sanguíneo, el género, el tamaño, los índices de inteligencia y los marcadores genéticos. Nada parecía explicar los negativos. No se diferenciaban en nada de los demás.

—Hasta que descubrimos una curiosa coincidencia —dijo Az.

—Sus profesiones —añadió Maddy.

—¿A qué se refieren?

—Todos los negativos ejercían unas profesiones determinadas —le aclaró Az—. Bomberos, guardianes, médicos, políticos y cualquiera que trabajase para Circunstancias Especiales. Ninguna persona que tuviese esos trabajos presentaba las lesiones; todos los demás perfectos sí.

—Entonces, ¿ustedes estaban bien?

Az asintió.

—Nos hicimos la prueba y dimos negativo.

—De lo contrario, ahora no estaríamos sentados aquí —añadió Maddy.

—¿Qué quiere decir?

Entonces habló David:

—Las lesiones no son un accidente, Tally. Tienen que ver con la operación, igual que esculpir los huesos y raspar la piel. Son una consecuencia de convertirse en un ser perfecto.

—Pero han dicho que no todo el mundo las tiene.

Maddy asintió.

—En algunos perfectos desaparecen o se curan espontáneamente; en aquellos cuyas profesiones exigen reaccionar deprisa, como trabajar en una sala de urgencias o apagar un incendio. Aquellos que hacen frente al conflicto y al peligro.

—La gente que se enfrenta a retos —dijo David.

Tally recordó el viaje hasta el Humo.

—¿Y los guardabosques?

Az asintió.

—Creo que tenía unos cuantos guardabosques en mi base de datos. Todos negativos.

Tally evocó la expresión de los guardabosques que la habían salvado. Poseían una confianza y una seguridad desconocidas, como la de David. En eso eran completamente distintos de los perfectos más jóvenes, de los que Peris y ella siempre se burlaban.

Peris…

Tally tragó saliva y notó un sabor más amargo que el del té en el fondo de su garganta. Trató de recordar cómo había actuado Peris cuando ella estropeó la fiesta en la Mansión Garbo. En aquella ocasión estaba tan avergonzada de su propia cara que era difícil recordar algo concreto sobre Peris. Tenía un aspecto muy distinto y, en cualquier caso, parecía mayor, más maduro.

Pero en cierto sentido no habían conectado… Era como si él se hubiese convertido en una persona distinta. ¿Era solo porque desde su operación habían vivido en mundos diferentes? ¿O era algo más?

Trató de imaginarse a Peris en el Humo, trabajando con sus propias manos y haciéndose su propia ropa. El antiguo e imperfecto Peris habría disfrutado con el reto. Pero ¿y el Peris perfecto?

Se sintió mareada, como si la casa estuviese en un ascensor que estuviera bajando rápidamente.

—¿Qué provoca las lesiones? —preguntó.

—No lo sabemos con exactitud —dijo Az.

—Pero tenemos unas cuantas ideas —añadió David.

—Solo sospechas —reconoció Maddy.

Az miró su té con expresión incómoda.

—Sospecharon lo suficiente para huir —dijo Tally.

—No tuvimos más remedio —dijo Maddy—. Poco después de nuestro descubrimiento, Circunstancias Especiales nos hizo una visita. Se llevaron nuestros datos y nos dijeron que no buscásemos más si no queríamos perder nuestra licencia. Teníamos que huir o bien olvidar todo lo que habíamos averiguado.

—Y no era algo fácil de olvidar —dijo Az.

Tally se volvió hacia David. Estaba sentado junto a su madre con expresión adusta, con la taza de té intacta ante sí. Sus padres aún eran reacios a decir todo lo que sospechaban, pero estaba claro que David no compartía sus reticencias.

—¿En qué estás pensando? —le preguntó Tally.

—Bueno, ya sabes cómo vivían los oxidados, ¿no? —respondió David—. La guerra, la delincuencia y todo lo demás.

—Por supuesto. Estaban locos de remate. Estuvieron a punto de destruir el mundo.

—Y eso convenció a la gente de que era necesario alejar las ciudades de los bosques, de que había que dejar la naturaleza en paz —añadió David—. Y ahora todo el mundo es feliz, porque todas las personas tienen el mismo aspecto: todas son perfectas. Si no hay oxidados, no hay guerra. ¿No es cierto?

—Sí. En la escuela dicen que todo es muy complicado, pero más o menos eso es lo que nos explican.

David sonrió con gesto sombrío.

—Puede que no sea tan complicado. Puede que la razón de que la guerra y todas esas otras cosas desapareciesen sea que ya no hay controversias, ni desacuerdos, ni gente que exija cambios. Solo masas de perfectos sonrientes, y unas cuantas personas que lo dirigen todo.

Tally se acordó del día que se había acercado hasta Nueva Belleza y había visto cómo los perfectos se divertían sin parar. Peris y ella solían jactarse de que nunca acabarían siendo tan idiotas, tan superficiales. Pero cuando lo vio…

—Al hacerte perfecto, tu aspecto no es lo único que cambia —concluyó Tally.

—No —convino David—. También lo hace tu pensamiento.

Quemando las naves

Permanecieron levantados hasta tarde, hablando con Az y Maddy sobre sus descubrimientos, su huida a la naturaleza y la fundación del Humo. Por último, Tally tuvo que hacer la pregunta que tenía en mente desde el momento que los vio.

—¿Y cómo volvieron a transformarse? Eran perfectos, y ahora son...

—¿Imperfectos? —Az sonrió—. Esa parte fue fácil. Somos expertos en la parte física de la operación. Al esculpir una cara perfecta, los cirujanos utilizamos una clase especial de plástico inteligente para modelar los huesos. Cuando transformamos a los nuevos perfectos en medianos o mayores, añadimos un activador químico a ese plástico, que se vuelve más blando, como arcilla.

—¡Puaj! —exclamó Tally, imaginando su cara ablandándose de pronto para poder adquirir una forma diferente.

—Con dosis diarias de ese activador químico, el plástico se deshará de forma gradual y será absorbido por el organismo. Tu cara vuelve al punto de partida. Más o menos.

Tally enarcó las cejas.

—¿Más o menos?

—Solo podemos localizar de forma aproximada los puntos en que se recortó el hueso. Y no podemos hacer grandes modificaciones, como cambiar la estatura de alguien, sin cirugía. Maddy y yo contamos con todos los beneficios no estéticos de la operación: dientes insensibles, visión perfecta, resistencia a las enfermedades… Pero nuestro aspecto es muy parecido al que tendríamos sin la operación. En cuanto a la grasa absorbida —dijo concluyendo su exposición mientras se daba unas palmaditas en el estómago—, resulta muy fácil de sustituir.

—Pero ¿por qué? ¿Por qué quisieron ser imperfectos? Eran médicos, así que a su cerebro no le pasaba nada, ¿verdad?

—Nuestra mente está en perfecto estado —respondió Maddy—. Pero queríamos formar una comunidad de personas que no tuviesen lesiones, personas que estuviesen libres del pensamiento perfecto. Era la única forma de ver qué diferencia real suponían las lesiones. Eso significaba que teníamos que reunir a un grupo de imperfectos jóvenes reclutados en las ciudades.

Tally asintió.

—Así que también ustedes tenían que volverse imperfectos. De lo contrario, ¿quién iba a confiar en ustedes?

—Perfeccionamos el activador químico y creamos una píldora que debía tomarse una vez al día. Al cabo de unos meses, recuperamos nuestros antiguos rostros. —Maddy miró a su marido con los ojos chispeantes—. Lo cierto es que fue un proceso fascinante.

—Me lo figuro —dijo Tally—. ¿Y las lesiones? ¿Pueden crear una píldora que las cure?

Ambos permanecieron un momento en silencio, y luego Maddy negó con la cabeza.

—No encontramos ninguna respuesta antes de que apareciesen los de Circunstancias Especiales. Az y yo no somos especialistas del cerebro. Durante veinte años hemos trabajado en esa cuestión sin éxito. Pero aquí en el Humo hemos visto la diferencia que supone seguir siendo imperfecto.

—Yo también la he visto —dijo Tally, pensando en las diferencias entre Peris y David.

Az enarcó una ceja.

—Entonces es que aprendes muy rápido.

—Pero sabemos que tiene cura —dijo David.

—¿Cómo?

—Tiene que haberla —confirmó Maddy—. Nuestros datos mostraban que todo el mundo tenía las lesiones después de su primera operación. Así pues, cuando alguien acaba dedicándose a una especialidad estimulante, las autoridades lo curan de algún modo. Las lesiones se eliminan en secreto, tal vez incluso se resuelven con una píldora como el plástico de los huesos, y el cerebro vuelve a la normalidad. Debe de existir una cura sencilla.

—Estoy seguro de que la encontraréis algún día —dijo David en tono cálido.

—No contamos con el equipo adecuado —respondió Maddy suspirando—. Ni siquiera tenemos ningún paciente humano perfecto para estudiarlo.

—Esperen un momento —intervino Tally—. Ustedes vivían en una ciudad llena de perfectos. Cuando se hicieron médicos, sus propias lesiones desaparecieron. ¿No se dieron cuenta de que estaban cambiando?

Maddy se encogió de hombros.

—Por supuesto. Estábamos aprendiendo cómo funcionaba el cuerpo humano y cómo hacer frente a la enorme responsabilidad que supone salvar vidas. Sin embargo, no teníamos la impresión de que cambiase nuestro cerebro. Nos parecía que madurábamos.

—Entiendo. Pero al mirar a todas las personas que les rodeaban, ¿cómo es que no se dieron cuenta de que tenían… una lesión cerebral?

Az sonrió.

—Solo podíamos comparar a nuestros conciudadanos con otros médicos, que parecían diferentes de casi todas las personas. Más comprometidos. Pero eso no suponía ninguna novedad. La historia revela que la mayoría de las personas han sido siempre borregos. Antes de que se inventara la operación, existían guerras, odio generalizado y talas indiscriminadas. No sabemos lo que provocan esas lesiones, pero lo cierto es que en la actualidad los hombres no son tan distintos de los oxidados, salvo que somos solo un poco… más manejables.

—Tener las lesiones es normal ahora —dijo Maddy—. Nadie se sorprende de sus efectos.

Tally inspiró profundamente mientras recordaba la visita de Sol y Ellie. Sus padres estaban muy seguros de sí mismos, aunque no tenían ni idea de nada. Pero siempre parecían así: sensatos y llenos de seguridad, y al mismo tiempo desconectados de los problemas de la vida real que tenía Tally. ¿Consistía en eso la lesión cerebral de los perfectos? Tally siempre había creído que todos los padres actuaban así.

Por otra parte, se suponía que los perfectos muy recientes, debían de ser superficiales y egocéntricos. Cuando era imperfecto,

Peris se burlaba de ellos, pero no esperó ni un momento para sumarse a la diversión. Nadie lo hacía. Entonces, ¿cómo podía saberse qué parte se debía a la operación y qué parte a la costumbre de la gente de hacer las cosas como siempre se habían hecho?

Solo podía saberse creando un mundo nuevo, y eso era lo que Az y Maddy habían empezado a hacer.

Tally se preguntó qué sería lo principal: ¿la operación o las lesiones? ¿Alcanzar la perfección era solo un cebo para llevar a todo el mundo al quirófano, o las lesiones eran un mero toque final de esa perfección? Tal vez la conclusión lógica de que todo el mundo tuviese el mismo aspecto era que todo el mundo pensase de la misma manera.

Se arrellanó en su asiento. Se le puso la mirada borrosa y se le cerró el estómago al pensar en Peris, sus padres y todos los demás perfectos que había conocido. Se preguntó hasta qué punto serían diferentes. ¿Qué se sentía al ser perfecto? ¿Cómo sería en realidad estar detrás de aquellos ojos grandes y aquellos rasgos exquisitos?

—Pareces cansada —dijo David.

Ella se echó a reír levemente. Tenía la sensación de que David y ella llevaban semanas allí. Unas pocas horas de conversación habían cambiado su visión del mundo.

—La verdad es que estoy un poco cansada.

—Creo que será mejor que nos vayamos, mamá.

—Por supuesto, David. Es tarde, y Tally tiene mucho que asimilar.

Az y Maddy se pusieron en pie, y David ayudó a Tally a levantarse del asiento. Se despidió aturdida, estremeciéndose al reconocer la expresión de sus rostros viejos e imperfectos: sentían lástima por ella. Les entristecía que hubiese tenido que conocer la verdad a través de ellos. Después de veinte años tal vez se hubiesen acostumbrado a la idea, pero sabían que era horrible enterarse de aquello.

Al noventa y nueve por ciento de la humanidad le habían hecho algo en el cerebro, y solo unas cuantas personas en el mundo sabían exactamente qué era lo que había ocurrido.

—¿Entiendes por qué quería que conocieses a mis padres?

—Sí, creo que sí.

Tally y David subían a oscuras la colina, de regreso hacia el Humo, bajo un cielo estrellado.

—Podrías haber vuelto a la ciudad sin saberlo.

Tally se estremeció al darse cuenta de lo cerca que había estado de hacerlo tantas veces. En la biblioteca, había llegado a abrir el colgante y había estado a punto de llevárselo al ojo. Si lo hubiese hecho, los especiales habrían llegado en cuestión de horas.

—No podía soportarlo —añadió David.

—Pero algunos imperfectos acaban volviendo, ¿no?

—Claro. Se aburren de acampar, y no podemos obligarlos a quedarse.

—¿Los dejáis marchar, cuando ni siquiera saben qué significa realmente la operación?

David se detuvo angustiado y cogió a Tally por los hombros.

—Tampoco nosotros lo sabemos. ¿Qué ocurriría si le contásemos a todo el mundo lo que sospechamos? La mayoría no nos creerían, y otros volverían apresuradamente a la ciudad para rescatar a sus amigos. Al final, las ciudades se enterarían y harían todo lo posible para atraparnos.

«Ya lo están haciendo», se dijo Tally. Se preguntó a cuántos espías más habrían chantajeado los especiales para obligarlos a buscar el Humo, cuántas veces habrían estado a punto de encontrarlo. Quiso contarle a David lo que tramaban, pero ¿cómo? No podía explicar que había llegado allí como una espía, o David nunca volvería a confiar en ella.

Tally suspiró. Esa sería la mejor forma de dejar de interponerse entre Shay y él.

—No pareces muy contenta.

Tally trató de sonreír. David había compartido su mayor secreto con ella; ahora ella debía contarle el suyo. Pero no tenía valor para hablar.

—Ha sido una noche muy larga, eso es todo.

David le devolvió la sonrisa.

—No te preocupes, no durará siempre.

Tally se preguntó cuánto faltaría para el amanecer. En pocas horas estaría desayunando junto a Shay y Croy, y todas las demás personas a las que había estado a punto de traicionar, a punto de condenar a la operación. Al pensarlo se estremeció.

—Escucha —dijo David levantándole la barbilla con la palma de la mano—, esta noche has estado fantástica. Creo que mis padres estaban impresionados.

—Ah, ¿sí? ¿Conmigo?

—Por supuesto, Tally. Has entendido enseguida lo que significa todo esto. La mayoría de la gente no se lo creen al principio. Dicen que las autoridades nunca serían tan crueles.

Ella sonrió con amargura.

—No te preocupes, yo sí lo creo.

—Ya lo sé. He visto pasar por aquí a muchos niñatos de ciudad. Tú eres distinta de los demás. Ves el mundo con claridad, aunque hayas crecido mimada. Por eso tenía que decírtelo. Por eso...

Al mirar a David a los ojos, Tally vio que su cara resplandecía de nuevo, y volvió a sentirse conmovida por aquellas sensaciones perfectas.

—Por eso eres hermosa, Tally.

Al oír aquellas palabras se sintió aturdida por un momento, como si mirara los ojos de un nuevo perfecto.

—¿Yo?

—Sí.

Ella se echó a reír sacudiendo la cabeza para despejarse.

—¿Cómo? ¿Teniendo unos labios finos y unos ojos demasiado juntos?

—Tally...

—¿Y un pelo ensortijado y una nariz aplastada?

—No digas eso.

Los dedos de David le rozaron las mejillas, donde los arañazos estaban casi curados, y pasaron fugazmente por sus labios. Tally sabía lo callosas que eran las puntas de sus dedos, duras y ásperas como la madera. Pero su caricia era suave y vacilante.

—Eso es lo peor. Por muy malas que sean esas lesiones cerebrales, el peor daño está ya hecho incluso antes de coger el bisturí. Se os lava el cerebro para que creáis que sois feos.

—Es que lo somos. Todo el mundo lo es.

—Entonces, ¿crees que yo soy feo?

Ella desvió la mirada.

—Es una pregunta sin sentido. No se trata de personas concretas.

—Sí, Tally. Desde luego que sí.

—Me refiero a que nadie puede ser de verdad... O sea, desde el punto de vista biológico, hay ciertas cosas que todos nosotros... ¿De verdad te parece que soy guapa?

—Sí.

—¿Más guapa que Shay?

Ambos se quedaron en silencio durante unos segundos. Era evidente que Tally había hablado sin pensar. ¿Cómo había pronunciado algo tan horrible?

—Lo siento.

David se encogió de hombros.

—Es una pregunta lógica. Sí.

—¿Sí qué?

—Creo que eres más guapa que Shay.

Lo dijo fríamente, como si hablase del tiempo.

Los ojos de Tally se cerraron, y todo el agotamiento del largo día cayó sobre ella de golpe. Vio el rostro de Shay —demasiado delgado, con los ojos demasiado separados—, y una sensación espantosa brotó en su interior, ahogando la calidez que David le había transmitido

Toda su vida había insultado a otros imperfectos y había sido insultada por ellos. Gordito, Ojos de Cerdo, Huesitos, Granos, Monstruo... Todos los insultos que se decían los imperfectos unos a otros, ávidamente y sin reservas. Pero al mismo tiempo sin excepción, de forma que nadie se sintiese marginado por algún defecto de nacimiento. Y a nadie se le consideraba ni remotamente guapo, privilegiado por una combinación casual en sus genes. Por eso empezaron a hacer a todo el mundo perfecto.

Aquello no era justo.

—No digas eso, por favor.

—Me lo has preguntado.

Tally abrió los ojos.

—¡Pero es horrible! ¡Está mal!

—Escucha, Tally, eso no es lo importante para mí. Lo que hay dentro de ti cuenta mucho más.

—Pero lo primero que ves es mi cara. Reaccionas ante la simetría, el tono de la piel y la forma de mis ojos. Y decides lo que hay dentro de mí en función de todas tus reacciones. ¡Estás programado para hacerlo!

—Yo no estoy programado, no me he criado en una ciudad.

—¡No es solo cultura, es evolución!

David se encogió de hombros.

—Puede que lo sea en parte… —respondió con un tono calmado—. Pero ¿sabes qué es lo primero que me interesó de ti?

Tally inspiró profundamente, tratando de serenarse.

—¿Qué?

—Los arañazos que tenías en la cara.

Tally parpadeó atónita.

—¿Los qué?

—Estos arañazos.

David volvió a tocarle la mejilla con suavidad.

Tally sacudió la cabeza para ahuyentar la sensación eléctrica que le había provocado la caricia de David.

—¡De eso nada! Una piel imperfecta es señal de un sistema inmunitario en mal estado.

David se echó a reír.

—Era señal de que habías vivido una aventura, Tally, de que te habías abierto paso por el bosque para llegar hasta aquí. Para mí, era señal de que tenías una buena historia que contar.

La indignación de Tally se desvaneció.

—¿Una buena historia? —Tally negó con la cabeza y sonrió para sus adentros—. La verdad es que me arañé la cara en la ciudad, al pasar con la aerotabla entre unos árboles a gran velocidad. Menuda aventura, ¿eh?

—De todos modos, no deja de ser una historia. Como pensé la primera vez que te vi, te atreves a correr riesgos —dijo entrelazando con los dedos un mechón de su pelo chamuscado—. Sigues arriesgándote.

—Supongo que sí.

Estar allí a oscuras con David parecía un riesgo, como si todo estuviese a punto de cambiar otra vez. Él seguía teniendo aquella expresión perfecta en sus ojos…

Tal vez pudiese ver de verdad más allá de su cara imperfecta. Tal vez lo que había dentro de ella le importase más que cualquier otra cosa.

Tally se subió a una piedra pequeña que estaba en el camino y buscó el equilibrio en su superficie. Ahora estaban a la misma altura.

Ella tragó saliva.

—¿De verdad crees que soy guapa?

—Sí. Lo que haces y tu forma de pensar te hacen hermosa, Tally.

Una idea extraña cruzó la mente de Tally.

—No me haría ninguna gracia que te hubiesen operado —dijo sin dar crédito a sus propias palabras—, aunque no te hubiesen operado el cerebro.

—Gracias, ¿eh?

La sonrisa de David brilló en la oscuridad.

—No quiero que tengas el mismo aspecto que todo el mundo.

—Creía que esa era la gracia de ser perfecto.

—Yo también lo creía —respondió ella, tocándole la ceja en el punto en que la interrumpía la línea blanca—. Bueno, y ¿cómo te hiciste esa cicatriz?

—Es una larga historia. Algún día te la contaré.

—¿Me lo prometes?

—Te lo prometo.

—Bien.

Tally se inclinó hacia delante y se apoyó en él. Mientras sus pies resbalaban de la piedra poco a poco, sus labios se unieron. David la rodeó con los brazos y la atrajo hacia sí. Su cuerpo era cálido en el frío de la madrugada y proporcionaba seguridad después de las emociones del día. Tally se apretó contra él, conmovida por la intensidad del beso.

Al cabo de un momento se apartó para tomar aliento, pensando por un instante en lo raro que era aquello. Los imperfectos se besaban, por supuesto, pero siempre daba la impresión de que nada tenía importancia hasta que eras perfecto.

Pero aquello tenía importancia.

Atrajo de nuevo a David hacia sí mientras sus dedos se clavaban en el cuero de su chaqueta. El frío, sus músculos doloridos, la espantosa realidad que acababa de descubrir... Todo daba mayor intensidad a aquella sensación.

Entonces, David tocó con una mano la nuca de Tally, localizó la delgada cadena y descendió hasta llegar al metal frío y duro del colgante.

Tally se puso tensa, y los labios de ambos se separaron.

—¿Y esto? —preguntó él.

La chica cubrió el corazón metálico con la mano sin dejar de abrazarlo. Ahora no podía hablarle a David de la doctora Cable. Se alejaría de ella, tal vez para siempre. El colgante seguía interponiéndose entre ellos.

De pronto, Tally supo qué era lo que debía hacer. Era estupendo.

—Ven conmigo.

—¿Adónde?

—Al Humo. Tengo que enseñarte una cosa.

Tiró de él cuesta arriba, trepando con dificultad hasta llegar a la cima de la colina.

—¿Estás bien? —preguntó David jadeando—. No pretendía...

—Estoy perfectamente —respondió Tally con una amplia sonrisa, antes de mirar hacia el Humo. Una sola hoguera ardía cerca del centro de la población, donde los centinelas se reunían para calentarse cada hora más o menos—. Vamos.

Era importante llegar deprisa, antes de que su seguridad se desvaneciese, antes de que aquella cálida sensación pudiese dar paso a la duda. Bajó con dificultad por entre las piedras mientras David se esforzaba para no quedarse atrás. Cuando Tally llegó al llano, echó a correr sin prestar atención a las cabañas oscuras y silenciosas que se hallaban a ambos lados, mirando solo la hoguera que brillaba a lo lejos. Sabía muy bien adónde se dirigía, era como avanzar con la aerotabla por una recta despejada.

Tally corrió hasta llegar al fuego y a continuación se quitó la cadena del colgante.

—¿Tally?

David llegó corriendo y jadeando, con la confusión dibujada en el rostro. Sin aliento, trató de decir algo más.

—No —dijo ella—. Mira.

El colgante colgaba del puño de Tally, lanzando destellos rojos a la luz de la hoguera. Tally concentró en él todas sus dudas, todo su miedo de ser descubierta y el terror que le producían las amenazas de la doctora Cable. Agarró el colgante con firmeza, apretando el duro metal hasta que le dolieron los músculos, como para obligarse a asimilar el hecho casi impensable de que realmente sería una imperfecta de por vida. Pero en cierto sentido no se sentía imperfecta, en absoluto.

Abrió el puño y arrojó el collar en medio de la hoguera.

Aterrizó sobre un tronco ardiente. El corazón metálico se ennegreció por un momento. A continuación, por efecto del calor, se fue poniendo amarillo y luego blanco. Por último, emitió un pequeño «pop», como si hubiese explotado algo atrapado en su interior, resbaló del tronco y desapareció entre las llamas.

Tally se volvió hacia David. Tenía la visión borrosa de tanto mirar el fuego. Él tosió por el humo.

—¡Vaya! Eso ha sido espectacular.

De pronto, Tally se sintió como una idiota.

—Sí, supongo.

David se le acercó más.

—Hablabas en serio. Quien te regaló eso…

—Ya no importa.

—¿Y si viene?

—No vendrá nadie, estoy segura.

David sonrió y abrazó a Tally, apartándola del fuego.

—Bueno, Tally Youngblood, desde luego sabes explicarte. ¿Sabes?, te hubiese creído solo con que…

—No, tenía que hacerlo así. Tenía que quemarlo. Para saberlo seguro.

David le dio un beso en la frente y se echó a reír.

—Eres preciosa.

—Cuando dices eso, casi… —susurró ella.

De pronto, una oleada de agotamiento invadió a Tally, como si las últimas energías que le quedaban hubiesen caído al fuego con el colgante. Estaba cansada de la loca carrera hasta allí, de la larga noche con Az y Maddy, y de un duro día de trabajo. Y al día siguiente tendría que enfrentarse otra vez a Shay y explicarle lo que había ocurrido entre David y ella. Por supuesto, Shay lo sabría en cuanto reparase en que el colgante había desaparecido del cuello de Tally.

Pero al menos nunca conocería la auténtica verdad. El colgante había quedado carbonizado, irreconocible, y su verdadero propósito oculto para siempre. Tally se desplomó en los brazos de David, cerrando los ojos. La imagen del corazón al rojo vivo quedó grabada en su mente.

Era libre. Ahora la doctora Cable nunca llegaría hasta allí, y nadie podría separarla jamás de David ni del Humo, ni someter su cerebro a la operación. Ya no era una infiltrada. Aquel era su sitio por fin.

Tally se echó a llorar.

En silencio, David la acompañó hasta el barracón. Cuando llegaron a la puerta, se inclinó hacia delante para besarla, pero ella se apartó y le estrechó la mano. Shay estaba allí dentro. Tally tendría que hablar con ella al día siguiente. No sería fácil, pero sabía que ahora podía afrontarlo todo.

David asintió, besó su propio dedo y siguió uno de los arañazos que quedaban en la mejilla de ella.

—Nos vemos mañana —susurró.

—¿Adónde vas?

—A dar un paseo. Necesito pensar.

—¿Nunca duermes?

—Esta noche no —respondió él con una sonrisa.

Tally le dio un beso en la mano y se deslizó hacia el interior, se quitó los zapatos de una patada y se metió a rastras en la cama con la ropa puesta. Se durmió en pocos instantes, como si se hubiese quitado de encima todo el peso del mundo.

A la mañana siguiente se despertó en medio del caos, con los sonidos de carreras, gritos y el estruendo de las máquinas invadiendo sus sueños. Por la ventana del barracón vio el cielo lleno de aerovehículos.

Habían llegado los de Circunstancias Especiales.

TERCERA PARTE

DENTRO DEL FUEGO

Belleza es esa cabeza de medusa
que hombres armados van a buscar y cortar.
Es más mortífera cuanto más muerta está,
y muerta mirará y picará para siempre.
ARCHIBALD MACLEISH,
Belleza

Invasión

Tally se apartó de la ventana y no vio más que camas vacías. Estaba sola en el barracón.

Medio dormida, hizo un gesto de incredulidad con la cabeza. La tierra retumbaba bajo sus pies descalzos y el barracón tembló a su alrededor. De pronto, el plástico de una de las ventanas se hizo añicos, y el sordo estrépito del exterior se precipitó dentro para aporrear sus oídos. El edificio entero vibró como si fuese a derrumbarse.

¿Dónde estaban todos? ¿Habían huido del Humo, dejándola allí para que hiciese frente sola a aquella invasión?

Tally corrió hacia la puerta y la abrió de golpe. Ante ella estaba aterrizando un aerovehículo que la cegó por un momento al cubrirle la cara de polvo. Reconoció las líneas crueles de la máquina porque se parecían a las del vehículo de Circunstancias Especiales que la llevó por primera vez a ver a la doctora Cable. Pero esta iba equipada con cuatro palas —situadas donde se hallarían las ruedas de un vehículo terrestre—, como un cruce entre un aerovehículo normal y el helicóptero de los guardabosques.

Tally se dio cuenta de que aquel artefacto podía viajar por cualquier parte, dentro de una ciudad o en plena naturaleza. Recordó las palabras de la doctora Cable: «Estaremos allí en cuestión de horas». Tally apartó el pensamiento de su cabeza. Aquel ataque no podía tener nada que ver con ella.

El aerovehículo aterrizó sobre el suelo polvoriento con un golpe sordo. No podía quedarse allí parada. Tally se volvió y echó a correr.

El campamento era un caos de humo y gente que corría. Las hogueras de los cocineros habían saltado de sus hoyos, y por todas partes ardían brasas diseminadas. Dos de los edificios más grandes estaban en llamas. Pollos y conejos daban saltitos entre el polvo y las cenizas, que ascendían en volutas incontroladas. Decenas de imperfectos corrían de un lado a otro, unos tratando de apagar los incendios, otros intentando escapar y otros simplemente aterrorizados.

En medio del caos se movían las formas de los perfectos crueles. Sus uniformes grises atravesaban la confusión como sombras fugaces. Elegantes y pausados, como si no fuesen conscientes de la confusión que los rodeaba, empezaron a someter a los aterrados imperfectos. Se movían de forma vaga, sin ningún arma visible, dejando en el suelo, atados y aturdidos, a todos los que hallaban a su paso.

Poseían una rapidez y una fuerza sobrehumanas. La operación especial les había dotado de algo más que un rostro terrible.

Cerca de la cantina, una veintena de imperfectos resistían al enemigo, manteniendo a raya a un puñado de especiales con hachas y garrotes improvisados. Tally se abrió paso hasta allí, y la mezcla de los olores del desayuno llegaron hasta ella a través de la sofocante nube de humo. Su estómago emitió un gruñido.

Se dio cuenta de que no había oído la llamada del desayuno, pues estaba demasiado agotada para despertarse con todos los demás. Los especiales debían de haber esperado a que la mayoría de ellos estuviesen reunidos en la cantina para iniciar la invasión.

Evientemente, querían capturar tantos pobladores del Humo como fuese posible en un solo ataque.

Los especiales no atacaron al numeroso grupo de la cantina. Esperaron con paciencia rodeando el edificio mientras iban llegando más aerovehículos. Cuando alguien trataba de cruzar el cordón, reaccionaban con rapidez, desarmando e incapacitando a quien intentase escapar. Pero la mayoría de ellos estaban demasiado conmocionados para resistirse, paralizados por los terribles rostros de sus oponentes. Hasta aquel momento, la mayoría no había visto nunca a un perfecto cruel.

Tally se pegó a un edificio, tratando de ocultarse junto a una pila de leña. Se protegió los ojos de la tormenta de polvo, buscando una vía de escape. No había manera alguna de llegar al centro del Humo; allí estaba su aerotabla, colocada sobre el amplio tejado del puesto de intercambio, cargándose al sol. El bosque era la única salida.

Había una extensión de árboles en el extremo más cercano de la población, solo a veinte segundos de carrera de allí. Pero había una especial entre Tally y los árboles, esperando para interceptar a los que se quedaban aislados. Sus ojos escudriñaban el acceso al bosque y su cabeza se movía de un lado a otro con un movimiento mecánico, como si estuviese presenciando un partido de tenis a cámara lenta sin demasiado interés.

Tally se acercó sigilosamente, sin separarse del edificio. Un aerovehículo pasó por encima de su cabeza, echándole a los ojos una nube de polvo y virutas.

Cuando pudo ver de nuevo, Tally encontró a un imperfecto viejo agachado junto a ella, contra la pared.

—¡Eh! —susurró el recién llegado.

Tally reconoció los rasgos caídos y la expresión amargada del Jefe.

—Señorita, tenemos un problema —dijo dominando el estrépito del ataque con su áspera voz.

Tally miró hacia donde estaba apostada la especial.

—Sí, lo sé.

Otro aerovehículo pasó rugiendo por encima de ellos, y el Jefe tiró de Tally; doblaron la esquina del edificio y bajaron por detrás de un bidón que recogía el agua de lluvia de los canalones.

—¿También usted la ha visto? —preguntó el Jefe luciendo una sonrisa en la que faltaba un diente—. Tal vez si los dos corremos a la vez, uno de nosotros pueda conseguirlo, siempre que el otro ofrezca resistencia.

Tally tragó saliva.

—Supongo —respondió asomándose para mirar a la especial, que estaba tan tranquila como un anciano en espera de un barco de recreo—. Pero son muy rápidos.

—Eso depende —dijo él dejando caer el petate que llevaba al hombro—. Hay dos cosas que siempre tengo a punto por si hay emergencias.

El Jefe abrió la cremallera del petate y sacó un recipiente de plástico del tamaño de un bocadillo.

—Esta es una.

Abrió una esquina de la tapa, y del recipiente se elevó una nube de polvo. Al cabo de un segundo, Tally sintió que la cabeza le ardía y que los ojos se le llenaban de lágrimas; se tapó la cara y empezó a toser, intentando desprenderse de la lengua de fuego que se le había metido en la garganta.

—No está mal, ¿eh? —preguntó el Jefe con una risita—. Es guindilla pura, seca y molida. No va mal para las judías, pero en los ojos es puro fuego.

Tally se restregó las lágrimas y consiguió hablar.

—¿Está chiflado?

—La otra cosa es esta bolsa, que contiene una muestra representativa de doscientos años de cultura visual de la era oxidada. Objetos insustituibles y de un valor incalculable. Bueno, ¿cuál quiere?

—¿Cómo?

—¿Quiere la guindilla o la bolsa de revistas? ¿Quiere que la atrapen mientras distrae a nuestra amiga especial, o salvar de estos bárbaros una valiosa pieza del patrimonio humano?

Tally tosió una vez más.

—Creo... que quiero escapar.

El Jefe sonrió.

—Muy bien. Estoy harto de correr. También estoy harto de perder pelo y de ser corto de vista. He cumplido con mi parte, y usted parece bastante rápida.

Le entregó el petate. Pesaba mucho, pero Tally se había fortalecido desde su llegada al Humo. Las revistas no eran nada en comparación con la chatarra.

Pensó en el día de su llegada allí, cuando vio por primera vez una revista en la biblioteca y se dio cuenta, horrorizada, del aspecto que había tenido en otro tiempo la humanidad. Aquel primer día, las fotos la pusieron enferma, y ahora estaba dispuesta a salvarlas.

—Este es el plan —anunció el Jefe—. Yo iré en primer lugar, y cuando esa especial me agarre le llenaré la cara de guindilla. Usted corra todo lo que pueda en línea recta y no mire atrás. ¿Lo entiende?

—Sí.

—Con un poco de suerte, ambos podríamos conseguirlo, aunque no me vendría mal un *lifting*. ¿Lista?

Tally se echó la bolsa al hombro.

—Vamos.

—Uno… dos… ¡Madre mía! Hay un problema, señorita.

—¿Qué?

—No lleva zapatos.

Tally bajó la vista. En su confusión, había salido del barracón descalza. Era bastante fácil caminar por la tierra apisonada del recinto del Humo, pero en el bosque…

—No podrá correr ni diez metros, señorita.

El Jefe le quitó el petate y le puso en las manos el recipiente de plástico.

—Márchese ya.

—Pero yo… —dijo Tally—. Yo no quiero volver a la ciudad.

—Sí, señorita, y a mí me vendría bien que me arreglasen los dientes, pero todos tenemos que hacer sacrificios. ¡Salga ya!

Al pronunciar la última palabra la empujó, obligándola a salir de detrás del bidón.

Tally tropezó hacia delante y quedó a la vista, en medio de la calle. El rugido de un aerovehículo pareció pasar justo por encima de su cabeza. Tally se agachó de forma instintiva y echó a correr hacia la protección del bosque.

La especial miró a Tally, cruzó los brazos con calma y frunció el ceño como si fuese una maestra que hubiera descubierto a unos niños jugando en un lugar prohibido.

Tally se preguntó si la guindilla le haría algo a la mujer. Si afectaba a la especial como le había afectado a ella, tal vez aún lograría llegar hasta el bosque. Aunque tuviese que hacer de cebo. Aunque no llevase zapatos.

Aunque ya hubiesen atrapado a David y nunca más volviese a verlo…

Ese pensamiento desató un súbito torrente de rabia en su interior, así que corrió directamente hacia la mujer sujetando el recipiente con ambas manos.

En el rostro cruel de la especial apareció una sonrisa.

Una décima de segundo antes de que chocasen, la especial pareció desaparecer como una moneda en la mano de un mago. Al dar el siguiente paso, Tally notó algo duro que le golpeaba la espinilla, y el dolor le ascendió por la pierna. Cayó hacia delante con las manos extendidas para amortiguar la caída, y el recipiente se le resbaló de las manos.

Chocó con fuerza contra el suelo y patinó sobre las palmas de las manos. Mientras rodaba por el polvo, Tally vio a la especial agachada detrás de ella. La mujer no había hecho más que acuclillarse, tan rápido que no pudo verla, y Tally había tropezado con ella como si fuese una chiquilla torpe en una trifulca.

Mientras sacudía la cabeza y escupía la tierra que le había entrado en la boca, Tally descubrió que el recipiente estaba fuera de su alcance. Intentó llegar hasta él, pero la aplastó un peso asombroso que la lanzó de cara contra el suelo. Notó que le estiraban las muñecas hacia atrás y se las ataban con unas esposas de plástico duro que se le clavaron en la carne.

Forcejeó, pero no pudo moverse.

A continuación desapareció el agobiante peso, y el ligero empujón de una bota la volvió boca arriba sin esfuerzo. La especial se encontraba de pie sobre ella. Tenía una fría sonrisa en los labios, y en las manos el recipiente.

—Bueno, bueno, imperfecta —dijo la perfecta cruel—. Cálmate, por favor. No queremos hacerte daño, pero lo haremos si es necesario.

Tally quiso hablar, pero su mandíbula se tensó de dolor. Al caer, se había estrellado contra el suelo.

—¿Qué tiene de importante esto? —le preguntó la especial mientras agitaba el recipiente y trataba de atisbar a través del plástico traslúcido.

De reojo, Tally vio que el Jefe avanzaba hacia el bosque. Corría despacio y con dificultad, porque el petate resultaba demasiado pesado para él.

—Ábralo y mire —soltó Tally.

—Lo haré —dijo ella sin dejar de sonreír—. Pero lo primero es lo primero.

Centró su atención en el Jefe, y su postura adquirió de pronto un aspecto animal, agazapado y enroscado dispuesto a saltar sobre su presa.

Tally rodó hacia atrás sobre sí misma, pateando descontroladamente con ambos pies. Una de sus patadas alcanzó el recipiente, que se abrió, cubriendo con una nube de polvo verde pardusco a la especial.

Por un instante, el rostro de la mujer expresó incredulidad. Emitió un ruido ahogado y todo su cuerpo se estremeció. Entonces cerró con fuerza los ojos y los puños, y se puso a chillar.

El sonido no era humano. Se clavó en los oídos de Tally como una sierra vibradora al chocar con el metal, y cada músculo de su cuerpo luchó por liberarse de las esposas mientras sus instintos le exigían que se tapase los oídos. Con otra patada descontrolada logró darse la vuelta, se levantó a trompicones y se dirigió hacia el bosque.

A medida que la guindilla molida se dispersaba en el viento, a Tally empezó a picarle la garganta y se puso a toser sin dejar de correr. Apenas veía, porque tenía los ojos llorosos y escocidos. Con las manos atadas a la espalda, Tally entró tambaleándose en el bosque. Sus pies descalzos tropezaron con algo en la densa vegetación y cayó al suelo.

Intentó avanzar a rastras para quitarse de la vista.

Mientras se restregaba las lágrimas, comprobó que el grito inhumano de la especial era una clase de alarma. Tres perfectos crueles más habían respondido. Uno se llevó a la especial cubierta de guindilla, y los demás se acercaron al bosque.

Tally se quedó inmóvil, semioculta en la maleza.

Entonces notó un picor en la garganta, una irritación que crecía poco a poco. Tally contuvo el aliento y cerró los ojos. Pero su pecho empezó a estremecerse mientras su cuerpo se contraía, exigiendo expulsar los restos de guindilla de sus pulmones.

Tenía que toser.

Tally tragó una y otra vez, confiando en que la saliva pudiese apagar el fuego de su garganta. Sus pulmones pedían a gritos oxígeno, pero no se atrevía a respirar. Uno de los especiales estaba muy cerca y escudriñaba el bosque con lentos movimientos oscilantes de cabeza mientras sus ojos implacables examinaban la espesura.

Poco a poco, de forma dolorosa, las llamas empezaron a extinguirse en el pecho de Tally y la tos se apagó en su interior. Se relajó y soltó por fin el aire.

Pese al estruendo de los aerovehículos, el crepitar de los edificios en llamas y el estrépito de la batalla, el especial oyó su suave espiración. Volvió la cabeza rápidamente con los ojos entornados, y en lo que pareció un solo movimiento se situó junto a ella y apoyó una mano en su nuca.

—Eres un elemento de cuidado —dijo.

Tally intentó responder, pero acabó tosiendo con virulencia, y el hombre la obligó a pegar la cara contra el suelo antes de que pudiera respirar de nuevo.

La conejera

La llevaron hasta la conejera, donde había unos cuarenta imperfectos esposados y sentados dentro de la alambrada. Una docena de especiales formaban un cordón a su alrededor, vigilando a los prisioneros con expresión vacía. Junto a la entrada del recinto algunos conejos brincaban sin rumbo fijo, demasiado aturdidos por la repentina libertad para intentar escaparse.

El especial que había capturado a Tally la llevó al extremo más alejado de la puerta, donde estaban apiñados unos cuantos imperfectos con la nariz ensangrentada y los ojos morados.

—Resistencia armada —les dijo a los dos perfectos crueles que custodiaban el extremo de la conejera, y la tiró al suelo de un empujón con los demás.

Tally tropezó y cayó de espaldas. Su peso tensó las esposas dolorosamente contra sus muñecas. Mientras pugnaba por darse la vuelta, alguien le puso un pie en la espalda y la impulsó hacia arriba. Por un momento, pensó que el zapato pertenecía a un especial, pero era un imperfecto del grupo que la ayudaba a levantarse de la única forma que podía. Tally consiguió sentarse con las piernas cruzadas.

Los heridos que la rodeaban lucieron una sonrisa sombría y le hicieron gestos de ánimo con la cabeza.

—Tally —susurró alguien.

Tally luchó por volverse hacia la voz. Era Croy. Tenía un corte sobre el ojo que le manchaba de sangre la mejilla y un lado de la cara cubierto de tierra. Se le acercó un poco más.

—¿Te has resistido? —preguntó—. Vaya. Creo que me equivoqué contigo.

Tally solo pudo toser. En los pulmones parecía tener pegados restos de la ardiente guindilla, como brasas de una hoguera que no hubiera llegado a extinguirse. Los ojos aún le lloraban.

—Esta mañana me he fijado en que no te has levantado cuando han llamado para el desayuno —dijo él—. Entonces, cuando han llegado los especiales, he supuesto que habías elegido un momento muy adecuado para desaparecer.

Tally negó con la cabeza y se forzó a hablar a través de las cenizas de su garganta.

—Estuve con David hasta muy tarde, eso es todo.

Al hablar le dolía la mandíbula.

Croy frunció el ceño.

—No lo he visto en toda la mañana.

—¿De verdad? —dijo ella parpadeando para deshacerse de las lágrimas—. Puede que se haya escapado.

—Dudo que lo haya hecho nadie.

Croy señaló con la barbilla la puerta de la conejera. Un nutrido grupo de imperfectos se dirigía hacia allí, custodiado por una brigada de especiales. Entre ellos, Tally reconoció a algunos de los que resistían al enemigo en la cantina.

—Están terminando con nosotros —dijo él.

—¿Has visto a Shay?

Croy se encogió de hombros.

—Estaba desayunando cuando han atacado, pero he perdido su rastro.

—¿Y al Jefe?

Croy miró a su alrededor.

—No.

—Creo que se ha escapado. Él y yo hemos luchado juntos.

Una sonrisa triste cruzó el rostro de Croy.

—Es gracioso. Siempre decía que no le importaría que le capturasen. Algo sobre un *lifting*.

Tally esbozó una sonrisa. Pero entonces se estremeció al pensar en las lesiones cerebrales que conllevaba la operación. Se preguntó cuántos de aquellos prisioneros sabrían lo que les iba a ocurrir realmente.

—Sí, el Jefe iba a entregarse para ayudarme a escapar, pero yo no hubiera sido capaz de cruzar el bosque.

—¿Por qué no?

Tally movió los dedos de los pies.

—No llevo zapatos.

Croy enarcó una ceja.

—Has elegido el peor día para dormir hasta tarde.

—Eso parece.

En el exterior de la abarrotada conejera estaban organizando a los recién llegados en grupos. Un par de especiales se movían por la conejera, enfocando un lector a los ojos de los atados y sacándolos de uno en uno.

—Deben de estar separando a la gente por ciudades —dijo Croy.

—¿Por qué?

—Para llevarnos a casa —respondió él con frialdad.

—A casa —repitió Tally.

Justo la noche anterior, esa palabra había cambiado de significado para ella. Ahora su casa estaba destruida. Yacía a su alrededor en ruinas, en llamas y tomada.

Escrutó a los prisioneros en busca de Shay y David. Sus rostros estaban demacrados, sucios, descompuestos por la conmoción y la derrota, pero Tally se dio cuenta de que ya no los consideraba imperfectos. En ese momento eran las frías expresiones de los especiales, por muy guapos que fuesen, lo que le parecía espantoso.

Un altercado atrajo su atención. Tres de los invasores llevaban a través de la conejera a alguien que no paraba de forcejear, atada de pies y manos. Marcharon directamente hasta el rincón de los que habían opuesto resistencia y la dejaron caer al suelo.

Era Shay.

—Cuidado con esta.

Los dos especiales que los custodiaban echaron un vistazo a la chica, que seguía retorciéndose.

—¿Resistencia armada? —preguntó uno.

Se produjo una pausa. Tally vio que uno de los especiales tenía un cardenal que empañaba su rostro perfecto.

—No va armada, pero es peligrosa.

Los tres dejaron a la prisionera atrás. Su cruel elegancia parecía un tanto apresurada.

—¡Shay! —susurró Croy.

Shay se dio la vuelta. Tenía la cara enrojecida y los labios hinchados y sangrantes. Escupió, y un hilo de saliva de un rojo intenso cayó en el suelo polvoriento.

—Croy —consiguió articular.

Entonces su mirada recayó en Tally.

—¡Tú!

—Oye, Shay —empezó Croy.

—¡Tú has hecho esto! —exclamó ella retorciendo todo su cuerpo como una serpiente en la agonía de la muerte—. ¿No te bastaba con robarme a mi novio? ¡Tenías que traicionar a todo el Humo!

Tally cerró los ojos y negó con la cabeza. No podía ser cierto. Había destruido el colgante. El fuego lo había consumido.

—¡Shay! —dijo Croy—. Cálmate. Mírala. Ha luchado contra ellos.

—¿Es que estás ciego, Croy? ¡Mira a tu alrededor! ¡Es ella quien ha hecho esto!

Tally inspiró profundamente y se obligó a mirar a Shay. Los ojos de su amiga ardían llenos de odio.

—Shay, te juro que no lo he hecho. Yo nunca…

—¿Quién más ha podido traerlos aquí?

—No lo sé.

—Shay, no podemos echarnos la culpa los unos a los otros —dijo Croy—. Ha podido ocurrir cualquier cosa. Una imagen de satélite. Una misión de reconocimiento.

—Una espía.

—¿Quieres hacer el favor de mirarla, Shay? —gritó Croy—. Está atada, como nosotros. ¡Se ha resistido!

Shay cerró los ojos con fuerza y negó con la cabeza.

Las dos especiales que llevaban el lector ocular habían llegado al rincón de la conejera donde estaban los resistentes. Una se quedó apartada mientras la otra daba un paso adelante con cautela.

—No queremos hacer daño a nadie —anunció—, pero lo haremos si es necesario.

La perfecta cruel agarró a Croy por la barbilla y le enfocó el lector al ojo, mirando su visualización.

—Otro de los nuestros —dijo.

La otra especial enarcó una ceja.

—No sabía que tuviésemos tantos fugitivos.

Entre las dos pusieron a Croy en pie y lo llevaron por la fuerza hacia el grupo más nutrido de imperfectos que aguardaba en el exterior. Tally se mordió el labio inferior. Croy era uno de los viejos amigos de Shay, así que aquellas especiales eran de su propia ciudad. Tal vez lo fuesen todos los invasores.

Tenía que ser una coincidencia. Aquello no podía ser culpa suya. ¡Había visto arder el colgante!

—Por lo que veo, ahora también tienes a Croy de tu parte —susurró Shay.

Las lágrimas empezaron a aflorar en los ojos de Tally, aunque esta vez no era por la guindilla.

—¡Mírame, Shay!

—Él sospechó de ti desde el principio, pero yo le decía: «No, Tally es mi amiga. Nunca haría nada que pudiera perjudicarme».

—Shay, no estoy mintiendo.

—¿Cómo has logrado que Croy cambiase de opinión, Tally? ¿Igual que lograste que lo hiciese David?

—Shay, nunca pretendí que eso ocurriera.

—¿Y dónde estuvisteis anoche?

Tally tragó saliva, tratando de hablar con voz tranquila.

—Hablando. Le conté lo de mi collar.

—¿Y tardaste toda la noche? ¿O simplemente decidiste flirtear antes de que llegasen los especiales? Un último juego con él, y conmigo.

Tally bajó la cabeza.

—Shay...

Una mano la agarró por la barbilla levantándola con fuerza. Ella parpadeó, y una deslumbrante luz roja destelló.

La especial miró con atención el aparato.

—¡Eh, es ella!

Tally negó con la cabeza.

—No.

La otra especial miró la visualización y asintió en señal de confirmación.

—¿Tally Youngblood?

La chica no respondió. Entre las dos, la pusieron en pie y le sacudieron el polvo.

—Acompáñanos, la doctora Cable quiere verte de inmediato.

—Lo sabía —susurró Shay.

—¡No!

Tiraron de Tally hacia la puerta de la conejera. Volvió la cabeza para mirar hacia atrás, intentando encontrar la manera de explicarse.

Shay la miró con furia desde el suelo. Con los ensangrentados dientes apretados, observó las muñecas atadas de Tally. Al cabo de un instante, Tally notó que la presión desaparecía y que sus manos se separaban. Las especiales habían cortado sus esposas.

—No —dijo quedamente.

Una de las especiales le apretó el hombro.

—No te preocupes, Tally, te llevaremos a casa enseguida.

—Llevamos años detrás de este grupo —intervino la otra.

—Sí, buen trabajo.

En caso de daño

La llevaron a la biblioteca, transformada en cuartel general para la invasión. Las largas mesas estaban llenas de pantallas de trabajo portátiles manejadas por especiales. Su habitual silencio se había visto sustituido por un rumor de conversaciones y órdenes. Las voces afiladas de los perfectos crueles pusieron enferma a Tally.

La doctora Cable aguardaba ante una de las largas mesas. Estaba leyendo una vieja revista y parecía casi relajada, aislada de la actividad que se desarrollaba a su alrededor.

—¡Ah, Tally! —exclamó enseñando los dientes en un intento de sonreír—. Me alegro de verte. Siéntate.

Tally se preguntó qué escondía el saludo de la doctora. Las especiales habían considerado a Tally como una cómplice de la invasión. ¿Había llegado hasta ellos alguna señal procedente del colgante antes de que se decidiera a destruirlo?

En cualquier caso, su única posibilidad de escapar era seguirles la corriente. Cogió una silla y se sentó.

—¡Madre mía, qué aspecto tienes! —dijo la doctora Cable—. Querrás ser perfecta, pero siempre tienes una pinta horrible.

—He tenido una mañana movidita.

—Parece que te has metido en un buen lío.

Tally se encogió de hombros.

—Solo intentaba apartarme de en medio.

—¿De verdad? —dijo la doctora Cable mientras colocaba la revista boca abajo sobre la mesa—. No parece que eso se te dé demasiado bien.

Tally tosió dos veces y el último resto de guindilla salió de sus pulmones.

—Supongo que no.

La doctora Cable miró su pantalla de trabajo.

—Veo que te teníamos entre los que han opuesto resistencia.

—Algunos ya sospechaban de mí. Por eso, cuando les oí llegar traté de salir de la población. No quería estar por aquí cuando todo el mundo advirtiera lo que estaba ocurriendo, por si se enfadaban conmigo.

—Eso es instinto de conservación. Bueno, al menos hay algo que se te da bien.

—Yo no pedí venir aquí.

—No, y además te tomaste tu tiempo —replicó la doctora Cable, arrellanándose en su asiento y tamborileando con sus dedos largos y finos—. ¿Cuántos días llevas aquí exactamente?

Tally se forzó a toser de nuevo, mientras pensaba si le convenía mentir. No era probable que la delatase su voz, aún áspera e irregular a causa de la guindilla. Y aunque en el despacho de la doctora Cable en la ciudad hubiese un gran detector de mentiras, aquella mesa y aquella silla eran de madera maciza, sin trucos dentro.

Al fin respondió con una evasiva.

—Tampoco llevo tanto tiempo.

—La verdad es que no llegaste aquí tan deprisa como yo esperaba.

—Estuve a punto de no conseguirlo. Y cuando llegué, ya había pasado una eternidad desde mi cumpleaños. Por eso sospecharon de mí.

La doctora Cable sacudió la cabeza.

—Supongo que debería haberme preocupado por haberte dejado sola en el bosque. Pobre Tally.

—Gracias por su interés.

—Estoy segura de que habrías utilizado el colgante si te hubieses metido en algún problema serio, dado que el instinto de conservación es tu única habilidad.

—Salvo que me hubiese caído desde un acantilado —dijo Tally con desprecio—, cosa que estuvo a punto de pasarme.

—De todos modos, habríamos ido a buscarte. Si el colgante se hubiese dañado, habría enviado una señal de forma automática.

Tally asimiló las palabras despacio: «Si el colgante se hubiese dañado…». Se agarró con fuerza al borde de la mesa, tratando de mostrarse impasible.

La doctora Cable entornó los ojos. Tal vez no disponía de máquinas que interpretasen la voz, el ritmo cardíaco y el sudor, pero sus propias percepciones estaban alerta. Había escogido aquellas palabras para provocar una reacción.

—Hablando del colgante, ¿dónde está?

Tally se llevó las manos al cuello. Por supuesto, la doctora Cable se había fijado enseguida en la ausencia del colgante. Trató de pensar deprisa en una respuesta. Le habían quitado las esposas.

Tenía que salir de allí y llegar al puesto de intercambio. Con un poco de suerte, su aerotabla seguiría en el tejado, cargándose al sol de la mañana.

—Lo escondí —dijo—. Estaba asustada.

—¿Asustada de qué?

—Anoche, cuando estuve segura de que esto era realmente el Humo, activé el colgante. Pero esta gente tiene un artefacto que detecta los rastreadores, y encontraron uno en mi tabla, el que me pusieron allí sin decírmelo.

La doctora Cable sonrió abriendo las manos en un gesto de impotencia.

—Eso estuvo a punto de echarlo todo a perder —continuó Tally—. Así que, después de activar el colgante, tuve miedo de que supiesen que se había enviado una transmisión. Lo escondí por si venían a buscarlo.

—Entiendo. A veces, cierto grado de inteligencia acompaña a un fuerte instinto de conservación. Me alegro de que decidieses ayudarnos.

—No tenía otra opción.

—Siempre la tuviste, Tally, pero tomaste la decisión correcta. Decidiste venir aquí y buscar a tu amiga para salvarla de una vida de imperfección. Deberías alegrarte por ello.

—Estoy encantada.

—Vosotros, los imperfectos, siempre tan obstinados. Bueno, pronto madurarás.

Al oír aquellas palabras, un escalofrío le recorrió la columna. Para la doctora Cable, «madurar» significaba dejar que te cambiasen el cerebro.

—Solo hay una cosa más que tienes que hacer por mí, Tally. ¿Te importa sacar el colgante del lugar en el que lo escondiste? No me gusta dejar cabos sueltos.

Tally sonrió.

—Lo haré con mucho gusto.

—Este agente te acompañará —dijo la doctora Cable mientras levantaba un dedo y aparecía un especial a su lado—. Y para protegerte de tus amigos, haremos que parezca que has opuesto una valiente resistencia.

El especial le puso de nuevo las esposas y Tally volvió a notar que el plástico se le clavaba en las muñecas.

Inspiró profundamente mientras la cabeza le palpitaba.

—Lo que usted diga —se obligó a decir.

—Por aquí.

Tally acompañó al especial al puesto de intercambio mientras se hacía cargo de la situación.

El Humo había sido derrotado y reducido al silencio. Las hogueras ardían. Algunas estaban ya apagadas, pero unas nubes de humo seguían elevándose de la madera ennegrecida y arremolinándose por todo el campamento.

Unos cuantos del grupo miraron a Tally con suspicacia. Era la única que seguía caminando por ahí, cuando todos los demás estaban en el suelo, esposados y bajo custodia, la mayoría junto a la conejera.

Tally esbozó una triste sonrisa, con la esperanza de que se fijasen en que iba esposada igual que ellos.

Cuando llegaron al puesto de intercambio, Tally miró hacia arriba.

—Lo escondí en el tejado.

El especial observó el edificio con un gesto de desconfianza.

—De acuerdo —dijo—. Espera aquí. Siéntate y no te levantes.

Tally se encogió de hombros y se arrodilló con cuidado.

Se estremeció al ver la facilidad con que el especial trepaba al tejado. ¿Cómo iba a vencer a aquel perfecto cruel? Aunque consiguiese desatarse las manos, él era más corpulento, más fuerte y más rápido.

Al cabo de un momento, el hombre asomó la cabeza por el borde.

—¿Dónde está?

—Debajo del *rapchuco*.

—¿El qué?

—¡El *rapchuco*! Ya sabe, esa cosa donde el perfil del tejado se une con el *abersenacho*.

—¿De qué demonios hablas?

—Supongo que es jerga del Humo. Deje que se lo enseñe.

Una expresión fugaz cruzó el rostro impasible del especial, mezcla de fastidio y suspicacia. Pero bajó de un salto y apiló un par de cajones. Se encaramó sobre ellos, tiró de Tally y la levantó hasta el borde del tejado como si no pesara nada.

—Si tocas una de esas aerotablas, te sacudo el polvo —la amenazó de pasada.

—¿Es que hay aerotablas aquí arriba?

El especial dio otro salto y la puso de pie sobre el tejado.

—Búscalo.

—Claro.

Tally subió por el tejado con mucho cuidado, exagerando la dificultad de mantener el equilibrio con las manos atadas. Las pilas solares de las aerotablas brillaban deslumbrantes al sol. La tabla de Tally se hallaba demasiado lejos, al otro lado del tejado, y estaba desplegada en ocho secciones. Para doblarla necesitaría un minuto largo. Pero Tally vio otra en las proximidades, tal vez la de Croy, que solo se había desplegado una vez. Tenía la luz verde. Si la cerraba de una patada, la tabla estaría lista para volar.

Pero Tally no podía volar con las manos atadas. A la primera curva se caería.

Inspiró profundamente, ignorando la parte de su cerebro que solo veía la distancia hasta el suelo. Mientras el especial fuese tan rápido y fuerte como parecía…

—Llevo un chaleco de salto —se dijo a sí misma—. No puede pasarme nada.

Tally dejó que sus pies descalzos resbalasen y cayó por el tejado.

Las ásperas tejas le golpearon en las rodillas y los codos mientras rodaba, y Tally soltó un grito de dolor. Luchó por no caer desde el tejado, agitando los pies contra la madera para frenar su caída.

Justo cuando llegaba al borde, una mano de hierro se cerró sobre su hombro. Tally cayó rodando al vacío mientras el suelo se acercaba amenazadoramente, pero se detuvo con una fuerte sacudida del brazo y oyó que el especial maldecía con su voz afilada.

Osciló por un momento, con su caída interrumpida, y luego ambos empezaron a deslizarse hacia abajo.

Oyó que los dedos y los pies del especial buscaban con desesperación un punto al que agarrarse. Por muy fuerte que pudiera ser, no tenía ningún asidero. Tally iba a caer.

Pero al menos se lo llevaría consigo.

Entonces el especial dio un gruñido y Tally sintió que tiraban de ella con fuerza. Se vio arrojada de nuevo sobre el tejado, y una sombra pasó sobre ella.

Algo golpeó el suelo. ¡El especial se había arrojado desde el tejado para salvarla!

Se agachó, se puso en pie y levantó la mitad de la aerotabla de Croy con un pie para cerrarla. Oyó un ruido procedente del borde del tejado y se apartó de la tabla.

Aparecieron los dedos del especial y luego su cuerpo. Estaba del todo ileso.

—¿Se encuentra bien? —preguntó Tally—. Vaya, son ustedes muy fuertes. Gracias por salvarme.

Él le dedicó una mirada fría.

—Coge lo que hemos venido a buscar y procura no matarte.

—De acuerdo.

Tally se volvió, consiguió meter el pie en una teja y se tambaleó de nuevo. El especial la atrapó en el acto. Por fin, percibió verdadera rabia en su voz:

—Vosotros los imperfectos sois tan… ¡incompetentes!

—Bueno, tal vez si usted pudiera…

Antes incluso de que las palabras saliesen de su boca, notó que desaparecía la presión en sus muñecas. Se llevó las manos hacia delante y se frotó los hombros.

—Uf. Gracias.

—Escucha —dijo el especial con las navajas de su voz más afiladas que nunca—, no quiero hacerte daño, pero…

—Lo hará si es necesario.

Tally sonrió. El hombre se hallaba exactamente en el lugar adecuado.

—Coge lo que te ha pedido la doctora Cable. Y no te atrevas a tocar una de esas aerotablas.

—No se preocupe, no tengo que hacerlo —dijo ella, y chasqueó los dedos de ambas manos con todas sus fuerzas.

La aerotabla de Croy dio un bote en el aire y derribó al especial. El hombre volvió a caer del tejado, y Tally saltó sobre la tabla.

Huida

Tally nunca había volado descalza en una aerotabla. Los jóvenes del Humo organizaban toda clase de competiciones consistentes en llevar pesos o volar en pareja, pero nadie era tan estúpido para volar sin el calzado adecuado.

Estuvo a punto de caerse en la primera curva al bajar zumbando por un camino nuevo que habían cubierto de chatarra hacía solo unos días. Tan pronto como la tabla se ladeó, los pies sucios de Tally resbalaron por su superficie, y su cuerpo dio media vuelta. Agitó los brazos descontroladamente, pero consiguió mantener el equilibrio, cruzando el recinto como una exhalación por encima de la conejera.

Una ovación irregular se alzó del suelo cuando los prisioneros la vieron pasar volando y se dieron cuenta de que alguien escapaba. Pero Tally estaba demasiado ocupada intentando mantenerse en pie sobre la tabla para mirar hacia abajo.

Mientras recuperaba el equilibrio, se dio cuenta de que no llevaba pulseras protectoras. Cualquier caída sería definitiva. Los dedos de sus pies se agarraron a la tabla, y se propuso tomar la siguiente curva más despacio. Si esa mañana el cielo hubiese estado nublado, el sol aún no habría secado el rocío de la tabla de Croy. Ella yacería desplomada y hecha un guiñapo en la conejera, seguramente con el cuello roto. Era una suerte que, como la mayoría de los jóvenes del Humo, durmiese con el sensor ventral puesto.

En ese momento oyó el chirrido de los aerovehículos que despegaban tras de sí.

Tally solo conocía dos formas de salir del Humo en aerotabla. Siguiendo su instinto, se dirigió hacia las vías férreas en las que trabajaba a diario. El valle quedó detrás de ella, y consiguió tomar sin caerse la cerrada curva hacia el arroyo de aguas embravecidas. Sin mochila y sin sus pesadas pulseras protectoras, Tally se sentía prácticamente desnuda.

La tabla de Croy no era tan rápida como la suya y, además, no conocía sus peculiaridades. Volar en ella era como correr con unos zapatos nuevos para salvar tu vida.

El agua le salpicaba el rostro, las manos y los pies. Se arrodilló y se agarró al borde de la tabla con las manos mojadas, volando lo más bajo posible. Allí abajo, las salpicaduras podían dificultar el vuelo aún más, pero la barrera de los árboles la hacía invisible. Se aventuró a mirar hacia atrás: aún no había rastro de aerovehículos.

Mientras bajaba como una exhalación por el arroyo zigzagueante, regateando entre las curvas cerradas que tan bien conocía, Tally pensó en todas las veces que David, Shay y ella habían hecho carreras por aquel camino. Se preguntó dónde estaría David en ese momento. ¿En el campamento, atado y a punto de ser llevado a una ciudad que jamás había visto? ¿Le limarían la cara y se la sustituirían por una máscara perfecta? ¿Convertirían su cerebro en el puré que a las autoridades les pareciese adecuado para un antiguo renegado que se había criado en el bosque?

Sacudió la cabeza para expulsar aquellos pensamientos de su mente. David no estaba entre los prisioneros que habían opuesto resistencia. De haber sido capturado, sin duda habría resistido al enemigo. Debía de haberse escapado.

El rugido de un aerovehículo pasó por encima de su cabeza, y la onda expansiva que dejaba a su paso estuvo a punto de tirar a Tally de la tabla. Al cabo de unos segundos supo que la habían descubierto, porque el giro chirriante del aerovehículo resonó a través del bosque mientras regresaba hacia el río.

Pasaron unas sombras por encima de Tally, y al mirar hacia arriba vio que la seguían dos aerovehículos, con las palas brillantes como cuchillos al sol de media mañana. Los aerovehículos podían ir a cualquier parte, pero Tally estaba limitada por sus alzas magnéticas. Estaba atrapada en la ruta hacia el ferrocarril.

Recordó su primer viaje hasta el despacho de la doctora Cable y la violenta agilidad del aerovehículo con su conductor perfecto cruel. En línea recta, eran mucho más rápidos que cualquier tabla. Su única ventaja era que ella conocía muy bien el camino.

Por fortuna, no era una línea recta.

Tally se agarró a la tabla con ambas manos y saltó del río a la colina. Los vehículos desaparecieron a lo lejos, pasando de largo mientras ella rozaba el filón de hierro. Pero ahora Tally estaba a la vista, y las llanuras se extendían a sus pies tan amplias como siempre.

Se fijó fugazmente en que hacía un día estupendo, sin una sola nube.

Adoptó una posición casi horizontal para reducir la resistencia del viento, extrayendo de la tabla de Croy hasta el último gramo de velocidad. No parecía que pudiese protegerse antes de que los dos vehículos diesen media vuelta.

Se preguntó cómo pensaban capturarla. ¿Utilizarían un inmovilizador? ¿Arrojarían una red? ¿La derribarían sencillamente con sus ondas expansivas? A aquella velocidad y sin pulseras protectoras, cualquier cosa que tirase a Tally de la tabla la mataría.

Probablemente a los especiales esa posibilidad no les preocupaba mucho.

El chirrido de sus palas procedía de su derecha, cada vez más fuerte.

Cuando el sonido estaba a punto de alcanzarla, Tally se arrastró en un aeroderrapaje completo, y su impulso la aplastó contra la tabla. Los dos aerovehículos pasaron como una exhalación, fallando por un kilómetro, pero el viento desatado por su paso la hizo girar en círculos. La tabla volcó y luego volvió a enderezarse. Tally se agarró con ambos brazos mientras el mundo daba vueltas descontroladamente a su alrededor.

Recuperó el control y volvió a impulsar la tabla hacia delante, imprimiéndole de nuevo toda la velocidad antes de que los aerovehículos pudiesen dar la vuelta. Tal vez los especiales fuesen más rápidos, pero su aerotabla era más manejable.

Mientras se acercaba a la siguiente curva, los aerovehículos se dirigieron directamente hacia ella. Ahora avanzaban más despacio, pues los pilotos habían comprendido que a la máxima velocidad no podrían evitar pasar de largo.

Ahora iban a tener que volar por debajo de los árboles.

Volando de rodillas, agarrada a la tabla con ambas manos, Tally giró en la siguiente curva y descendió hasta pasar rozando la tierra agrietada del lecho seco del riachuelo. Oyó que el chirrido de los aerovehículos aumentaba sin parar.

Le seguían la pista con demasiada facilidad, seguramente utilizando su calor corporal para identificarla entre los árboles, como hacían los guardianes en la ciudad. Tally recordó la pequeña estufa portátil que había utilizado tantas veces para salir a hurtadillas de la residencia. Ojalá la tuviese en ese momento.

Entonces Tally se acordó de las cuevas que David le había enseñado el primer día. Bajo las frías piedras de la montaña, su calor corporal desaparecería.

Hizo caso omiso del ruido de sus perseguidores, bajando como una exhalación por el lecho del riachuelo y cruzando una estribación antes de situarse sobre el río que llevaba al ferrocarril. Voló a toda velocidad por encima del agua, y los aerovehículos se mantuvieron por encima de los árboles, aguardando con paciencia a que saliese al descubierto.

A medida que se aproximaba el desvío hacia la vía, Tally aumentó su velocidad, rozando el agua lo más rápido posible. Tomó la curva con un derrapaje completo y bajó por la vía a toda marcha.

Los vehículos descendieron apresuradamente por el río. Tal vez los especiales esperaban que se desviase hacia otro río, pero la repentina aparición de una vieja vía férrea los había sorprendido. Si podía llegar a la montaña antes de que los aerovehículos completasen sus lentos giros, estaría a salvo.

Tally recordó a tiempo el punto donde habían arrancado la vía para sacar chatarra. Inclinó la tabla durante un angustioso instante de caída libre y remontó el vuelo sobre el hueco en una elevada parábola. Las alzas volvieron a hallar metal, y treinta segundos después se detuvo derrapando al final de la línea.

Tally saltó de la aerotabla, le dio la vuelta y la empujó de nuevo hacia el río. En ausencia de las pulseras protectoras, que la habrían retenido, la tabla se deslizaría por la línea recta del ferrocarril hasta llegar al hueco, donde caería al suelo.

Con un poco de suerte, los especiales creerían que Tally se había caído e iniciarían su búsqueda allí.

Trepó por las rocas y entró en la cueva. A oscuras, avanzó a toda prisa, confiando en que las toneladas de piedra que se hallaban sobre su cabeza fuesen suficientes para esconderla de los especiales. Cuando la pequeña abertura de luz situada en la boca de la cueva se encogió hasta alcanzar el tamaño de un ojo, Tally se dejó caer sobre la piedra, jadeante y con las manos aún temblorosas por el vuelo, repitiéndose una y otra vez que lo había conseguido.

Pero ¿qué había conseguido? No tenía zapatos, ni aerotabla, ni amigos, ni siquiera un depurador de agua o un paquete de Espag-Bol. Ningún hogar al que regresar.

Tally estaba completamente sola.

—Estoy muerta… —dijo en voz alta.

Una voz surgió de la oscuridad:

—¿Tally? ¿Eres tú?

Increíble

Unas manos agarraron los hombros de Tally en la oscuridad.

—¡Lo has conseguido! —exclamó la voz de David.

Sorprendida, Tally fue incapaz de hablar, pero lo atrajo hacia sí y enterró la cara en su pecho.

—¿Quién más está contigo?

Ella negó con la cabeza.

—¡Oh! —murmuró David.

Entonces la abrazó más fuerte mientras la cueva temblaba a su alrededor. El rugido de un aerovehículo pasó despacio sobre sus cabezas, y Tally imaginó las máquinas de los especiales registrando cada grieta de la roca en busca de indicios de su presa.

¿Los había llevado hasta David? Eso sería estupendo, la traición final.

El sordo fragor de la persecución volvió a pasar sobre ellos, y David la atrajo aún más hacia la negrura por un largo camino sinuoso que se hizo más frío y oscuro. Un silencio húmedo y helado se instaló alrededor de Tally, que volvió a pensar en el tren lleno de oxidados muertos que acaso estaba allí, enterrado entre aquellas piedras.

Esperaron en silencio durante lo que parecieron horas, abrazados, sin atreverse a hablar hasta mucho después de que los sonidos de los vehículos se desvaneciesen.

—¿Qué está pasando en el Humo? —susurró David por fin.

—Esta mañana han llegado los especiales.

—Lo sé, los he visto —dijo abrazándola con más fuerza—. No podía dormir, así que he llevado mi tabla a la montaña para ver salir el sol. Han pasado justo por encima de mí, veinte aerovehículos a la vez cruzando la cadena montañosa. Pero ¿qué está pasando ahora?

—Nos han metido a todos en la conejera y nos han separado en grupos. Croy dice que van a devolvernos a nuestras ciudades.

—¿Croy? ¿A quién más has visto?

—A Shay y a un par de amigos suyos. Puede que el Jefe haya logrado salvarse. Él y yo hemos intentado escapar juntos.

—¿Y mis padres?

—No lo sé.

Tally se alegró de que estuviera oscuro. El miedo que percibía en la voz de David ya era lo bastante doloroso. Sus padres habían fundado el Humo y conocían el secreto de la operación. El castigo que les aguardaba sería cien veces peor que el destinado a los demás.

—No puedo creer que al final haya ocurrido —dijo él quedamente.

Tally trató de pensar en algo reconfortante que decir. En la oscuridad solo veía la sonrisa burlona de la doctora Cable.

—¿Cómo te has escapado? —preguntó.

Tally le cogió las manos y las colocó sobre sus muñecas, donde aún permanecían las pulseras de plástico de las esposas.

—He cortado esto, me he subido al tejado del puesto de intercambio y luego he robado la aerotabla de Croy.

—¿Con los especiales vigilándote?

Ella se mordió el labio inferior sin decir nada.

—Es increíble. Mi madre dice que son sobrehumanos. Su segunda operación aumenta todos sus músculos y les renueva el sistema nervioso. Su aspecto es tan aterrador que a muchas personas les entra el pánico la primera vez que los ven. Pero debería haber imaginado que lograrías escapar —dijo David estrechándola con más fuerza aún.

Tally cerró los ojos, aunque daba lo mismo teniendo en cuenta la absoluta oscuridad. Deseó que pudiesen permanecer allí para siempre, sin tener que enfrentarse nunca a lo que sucedía en el exterior.

—Solo ha sido un golpe de buena suerte.

Tally se quedó atónita al ver que ya estaba mintiendo de nuevo. Si hubiese empezado diciendo la verdad sobre sí misma, ellos habían sabido qué hacer con el colgante. Lo habrían atado a alguna ave migratoria, y la doctora Cable se hallaría de camino a Sudamérica en lugar de estar en la biblioteca supervisando la destrucción del Humo.

Pero Tally sabía que ya era tarde para decir la verdad. David nunca volvería a confiar en ella ahora que había destruido su hogar y su familia. Ya había perdido a Peris, a Shay y su nuevo hogar. No podría soportar perder también a David.

Además, ¿de qué serviría ahora una confesión? David se quedaría solo, y ella también, cuando más se necesitaban el uno al otro.

Él le acarició el rostro.

—Sigues pareciéndome increíble, Tally.

Tally se estremeció, sintiendo que aquellas palabras se retorcían en su interior como un cuchillo.

Justo entonces, Tally hizo un trato consigo misma. Al final le contaría a David lo que había hecho sin querer. No en ese momento, pero sí algún día. Si conseguía mejorar las cosas y arreglar parte de lo que había destruido, tal vez David la comprendería.

—Iremos tras ellos —dijo—. Los rescataremos.

—¿A quiénes? ¿A mis padres?

—Vinieron de mi ciudad, ¿verdad? Entonces, es ahí donde los llevarán. Y a Shay y a Croy también. Los rescataremos a todos.

David soltó una risa amarga.

—¿Nosotros dos? ¿Contra un grupo de especiales?

—No nos esperarán.

—Pero ¿cómo los encontraremos? Nunca he estado en una ciudad, pero me han dicho que son muy grandes. Más de un millón de personas.

Tally inspiró despacio, recordando una vez más su primer viaje al despacho de la doctora Cable. Los edificios bajos de color tierra en las afueras de la ciudad, más allá del cinturón verde entre las fábricas. La enorme colina deforme en las proximidades.

—Sé dónde estarán.

—¿Que sabes qué?

David se apartó de ella.

—He estado allí, en la sede central de Circunstancias Especiales.

Se produjo un silencio.

—Pensaba que era secreta. La mayoría de los chicos que vienen aquí ni siquiera creen en su existencia.

Tally prosiguió, íntimamente horrorizada al ver que se le ocurría otra mentira con tanta facilidad.

—Hace algún tiempo me metí en un lío muy grave, de los que son objeto de una atención especial —dijo apoyando otra vez la cabeza contra David y alegrándose de no poder ver su expresión confiada—. Me colé en Nueva Belleza, la ciudad a la que llevan a los perfectos recién operados, donde viven divirtiéndose sin parar.

—He oído hablar de ella. Y los imperfectos no pueden entrar, ¿verdad?

—En efecto. Se considera un incidente grave. Bueno, yo me puse una máscara, me colé en una fiesta y les estropeé la diversión. Estuvieron a punto de atraparme, así que cogí un arnés de salto.

—¿Qué es eso?

—Es como una aerotabla, pero lo llevas puesto. Lo inventaron para escapar de los edificios altos cuando se produce un incendio, pero los nuevos perfectos lo utilizan sobre todo para hacer el tonto. Así que cogí un arnés, puse en marcha una alarma de incendios y salté desde la azotea. Mucha gente se quedó sin palabras.

—Shay ya me contó toda la historia de camino al Humo, diciendo que eras la imperfecta más genial del mundo —dijo él—. Pero yo solo pensé que las cosas debían ser muy, muy aburridas en la ciudad.

—Sí, supongo.

—Pero ¿te atraparon? Shay no me lo contó.

Tally siguió improvisando, apoyando sus mentiras en los hechos reales.

—Sí, creí que no me habían pillado, pero encontraron mi ADN o algo así. Unos días más tarde me llevaron a Circunstancias Especiales y me presentaron a una mujer aterradora. Creo que era la que estaba al mando. Fue la primera vez que vi a los especiales.

—¿De verdad parecen tan malos de cerca?

Tally asintió en la oscuridad.

—Son guapísimos, pero de una forma cruel y horrible. La primera vez es la peor. De todos modos, solo querían asustarme. Me advirtieron que tendría graves problemas si volvían a atraparme o si se lo decía a alguien. Por eso nunca se lo conté a Shay.

—Eso explica muchas cosas.

—¿Sobre qué?

—Sobre ti. Siempre me has parecido muy consciente de hasta qué punto era peligroso estar aquí, en el Humo. De algún modo, sabías cómo eran realmente las ciudades, incluso antes de que mis padres te contasen la verdad sobre la operación. Yo nunca había conocido a ningún otro fugitivo que lo comprendiese de verdad.

Tally asintió ante la verdad de sus palabras.

—¿Y aun así quieres volver allí a buscar a mis padres y a Shay, arriesgándote a que te atrapen y a que manipulen tu mente?

—Tengo que hacerlo —respondió Tally con voz entrecortada.

David la abrazó con más fuerza y trató de besarla. Ella tuvo que apartarse, porque no podía contener las lágrimas.

—Tally, eres increíble.

Ruinas

No abandonaron la cueva hasta la mañana siguiente.

Tally entornó los ojos a la luz del alba, escudriñando el cielo por si una flota de aerovehículos se alzaba de pronto por encima de los árboles. Pero no habían oído ningún sonido de búsqueda en toda la noche. Tal vez, ahora que el Humo estaba destruido, atrapar a los últimos fugitivos no mereciese la pena.

La aerotabla de David había pasado la noche escondida en la cueva y llevaba ya un día entero sin luz solar, pero tenía la carga justa para conducirlos de regreso a la montaña. Volaron hacia el río. A Tally le gruñía el estómago después de estar un día entero sin comer, pero lo que más necesitaba era agua. Tenía la boca tan seca que apenas podía hablar.

David se arrodilló en la orilla y metió la cabeza en el agua helada. Tally se estremeció al verlo. Sin una manta ni zapatos, se había pasado toda la noche muerta de frío en la cueva, pese a estar acurrucada en los brazos de David. Necesitaba comer algo caliente antes de lavarse con aquella agua helada.

—¿Y si el Humo sigue ocupado? —preguntó—. ¿Dónde conseguiremos comida?

—¿Dijiste que metieron a los prisioneros en la conejera? ¿Qué fue de los conejos?

—Se dispersaron.

—Exacto. Ahora estarán por todas partes, y no son difíciles de atrapar.

Ella hizo una mueca.

—Está bien, siempre y cuando los cocinemos.

David se echó a reír.

—Por supuesto.

—La verdad… es que nunca he hecho ningún fuego —reconoció Tally.

—No te preocupes. Tienes un talento natural.

David se subió a la tabla y le tendió la mano.

Tally nunca había volado en pareja, y se alegraba de hacerlo con David y no con otro. Se situó delante de él, en contacto con su cuerpo, con los brazos abiertos y las manos de David en su cintura. Tomaban las curvas sin decir una sola palabra. Tally pasaba el peso de su cuerpo de un lado a otro y esperaba a que David hiciera lo mismo. A medida que iban pillándole el truco, sus cuerpos empezaron a moverse juntos, dirigiendo la tabla por el camino como si fuesen una sola persona.

Podían volar juntos siempre que avanzasen despacio, pero Tally se mantenía atenta por si oía sonidos de persecución. En caso de que apareciese un aerovehículo, una huida a toda velocidad iba a ser complicada.

Olieron el Humo mucho antes de verlo.

Desde la montaña, los edificios tenían el aspecto de una hoguera apagada, humeantes, medio desmoronados, ennegrecidos por completo. Nada se movía en el recinto, salvo unos cuantos papeles agitados por el viento.

—Parece que ha ardido durante toda la noche —dijo Tally.

David asintió en silencio. Tally sujetó su mano, preguntándose cómo debía de sentirse al ver el hogar de su infancia reducido a unas ruinas humeantes.

—Lo siento mucho, David —añadió.

—Tenemos que bajar. Necesito ver si mis padres…

Tally buscó indicios de presencia humana. El Humo parecía desierto del todo, pero tal vez hubiese algunos especiales escondidos, a la espera de que reapareciesen los rezagados.

—Deberíamos esperar.

—No puedo. La casa de mis padres está al otro lado de la cadena montañosa. Puede que los especiales no la viesen.

—Si se les escapó, Az y Maddy seguirán allí.

—Pero ¿y si han huido?

—Entonces los encontraremos. Mientras tanto, no dejemos que nos atrapen a nosotros.

David suspiró.

—De acuerdo.

Tally apretó su mano. Desplegaron la aerotabla y esperaron mientras el sol ascendía, vigilando el Humo por si veían indicios de seres humanos. De vez en cuando, las brasas de las hogueras llameaban de nuevo avivadas por la brisa. Las últimas columnas de madera que quedaban en pie se derrumbaron una detrás de otra entre cenizas.

Algunos animales buscaban comida, y Tally contempló en horrorizado silencio cómo un conejo extraviado era asaltado por un lobo: una lucha breve que dejó solo una mancha de sangre y pelo. Eso era lo que quedaba de la naturaleza en estado puro horas después de que cayese el Humo.

—¿Lista para bajar? —preguntó David al cabo de una hora.

—No —dijo Tally—, nunca lo estaré, así que bajemos.

Se aproximaron despacio, listos para volverse y volar si aparecía algún especial. Pero cuando llegaron al límite de la población, Tally sintió que su ansiedad se convertía en algo peor: la horrible certeza de que allí no quedaba nadie.

Su hogar había desaparecido, sustituido por unos restos carbonizados.

En la conejera, unas pisadas mostraban los puntos en que los miembros del grupo habían sido obligados a entrar y salir por las puertas, como si de un rebaño se tratara. Unos cuantos conejos seguían dando saltos entre el polvo.

—Bueno, al menos no nos moriremos de hambre —dijo David.

—Supongo que no —dijo Tally, aunque la visión del Humo le había quitado el apetito. Se preguntó cómo se las arreglaba David para pensar siempre en cosas prácticas a pesar de los horrores que tenía ante sí—. Eh, ¿qué es eso?

En un rincón de la conejera, justo al otro lado de la verja, había montones de pequeños objetos diseminados por el suelo.

Acercaron más la tabla mientras David entornaba los ojos para ver a través de la columna de humo.

—Parecen… zapatos.

Tally parpadeó. David estaba en lo cierto. La chica descendió con la tabla, se bajó de un salto y echó a correr hacia allí.

Miró asombrada a su alrededor. Había unos veinte pares de zapatos de todos los tamaños. Se arrodilló para mirar más de cerca. Los zapatos tenían los cordones atados, como si se los hubiesen quitado a patadas personas con las manos atadas detrás…

—Croy me reconoció —murmuró.

—¿Cómo?

Tally se volvió hacia David.

—Cuando me escapé, pasé volando por encima de la conejera. Croy debió de ver que era yo. Sabía que yo no llevaba zapatos, y bromeamos sobre eso.

Se imaginó al grupo esperando impotentes su destino y haciendo un último gesto de desafío. Croy se habría quitado los zapatos de una patada y luego les habría susurrado a los demás: «Tally está libre, y descalza». Le habían dejado una veintena de pares para escoger. Era la única forma que tenían de ayudar al único miembro del grupo que había logrado escapar.

—Sabían que volvería —se dijo a sí misma con la voz entrecortada. Lo que no sabían era quién les había traicionado.

Escogió un par que parecían más o menos de su número, con suelas antideslizantes para volar en aerotabla, y se los puso. Le iban bien, mejor incluso que los que le habían dado los guardabosques.

Al saltar de nuevo sobre la tabla, Tally tuvo que ocultar su tristeza. Así serían las cosas en adelante. Cada gesto de amabilidad de sus víctimas solo haría que se sintiese peor.

—Vale, allá vamos.

La aerotabla cruzó haciendo eses el campamento humeante, por encima de las ruinas carbonizadas. Junto a un edificio alargado que ahora era poco más que un montículo de escombros ennegrecidos, David detuvo la aerotabla.

—Me lo temía.

Tally trató de recordar lo que había allí antes. Le costaba orientarse en el Humo, ahora que las calles se habían transformado en montones de ruinas y cenizas.

Entonces vio unas cuantas páginas ennegrecidas que revoloteaban al viento. La biblioteca…

—¡No sacaron los libros antes de…! —exclamó—. Pero ¿por qué?

—No quieren que la gente sepa cómo eran las cosas antes de inventar la operación. Quieren que sigamos odiándonos por ser como somos. De lo contrario, es demasiado fácil acostumbrarse a las caras imperfectas, a las caras normales.

Tally se volvió para mirar a David a los ojos.

—Al menos a algunas de ellas.

David esbozó una triste sonrisa.

Entonces a Tally se le pasó algo por la cabeza.

—El Jefe huyó con algunas revistas viejas. Puede que escapase.

—¿A pie? —preguntó David con una sombra de duda en la voz.

—Eso espero.

Tally se inclinó, y la tabla se deslizó hacia el límite de la población.

Unos restos de guindilla manchaban el suelo en el punto en que se había enfrentado a la especial. Tally saltó de la tabla, tratando de recordar por dónde había escapado el Jefe hacia el bosque.

—Si consiguió huir, debe de hacer mucho que se fue —comentó David.

Tally avanzó entre la maleza en busca de indicios de lucha. El sol de la mañana entraba a raudales por entre las hojas, y en el bosque se abría un rastro de arbustos destrozados. El Jefe no había sido demasiado delicado. Se había abierto camino como un elefante.

Encontró el petate medio escondido debajo de un árbol caído y cubierto de musgo. Tras abrir la cremallera, Tally comprobó que las revistas seguían allí, amorosamente envueltas en sus fundas de plástico. Se echó el petate al hombro, contenta de haber salvado algo de la biblioteca. Era una pequeña victoria sobre la doctora Cable.

Al cabo de un momento, encontró al Jefe.

Yacía boca arriba, con el cuello roto. Tenía los dedos apretados y las uñas ensangrentadas como si hubiera arañado a alguien. Debía de haber luchado para distraerlos, tal vez para impedir que encontrasen el petate. O tal vez por Tally, al ver que también ella había llegado al bosque.

Recordó lo que los especiales le habían dicho más de una vez: «No queremos hacerte daño, pero lo haremos si es necesario».

Hablaban en serio, como siempre.

Salió tambaleándose del bosque, aturdida, con el petate colgado al hombro.

—¿Has encontrado algo? —preguntó David.

Tally no respondió.

David se fijó en su expresión y se bajó de la tabla de un salto.

—¿Qué ha pasado?

—Lo han atrapado y lo han matado.

David la miró boquiabierto, e inspiró despacio.

—Vamos, Tally, tenemos que irnos.

Tally parpadeó. La luz del sol parecía distorsionada, retorcida de forma anómala, igual que el cuello del Jefe. Era como si el mundo se hubiese deformado horriblemente mientras ella estaba entre los árboles.

—¿Adónde vamos? —murmuró.

—Tenemos que ir a casa de mis padres.

Az y Maddy

David volaba tan rápido por encima de la cadera montañosa que Tally pensó que se caería. Se aferró con los dedos a la chaqueta de David para sujetarse, agradecida por las suelas deslizantes de su nuevo calzado.

—Escucha, David —dijo Tally—. El Jefe se enfrentó a ellos, y por eso lo mataron.

—Mis padres también se habrían resistido.

Tally se mordió el labio inferior y se concentró en mantenerse sobre la tabla. Cuando llegaron al acceso más próximo a la aerovía que llevaba a casa de sus padres, David se apeó de un salto y bajó la pendiente como una exhalación.

Tally se dio cuenta de que la tabla aún no estaba cargada del todo y se tomó un momento para desplegarla antes de ir tras él; no tenía prisa por descubrir lo que los especiales les habían hecho a Az y a Maddy. Pero cuando pensó en la posibilidad de que David encontrase a sus padres él solo, corrió tras él.

Tally tardó varios minutos en encontrar el camino entre la densa maleza. Dos noches atrás había llegado allí a oscuras y desde otro lugar. Escuchó por si oía a David, pero no le llegó ningún sonido. Sin embargo, el viento había cambiado de dirección y el olor de humo llegó a través de los árboles.

Quemar la casa no había sido fácil.

Los muros y el tejado de piedra, encajados en la montaña, no habían podido servir de combustible para el fuego. Pero resultaba evidente que los atacantes habían arrojado su propio combustible en el interior de la casa. Las ventanas habían saltado en pedazos hacia fuera, y el vidrio cubría la hierba situada delante de la casa. No quedaba nada de la puerta, salvo unos pocos trozos carbonizados que colgaban de sus bisagras a merced de la brisa.

David estaba allí, incapaz de cruzar el umbral.

—Quédate aquí —dijo Tally.

Atravesó la entrada, aturdida por el aire enrarecido. La luz de la mañana entraba de soslayo, cayendo sobre unas partículas flotantes de ceniza que se arremolinaban como pequeñas galaxias a su paso.

Las tablas del suelo ennegrecidas se desmenuzaban bajo sus pies, dejando a la vista la piedra desnuda. Pero algunas cosas habían sobrevivido al incendio. Seguía allí la estatuilla de mármol, y una de las alfombras que colgaban de la pared permanecía misteriosamente intacta. En la sala de estar, la blancura de unas cuantas tazas de té destacaba con el mobiliario carbonizado.

Tragó saliva. Si los padres de David estaban allí, lo que quedase de ellos sería fácil de encontrar.

Al adentrarse en la casa descubrió una pequeña cocina de cuyo techo colgaban cazuelas y sartenes fabricadas en la ciudad. Su metal combado y ennegrecido continuaba brillando en algunos puntos. Vio una bolsa de harina, y algunas piezas de fruta seca provocaron gruñidos en su estómago vacío.

El dormitorio estaba al final.

Su techo de piedra era bajo e inclinado. La pintura estaba agrietada y ennegrecida por el pavoroso incendio. Tally notó el calor que salía de la cama. El colchón de paja y los gruesos edredones habían sido pasto de las llamas.

Pero Az y Maddy no estaban allí. Tally suspiró aliviada y volvió sobre sus pasos, entrando de nuevo en cada habitación.

Sacudió la cabeza mientras cruzaba la puerta.

—O los especiales se los han llevado, o han logrado escapar.

David asintió y entró en la casa. Tally se dejó caer en el suelo tosiendo. Sus pulmones protestaban a causa del humo y las partículas de polvo que había inhalado. Entonces se dio cuenta de que tenía las manos y los brazos negros de hollín.

Cuando David salió, llevaba un largo cuchillo.

—Extiende las manos.

—¿Qué?

—Las pulseras de las esposas. No puedo soportarlas.

Ella asintió y extendió las manos. Con cuidado, David introdujo la hoja entre la carne y el plástico y la movió hacia delante y hacia atrás para cortar las esposas.

Al cabo de un minuto largo, apartó el cuchillo con un gesto de frustración.

—No funciona.

Tally miró más de cerca. El plástico apenas había quedado marcado. No había visto cómo partía las esposas el especial, pero solo había tardado un momento. Tal vez utilizaban un activador químico.

—Puede que sea alguna clase de plástico para aeronaves —le dijo a David—. Algunos son más fuertes que el acero.

David frunció el ceño.

—Entonces, ¿cómo pudiste separarlas?

Tally abrió la boca, pero no fue capaz de pronunciar una sola palabra. No podía decirle que la habían liberado los propios especiales.

—Además, ¿por qué tienes dos esposas en cada muñeca?

Tally bajó la mirada, recordando que la habían esposado primero cuando fue capturada y luego otra vez delante de la doctora Cable, antes de llevarla a buscar el colgante.

—No lo sé —consiguió responder—. Creo que nos esposaron dos veces. Pero fue fácil romperlas. Las corté contra una roca afilada.

—Eso no tiene sentido. —David miró el cuchillo—. Papá siempre decía que esto era lo más útil que se había traído de la ciudad. Está hecho de aleaciones de alta tecnología y monofilamentos.

Tally se encogió de hombros.

—Tal vez la parte que unía las esposas estuviese hecha de otro material.

David hizo un gesto de incredulidad, sin acabar de aceptar su historia. Al final, se encogió de hombros.

—Vaya, pues tendremos que cargar con las esposas. Pero estoy seguro de una cosa: mis padres no han logrado escapar.

—¿Cómo lo sabes?

David señaló el cuchillo.

—De haber podido huir, mi padre nunca se habría marchado sin esto. Los especiales debieron de sorprenderlos por completo.

—Oh. Lo siento, David.

—Al menos están vivos.

David la miró a los ojos, y Tally vio que el pánico se había esfumado de su rostro.

—Entonces, Tally, ¿aún quieres ir tras ellos?

—Sí, claro.

David sonrió.

—Me alegro —contestó mientras se sentaba a su lado y volvía la vista hacia la casa, sacudiendo la cabeza—. Es curioso, mamá siempre me advirtió que ocurriría esto. A medida que me iba haciendo mayor, trataron de prepararme. Y durante mucho tiempo me pareció que tenían razón. Pero después de todos estos años empecé a dudar. Tal vez mis padres estaban obsesionados. Tal vez, como siempre decían los fugitivos, los de Circunstancias Especiales no existían en realidad.

Tally asintió en silencio, sin atreverse a hablar.

—Y ahora que ha sucedido, parece aún menos real.

—Lo siento, David —dijo Tally—. No te preocupes, los encontraremos.

—Antes hay que hacer una parada.

—¿Dónde?

—Tal como te he dicho, mis padres tomaron sus precauciones desde que fundaron el Humo.

—Como asegurarse de que supieses cuidarte tú solo —dijo ella tocando el suave cuero de su chaqueta.

David le sonrió quitándole a su vez un poco de hollín de la mejilla.

—Hicieron mucho más que eso. Ven conmigo.

En el interior de una cueva situada cerca de la casa, con una entrada tan pequeña que Tally tuvo que entrar arrastrándose, David le mostró el alijo que sus padres habían mantenido oculto durante veinte años.

Había depuradores de agua, localizadores de dirección, ropa ligera y sacos de dormir; teniendo en cuenta cómo vivían los habitantes del Humo, allí había una auténtica fortuna en material de supervivencia. Las cuatro aerotablas tenían un aspecto anticuado, pero estaban equipadas con los mismos elementos que la doctora Cable le había proporcionado a Tally para el viaje al Humo, y había un paquete de sensores ventrales de repuesto, sellados contra la humedad. Todo era de la más alta calidad.

—Vaya, hicieron planes con anticipación.

—Siempre los hacían —dijo David. Cogió una linterna y probó su luz en la piedra—. Cada vez que venía aquí a revisar todas estas cosas, imaginaba este momento. Un millón de veces planifiqué con todo detalle lo que debería coger en caso de necesidad. Parece que, de tanto imaginarlo, haya acabado cumpliéndose.

—No es culpa tuya, David.

—Si hubiese estado aquí…

—En este momento estarías en un aerovehículo de Circunstancias Especiales, esposado, sin posibilidades de rescatar a nadie.

—Sí, y en cambio estoy aquí —dijo mirándola—. Pero al menos tú también estás. Eres lo único con lo que no contaba cuando hacía mis planes imaginarios: una aliada inesperada.

Tally consiguió sonreír.

David cogió una gran bolsa impermeable.

—Estoy muerto de hambre.

Tally asintió, y notó cómo la cabeza le daba vueltas por un momento. No había comido nada desde hacía dos noches.

David rebuscó en la bolsa.

—Hay mucha comida instantánea. Veamos: VerdArroz, Fide-Curry, AlboNabos, VegeThai… ¿Qué prefieres?

Tally inspiró profundamente. Volvía a sus orígenes.

—Lo que sea, menos EspagBol.

La plaga del petróleo

Tally y David partieron al atardecer.

Cada uno volaba con dos aerotablas. Unidas entre sí como un sándwich, las tablas emparejadas podían cargar con el doble de peso, la mayor parte en bolsas colgadas de la cara inferior. Se llevaron un montón de cosas útiles, junto con las revistas que el Jefe había logrado salvar. Sucediera lo que sucediese, la vida en el Humo se había terminado.

Tally tomó con cuidado el río que bajaba de la montaña. El peso adicional se balanceaba debajo de ella como una bola de preso alrededor de ambos tobillos. Al menos volvía a llevar pulseras protectoras.

Su trayecto iba a seguir un camino muy distinto del que Tally había tomado para llegar hasta allí. Aquella ruta había sido pensada para que fuese fácil de seguir e incluía un viaje en helicóptero con los guardabosques. Esta no sería tan directa. Sobrecargados como iban, Tally y David no podían recorrer a pie ni siquiera breves distancias. Cada centímetro del viaje debía desarrollarse sobre zonas que pudiesen sobrevolarse con aerotablas, por mucho que tuviesen que desviarse. Y después de la invasión, tenían que evitar todas las ciudades.

Por fortuna, David había hecho decenas de veces el viaje entre el Humo y la ciudad de Tally, en solitario y con imperfectos inexpertos a remolque. Conocía los ríos y raíles, las ruinas y los filones naturales, así como decenas de rutas de escape que había previsto por si alguna vez se veía perseguido por las autoridades de la ciudad.

—Diez días —anunció cuando salieron—. Si volamos toda la noche y permanecemos en tierra durante el día.

—Suena bien —dijo Tally, aunque en su fuero interno se preguntaba si llegarían a tiempo para salvar a alguien de la operación.

En la primera noche de viaje abandonaron el riachuelo que llevaba hasta la colina que parecía una cabeza calva y siguieron el lecho de un arroyo seco a través de las flores blancas, que los llevó hasta el límite de un vasto desierto.

—¿Cómo vamos a cruzarlo?

David señaló una hilera de siluetas oscuras que se alzaban en la arena hasta perderse en la distancia.

—Antes eran torres conectadas mediante cables de acero.

—¿Para qué servían?

—Transportaban electricidad desde un parque eólico hasta una de las viejas ciudades.

Tally frunció el ceño.

—No sabía que los oxidados utilizasen energía eólica.

—No todos estaban locos, aunque sí la mayoría —explicó David encogiéndose de hombros—. Tienes que recordar que descendemos de los oxidados y que seguimos utilizando su tecnología básica. Algunos de ellos actuaron con cordura.

Los cables aún yacían enterrados en el desierto, protegidos por las arenas cambiantes y una escasez casi total de lluvias. En algunos puntos se habían roto u oxidado, por lo que Tally y David tenían que volar con cuidado, con los ojos clavados en los detectores de metal de las tablas. Cuando llegaban a un hueco que no podían saltar, desenrollaban un largo trozo de cable que llevaba David y a continuación acompañaban las tablas por encima de él, guiándolas como si fuesen burros reticentes cruzando un puente peatonal antes de enrollarlo otra vez.

Tally nunca había visto un desierto de verdad. Le habían enseñado en la escuela que estaban llenos de vida, pero este era como los desiertos que imaginaba de pequeña, monótonas dunas que se extendían en la distancia, una tras otra. Nada se movía, salvo lentas serpientes de arena arrastradas por el viento.

Tally solo conocía el nombre de un gran desierto del continente.

—¿Es el Mojave?

David negó con la cabeza.

—Este no es tan grande y, además, no es natural. Estamos donde empezaron a crecer las flores blancas.

Tally emitió un silbido. La arena parecía interminable.

—¡Qué desastre!

—Una vez que desapareció la maleza, sustituida por las orquídeas, no quedaba nada que sujetase la tierra. Se la llevó el viento, y todo lo que queda es arena.

—¿Alguna vez dejará de ser un desierto?

—Claro, dentro de mil años tal vez. Puede que entonces alguien haya encontrado una forma de impedir que sigan proliferando las flores. De lo contrario, el desierto seguirá avanzando.

En torno al alba llegaron a una ciudad oxidada, un grupo de edificios corrientes varados en el mar de arena.

El desierto la había ido invadiendo a lo largo de los siglos. Las dunas atravesaban las calles, pero los edificios se hallaban en mejor estado que otras ruinas que Tally había visto. La arena desgastaba los contornos de las cosas, pero no las derribaba con tanta avidez como la lluvia y la vegetación.

Ninguno de ellos estaba cansado todavía, pero no era conveniente viajar durante el día; el desierto no podía protegerlos ni del sol ni del aire. Acamparon en el segundo piso de una nave industrial que conservaba la mayor parte del tejado. Antiguas máquinas, grandes como aerovehículos, permanecían inertes a su alrededor.

—¿Qué era este sitio? —preguntó Tally.

—Creo que aquí hacían periódicos —dijo David—. Eran como libros, pero la gente los tiraba y adquiría uno nuevo cada día.

—Estás de broma.

—En absoluto. ¡Y a ti te parecía que malgastábamos los árboles en el Humo!

Tally encontró una zona iluminada por el sol, que brillaba a través de un trozo de techo derrumbado, y desplegó las aerotablas para que se recargasen. David sacó dos paquetes de EnsaHuevo.

—¿Saldremos del desierto esta noche? —preguntó ella, observando a David, que dejaba caer las últimas gotas de agua embotellada en los depuradores.

—Sin duda. Llegaremos al próximo río antes de medianoche.

A Tally le volvió a la memoria un comentario que había hecho Shay tiempo atrás, la primera vez que le enseñó su kit de supervivencia.

—¿De verdad es posible hacer pis en un depurador y luego bebérselo?

—Sí, yo lo he hecho.

Tally hizo un gesto de asco y se asomó a la ventana.

—No debería haberlo preguntado.

David se situó detrás de ella, riéndose por lo bajito y apoyándole las manos en los hombros.

—Es increíble lo que es capaz de hacer la gente para sobrevivir —dijo.

Ella suspiró.

—Lo sé.

La ventana daba a una bocacalle protegida en parte del desierto invasor. Había unos cuantos vehículos terrestres quemados y medio enterrados, cuyas estructuras ennegrecidas destacaban contra la arena blanca.

Tally frotó las pulseras de las esposas que seguían rodeando sus muñecas.

—Desde luego, los oxidados querían sobrevivir. En todas las ruinas que he visto, esos coches están por todas partes, como si la gente hubiera intentado salir de la ciudad. Pero da la sensación de que no lo lograron.

—Algunos consiguieron escapar, pero no en coches.

Tally se recostó sobre David, reconfortada por la calidez de su cuerpo. Era temprano todavía, y el sol era demasiado débil para eliminar con su fuego el frío del desierto.

—Es curioso. En la escuela nunca nos han explicado en profundidad cómo se produjo el último estallido de pánico colectivo, cuando el mundo de los oxidados se vino abajo. Se encogen de hombros y dicen que sus errores se fueron acumulando hasta que todo se derrumbó como un castillo de naipes.

—Eso es cierto solo en parte. El Jefe tenía algunos libros viejos sobre el tema.

—¿Y qué decían?

—Bueno, los oxidados vivían realmente en un castillo de naipes, pero alguien le dio un buen empujón. Nadie averiguó nunca quién fue. Tal vez fuese un arma de los oxidados que se les escapó de las manos. Tal vez fuese gente de algún país pobre a la que no le gustaba cómo llevaban las cosas los oxidados. Tal vez fuese solo un accidente, como las flores, o algún científico solitario que quiso fastidiar las cosas.

—Pero ¿qué ocurrió?

—Un germen quedó suelto, pero no infectó a la gente, sino al petróleo.

—¿El petróleo?

David asintió.

—El petróleo es orgánico y está compuesto de viejas plantas, fósiles y demás. Alguien creó una bacteria que se lo comía. Las esporas se difundían por el aire, y cuando caían sobre el petróleo, procesado o crudo, germinaban, como una especie de moho o algo así. Cambiaban la composición química del petróleo. ¿Alguna vez has visto fósforo?

—Es un elemento químico, ¿no?

—Sí, y se prende en contacto con el aire.

Tally asintió. Recordaba haber jugado con fósforo en clase de química, protegida por unas gafas y bromeando acerca de todas las correrías que se podían hacer. Pero a nadie se le había ocurrido nunca un juego que pudiera ser letal.

—El petróleo infectado por esa bacteria era tan inestable como el fósforo. Explotaba en contacto con el oxígeno. Y al arder desprendía las esporas, que se propagaban a través del aire. Hasta que las esporas llegaban al siguiente coche, avión o pozo de petróleo y empezaban a crecer otra vez.

—¡Madre mía! Y utilizaban petróleo para todo, ¿verdad?

David asintió.

—Como esos coches de ahí abajo. Debieron de infectarse mientras trataban de salir de la ciudad.

—¿Por qué no escaparon andando?

—Supongo que por estupidez.

Tally volvió a estremecerse, aunque no por el frío. Era difícil pensar en los oxidados como personas reales, y no como una simple civilización de la historia, a veces idiota, peligrosa y hasta cómica. Pero allí abajo había seres humanos, o lo que quedase de ellos tras cientos de años, sentados aún en sus coches ennegrecidos, como si aún tratasen de escapar de su destino.

—Me pregunto por qué no nos cuentan todo eso en clase de historia. Me sorprende, porque siempre nos explican anécdotas en las que los oxidados resultan patéticos.

—Tal vez no querían que os dieseis cuenta de que cada civilización tiene su punto débil —respondió David en voz baja—. Siempre dependemos de algo. Si alguien nos lo quita, todo lo que queda de nosotros es alguna anécdota contada en una clase de historia.

—Nosotros no —dijo ella—. Energía renovable, recursos sostenibles, una población fija...

Sonó el timbre de los dos depuradores, y David la dejó para ir a buscarlos.

—El punto débil no tiene por qué estar relacionado con la economía —dijo mientras traía la comida—. Podría tratarse de una simple idea.

Tally se volvió para coger su EnsaHuevo. Puso las manos encima del recipiente para aprovechar su calor, y solo entonces advirtió que David estaba muy serio.

—Entonces, David, ¿en esas cosas pensabas todos estos años cuando imaginabas la invasión del Humo? ¿Alguna vez te preguntaste qué convertiría a las ciudades en historia?

David sonrió y dio un buen bocado.

—Está cada vez más claro.

Visiones familiares

Llegaron al límite del desierto a la noche siguiente, tal como estaba previsto, y a continuación siguieron un río durante tres días en dirección al mar. El río los llevó aún más al norte, donde el fresco de octubre superaba con creces al frío del invierno en la ciudad. David sacó ropa polar fabricada en la ciudad con un material fuerte, flexible y duradero, y de color plateado, que Tally se puso encima de su jersey hecho a mano, la única posesión que le quedaba del Humo. Se alegraba de haberse quedado dormida con el jersey puesto la noche anterior a la invasión de los especiales, así no se había destruido como todo lo demás.

A Tally las noches transcurridas encima de la tabla se le hacían muy llevaderas. En aquel viaje, no había ninguna pista misteriosa de Shay a la que darle vueltas, ni incendios de maleza de los que escapar, ni tampoco antiguas máquinas de los oxidados a punto de matarla de un susto. El mundo parecía vacío, a excepción de las ruinas ocasionales, como si Tally y David fuesen los últimos supervivientes en él.

Complementaban su dieta con pescado del río, y en una ocasión Tally asó un conejo en una hoguera que había encendido ella misma. También observó cómo David reparaba sus prendas de cuero y pensó que nunca sería capaz de manejar aguja e hilo. David le enseñó a observar las estrellas para distinguir la hora y la dirección que debían seguir, y por su parte Tally le explicó cómo manipular el software de las tablas a fin de optimizarlas para viajar de noche.

Al llegar al mar viraron hacia el sur, bajando por los tramos septentrionales del mismo ferrocarril costero que Tally había seguido de camino hacia el Humo. David le explicó que antiguamente los raíles se extendían sin interrupción hasta la ciudad natal de Tally e incluso más allá. Sin embargo, ahora había grandes huecos en la vía y nuevas ciudades construidas sobre el mar, por lo que tuvieron que viajar tierra adentro en más de una ocasión. Pero David conocía los ríos, los ramales del ferrocarril y el resto de los caminos metálicos que los oxidados habían dejado tras de sí, por lo que se dirigían a buen ritmo hacia su objetivo.

Solo les detuvo el mal tiempo. Después de viajar durante unos días por la costa, apareció sobre el océano una oscura y amenazadora masa de nubes. Al principio, la tormenta parecía reacia a llegar hasta la orilla, y fue conteniendo su virulencia a lo largo de veinticuatro horas, durante las cuales los cambios de la presión atmosférica dificultaron el manejo de las aerotablas. La tormenta dio muchos avisos antes de llegr, pero cuando por fin se materializó, fue mucho peor de lo que Tally se hubiera podido imaginar.

Nunca había afrontado la fuerza de un huracán, salvo desde el interior de las sólidas construcciones de su ciudad. Era otra lección sobre el salvaje poder en estado puro de la naturaleza.

Durante tres días, Tally y David se acurrucaron en una tienda de plástico, en el refugio que les ofrecía un afloramiento rocoso, quemando barras fluorescentes para obtener calor y luz, confiando en que los imanes de las aerotablas no atrajesen los rayos. A lo largo de las primeras horas, la fuerza de la tormenta los mantuvo fascinados; estaban asombrados ante su poder y solo pensaban en cuándo sacudiría los acantilados el siguiente trueno. Luego, la lluvia torrencial se hizo simplemente monótona, y pasaron un día entero hablando de todo, en especial de su infancia, hasta que Tally tuvo la convicción de que comprendía a David mejor que a ningún otro. El tercer día que pasaron atrapados en la tienda tuvieron una fuerte discusión —Tally nunca recordaría el motivo— que acabó cuando David salió furioso y permaneció solo en medio de la ventisca helada durante una larga hora. Cuando por fin regresó, tardó horas en dejar de tiritar, pese a hallarse entre los brazos de Tally.

—Estamos tardando demasiado —dijo David por fin.

Tally lo estrechó con más fuerza aún. Preparar a los pacientes para la operación requería tiempo, sobre todo si eran mayores de dieciséis años. Aun así, la doctora Cable no esperaría toda la vida para operar a los padres de David. Cada día que se retrasaban por la tormenta, mayores posibilidades había de que Az y Maddy hubiesen pasado ya por el quirófano. En el caso de Shay, que tenía la edad perfecta para operarse, las perspectivas eran menos halagüeñas.

—Llegaremos, no te preocupes. A mí me midieron todas las semanas durante un año antes de la fecha prevista para operarme. Se requiere tiempo para hacerlo bien.

David se estremeció.

—Tally, ¿y si no se molestan en hacerlo bien?

La tormenta acabó a la mañana siguiente, y al salir de la tienda descubrieron que los colores del mundo se habían transformado. Las nubes eran de un rosa vivo, la hierba de un verde increíble, y el océano estaba más oscuro que nunca, hasta el punto de que solo se distinguía por las crestas de espuma de las olas y unos trozos de madera flotante que habían sido arrastrados mar adentro por el viento. Volaron durante todo el día para recuperar el tiempo perdido, prácticamente en estado de shock, asombrados de que el mundo pudiese existir tras la tormenta.

A continuación, la vía del ferrocarril giró hacia el interior, y unas cuantas noches después llegaron a las Ruinas Oxidadas.

Las ruinas parecían más pequeñas, como si las agujas se hubiesen encogido desde que Tally las sobrevoló un mes atrás para dirigirse al Humo con la nota de Shay y una mochila llena de EspagBol. Ahora, mientras pasaba por las calles oscuras en compañía de David, Tally ya no sentía que los fantasmas de los oxidados la amenazaban desde las ventanas.

—La primera vez que vine aquí de noche, este lugar me dio mucho miedo —dijo.

David asintió.

—Está todo tan bien conservado que resulta espeluznante. De todas las ruinas que he visto, estas parecen las más recientes.

—Las rociaron con algo para mantenerlas y organizar excursiones.

Tally se dio cuenta de que, en cierto modo, lo mismo ocurría con su ciudad. Nada se dejaba al azar. Todo se convertía en un soborno, una advertencia, una lección.

Guardaron casi todo el equipo en un edificio derrumbado que estaba lejos del centro, una construcción desmoronada que seguramente evitarían hasta los imperfectos que hacían novillos. Se llevaron solo los depuradores de agua, una linterna y unos cuantos paquetes de comida. Las ruinas eran el lugar más cercano a la ciudad en el que había estado David, así que, por una vez, fue Tally quien tomó la iniciativa, siguiendo el filón de hierro que Shay le había mostrado meses atrás.

—¿Crees que volveremos a ser amigas? —preguntó Tally mientras caminaban hacia el río, cargando con las tablas por primera vez en todo el viaje.

—¿Shay y tú? Por supuesto.

—Pero cuando sepa que tú y yo...

—Cuando la hayamos rescatado de los especiales, supongo que te lo perdonará todo.

Tally se quedó en silencio. Shay ya había adivinado que Tally había traicionado al Humo. Dudaba que nada compensase eso jamás.

Al llegar al río, bajaron por las aguas embravecidas a toda velocidad, contentos de haberse librado por fin de las pesadas bolsas. Con las salpicaduras en la cara y el rugido del agua a su alrededor, Tally casi podía imaginarse que estaba en una de sus expediciones, cuando era una despreocupada cría de ciudad y no una...

¿Qué era ahora? Ya no era una espía y tampoco se podía considerar una habitante del Humo. No era una perfecta, pero tampoco se sentía imperfecta. No era nada en particular, pero al menos tenía un objetivo.

Apareció la ciudad.

—Ahí está —le gritó a David por encima del agua agitada—. Pero ya has visto ciudades antes, ¿verdad?

—He estado igual de cerca de algunas, pero no mucho más.

Tally contempló el perfil harto familiar, la estela de los fuegos artificiales que dibujaban las torres de fiesta y las mansiones. Sintió una punzada de algo parecido a la añoranza, pero mucho peor. La visión de Nueva Belleza siempre la había seducido, pero ahora parecía vacía de todas sus promesas. Como David, ella había perdido su hogar. Sin embargo, a diferencia del Humo, su ciudad aún existía, justo delante de sus ojos, aunque había perdido todo su significado.

—Aún nos quedan unas cuantas horas antes del alba —dijo—. ¿Quieres echar un vistazo a Circunstancias Especiales?

—Cuanto antes, mejor —dijo David.

Tally asintió mientras sus ojos reseguían las zonas de luz y oscuridad que rodeaban la ciudad. Tenían tiempo de llegar hasta allí y regresar antes del amanecer.

—Vamos, pues.

Siguieron el río hasta llegar al círculo de árboles y matorrales que separaba Feópolis de los suburbios. El cinturón verde era el mejor lugar para viajar sin ser visto, y además era agradable volar por él.

—¡No corras tanto! —murmuró David desde atrás, mientras ella pasaba entre los árboles como una flecha.

Tally aminoró la velocidad.

—No hace falta que susurres. Nadie viene aquí de noche. Es territorio imperfecto, y todos están en la cama, salvo que estén haciendo de las suyas.

—De acuerdo —dijo él—. Pero ¿no deberíamos tener más cuidado con las aerovías?

—¿Aerovías? David, las aerotablas funcionan por toda la ciudad. Hay rejas metálicas por todas partes.

—Ah, está bien.

Tally sonrió. Se había acostumbrado tanto a vivir en el mundo de David que resultaba reconfortante explicarle las cosas a él por una vez.

—¿Qué pasa? —se burló—. ¿Te quedas atrás?

David sonrió.

—Ponme a prueba.

Tally se volvió y se lanzó hacia delante como una exhalación, dibujando un zigzag entre los altos álamos mientras dejaba que su instinto la guiase.

Recordó sus dos viajes en aerovehículo hasta Circunstancias Especiales. Habían volado por el cinturón verde hacia el extremo de la ciudad y luego hacia el anillo de transporte, la zona industrial situada entre los suburbios de los perfectos medianos y Ancianópolis, más al exterior. Lo difícil sería cruzar los barrios del extrarradio, una zona en la que era arriesgado tener una cara imperfecta. Por fortuna, los perfectos medianos se acostaban temprano, al menos la mayoría.

Hizo una carrera con David en torno al cinturón verde, hasta que las luces del gran hospital aparecieron al otro lado del río, justo delante de ellos. Tally recordó aquella mañana terrible, cuando se vio privada de la operación prometida y fue trasladada en aero-vehículo para ser interrogada. Le habían arrebatado el futuro. Adoptó una expresión sombría al darse cuenta de que esta vez era ella quien iba en busca de Circunstancias Especiales.

Tally se estremeció mientras salían del cinturón verde. Una parte minúscula de ella aún esperaba que su anillo de comunicación le advirtiese que estaba saliendo de Feópolis. ¿Cómo había soportado aquella estupidez durante dieciséis años? Entonces le parecía natural, pero ahora la idea de que le siguieran la pista, la controlasen y la sermoneasen constantemente le parecía repulsiva.

—Acércate más —le dijo a David—. Aquí tenemos que hablar en voz muy baja.

De pequeña, Tally había vivido con Sol y Ellie en los barrios de los perfectos medianos. Pero entonces su mundo era patéticamente diminuto: unos cuantos parques, el camino a la escuela, un rincón del cinturón verde por el que se colaba para espiar a los imperfectos... Como las Ruinas Oxidadas, ahora las casas y jardines bien alineados le parecían mucho más pequeños, un pueblo interminable de casas de muñecas.

Volaron agachados, rozando los tejados. Si alguien estaba despierto y salía a correr o a pasear al perro, con un poco de suerte no miraría hacia arriba. Sus tablas pasaban apenas a un palmo de las casas, y el dibujo de las tejas los hipnotizaba. Solo se encontraron con pájaros en sus nidos y gatos que salían despavoridos o se apartaban sorprendidos.

El extrarradio se acabó de pronto. Una última franja de parques se desvaneció en el anillo de transporte, donde las fábricas subterráneas asomaban sus cabezas sobre el suelo y los camiones de carga recorrían carreteras de hormigón las veinticuatro horas del día. Tally elevó su tabla y ganó velocidad.

—¡Tally! —susurró David—. ¡Nos verán!

—Relájate. Esos camiones son automáticos. Nadie viene por aquí, y menos aún de noche.

Nervioso, David se quedó mirando los pesados vehículos.

—Mira, ni siquiera tienen faros.

Tally señaló un gigantesco tren de carretera. La única luz que emitía era un tenue parpadeo rojo que indicaba que el láser de navegación estaba leyendo los códigos de barras pintados en la carretera.

Continuaron adelante, aunque David seguía mirando con suspicacia los vehículos que se movían bajo sus pies.

Pronto, un punto de referencia conocido se alzó por encima del polígono industrial.

—¿Ves esa colina? Circunstancias Especiales está justo debajo. Subiremos a la cima y echaremos un vistazo.

La colina era demasiado empinada para instalar una fábrica, y al parecer demasiado grande y sólida para aplanarla con explosivos y bulldozers, así que destacaba en la llanura como una pirámide torcida, empinada por un lado e inclinada por el otro, cubierta de maleza y hierba seca. Subieron rozando la ladera inclinada, esquivando rocas y árboles fuertemente arraigados a la tierra, hasta llegar a la cima.

Desde aquella altura, Tally pudo ver todo el camino que llevaba a Nueva Belleza. La periferia de la ciudad estaba a oscuras, y los edificios bajos y marrones de Circunstancias Especiales solo estaban iluminados por la luz cegadora de los focos de seguridad.

—Ahí abajo —dijo ella en un susurro.

—No parece gran cosa.

—La mayor parte está bajo tierra. No sé hasta dónde llega.

Se quedaron en silencio, mirando el grupo de edificios. Desde allí arriba, Tally veía con claridad la alambrada, que se extendía alrededor de los edificios en un cuadrado casi perfecto. Eso significaba que se tomaban la seguridad muy en serio. No había muchas barreras en la ciudad, al menos visibles. Si se suponía que no debías estar en algún sitio, tu anillo de comunicación te advertía con toda cortesía que debías marcharte.

—Esa alambrada parece lo bastante baja para volar por encima.

Tally negó con la cabeza.

—No es una alambrada normal; tiene unos sensores instalados. Si te acercas a veinte metros, los especiales saben que estás ahí. Lo mismo ocurre si tocas el suelo a esa distancia.

—¿Veinte metros? Demasiada altura para salvarla con las tablas. ¿Qué hacemos entonces?, ¿llamar a la puerta?

—No veo ninguna puerta. Yo entré y salí en aerovehículo.

David tamborileó con los dedos sobre la tabla.

—¿Y si robamos uno?

—¿Un aerovehículo? —Tally emitió un silbido—. Eso sí que estaría bien. Sé de imperfectos que robaban aerovehículos para pasar un rato divertido, pero nunca he oído que nadie se atreviera a robar un aerovehículo de Circunstancias Especiales.

—Entonces es una pena que no podamos saltar.

Tally entornó los ojos.

—¿Saltar?

—Desde aquí. Bajar con las aerotablas hasta el pie de la colina, subir a toda velocidad y luego saltar más o menos desde este punto. Seguramente alcanzaríamos el corazón del edificio.

—Nos estrellaríamos.

—Sí, supongo. Incluso con pulseras protectoras, seguramente se nos dislocarían los brazos después de una caída como esa. Necesitaríamos paracaídas.

Tally miró hacia abajo, trazando mentalmente la trayectoria desde la cima de la colina. Cuando David empezó a hablar otra vez, le hizo callar. Los engranajes de su cerebro giraban a toda velocidad. Recordó la fiesta en la Mansión Garbo. Parecía que hubiesen transcurrido años desde entonces.

Por fin esbozó una sonrisa.

—Paracaídas no, David. Arneses de salto.

Cómplices

—Hay tiempo suficiente si nos damos prisa.

—¿Tiempo de qué?

—De pasar por la escuela de bellas artes de Feópolis. En el sótano tienen un perchero lleno de arneses de salto sobrantes.

David inspiró profundamente.

—Vale.

—No estarás asustado, ¿verdad?

—No… —empezó a decir David componiendo una mueca—. Es que nunca he visto tanta gente.

—¿Gente? Pero si no hemos visto a nadie.

—Ya, pero todas esas casas de camino hasta aquí… No dejo de pensar en que todas esas casas están atestadas de gente.

Tally se echó a reír.

—¿Te parece que los barrios del extrarradio están atestados de gente? Espera a que lleguemos a Feópolis.

Tomaron el camino de vuelta, sobrevolando los tejados a toda velocidad. El cielo estaba negro como boca de lobo, pero Tally ya había aprendido a guiarse por las estrellas lo suficiente para saber que solo faltaban un par de horas para los primeros tonos del amanecer.

Al llegar al cinturón verde volvieron por donde habían venido. Ninguno de los dos hablaba, concentrados como estaban en evitar los árboles. Aquel arco del cinturón los llevó a través del parque Cleopatra, donde Tally sorteó los banderines de eslalon en recuerdo de los viejos tiempos. Tuvo una sensación extraña mientras pasaban por el camino que bajaba hasta su antigua residencia. Durante un instante le pareció que debía tomar el desvío, entrar por la ventana y meterse en la cama.

Pronto aparecieron las agujas de la escuela de bellas artes de Feópolis, y Tally le indicó a David que debían detenerse.

Parecía que había transcurrido un millón de años desde que Tally y Shay tomaron prestado uno de los arneses de salto para su última aventura, el salto de Shay sobre los nuevos imperfectos en la biblioteca de la residencia. Tally se dirigió hasta la ventana exacta que habían forzado, un cristal sucio y olvidado, oculto tras unos arbustos decorativos, y vio que seguía abierta.

Tally no podía creerse que, dos meses atrás, el robo de los arneses le pareciera una gran hazaña. Entonces, la broma de la biblioteca era la más descabellada que Shay y ella podían imaginar. Ahora veía las correrías de jóvenes como lo que eran en realidad: una forma de que los imperfectos se desahogasen hasta cumplir los dieciséis años, una mera distracción sin sentido hasta que su naturaleza rebelde desapareciese al alcanzar la edad adulta y someterse a la operación.

—Dame la linterna y espera aquí.

Se deslizó en el interior, buscó el perchero de arneses de salto, se hizo con dos y en menos de un minuto estuvo de vuelta. Al salir por la ventana, encontró a David mirándola boquiabierto.

—¿Qué? —preguntó ella.

—Es que eres tan… buena en todo esto. Estás tan segura de ti misma… A mí me pone nervioso el simple hecho de estar dentro de los límites de la ciudad.

Tally sonrió.

—Esto no es nada. Todo el mundo lo hace.

Aun así, Tally se alegraba de impresionar a David con sus habilidades para el robo. En las últimas semanas él le había enseñado a encender fuego, descamar pescado, montar una tienda e interpretar un mapa topográfico. Era agradable ser la más competente de los dos, para variar.

Volvieron sigilosamente al cinturón verde y alcanzaron el río antes de que en el cielo apenas llegase a aparecer una franja rosada. Mientras pasaban a toda velocidad por las aguas embravecidas y el filón, avistaron las ruinas justo cuando el cielo empezaba a clarear.

—Entonces, ¿mañana por la noche? —preguntó Tally durante el descenso a pie.

—No tiene sentido esperar.

—No.

Al contrario, había muchos motivos para intentar el rescate lo antes posible. Habían pasado más de dos semanas desde la invasión del Humo.

David carraspeó.

—Bueno, y ¿cuántos especiales crees que habrá allí?

—Cuando yo estuve había muchos. Pero eso de día. Supongo que tienen que dormir en algún momento.

—Entonces estará vacío por la noche.

—Lo dudo. Pero tal vez solo haya unos cuantos guardias —se limitó a responder Tally.

Un solo especial sería muy superior a un par de imperfectos. Ninguna sorpresa, por grande que fuese, compensaría la fuerza y los reflejos superiores de los perfectos crueles.

—Solo tendremos que asegurarnos de que no nos vean —añadió la chica al cabo de unos instantes.

—Desde luego. O confiar en que tengan otra cosa que hacer esa noche.

Tally caminaba fatigosamente. El agotamiento se había apoderado de ella ahora que estaban seguros fuera de la ciudad, y su seguridad en sí misma menguaba a cada paso. Habían viajado hasta allí sin pensar demasiado en la tarea que les aguardaba. Rescatar a alguien de Circunstancias Especiales no era una aventura de imperfectos más, como robar un arnés de salto o remontar el río a escondidas. Era un asunto serio.

Y si bien seguramente Croy, Shay, Az y Maddy estaban encerrados en aquellos horribles edificios subterráneos, siempre existía la posibilidad de que los del Humo hubiesen sido llevados a otra parte. Y aunque no fuese así, el laberinto color vómito de Circunstancias Especiales era muy grande, y no iba a ser fácil localizar a los prisioneros.

—Ojalá tuviésemos algo de ayuda —murmuró.

La mano de David se apoyó en su hombro.

—Puede que la tengamos.

Tally lo observó inquisitivamente y luego siguió la mirada de David hacia las ruinas. En la cima de la aguja más alta, se vislumbraban los últimos parpadeos de una bengala de seguridad.

Allí abajo había imperfectos.

—Me están buscando a mí —dijo David.

—¿Y qué hacemos?

—¿Hay otro camino que lleve a la ciudad? —preguntó David.

—No. Vendrán caminando por este mismo sendero.

—Entonces vamos a esperarlos.

Tally entornó los ojos para observar las ruinas. La bengala se había extinguido, y no se veía nada a la luz del amanecer, que empezaba a extenderse por el cielo. Quienes estaban allí habían esperado hasta el último minuto para regresar a casa.

Por supuesto, si buscaban a David, aquellos imperfectos eran fugitivos en potencia. Mayores rebeldes, no demasiado preocupados por perderse el desayuno.

Ella se volvió hacia David.

—Entonces, supongo que aún hay imperfectos que te buscan, y no solo aquí.

—Por supuesto —respondió David—. Los rumores seguirán a lo largo de generaciones, en todas las ciudades, tanto si estoy aquí como si no. Al encender una bengala no suele obtenerse respuesta, por lo que pasará mucho tiempo antes de que incluso los imperfectos a los que he conocido lleguen a la conclusión de que no voy a presentarme. Y la mayoría de ellos ya no creen siquiera que el Humo...

Tally cogió su mano. Por un momento, David había olvidado que el Humo ya no existía en realidad.

Esperaron en silencio, hasta que llegó hasta ellos el sonido de pasos trepando por las rocas. Parecían tres o cuatro imperfectos, hablando en voz baja como si aún recelasen de los fantasmas de las Ruinas Oxidadas.

—Fíjate —susurró David mientras sacaba una linterna de su bolsillo.

Se puso en pie, dirigió la luz hacia su cara y la encendió.

—¿Me buscáis a mí? —preguntó en voz alta y autoritaria.

Los tres imperfectos se quedaron inmóviles, con los ojos y la boca muy abiertos.

—¿Quién eres? —consiguió articular una de las chicas.

—Soy David.

—¡Oh! ¿Quieres decir que eres…?

—¿Real? —David acabó la frase mientras apagaba la linterna y sonreía—. Sí. Me lo preguntan a menudo.

Se llamaban Sussy, An y Dex, y llevaban ya un mes acudiendo a las ruinas. Hacía años que oían rumores sobre el Humo, desde que un imperfecto de su residencia se había fugado.

—Yo acababa de trasladarme a Feópolis —dijo Sussy—, y Ho era uno de los mayores. Cuando desapareció, todo el mundo tenía teorías descabelladas sobre su lugar de destino.

—¿Ho? —David asintió—. Lo recuerdo. Se quedó unos cuantos meses, pero luego cambió de opinión y regresó. Ahora es un perfecto.

—Pero ¿de verdad consiguió llegar al Humo? —preguntó An.

—Sí, lo llevé allí.

—¡Vaya! Entonces es real. —An cambió una mirada emocionada con sus dos amigos—. Nosotros también queremos verlo.

David abrió la boca y volvió a cerrarla mientras desviaba la mirada.

—No podéis —intervino Tally—. Ahora no.

—¿Por qué no? —preguntó Dex.

Tally hizo una pausa. Si explicaban que el Humo había sido destruido por una invasión armada, iba a resultar demasiado inverosímil. Unos meses atrás, ella no se habría creído lo que ocurría en su propia ciudad. Y si reconocía que el Humo ya no existía, el rumor se extendería a lo largo de generaciones de imperfectos. La labor de la doctora Cable habría culminado, aunque algunos habitantes del Humo rescatados consiguiesen crear otra comunidad en el bosque.

—Bueno —explicó—, de vez en cuando el Humo tiene que trasladarse para seguir siendo secreto. Ahora mismo no existe en realidad. La gente está diseminada, así que no reclutamos a nadie.

—¿Todo el lugar se traslada? —preguntó Dex—. ¡Madre mía!

An frunció el ceño.

—Espera. Si no reclutáis a nadie, ¿por qué estáis aquí?

—Para hacer una de las nuestras —dijo Tally—. Tal vez podáis ayudarnos. Y entonces, cuando el Humo esté de nuevo en pie, seréis los primeros en saberlo.

—¿Queréis que os ayudemos? ¿Como iniciación?

—No —respondió David en tono firme—. No obligamos a nadie a hacer nada para entrar en el Humo. Pero si queréis ayudar, Tally y yo os lo agradeceremos.

—Solo necesitamos una maniobra de distracción —aclaró Tally.

—Suena divertido —opinó An.

Miró a los demás, y todos asintieron.

Dispuestos a todo, pensó Tally, como ella antes. No eran niños, de hecho ella les llevaba menos de un año, pero le asombraba lo jóvenes que parecían.

David miró a Tally, esperando que contara el resto de su plan.

Se le tenía que ocurrir de inmediato una maniobra de distracción. Tenía que proponer algo potente. Algo que intrigase lo suficiente a los especiales para investigar.

Algo que llamase la atención de la propia doctora Cable.

—Bueno, necesitaremos muchas bengalas.

—No hay problema.

—Y sabéis cómo entrar en Nueva Belleza, ¿no es así?

—¿La ciudad de Nueva Belleza? —An miró a sus amigos—. Pero ¿no delatan los puentes a todo aquel que cruza el río?

Tally sonrió, encantada como siempre ante la perspectiva de enseñarle a alguien sus habilidades.

Al límite

Tally y David esperaron durante todo el día en las Ruinas Oxidadas. Las manchas de sol avanzaban despacio por el suelo a través del tejado medio derrumbado, como lentos reflectores que marcasen las horas. Tally tardó un buen rato en conciliar el sueño, imaginando el salto desde la cima de la colina hacia la incertidumbre. Al final se durmió, demasiado cansada para soñar.

Cuando despertó al anochecer, se encontró con que David ya había llenado dos mochilas con todo lo que podían necesitar durante el rescate. Volaron hasta el límite de las ruinas, cada uno con dos aerotablas unidas entre sí. Con un poco de suerte, necesitarían las tablas adicionales cuando saliesen de Circunstancias Especiales con los fugitivos a remolque.

Mientras desayunaban junto al río, Tally se entretuvo saboreando sus AlboNabos. Si los atrapaban esa noche, al menos nunca volvería a tomar comida deshidratada. A veces Tally pensaba que casi podía aceptar la lesión cerebral a cambio de no volver a comer fideos rehidratados.

Al caer la noche, Tally y David llegaron a las aguas embravecidas, y cruzaron el cinturón verde en el preciso momento en que las luces de Feópolis se apagaban. A medianoche, estaban en la cima de la colina que dominaba Circunstancias Especiales.

Tally sacó sus prismáticos y los enfocó hacia el interior, en dirección a Nueva Belleza, donde las torres de fiesta empezaban a iluminarse.

David se sopló las manos. El vaho de su aliento resultaba visible en el frío aire de octubre.

—¿De verdad crees que lo harán?

—¿Por qué no? —dijo ella observando los espacios oscuros del mayor jardín del placer de la ciudad—. Parecían dispuestos.

—Sí, pero ¿no se arriesgan mucho? La verdad es que acaban de conocernos.

Tally se encogió de hombros.

—Un imperfecto vive para divertirse. ¿Nunca has hecho algo solamente porque algún desconocido misterioso te resultaba intrigante?

—Una vez le regalé mis guantes a una misteriosa desconocida, lo cual me trajo toda clase de problemas.

Ella bajó los prismáticos y vio que David sonreía.

—Esta noche no pareces tan nervioso —dijo.

—Me alegro de que por fin estemos aquí, listos para entrar en acción. Y ahora que esos tres críos han accedido a ayudarnos, me parece que…

—¿Que esto podría funcionar realmente?

—No, algo mejor —respondió David mirando el recinto de Circunstancias Especiales—. Estaban tan dispuestos a ayudar, solo para causar problemas, solo para hacer una de las suyas… Al principio me quedé destrozado al oírte hablar como si el Humo aún existiese. Pero si hay unos cuantos imperfectos como ellos, puede que vuelva a existir.

—Por supuesto que volverá a existir —contestó Tally dulcemente.

David se encogió de hombros.

—Puede que sí, y puede que no. Pero aunque lo estropeemos todo esta noche y ambos acabemos en el quirófano, al menos alguien seguirá luchando, causando problemas, ¿comprendes?

—Espero que seamos nosotros quienes lo hagamos —dijo Tally.

—Yo también.

David atrajo a Tally hacia sí y la besó. Cuando la soltó, Tally inspiró profundamente y cerró los ojos. Besarle era más agradable ahora que estaba a punto de empezar a deshacer el daño que había causado.

—Mira —dijo David.

Algo ocurría en los espacios oscuros de Nueva Belleza.

Ella alzó sus prismáticos.

Una línea luminosa se abría paso a través de la negra extensión del jardín del placer, como una grieta brillante que hendiese la tierra. A continuación, de una en una, aparecieron más líneas, arcos y círculos trémulos que atravesaban a toda velocidad la oscuridad. Los diversos segmentos parecían cobrar vida al azar, pero al final formaban letras y palabras.

Por fin, todo aquel conjunto resplandeciente estuvo acabado. Algunas partes acababan de nacer mientras las primeras líneas empezaban ya a desvanecerse a medida que las bengalas se apagaban. Pero, por unos momentos, Tally pudo leerlo todo entero, incluso sin prismáticos. Desde Feópolis debía de ser enorme, visible para cualquiera que estuviese mirando con anhelo por su ventana. Decía: EL HUMO VIVE.

Mientras Tally contemplaba cómo se desvanecía el mensaje, descomponiéndose a medida que las bengalas se extinguían, se preguntó si aquellas palabras se correspondían con la realidad.

—Ahí están —dijo David.

Debajo de ellos apareció una gran abertura circular en la azotea del edificio más amplio, y de ella surgieron tres aerovehículos en rápida sucesión que se dirigieron con gran estruendo hacia la ciudad. Tally confiaba en que An, Dex y Sussy hubiesen seguido su consejo y hubiesen abandonado a tiempo Nueva Belleza.

—¿Listo? —preguntó ella.

Como respuesta, David se apretó las correas del arnés de salto y se subió a las tablas.

Volaron colina abajo, dieron la vuelta y comenzaron a ascender de nuevo.

Por enésima vez, Tally comprobó la luz del cuello de su arnés, que seguía verde. Moviéndose junto a ella, vio la luz de David. Ya no cabían excusas.

Fueron ganando velocidad a medida que subían hacia el cielo oscuro. Ante ellos, la colina entera parecía una gigantesca rampa. El viento empujó hacia atrás los cabellos de Tally, que parpadeó al notar los insectos que se estrellaban contra su rostro. Se deslizó con cuidado hacia la parte anterior de las aerotablas unidas, hasta que la punta de una de sus zapatillas antideslizantes quedó suspendida en el vacío.

Entonces el horizonte pareció desvanecerse ante ella, y Tally se agachó, lista para saltar.

La tierra desapareció.

Tally se impulsó con todas sus fuerzas, al tiempo que sus aerotablas descendían por la ladera empinada de la colina, donde se detendrían solas. David y ella habían desconectado sus pulseras protectoras; no querían que las tablas los siguiesen más allá de la alambrada. Aún no.

Tally se elevó en el aire y siguió subiendo durante unos segundos más. La periferia de la ciudad yacía a sus pies como un vasto mosaico de luz y oscuridad. Abrió los brazos y las piernas.

En la cima de su parábola, el silencio era más poderoso que la ingravidez que le formaba un nudo en el estómago, la mezcla de emoción y miedo que la asaltaba, y el viento contra su cara. Tally apartó la vista de la tierra, que la aguardaba en silencio, y se aventuró a mirar a David. Apenas a un metro de distancia, él la miraba también, con el rostro encendido.

Tally le sonrió y se volvió para comprobar que el suelo se iba acercando mientras la velocidad de su caída aumentaba poco a poco. Tal como habían calculado, descendían justo hacia el centro de la alambrada. Tally empezó a prepararse para la horripilante sacudida que provocaría su arnés de salto al levantarla.

Durante lo que pareció una eternidad no sucedió nada, salvo que la tierra siguió acercándose, y Tally volvió a preguntarse si los arneses de salto podrían soportar aquel descenso. Por su cabeza desfilaron cien versiones de lo que podía significar una caída desde aquella altura. Por supuesto, seguramente no se sentiría nada.

Nunca volvería a sentir nada.

La tierra se acercó más y más, y Tally tuvo miedo de que algo hubiera salido mal. Entonces, con repentina violencia, las correas del arnés cobraron vida, clavándose con crueldad en sus muslos y hombros, estrujándole los pulmones hasta dejarlos sin aire, mientras la presión aumentaba como si tuviese una goma enorme alrededor del cuerpo tratando de detenerla. La tierra desnuda del recinto se precipitaba hacia ella, plana, apisonada y muy dura. Ahora el arnés se oponía a su impulso desesperadamente, estrujándola como un puño.

Por fin, aquella goma imaginaria pareció estar a punto de romperse. Tally aminoró la velocidad y se detuvo con una sacudida a poca distancia del suelo, apartando las manos para no tocarlo y sintiendo que los ojos se le salían de las órbitas.

Entonces su caída se invirtió y Tally retrocedió hacia arriba, rebotando boca abajo mientras el cielo y el horizonte giraban a su alrededor como una atracción de parque infantil. En aquellos momentos, Tally no sabía exactamente dónde estaba David. Ese salto era diez veces mayor que el que había hecho desde la Mansión Garbo. ¿Cuántas veces habría que rebotar antes de detenerse?

Ahora volvía a caer mientras la tierra del recinto era sustituida por un edificio situado a sus pies. Estuvo a punto de tocar la azotea con un pie, pero se vio impulsada de nuevo hacia arriba, todavía a merced del impulso de su salto desde la colina.

Consiguió orientarse, justo a tiempo para ver que el borde de la azotea venía hacia ella. Estaba pasándose el edificio…

Se movió descontroladamente dentro del arnés, volando impotente hacia arriba y luego hacia abajo otra vez, superando el borde de la azotea. Con la mano extendida se agarró a un canalón y logró detenerse de golpe.

—¡Uf! —exclamó mirando hacia abajo.

El edificio no era muy alto, y Tally rebotaría con su arnés si se caía, pero tan pronto como sus pies tocasen el suelo la alambrada activaría una alarma. Se agarró al canalón con ambas manos.

Pero el arnés de salto, seguro de que su caída se había detenido, se estaba apagando y volvía poco a poco al peso normal. Tally luchó por acercarse a la azotea, pero la pesada mochila cargada con el equipo de rescate tiraba de ella hacia abajo. Era como tratar de hacer una flexión llevando zapatos de plomo.

Se quedó allí colgada, sin ideas ya, esperando la caída.

Oyó unos pasos que se acercaban por la azotea. Era David.

—¿Algún problema?

Tally emitió un gruñido y David alargó el brazo para agarrar una de las correas de la mochila. El peso se liberó de sus hombros, y Tally se encaramó al borde.

David se sentó en la azotea sacudiendo la cabeza.

—Tally, así que, ¿hacías esto por diversión?

—No cada día.

—Ya me lo parecía a mí. ¿Podemos descansar un minuto?

Ella escudriñó la azotea. No se veía a nadie, ni sonaba ninguna alarma. Al parecer, la alambrada no estaba pensada para detectarlos allí arriba. Tally sonrió.

—Claro. Tómate dos minutos si quieres. Me da la impresión de que los especiales no esperan que nadie salte desde el cielo.

Dentro

La azotea de Circunstancias Especiales parecía plana y uniforme desde la cima de la colina. Pero una vez allí, Tally vio salidas de humos, antenas, trampillas de mantenimiento y, por supuesto, la gran puerta circular por la que habían pasado los aerovehículos, ahora cerrada. Era un milagro que ni David ni ella se hubiesen abierto la cabeza.

—Bueno, y ¿cómo entramos? —preguntó David.

—Deberíamos empezar por aquí —respondió ella señalando la puerta para aerovehículos.

—¿No crees que se darán cuenta si pasamos por ahí sin ser un aerovehículo?

—De acuerdo. Pero ¿y si atrancamos la puerta? Si aparecen más especiales, no vamos a ponérselo fácil para que nos persigan.

—Buena idea.

David rebuscó en su mochila y sacó de ella una especie de tubo de gomina. Extendió una pringosa sustancia blanca a lo largo de los bordes de la puerta, con cuidado de no tocarla con los dedos.

—¿Qué es eso?

—Cola de tipo nano. Con esto puedes pegar tus zapatos al techo y colgarte boca abajo.

Tally se quedó boquiabierta. Había oído rumores acerca de posibles tretas que podían hacerse con cola nanotecnológica, pero los imperfectos no estaban autorizados a pedirla.

—Dime que no lo has hecho.

David sonrió.

—Tuve que dejarlos allí arriba. Lástima de zapatos. Bueno, ¿y cómo bajamos?

Tally sacó un gato eléctrico de su mochila y le hizo una indicación.

—Cogeremos el ascensor.

La gran caja metálica que sobresalía de la azotea parecía un cobertizo, pero las puertas dobles y el lector ocular delataban su función. Tally entornó los ojos para asegurarse de que el lector no le lanzase un destello y accionó el gato eléctrico entre las puertas, que se arrugaron como papel de aluminio.

A través de las puertas, un hueco oscuro descendía hacia la nada. Tally chasqueó la lengua, y el eco indicó que había una gran profundidad. Echó un vistazo a la luz del arnés. Aún se mantenía verde.

Tally se volvió hacia David.

—Espera hasta que oigas un silbido.

Dio un paso y desapareció como por arte de magia.

Caer por el hueco del ascensor resultaba mucho más aterrador que saltar desde la Mansión Garbo, o incluso que volar por el espacio desde la cima de la colina. La oscuridad no ofrecía pista alguna sobre la profundidad del hueco, y Tally tuvo la sensación de que aquella caída no se terminaba nunca.

Percibía las paredes que pasaban a toda prisa, y se preguntaba si estaría desviándose hacia un lado mientras caía. Se imaginó rebotando de una pared a otra a lo largo de todo el descenso y aterrizando con suavidad, destrozada y llena de sangre.

Mantuvo los brazos pegados a los costados.

Al menos estaba segura de que allí el arnés funcionaría. Los ascensores utilizaban las mismas alzas magnéticas que cualquier otro aerodeslizador, de modo que al fondo siempre había una sólida plancha de metal.

Transcurridos cinco segundos largos, el arnés sujetó a Tally, que rebotó dos veces en línea recta y luego se posó en una superficie dura, rodeada de silencio y oscuridad absoluta. Al extender las manos, notó las cuatro paredes a su alrededor. No había nada que sugiriese el interior de unas puertas cerradas. Cuando retiró los dedos, los tenía grasientos.

Tally miró hacia arriba. Un pequeño rayo de luz brillaba sobre su cabeza, y pudo distinguir el rostro de David, que miraba hacia abajo. Frunció los labios para silbar, pero se detuvo.

Se oía un sonido ahogado bajo sus pies. Alguien estaba hablando.

Se agachó, tratando de captar las palabras. Pero solo pudo distinguir el sonido afilado de una voz de perfecta cruel. El tono burlón le recordó a la doctora Cable.

Sin previo aviso, el suelo se hundió bajo sus pies. Tally luchó por mantener el equilibrio. Cuando el ascensor volvió a detenerse, uno de sus tobillos se retorció dolorosamente, pero consiguió no caerse.

Debajo de ella, el sonido se desvaneció. Una cosa era segura: el complejo no estaba vacío.

Tally levantó la cabeza y silbó. A continuación se acurrucó en un rincón del hueco, cubriéndose la cabeza con las manos.

Cinco segundos más tarde, unos pies colgaban junto a Tally, y luego volvían a subir dando una sacudida mientras la luz de la linterna de David daba media vuelta, como si estuviera borracho. Por fin logró situarse a su lado.

—¡Madre mía, qué oscuro está esto!

—Chist —susurró Tally.

David asintió mientras recorría el hueco del ascensor con la linterna. Justo encima de ellos, pudo ver unas puertas cerradas. Por supuesto. Como se hallaban sobre el techo del ascensor, estaban a medio camino entre dos pisos.

Tally entrelazó los dedos y juntó las manos para impulsar a David hasta un punto en el que pudiese introducir el gato eléctrico entre las puertas. Se abrieron produciendo un chirrido metálico que a Tally le puso los pelos de punta. David cruzó las puertas y luego le tendió la mano. Tally la agarró y se impulsó hacia arriba. Su calzado antideslizante crujía contra las paredes del hueco del ascensor como un grupo de ratones aterrorizados.

Estaban haciendo demasiado ruido.

El corredor estaba oscuro. Tally trató de convencerse de que nadie les había oído todavía. Tal vez todo aquel piso estuviese vacío de noche.

Sacó su propia linterna y la dirigió hacia las puertas mientras caminaban por el pasillo. Todas tenían sus correspondientes letreros escritos en unas pequeñas placas marrones.

—Radiología. Neurología. Resonancia nuclear magnética —leyó Tally en voz baja—. Quirófano dos.

Tally miró a David. Este se encogió de hombros y dio un empujón a la puerta, la cual se abrió.

—Supongo que cuando estás en un búnker subterráneo no tiene sentido cerrar con llave —susurró—. Tú primero.

Tally entró sigilosamente. La habitación era grande y tenía las paredes cubiertas de máquinas oscuras y silenciosas. En el centro había una cisterna de operaciones sin líquido, con los tubos y electrodos colgando sueltos en un charco del fondo. En una mesa metálica relucían las crueles hojas de cuchillos y sierras vibradoras.

—Esto se parece a las fotos que mamá me enseñaba —comentó David—. Aquí es donde se lleva a cabo la operación.

Tally asintió. Los médicos solo te metían en una cisterna si te sometían a una operación de importancia.

—Puede que sea aquí donde hacen especiales a los especiales —dijo sin mucha convicción.

Regresaron al pasillo. Unas puertas más adelante, encontraron una habitación con la placa: DEPÓSITO DE CADÁVERES.

—¿Quieres…? —empezó a preguntar ella.

David negó con la cabeza.

—No.

Registraron el resto de la planta. Era como un pequeño hospital bien equipado. No había salas de tortura ni celdas, ni tampoco nadie del Humo.

—¿Adónde vamos ahora?

—Bueno —dijo Tally—, si fueses la malvada doctora Cable, ¿dónde meterías a tus prisioneros?

—¿La malvada qué?

—Oh. Así se llama la mujer que dirige este sitio. Lo recuerdo de cuando me pillaron.

David frunció el entrecejo, y Tally se preguntó si no habría hablado demasiado.

David se encogió de hombros.

—Supongo que los pondría en la mazmorra.

—Vale. Abajo, pues.

Encontraron una escalera de incendios que bajaba, pero se acabó después de un solo tramo. Al parecer, habían llegado al piso inferior de Circunstancias Especiales.

—Cuidado —murmuró Tally—. Antes he oído que salía gente del ascensor debajo de mí. Deben de estar por aquí abajo.

Aquel piso estaba iluminado por un suave fluorescente que se extendía por el centro del pasillo. Tally sintió un escalofrío mientras leía las placas de las puertas.

—Sala de interrogatorios uno. Sala de interrogatorios dos. Sala de aislamiento uno —susurró mientras su linterna parpadeaba sobre las palabras como una luciérnaga ansiosa—. Sala de desorientación uno. Oh, David, deben de estar por aquí abajo.

Él asintió y empujó con suavidad una de las puertas, pero esta no cedió. Pasó los dedos por el borde en busca de un lugar en el que el gato eléctrico pudiese agarrarse.

—No dejes que el lector ocular te lance un destello —le advirtió Tally en voz baja, señalando la pequeña cámara situada junto a la puerta—. Si cree que ve un ojo, te leerá el iris y lo comprobará en el gran ordenador.

—No tendrá ningún registro de mí.

—Eso lo volvería loco, así que es mejor que no te acerques mucho. Es automático.

—De acuerdo —dijo David asintiendo—. De todas formas, estas puertas son demasiado lisas, no hay sitio para encajar un gato. Sigamos mirando.

Más allá, una placa atrajo la atención de Tally.

—Detención a largo plazo —susurró.

La puerta tenía una larga extensión de pared blanca a un lado, como si la habitación que estaba detrás fuese mayor que las otras. Apoyó la oreja en ella y se puso a escuchar.

Oyó una voz familiar que se acercaba.

—¡David! —murmuró mientras se apartaba de la puerta y se arrojaba contra la pared.

David miró frenético a su alrededor en busca de un lugar donde esconderse. Ambos estaban a plena vista.

Se abrió la puerta deslizante, y se oyó la voz malévola de la doctora Cable.

—No te esfuerzas lo suficiente. Solo tienes que convencerla de que…

—Doctora Cable —dijo Tally.

La mujer se volvió hacia Tally. Sus rasgos de halcón expresaban sorpresa.

—Quisiera entregarme.

—¿Tally Youngblood? ¿Cómo…?

Desde atrás, el gato eléctrico de David impactó contra un lado de la cabeza de la doctora Cable, que se desplomó.

—¿Está…? —farfulló David pálido.

Tally se arrodilló y volvió la cabeza de la doctora Cable para inspeccionar la herida. No había sangre, pero estaba inconsciente. Por formidables que fuesen los perfectos crueles, el factor sorpresa seguía teniendo sus ventajas.

—Se pondrá bien.

—¡Doctora Cable! ¿Qué está...?

Tally se volvió y sus ojos contemplaron a la joven que estaba ante ella.

Era alta y elegante, de rasgos impecables. Sus ojos —profundos y conmovedores, moteados de cobre y oro— mostraban una expresión de inquietud. Sus labios carnosos se abrieron sin pronunciar palabra y sus manos se movieron con gran elegancia. A Tally casi se le paró el corazón ante aquella forma tan bella de expresar confusión.

Entonces el reconocimiento llenó la cara de la joven, su amplia sonrisa iluminó la oscuridad y Tally notó que ella misma también sonreía. Era agradable hacer feliz a aquella mujer.

—¡Tally! Eres tú.

Era Shay, que era perfecta.

Rescate

—Shay…

—¡Lo has conseguido!

La hermosa sonrisa de Shay se esfumó al ver la silueta desplomada de la doctora Cable.

—¿Qué le ocurre? —añadió.

Tally parpadeó estremecida ante la transformación de su amiga. La belleza de Shay pareció vaciar el interior de Tally; su miedo, sorpresa y emoción huyeron, dejando paso tan solo al asombro.

—Tú… te has operado.

—Sí —dijo—. ¡David! ¡Los dos estáis bien!

—… Hola —respondió él con voz seca mientras sus manos temblorosas aferraban con fuerza el gato eléctrico—. Necesitamos tu ayuda, Shay.

—Sí, eso parece —dijo ella con un suspiro, mirando de nuevo a la doctora Cable—. Por lo que veo, aún sabéis causar problemas.

Tally apartó los ojos de la bella Shay, tratando de concentrarse.

—¿Dónde están los demás? ¿Y los padres de David? ¿Y Croy?

—Aquí mismo. —Shay indicó por encima de su hombro—. Todos encerrados. La doctora C ha sido muy falsa con nosotros.

—Que se quede aquí —dijo David.

Pasó junto a Shay y cruzó la puerta. Tally vio una hilera de pequeñas puertas dentro de la habitación alargada. Cada una de ellas tenía una ventana diminuta.

Shay sonrió a Tally.

—Me alegro mucho de que estés bien, Tally. Solo con pensar en ti, sola en el bosque… Claro que no estabas sola, ¿verdad?

Al mirar a Shay a los ojos, Tally volvió a sentirse abrumada.

—¿Qué te han hecho?

Shay sonrió.

—¿Aparte de lo evidente?

—Sí. O sea, no. —Tally negó con la cabeza, sin saber cómo preguntarle a Shay si padecía alguna lesión cerebral—. ¿Los demás son…?

—¿Perfectos? No. Yo fui la primera, porque fui la que causé más problemas. Deberías haberme visto dar patadas y mordiscos.

Shay se rió por lo bajo.

—Te obligaron.

—Sí, la doctora C puede ser una muy pesada. De todos modos, en cierto modo es un alivio.

Tally tragó saliva.

—Un alivio…

—Sí, este sitio no me gustaba nada. El único motivo por el que ahora estoy aquí es que la doctora C quería que hablara con los del Humo.

—Vives en Nueva Belleza —dijo Tally despacio.

Trató de ver más allá de la belleza de Shay para descubrir lo que se escondía detrás de sus espléndidos ojos.

—Sí, vengo de una fiesta fantástica.

Tally se dio cuenta de lo mal que articulaba las palabras Shay. Estaba borracha. Tal vez por eso se comportaba de una forma tan extraña. Pero había llamado a los demás «los del Humo». Ya no era uno de ellos.

—¿Te vas de fiesta, Shay, mientras todos los demás están encerrados?

—Pues sí —dijo Shay a la defensiva—. Escucha, todos saldrán cuando los operen. Cuando Cable se recupere de su aturdimiento —añadió mirando la forma inconsciente del suelo y sacudiendo la cabeza—. De todos modos, mañana estará de mal humor por vuestra culpa.

Desde la sala de detención llegó un chirrido metálico. Tally oyó más voces.

—Supongo que no habrá nadie por aquí para verlo —dijo Shay—. Bueno, ¿y vosotros dos cómo estáis?

Tally abrió la boca, la cerró y luego consiguió responder:

—Estamos… bien.

—Eso es estupendo. Siento haber sido tan pesada con todo eso. Ya sabes cómo son los imperfectos. —Shay se echó a reír—. Bueno, ¡claro que lo sabes!

—Entonces, ¿no me odias?

—¡No seas tonta, Tally!

—Me alegro de oírte decir eso.

Por supuesto, la aprobación de Shay no significaba nada. No era indulgencia, solo una lesión cerebral.

—Me hiciste un gran favor al sacarme del Humo.

—No puedes creerlo de verdad, Shay.

—¿A qué te refieres?

—¿Cómo has podido cambiar de opinión tan rápido?

Shay se echó a reír.

—Solo me hizo falta una ducha caliente para cambiar de opinión. Hablando de duchas, vas hecha un desastre —dijo alargando una mano para tocar el pelo de Tally, enmarañado y enredado después de acampar al aire libre y volar todo el día durante dos semanas.

Tally parpadeó atónita. Los ojos se le llenaron de lágrimas. Shay había querido mantener su propia cara, vivir a su manera fuera de la ciudad, pero ese deseo se había esfumado.

—No pretendía… traicionarte —murmuró.

Shay echó un vistazo por encima de ella, se dio la vuelta y esbozó una sonrisa.

—Él no sabe que trabajabas para la doctora C, ¿verdad? No te preocupes, Tally —murmuró llevándose un elegante dedo a los labios—. Tu feo secretito morirá conmigo.

Tally tragó saliva, preguntándose si Shay lo sabría todo. Quizá la doctora Cable les hubiese contado a todos lo que había hecho.

Se oyó un zumbido junto a la doctora Cable. En el bloc de trabajo que llevaba, una luz parpadeó indicando una llamada entrante.

Tally cogió el bloc y se lo dio a Shay.

—¡Habla con ellos!

Shay le guiñó un ojo y pulsó un botón.

—Hola, soy yo, Shay —dijo—. No, lo siento, la doctora Cable está ocupada. ¿Que qué hace? Bueno, es complicado…

Le quitó el sonido al aparato.

—¿No deberías estar rescatando gente o algo así, Tally? Esa es la gracia de esta aventura, ¿no?

—¿Te quedarás aquí?

—Sí. Esto parece divertido. Solo porque sea perfecta no voy a ser aburrida del todo.

Tally pasó junto a ella y entró en la habitación. David había abierto dos puertas de un tirón, liberando a su madre y a otro miembro del grupo. Los dos iban vestidos con monos color naranja y mostraban una expresión desconcertada y soñolienta. David estaba ante otra puerta y tenía el gato eléctrico metido en una pequeña rendija a la altura del suelo.

Tally vio la cara de Croy que miraba boquiabierto a través de una de las ventanas diminutas y colocó su gato eléctrico bajo la puerta. El aparato se puso en marcha con un chirrido, y el grueso metal rechinó al doblarse hacia arriba.

—¡David, saben que pasa algo! —gritó.

—Ya casi hemos terminado.

El gato de Tally había arrancado un pequeño fragmento de metal, pero no lo bastante grande. Volvió a colocar la herramienta en su sitio, y el metal gimió de nuevo. Pronto comprobó que sus días de arrancar traviesas de vía no habían sido en balde: el gato abrió un boquete del tamaño de una gatera.

Aparecieron los brazos de Croy y luego su cabeza. Su mono se rasgó con unas aristas de metal mientras conseguía colarse. Maddy lo agarró de las manos y tiró de él.

—Ya no queda nadie más —dijo Maddy—. Vamos.

—¿Y papá? —exclamó David.

—No podemos ayudarlo.

Maddy echó a correr por el pasillo.

Tally y David intercambiaron una mirada de preocupación y la siguieron.

Maddy corría por el pasillo en dirección al ascensor, arrastrando a Shay por la muñeca. Esta pulsó el botón del bloc.

—Espere un segundo —dijo—, creo que ahora vuelve. Un momento, por favor.

Soltó una risita y volvió a quitarle el sonido al aparato.

—¡Traed a Cable! —exclamó Maddy—. ¡La necesitamos!

—¡Mamá!

David corrió tras ella.

Tally miró a Croy y a continuación hacia la silueta desplomada de la doctora Cable. Croy hizo un gesto de asentimiento. Cada uno la cogió de una muñeca y entre los dos arrastraron a la mujer por el suelo resbaladizo, entre los chirridos del calzado antideslizante de Tally.

Cuando el grupo llegó al ascensor, Maddy agarró a la doctora Cable por el cuello de la camisa y tiró de ella hacia el lector ocular. La mujer gimió quedamente. Maddy le abrió uno de los ojos con cuidado y el ascensor emitió un pitido mientras sus puertas se abrían.

Maddy le quitó a la doctora el anillo de comunicación y la dejó caer al suelo. Luego tiró de Shay hacia dentro. Tally y los demás miembros del grupo la siguieron, pero David se mantuvo firme.

—Mamá, ¿dónde está papá?

—No podemos ayudarlo. —Maddy le arrebató el bloc a Shay y le dio un golpe contra la pared. A continuación obligó a David a entrar a pesar de sus protestas. Las puertas se cerraron.

—¿A qué planta? —preguntó el ascensor.

—A la azotea —dijo Maddy, con el anillo de comunicación aún en la mano.

El ascensor empezó a moverse. A Tally le dolían los oídos por el rápido ascenso.

—¿Cuál es nuestro plan de huida? —preguntó Maddy.

La mirada vidriosa había desaparecido por completo de sus ojos, como si se hubiese acostado por la noche esperando a ser rescatada por la mañana.

—Pues... aerotablas —consiguió responder Tally—. Cuatro.

Al darse cuenta de que aún no lo había hecho, Tally se ajustó las pulseras protectoras.

—¡Oh, qué guay! —dijo Shay—. ¿Sabéis que no he volado desde que salí del Humo?

—Somos siete —dijo Maddy—. Tally, coge a Shay. Astrix y Ryde, los dos en una. Croy, tú ve solo y despístalos. David, yo volaré contigo.

—Mamá... —suplicó David—, si es perfecto, ¿no puedes curarlo, o al menos intentarlo?

—Tu padre no es perfecto, David —respondió ella suavemente—. Ha muerto.

La escapada

—Dadme una navaja.

Maddy tendió la mano haciendo caso omiso de la mirada conmocionada de su hijo.

Tally rebuscó en su mochila y le pasó su navaja multiusos a Maddy, que sacó una hoja corta y cortó un trozo de la manga de su mono. Cuando el ascensor llegó a la azotea, las puertas se abrieron a medias antes de detenerse con un chirrido, descubriendo el agujero desigual que Tally había abierto para poder entrar. Fueron pasando por él de uno en uno y corrieron hacia el borde de la azotea.

A cien metros de distancia, Tally vio las aerotablas que cruzaban el recinto, reclamadas por sus pulseras protectoras. Ahora sonaban las alarmas alrededor de ellos. Si por algún milagro los especiales no habían detectado aún la fuga, las tablas desocupadas habían tocado la alambrada.

Tally se dio la vuelta en busca de David, que iba a trompicones al final del grupo medio aturdido, y lo cogió por los hombros.

—Lo siento mucho.

David hizo un gesto de incredulidad.

—No sé qué hacer, Tally.

Ella cogió su mano.

—Tenemos que correr. Es lo único que podemos hacer ahora mismo. Sigue a tu madre.

David la miró a los ojos con expresión abstraída.

—Está bien.

Se disponía a decir algo más cuando sus palabras fueron sofocadas por un ruido parecido al de unas uñas enormes que estuvieran arañando metal. La puerta de los aerovehículos pugnaba contra la cola nanotecnológica, haciendo temblar toda la azotea.

Maddy, la última en salir del ascensor, había forzado la puerta con un gato eléctrico.

—Ascensor solicitado —repetía la voz.

Pero había otras formas de llegar a la azotea. Maddy se volvió hacia David.

—Pega con cola esas trampillas para que no puedan salir.

Él asintió, con la mirada despejada por un momento.

—Iré a buscar las tablas —dijo Tally antes de volverse y correr hacia el borde de la azotea.

Cuando llegó, saltó al vacío, confiando en que a su arnés de salto le quedase carga.

Tras rebotar una vez, Tally empezó a correr. Las tablas detectaron sus pulseras protectoras y se dirigieron rápidamente hacia ella.

—¡Tally! ¡Ten cuidado!

Al oír el grito de Croy, miró por encima de ella. Una brigada de especiales cruzaban el recinto en su dirección. Tras ellos, había una puerta abierta a la altura del suelo. Corrían de forma inhumana, cubriendo el terreno con grandes zancadas.

Las tablas le dieron un ligero empujón en las pantorrillas desde atrás, como perros con ganas de jugar. Tally dio un salto y por un momento se tambaleó con un pie sobre cada par de tablas unidas. No sabía de nadie que hubiese volado en cuatro tablas a la vez. Pero uno de los especiales estaba ya a pocos pasos de ella.

Tally chasqueó los dedos y ascendió con rapidez.

El especial dio un salto asombroso y rozó con los dedos el borde frontal de las tablas.

Tally se tambaleó. Era como hallarse en un trampolín mientras otra persona saltaba sobre él. Los demás especiales observaban desde el suelo, esperando que cayese.

Pero Tally recuperó el equilibrio, se inclinó hacia delante y se dirigió de nuevo hacia el edificio. Las tablas adquirieron velocidad, y al cabo de unos segundos Tally pudo saltar a la azotea; de una patada, envió a Croy un par de aerotablas. Croy las desacopló mientras ella separaba las otras dos.

—Vete ya —dijo Maddy—. Coge esto.

Le dio a Tally una pieza de tela anaranjada, que llevaba prendido un sistema de circuitos. Tally observó que Maddy había cortado trozos de las mangas de todos los monos.

—Hay un rastreador en ese trozo de tela —dijo Maddy—. Déjalo caer en algún sitio para despistarlos.

Tally asintió mientras buscaba a David con la mirada. Vio que corría hacia ellos con gesto impasible y sombrío, y llevaba en la mano el tubo de cola aplastado y vacío.

—David... —empezó a decir.

—¡Vete! —gritó Maddy mientras subía a Shay a la tabla de un empujón, al lado de Tally.

—Hummm… ¿Sin pulseras protectoras? —preguntó Shay tambaleándose sobre la tabla—. No es la primera fiesta a la que voy esta noche, ¿sabes?

—Lo sé. Agárrate —dijo Tally antes de alejarse de la azotea como una exhalación.

Ambas se tambalearon un momento y estuvieron a punto de perder el equilibrio. Pero Tally se afianzó mientras notaba que los brazos de Shay se aferraban con fuerza a su cintura.

—¡Madre mía, Tally! ¡Frena un poco!

—Tú agárrate bien.

Tally se inclinó en una curva. Le ponía enferma la lentitud de la tabla, que además de llevar a dos personas se estaba volviendo loca debido a los movimientos inseguros de Shay.

—¿No recuerdas cómo se va en aerotabla?

—¡Claro que sí! —dijo Shay—. Solo que estoy un poco oxidada, Bizca. Además, esta noche me he pasado un poco con la bebida.

—Pues vigila no te caigas, que te harías daño.

—¡Eh! ¡Yo no te he pedido que me rescatases!

—No, ya sé que no.

Tally miró hacia abajo mientras sobrevolaban Ancianópolis, saltándose el cinturón verde para dirigirse en línea recta hacia el río. Si Shay caía al suelo a aquella velocidad, se haría más que daño. Moriría.

Igual que el padre de David. Tally se preguntó cómo habría muerto. ¿Había intentado escapar de los especiales, como el Jefe, o acaso la doctora Cable le había hecho algo? Una idea empezó a obsesionarla: fuese lo que fuese lo que había ocurrido, ella tenía la culpa.

—Shay, si te caes, llévame contigo.

—¿Qué?

—Agárrate a mí y no me sueltes, pase lo que pase. Llevo un arnés de salto y pulseras. Probablemente podremos rebotar.

Siempre que el chaleco no tirase de ella hacia un lado y las pulseras hacia el otro. Siempre que el peso de Tally y Shay no resultara excesivo para las alzas.

—Pues dame las pulseras, tonta.

Tally negó con la cabeza.

—Ahora no podemos detenernos.

—No, claro. Nuestros amigos los especiales deben de estar cabreados.

Shay se agarró con más fuerza.

Estaban casi en el río, y no había ninguna señal de que las estuvieran persiguiendo. La cola nanotecnológica había hecho bien su trabajo. Sin embargo, Circunstancias Especiales tenía otros aerovehículos —al menos, los tres que habían visto salir antes—, y los guardianes profesionales también los tenían.

Tally se preguntó si Circunstancias Especiales pediría ayuda a los guardianes o si mantendrían en secreto toda la situación. ¿Qué pensarían los guardianes de la prisión subterránea? ¿Sabía el gobierno de la ciudad lo que los especiales habían hecho con el Humo, o con Az?

El agua destelló bajo sus pies, y mientras giraban Tally dejó caer el retal de tela anaranjada, que salió revoloteando hacia el río. La corriente lo llevaría de nuevo hacia la ciudad, en dirección opuesta a su ruta de huida.

Tally y David habían quedado en encontrarse río arriba, mucho más allá de las ruinas, en una cueva que él había encontrado años atrás. La entrada estaba cubierta por una cascada que los protegería de los sensores térmicos. Desde allí podrían volver caminando a las ruinas para recoger el resto de su equipo, y entonces…

¿Reconstruir el Humo? ¿Entre siete? ¿Con Shay como perfecta de honor? Tally se dio cuenta de que no habían hecho planes más allá de esa noche. El futuro no había existido hasta ese momento.

Además, aún podían atraparlos a todos.

—¿Crees que Maddy ha dicho la verdad? —gritó Shay.

Tally se aventuró a mirar a Shay. Su rostro perfecto expresaba preocupación.

—Bueno, Az estaba bien cuando fui de visita hace unos días —dijo Shay—. Creí que iban a hacerlo perfecto, no a matarlo.

—No lo sé.

Estaba segura de que Maddy no había mentido, pero cabía la posibilidad de que estuviera equivocada.

Tally se inclinó hacia delante rozando el río a toda velocidad y tratando de ignorar la sensación fría que tenía en el estómago. Las salpicaduras les dieron en la cara al sobrevolar las aguas embravecidas. Shay había empezado a volar correctamente, inclinándose con las lentas parábolas de las curvas del río.

—¡Eh, lo recuerdo! —gritó.

—¿Recuerdas alguna otra cosa de antes de tu operación? —vociferó Tally por encima del rugido del agua.

Shay se agachó detrás de Tally mientras chocaban contra un muro de salpicaduras.

—Claro, tonta.

—Me odiabas porque te quité a David, porque traicioné al Humo. ¿Te acuerdas?

Shay permaneció un momento en silencio. A su alrededor solo se oía el rugido de las aguas embravecidas y el viento que soplaba con fuerza. Finalmente se acercó un poco más.

—Sí, ya sé a qué te refieres —dijo al oído de Tally en tono reflexivo—. Pero todo eso eran cosas de imperfectos. Amor loco, celos y necesidad de rebelarse contra la ciudad. A todos los críos les gusta eso. Pero hay que madurar, ¿sabes?

—¿Maduraste por la operación? ¿No te suena raro?

—No fue por la operación.

—Y entonces, ¿por qué?

—Fue muy agradable volver a casa, Tally. Me di cuenta de lo absurdo que era todo eso del Humo.

—¿Qué pasó con las patadas y los mordiscos?

—Bueno, tardé unos días en asimilarlo, ¿sabes?

—¿Antes o después de que te volvieses perfecta?

Shay volvió a quedarse en silencio. Tally se preguntó si las lesiones cerebrales se podrían curar hablando.

Sacó de su bolsillo un indicador de posición. Las coordenadas señalaban que la cueva aún estaba a media hora de distancia. Al mirar por encima de ella no vio rastro de aerovehículos. Si las cuatro tablas tomaban rutas distintas hacia el río y todas dejaban caer sus rastreadores en lugares distintos, los especiales iban a pasar una noche muy confusa.

También estaban Dex, Sussy y An, que habían prometido decirles a los imperfectos más aventureros que conocían que saliesen a volar esa noche. El cinturón verde estaría abarrotado.

Tally se preguntó cuántos imperfectos habrían visto las letras ardientes en la ciudad de Nueva Belleza y cuántos de ellos sabrían lo que era el Humo o inventarían sus propias historias para explicar el misterioso mensaje. ¿Qué nuevas leyendas habrían creado David y ella con su pequeña maniobra de distracción?

Al llegar a una zona más tranquila del río, Shay habló de nuevo:

—Oye, Tally...

—¿Sí?

—¿Por qué quieres que te odie?

—No es eso, Shay —respondió Tally con un suspiro—. O tal vez sí. Te traicioné, y me siento muy mal.

—El Humo no iba a durar toda la vida, Tally, tanto si nos entregabas como si no.

—¡No os entregué! —gritó Tally—. Al menos, no a propósito. Y todo el asunto con David fue un accidente. Yo no pretendía hacerte daño.

—Claro que no. Solo estás confusa.

—¿Que yo estoy confusa? —gimió Tally—. Eres tú la que...

¿Cómo era posible que Shay no entendiese que la operación la había cambiado? No solo había recibido un rostro perfecto, sino también una... mente perfecta. Ninguna otra cosa podía explicar lo rápido que había cambiado, abandonando a todos los demás a cambio de fiestas y duchas calientes, dejando a sus amigos atrás, igual que Peris había hecho meses atrás.

—¿Lo quieres? —preguntó Shay.

—¿A David? Yo... pues... tal vez.

—¡Qué mono!

—No es mono. ¡Es real!

—Entonces, ¿por qué te da vergüenza?

—No me da... —barbotó Tally.

Perdió la concentración por un momento, y el fondo de la tabla se hundió, levantando una cortina de agua detrás de ellas. Shay gritó y se agarró con más fuerza. Tally apretó los dientes y subió un poco más.

—¿Y tú eres la que crees que yo no tengo las cosas claras? —preguntó Shay cuando paró de reír.

—Escucha, Shay, una cosa sí la tengo muy clara. No quise traicionar al Humo. Me hicieron chantaje para que fuese allí como espía, y cuando avisé a los especiales fue por accidente, de verdad. Lo siento, Shay. Lamento haber arruinado tu sueño.

Tally se echó a llorar. El viento arrastraba hacia atrás las lágrimas. Durante un rato, los árboles pasaron a toda velocidad en la oscuridad.

—Me alegro de que los dos hayáis vuelto a la civilización —dijo Shay suavemente agarrándose con fuerza—. Y para que te sientas un poco mejor, que sepas que yo no lamento lo ocurrido.

Tally pensó en las lesiones cerebrales de Shay, los pequeños tumores, heridas o lo que fuesen que ella ni siquiera sabía que tenía. Estaban allí, en alguna parte, cambiando los pensamientos de su amiga, corrompiendo sus sentimientos, corroyendo los cimientos de su persona. Llevándola a perdonar a Tally.

—Gracias, Shay, pero no me siento mejor.

Noche a solas

Tally y Shay fueron las primeras en llegar a la cueva.

Croy apareció unos minutos más tarde, de una forma completamente sorpresiva. Él y su tabla surcaron velozmente la cascada en una explosión repentina de salpicaduras y maldiciones. Cayó en la oscuridad y su cuerpo rodó dando golpes por el suelo de piedra.

Tally salió del fondo de la cueva con una linterna en la mano.

Croy sacudió la cabeza mientras gemía.

—Les he dado esquinazo.

Tally miró hacia la entrada de la cueva, donde la cortina de agua parecía un muro sólido contra la noche.

—Eso espero. ¿Dónde están los demás?

—No lo sé. Maddy nos ha dicho que fuésemos todos por caminos distintos. Como yo volaba solo, primero he dado toda la vuelta al cinturón verde para despistarlos.

Croy reclinó la cabeza en la pared sin dejar de jadear. Se le cayó de la mano un indicador de posición.

—¡Vaya! Te has dado mucha prisa.

—Desde luego, y sin pulseras protectoras.

—Ya sé lo que es eso. Al menos tú ibas calzado —dijo Tally—. ¿Te ha perseguido alguien?

Croy asintió.

—He conservado el rastreador tanto como he podido. Me seguían varios especiales. Pero en el cinturón había un montón de gente con aerotablas, ¿sabes?, jóvenes de la ciudad. Los especiales nos confundían todo el rato.

Tally sonrió. Dex, An y Sussy habían hecho bien su trabajo.

—¿Están bien David y Maddy?

—No sabría decirte si están bien —respondió Croy suavemente—, pero han salido justo detrás de ti y no me ha parecido que les siguiese nadie. Maddy ha dicho que se dirigían directamente a las ruinas. Se supone que nos encontraremos allí con ellos mañana por la noche.

—¿Mañana? —repitió Tally.

—Maddy quería estar a solas con David durante un tiempo, ¿sabes?

Tally asintió, pero se le encogió el corazón. David la necesitaba. Al menos, eso esperaba. La idea de que él tuviese que afrontar la muerte de Az sin ella redobló la sensación de frío que tenía en el estómago.

Por supuesto, Maddy estaba allí. Al fin y al cabo, Az era su marido, y Tally había visto a aquel hombre una sola vez. Pero aun así…

Suspiró. Tally trató de recordar las últimas palabras que le había dicho a David y tuvo ganas de volver atrás y decirle algo más reconfortante. Ni siquiera había tenido tiempo de abrazarlo. Desde la invasión del Humo, Tally solo se había separado de David una hora, durante la tormenta, y ahora pasaría un día entero sin verlo.

—Tal vez debería ir a las ruinas. Podría ir esta noche caminando.

—No digas tonterías —dijo Croy—. Los especiales siguen buscando.

—Pero ¿y si necesitan algo?

—Maddy ha dicho expresamente que no vayas.

Astrix y Ryde se presentaron media hora más tarde. Entraron en la cueva con más elegancia que Croy y con sus propias historias sobre persecuciones de aerovehículos. Daba la sensación de que los especiales estaban confundidos y abrumados por todo lo que estaba ocurriendo esa noche.

—Ni siquiera se nos han acercado en ningún momento —dijo Astrix.

Ryde hizo un gesto de incredulidad con la cabeza.

—Estaban por todas partes.

—Es como si hubiésemos ganado una batalla, ¿sabéis? —dijo Croy—. Los hemos vencido en su propia ciudad. Los hemos puesto en ridículo.

—Puede que ya no tengamos que escondernos en el bosque —dijo Ryde—. Podría ser como cuando éramos imperfectos haciendo de las suyas, pero contándole la verdad a toda la ciudad.

—¡Y si nos atrapan, Tally puede venir a rescatarnos! —gritó Croy.

Tally trató de sonreír ante los gritos de entusiasmo, aunque sabía que sería incapaz de relajarse hasta la noche siguiente, cuando volviera a ver a David. Se sentía exiliada, aislada de lo único que le importaba de verdad.

Shay se había dormido en una pequeña hendidura después de quejarse de la humedad y de su pelo y de preguntar cuándo iban a llevarla a casa. Tally volvió a rastras hasta el lugar en que se hallaba su amiga y se acurrucó a su lado, tratando de olvidar el daño que había sufrido la mente de Shay. Al menos, el nuevo cuerpo de Shay no era tan flaco; resultaba suave y cálido en la fría humedad de la cueva. Pegada contra ella, Tally consiguió dejar de tiritar.

Sin embargo, tardó mucho en conciliar el sueño.

Cuando despertó, olía a VegeThai.

Croy había encontrado los paquetes de comida y el depurador, y estaba preparando la comida con agua de la cascada, mientras trataba de aplacar a Shay.

—Una pequeña escapada me hacía gracia, pero yo no sabía que ibais a arrastrarme hasta aquí. Estoy harta de todo este rollo de la rebelión. Tengo una resaca horrorosa y necesito lavarme el pelo.

—Hay una cascada aquí mismo —dijo Croy.

—¡Pero el agua está fría! Estoy harta de acampar por ahí.

Tally salió a rastras de la hendidura donde había dormido. Tenía todos los músculos doloridos y todavía sentía las rocas clavadas en el cuerpo. A través de la cortina de la cascada, caía el atardecer. Se preguntó si alguna vez podría volver a dormir por la noche.

Shay estaba en cuclillas sobre una roca, escarbando en el VegeThai y quejándose de que no picaba lo suficiente. Incluso desaliñada, con la ropa de fiesta sucia y el pelo pegado a la cara, seguía estando imponente. Ryde y Astrix la observaban en silencio, un tanto impresionados por su aspecto. Eran dos de los viejos amigos de Shay que habían huido al Humo la vez que ella se echó atrás, por lo que debía de hacer meses que no veían una cara perfecta. Todo el mundo parecía dispuesto a soportar sus quejas.

Una ventaja de ser perfecto era que la gente sobrellevaba con paciencia los defectos de uno.

—Buenos días —dijo Croy—. ¿AlboNabos o VerdArroz?

—Lo que sea más rápido.

Tally estiró los músculos. Quería llegar a las ruinas lo antes posible.

Cuando cayó la oscuridad, Tally y Croy salieron sigilosamente de detrás de la cascada. No había señales de los especiales en el cielo. Tally dudaba de que alguien los buscase por allí. Cuarenta minutos desde la ciudad en una tabla rápida era una larga distancia.

Cuando comprobaron que no había peligro, todo el mundo voló río arriba, hasta un lugar próximo a las ruinas. Luego vino una larga caminata en la que los cuatro imperfectos compartieron la carga de tablas y provisiones. Shay había dejado de quejarse y se había instalado en un silencio quejumbroso y resacoso. La marcha parecía fácil para ella. Su físico fibroso conseguido a base de trabajo duro en el Humo no había desaparecido en dos semanas; además, la operación reafirmaba los músculos de los nuevos perfectos, al menos durante un tiempo. Y aunque Shay había dicho que quería volver a casa, no parecía habérsele pasado por la cabeza regresar por su cuenta.

Tally se preguntó qué iban a hacer con ella. Sabía que no estaban en una situación fácil. Az y Maddy habían trabajado en vano durante veinte años, pero no podían dejar a Shay así.

Por supuesto, en cuanto estuviese curada, su odio hacia Tally volvería.

¿Qué era peor? ¿Que una amiga tuviera una lesión cerebral o que una amiga te despreciara?

Llegaron al límite de las ruinas después de la medianoche y entraron en el edificio abandonado en el que habían acampado Tally y David.

David estaba esperándolos fuera.

Parecía agotado. Sus ojeras resultaban visibles incluso a la luz de las estrellas. Sin embargo, abrazó a Tally con fuerza tan pronto como se bajó de la tabla, y ella lo estrechó también entre sus brazos.

—¿Estás bien? —le susurró Tally, y luego se sintió estúpida. ¡Cómo iba a estar bien!—. Oh, David, claro que no. Lo siento mucho, yo...

—Chist. Ya lo sé —dijo él apartándose con una sonrisa.

Tally se sintió invadida por el alivio y apretó las manos de David como para confirmar que era real.

—Te he echado de menos —dijo.

—Yo también.

David la besó.

—Sois tan monos... —dijo Shay peinándose con los dedos el pelo revuelto.

—Hola, Shay. —David le dedicó una sonrisa cansada—. Parecéis hambrientos, chicos.

—Solo si tienes comida de verdad —dijo Shay.

—Me temo que no. Tres clases de curry rehidratado.

Con un gemido, Shay entró en el edificio medio desmoronado. Los ojos de David la siguieron, pero no parecía impresionado como Ryde y Astrix. Era como si David no viese su belleza.

—Por fin tenemos algo de suerte —dijo mientras se volvía.

Tally observó su rostro marcado por el agotamiento.

—Tenemos el bloc que llevaba la doctora Cable en funcionamiento. Mamá estaba arrancando la parte del teléfono para que no pudieran seguirnos la pista a través de él y consiguió visualizar las notas de trabajo de la doctora Cable.

—¿Sobre qué?

—Todos sus datos sobre la conversión de perfectos en especiales. No solo la parte física —explicó mientras la estrechaba contra sí—, sino también el tratamiento de las lesiones cerebrales. Es decir, lo que no les contaron a mis padres cuando eran médicos.

Tally tragó saliva.

—Shay...

David asintió.

—Mamá cree que podrá curarla.

Juramento hipocrático

Se quedaron en los límites de las Ruinas Oxidadas.

De vez en cuando, unos aerovehículos sobrevolaban la ciudad medio derrumbada, dibujando una lenta pauta de búsqueda a través del cielo. Pero los habitantes del Humo tenían experiencia en esconderse de satélites y aeronaves. Distribuyeron por las ruinas barras fluorescentes que despedían bolsas de calor de tamaño humano y cubrieron las ventanas de su edificio con láminas de material semirrígido y negro. Además, las ruinas eran muy grandes; encontrar a siete personas en lo que había sido una ciudad de millones de habitantes no resultaba nada fácil.

Cada noche, Tally comprobaba cómo iba creciendo la influencia del «Nuevo Humo». Muchos imperfectos habían visto el mensaje ardiente la noche de la fuga o habían oído hablar de él, y las peregrinaciones nocturnas hasta las ruinas se incrementaron poco a poco hasta que las bengalas oscilaron encima de los edificios altos desde la medianoche hasta el amanecer. Tally, Ryde, Croy y Astrix se pusieron en contacto con los imperfectos de la ciudad, hicieron circular nuevos rumores, enseñaron nuevos trucos y ofrecieron vistazos fugaces de las revistas antiguas que el Jefe había rescatado del Humo. A los que dudaban de la existencia de Circunstancias Especiales, Tally les mostraba las pulseras de plástico de las esposas que aún rodeaban sus muñecas y los invitaba a tratar de cortarlas.

Una nueva leyenda destacaba entre todas las demás. Maddy había decidido que las lesiones cerebrales no podían seguir manteniéndose en secreto; todo imperfecto tenía derecho a saber qué implicaba realmente la operación. Tally y los demás extendieron el rumor entre sus amigos de la ciudad. El bisturí no te cambiaba solo la cara. Tu personalidad —tu verdadero yo interior— era el precio de la belleza.

Por supuesto, no todos los imperfectos daban crédito a una historia tan escandalosa, pero había unos pocos que sí. Y algunos se escapaban hacia Nueva Belleza en plena noche para hablar cara a cara con sus amigos mayores que ellos y decidir por sí mismos.

A veces los especiales trataban de arruinarles la fiesta disponiendo trampas para los nuevos seguidores del Humo, pero siempre había alguien que los avisaba, y ningún aerovehículo pudo atrapar nunca una tabla entre las calles serpenteantes y los escombros. Los nuevos miembros conocían los recovecos de las ruinas como si hubiesen nacido allí y eran capaces de desaparecer en un instante.

Maddy trabajaba en la cura del cerebro, utilizando materiales rescatados de las ruinas o aportados por imperfectos de la ciudad, que los cogían de los hospitales y las clases de química. Vivía apartada de los demás, excepto de David. Parecía especialmente fría con Tally, la cual se sentía culpable durante cada instante que pasaba con David, ahora que su madre estaba sola. Nadie hablaba nunca de la muerte de Az.

Shay se quedó con ellos, y no paraba de quejarse de la comida, de las ruinas, de su pelo y de su ropa, así como de tener que ver todas las caras imperfectas que la rodeaban. Pero nunca parecía amargada, solo perpetuamente enfadada. Pasados los primeros días ni siquiera hablaba de marcharse. Tal vez la lesión cerebral la había vuelto acomodaticia, o tal vez se conformaba porque no había vivido mucho tiempo en la ciudad de Nueva Belleza. Aún los trataba como amigos. A veces Tally se preguntaba si Shay disfrutaba en secreto de ser la única cara perfecta en aquella pequeña rebelión. Desde luego, no trabajaba más de lo que habría trabajado en la ciudad; Ryde y Astrix obedecían todas y cada una de sus órdenes.

David ayudaba a su madre registrando las ruinas en busca de material y enseñando trucos de supervivencia en la naturaleza a cualquier imperfecto que quisiera aprenderlos. Pero en las dos semanas siguientes a la muerte de Az, Tally añoró los días en que David y ella estaban solos.

Veinte días después del rescate, Maddy anunció que había encontrado una cura.

—Shay, quiero que me escuches atentamente.

—Claro, Maddy.

—Cuando te operaron, le hicieron algo a tu cerebro.

Shay sonrió.

—Sí, de acuerdo —dijo mirando a Tally—. Eso es lo que me dice Tally, pero vosotros no lo entendéis.

Maddy juntó las manos en su regazo.

—¿A qué te refieres?

—Es que me gusta el aspecto que tengo —insistió Shay—. Soy más feliz con este cuerpo. ¿Queréis hablar de lesiones cerebrales? Fijaos en vosotros mismos, que siempre estáis corriendo por estas ruinas y jugando a los comandos. Estáis saturados de planes y rebeliones, locos de miedo y paranoia, incluso de celos —añadió mirando a Tally y a Maddy—. Eso es lo que conlleva ser imperfecto.

—¿Y cómo te sientes, Shay? —preguntó Maddy con tono sereno.

—Me siento alegre. Es agradable no sentirse dominado por las hormonas. Por supuesto, es un asco estar aquí y no en la ciudad.

—Nadie te retiene aquí, Shay. ¿Por qué no te has marchado?

Shay se encogió de hombros.

—No lo sé… Supongo que me preocupo por vosotros. Esto es peligroso, y meterse con los especiales no es buena idea. Usted debería saberlo, Maddy.

Tally inspiró con fuerza, pero la expresión de Maddy no se alteró.

—¿Y vas a protegernos de ellos? —preguntó con calma.

Shay se encogió de hombros.

—Es que me siento mal por Tally. Si no le hubiese hablado del Humo, ahora mismo sería perfecta en lugar de vivir en esta ciudad de mala muerte. Y me imagino que al final decidirá madurar. Entonces regresaremos juntas.

—No parece que quieras decidir por ti misma.

—¿Decidir qué?

Shay puso los ojos en blanco y miró a Tally, dándole a entender lo aburrido que era aquello. Las dos habían tenido esa conversación una docena de veces, hasta que Tally había comprendido que no podía convencer a Shay de que su personalidad se había transformado. Para Shay, su nueva actitud respondía a que había madurado; había cambiado y había dejado atrás todas las pasiones y las contradicciones de la imperfección.

—No siempre has sido así, Shay —dijo David.

—No, antes era imperfecta.

Maddy sonrió con amabilidad.

—Estas píldoras no cambiarán tu aspecto. Solo afectarán a tu cerebro, deshaciendo lo que la doctora Cable le hizo al funcionamiento de tu mente. Entonces podrás decidir tú misma qué aspecto quieres tener.

—¿Decidir? ¿Después de que hayáis manipulado mi cerebro?

—¡Shay! —exclamó Tally, olvidando su promesa de permanecer en silencio—. ¡No somos nosotros los que hemos manipulado tu cerebro!

—Tally —dijo David dulcemente.

—Muy bien, soy yo la que está loca —dijo Shay en su habitual tono quejumbroso—. Y no vosotros, que vivís en un edificio destartalado en los límites de una ciudad muerta, y que os estáis volviendo monstruosos poco a poco cuando podríais ser guapos. Sí, estoy loca, vale... ¡por tratar de ayudaros!

Tally se arrellanó en su asiento y cruzó los brazos, sin saber qué decir. Cada vez que tenían esa conversación, la realidad se tambaleaba un poco, como si ella y los demás miembros del grupo pudiesen ser de verdad los enfermos mentales. Era como en aquellos primeros días horribles en el Humo, cuando no sabía de qué parte estaba.

—¿Cómo nos ayudas, Shay? —preguntó Maddy en tono sereno.

—Trato de hacéroslo entender.

—¿Igual que hacías cuando la doctora Cable te traía a mi celda?

Shay entornó los ojos. La confusión entristeció su rostro, como si los recuerdos de la prisión subterránea no encajasen con el resto de su visión perfecta del mundo.

—Ya sé que la doctora C se portó fatal con vosotros —dijo—. Los especiales son psicópatas; solo hace falta mirarlos. Pero eso no significa que tengáis que pasaros toda la vida huyendo. Eso es lo que quiero deciros. Cuando os operen, los especiales no se meterán más con vosotros.

—¿Por qué no?

—Porque ya no causaréis problemas.

—¿Por qué no?

—¡Pues porque seréis felices! —Shay respiró profundamente un par de veces y recuperó su calma habitual—. Como yo —añadió con una sonrisa.

Maddy cogió las píldoras que estaban sobre la mesa, delante de ella.

—¿No te las tomarás por propia voluntad?

—De ninguna manera. Usted ha dicho que ni siquiera son seguras.

—He dicho que cabía la posibilidad de que algo saliese mal.

Shay se echó a reír.

—Desde luego, debe de creer que estoy chiflada. Y aunque esas píldoras funcionen, fíjese en lo que se supone que hacen. Por lo que yo sé, «curado» significa ser un cerebrito imperfecto y celoso, egocéntrico y quejumbroso. Significa creer que tienes todas las respuestas —dijo cruzando los brazos—. En muchos aspectos, usted y la doctora Cable son iguales. Ambas están convencidas de que tienen que cambiar el mundo. Pues yo no necesito cambiar el mundo, ni necesito esas píldoras.

—De acuerdo. —Maddy cogió las píldoras y se las metió en el bolsillo—. Entonces no tengo nada más que decir.

—¿A qué se refiere? —preguntó Tally.

David le apretó la mano.

—No podemos hacer nada más, Tally.

—¿Qué? Dijo que podíamos curarla.

Maddy negó con la cabeza.

—Solo si quiere ser curada. Estas píldoras son experimentales, Tally. No podemos dárselas a nadie contra su voluntad. No sabemos si darán resultado.

—Pero su mente… ¡Tiene una lesión cerebral!

—¡Hola! —exclamó Shay—. Os recuerdo que estoy aquí.

—Lo siento, Shay —dijo Maddy con suavidad—. ¿Vienes, Tally?

Maddy apartó la cortina negra y salió a lo que los nuevos miembros llamaban la terraza. En realidad solo era una parte del ático del edificio, donde el techo se había derrumbado por completo, dejando una vista panorámica de las ruinas.

Tally la siguió. En aquellos momentos, Shay ya estaba hablando de lo que habría para cenar. David salió un instante después.

—Entonces le daremos las píldoras en secreto, ¿no? —susurró Tally.

—No —dijo Maddy en tono firme—. No podemos. No voy a hacer experimentos médicos con pacientes que no hayan dado su consentimiento.

—¿Experimentos médicos? —repitió Tally tragando saliva.

David la cogió de la mano.

—No se puede saber con certeza qué consecuencias tendrá el tratamiento. Las posibilidades de que salga mal son mínimas, pero podría quedar tarada para siempre.

—Ya está tarada.

—Pero es feliz, Tally —David movió la cabeza—, y puede tomar sus propias decisiones.

Tally retiró la mano y se puso a contemplar la ciudad. Ya se veía una bengala sobre la alta aguja. Los imperfectos acudían a cotillear e intercambiar cosas.

—¿Por qué hemos tenido que preguntárselo siquiera? ¡Ellos no le pidieron permiso para manipularle el cerebro!

—Esa es la diferencia entre ellos y nosotros —dijo Maddy—. Cuando Az y yo descubrimos qué significaba realmente la operación, nos dimos cuenta de que habíamos participado en algo horrible. Le habíamos cambiado la mente a la gente sin su conocimiento. Como médicos, habíamos hecho un antiguo juramento según el cual nunca haríamos nada semejante.

Tally miró fijamente a Maddy.

—Si no iba a curar a Shay, ¿por qué se molestó en buscar un tratamiento?

—Si supiéramos que el tratamiento da resultado y es seguro, podríamos administrárselo a Shay sin problemas. Pero para probarlo necesitamos a un paciente que dé su consentimiento.

—¿Dónde vamos a encontrar uno? Todos los perfectos se van a negar.

—Tal vez por ahora, Tally, pero si seguimos adentrándonos en la ciudad puede que encontremos a un perfecto que quiera probarlo.

—Pero es que sabemos que Shay está loca.

—No está loca —dijo Maddy—. En realidad, sus argumentos tienen sentido. Es feliz tal como está y no quiere correr riesgos.

—Pero no es ella. Tenemos que cambiarla otra vez.

—Az murió porque alguien pensaba lo mismo que tú —dijo Maddy en tono sombrío.

—¿Qué?

David apoyó el brazo sobre los hombros de Tally.

—Mi padre...

Carraspeó, y Tally esperó en silencio. Por fin iba a saber cómo había muerto Az.

David inspiró despacio antes de continuar:

—La doctora Cable quería operarlos a todos, pero temía que mamá y papá pudiesen hablar de las lesiones cerebrales incluso después de la operación, porque habían pasado mucho tiempo concentrados en ellas —explicó David con voz temblorosa, aunque suave y cuidadosa—. La doctora Cable estaba realizando nuevas investigaciones, tratando de hallar la forma de cambiar los recuerdos y borrar el Humo para siempre de la mente de las personas. Se llevaron a mi padre para la operación y ya no regresó nunca más.

—Eso es terrible —susurró Tally mientras lo estrechaba entre sus brazos.

—Az fue víctima de un experimento médico, Tally —intervino Maddy—. No puedo hacerle lo mismo a Shay. Si lo hiciera, ella tendría razón, y la doctora Cable y yo seríamos iguales.

—Pero Shay se escapó. No quería convertirse en perfecta.

—Tampoco quiere que experimentemos con ella.

Tally cerró los ojos. A través de la persiana, oía a Shay, que hablaba a Ryde del cepillo para el pelo que había hecho. Llevaba días exhibiendo orgullosa el pequeño cepillo, hecho de astillas de madera clavadas en un trozo de arcilla, como si fuese lo más importante que había hecho en su vida.

Lo habían arriesgado todo para rescatarla, pero no habían obtenido ninguna compensación. Shay nunca sería la misma.

Y todo era culpa de Tally. Había ido al Humo y había conducido hasta allí a los especiales. Ahora Shay era una perfecta imbécil y Az había muerto.

Inspiró profundamente.

—Está bien, ya tiene a un paciente que da su consentimiento.

—¿A qué te refieres, Tally?

—A mí.

Confesiones

—¿Cómo? —dijo David.

—Que tú tomes las píldoras no demostrará nada, Tally —argumentó Maddy—. Tú no tienes las lesiones.

—Pero las tendré. Volveré a la ciudad, me atraparán y la doctora Cable me hará la operación. Dentro de pocas semanas, venís a buscarme y me aplicáis el tratamiento. Ya tenéis al paciente.

Los tres permanecieron en silencio. Las palabras habían salido por sí solas de la boca de Tally. Le costaba creer que las hubiese pronunciado.

—Tally… —David negó con la cabeza—. Eso es absurdo.

—No es absurdo. Necesitáis un paciente que dé su consentimiento, alguien que acceda, antes de convertirse en perfecto, a ser curado, de modo experimental o no. Es la única forma.

—¡No puedes entregarte! —exclamó David.

Tally se volvió hacia Maddy.

—Ha dicho que hay un noventa y nueve por ciento de posibilidades de que esas píldoras funcionen, ¿verdad?

—Sí, pero ese uno por ciento restante podría dejarte como un vegetal, Tally.

—¿Un uno por ciento? Comparado con entrar en Circunstancias Especiales, es pan comido.

—Tally, ni se te ocurra. —David la sujetó por los hombros—. Es demasiado peligroso.

—¿Peligroso? David, podéis entrar en la ciudad de Nueva Belleza sin problemas. Los imperfectos de ciudad lo hacen constantemente. Cuando me hayan operado, me sacáis de mi mansión y me ponéis sobre una tabla. Os seguiré hasta aquí, igual que ha hecho Shay. Entonces me curáis.

—¿Y si los especiales intentan modificarte la memoria, como hicieron con mi padre?

—No lo harán —dijo Maddy.

Sorprendido, David se quedó mirando a su madre.

—No se molestaron en hacerlo con Shay, que recuerda perfectamente el Humo. Az y yo éramos los únicos que les preocupaban. Como nos habíamos pasado la mitad de la vida concentrados en las lesiones cerebrales, supusieron que nunca dejaríamos de hablar de ellas, ni siquiera siendo perfectos.

—¡Mamá! —gritó David—. Tally no irá a ninguna parte.

—Además —continuó Maddy—, la doctora Cable no haría nada que perjudicase a Tally.

—¡Deja de hablar como si eso fuera a ocurrir!

Tally miró a Maddy a los ojos. La mujer asintió. Estaba segura de lo que decía.

—David —dijo Tally—, tengo que hacerlo.

—¿Por qué?

—Por Shay. Es la única forma de que Maddy la cure. ¿No es así?

Maddy asintió.

—No tienes por qué salvar a Shay —dijo David despacio y con tranquilidad—. Ya has hecho bastante por ella. La seguiste hasta el Humo y la rescataste de Circunstancias Especiales.

—Sí, he hecho mucho por ella. —Tally inspiró despacio—. Yo tengo la culpa de que esté así, perfecta y descerebrada.

David negó con la cabeza.

—¿De qué estás hablando?

Tally se volvió y cogió su mano.

—David, no fui al Humo solo para asegurarme de que Shay estaba bien. Fui allí para llevarla de regreso a la ciudad —dijo con un suspiro—. Fui para traicionarla.

Tally se había imaginado tantas veces contándole su secreto a David, había soñado con aquella confesión tantas noches, que no podía creer que aquello no fuese una pesadilla más en la que se veía obligada a decir la verdad. Pero en ese momento se encontró con que las palabras brotaban como un torrente.

—Fui una espía de la doctora Cable. Por eso sabía dónde estaba la sede de Circunstancias Especiales. Por eso vinieron al Humo los especiales. Yo llevaba un rastreador.

—Lo que dices no tiene sentido —respondió David—. Cuando vinieron, opusiste resistencia. Te escapaste. Ayudaste a rescatar a mi madre…

—Había cambiado de opinión. Yo nunca quise activar el rastreador, es cierto. Quería vivir en el Humo. Pero la noche anterior a la invasión, cuando me enteré de lo de las lesiones… Después de besarnos —concluyó cerrando los ojos—, lo accioné de forma accidental.

—¿Qué fue lo que accionaste?

—Mi colgante. No era mi intención. Quería destruirlo. Pero fui yo quien condujo a los especiales hasta el Humo, David. Soy yo la que tiene la culpa de que Shay sea perfecta y de que tu padre esté muerto.

—¡Te lo estás inventando! No voy a dejar que…

—David —dijo Maddy en tono seco, haciendo callar a su hijo—, no miente.

Tally puso cara de sorpresa. Maddy la miraba con tristeza.

—La doctora Cable me contó cómo te había manipulado, Tally. Al principio no la creí, pero la noche que nos rescatasteis acababa de traer a Shay para que lo confirmase.

Tally asintió.

—Shay descubrió al final que yo era una traidora.

—Todavía lo recuerda —dijo Maddy—, pero ya no le importa. Tally tiene que hacerlo por eso.

—¡Estáis locas! —gritó David—. Mira, mamá, no te des tanta importancia y dale a Shay las píldoras. Yo lo haré por ti —concluyó tendiéndole la mano.

—David, no dejaré que te conviertas en un monstruo. Además, Tally ya ha tomado una decisión.

David las miró, incapaz de creer nada de lo que estaba oyendo. Por fin se decidió a hablar:

—¿Fuiste una espía?

—Sí, al principio.

David hizo un gesto de incredulidad con la cabeza.

—Hijo…

Maddy dio un paso adelante, tratando de abrazarlo.

—¡No!

Se volvió y echó a correr, arrancando la cortina y dejando sin habla a los que estaban dentro; hasta Shay se quedó en silencio.

Antes de que Tally pudiera ir tras él, Maddy la sujetó del brazo con firmeza.

—Deberías irte a la ciudad hoy mismo.

—¿Esta noche? Pero…

—De lo contrario, te convencerás de que no tienes que hacerlo, o te convencerá David.

Tally se soltó de un tirón.

—Tengo que despedirme de él.

—Tienes que irte.

Tally se quedó mirando a Maddy y asimiló sus palabras poco a poco. Aunque la mirada de la mujer contenía más tristeza que rabia, había algo frío en sus ojos. Tal vez David no la culpaba por la muerte de Az, pero Maddy sí.

—Gracias —dijo Tally despacio, obligándose a sostener la mirada de Maddy.

—¿Por qué?

—Por no decírselo. Por dejar que lo hiciese yo misma.

Maddy movió la cabeza y esbozó una sonrisa.

—David te necesitaba estas últimas semanas.

Tally tragó saliva y se apartó, mirando la ciudad.

—Aún me necesita.

—Tally…

—Me iré esta noche, ¿de acuerdo? Pero sé que será David quien me traiga de regreso.

Río abajo

Antes de marcharse, Tally se escribió una carta a sí misma.

Poner su consentimiento por escrito era idea de Maddy. De esa forma, incluso siendo perfecta e incapaz de comprender por qué iba a querer que le arreglasen el cerebro, al menos podría leer sus propias palabras y sabría a qué atenerse.

—Si cree que es mejor así, a mí me parece bien —dijo Tally—, pero cúreme aunque yo me eche atrás. No me deje como a Shay.

—Te curaré, Tally, te lo prometo. Solo necesito tu consentimiento por escrito.

Maddy le dio un bolígrafo y un pequeño trozo de papel.

—No sé escribir a mano —dijo Tally—. Ya no es obligatorio.

Maddy movió la cabeza con tristeza.

—Vale. Tú dicta y yo lo escribiré —dijo.

—Usted no. Shay puede escribirlo por mí. Tomó clases cuando decidió irse al Humo.

Tally recordaba las torpes pero legibles indicaciones que Shay había garabateado para conducirla hasta el Humo.

La carta no requirió mucho tiempo. Shay se rió de las palabras sinceras de Tally, pero las escribió de todos modos. Al apoyar el bolígrafo en el papel se ponía seria, como una niña pequeña que está aprendiendo a leer.

Cuando acabaron, David aún no había vuelto. Se había ido en una de las aerotablas en dirección a las ruinas. Mientras guardaba sus cosas, Tally no dejaba de mirar hacia la ventana con la esperanza de que regresase.

Sin embargo, Maddy estaba en lo cierto. Si Tally volvía a verlo, empezaría a buscar argumentos para no irse. O tal vez David intentaría detenerla.

O peor, tal vez acabaría no haciendo lo que debía hacer.

Sin embargo, dijera lo que dijese David ahora, siempre recordaría lo que había hecho ella, las vidas que había arruinado con sus mentiras. Aquella era la única forma que tenía Tally de estar segura de que la había perdonado. Si acudía a rescatarla, lo sabría.

—Bueno, vamos allá —dijo Shay cuando acabaron.

—Shay, no voy a pasarme toda la vida lejos de aquí. Preferiría que tú...

—Vamos. Estoy harta de este sitio.

Tally se mordió el labio inferior. ¿Qué sentido tenía entregarse si Shay también iba con ella? Aunque, por otra parte, siempre podían volver a buscarla. Una vez que se demostrase que el tratamiento funcionaba, podrían administrárselo a cualquiera.

—Solo me he quedado en esta ciudad de mala muerte para intentar que volvieras —dijo Shay bajando la voz—. ¿Sabes?, es culpa mía que aún no seas perfecta. Lo eché todo a perder al escaparme. Te lo debo.

—¡Oh, Shay! —exclamó Tally.

La cabeza le daba vueltas y cerró los ojos.

—Maddy siempre dice que puedo marcharme cuando quiera. No querrás que me vaya sola, ¿verdad?

Tally trató de imaginarse a Shay caminando sola hacia el río.

—No, supongo que no.

Miró a su amiga y vio una chispa en sus ojos: estaba verdaderamente emocionada ante la idea de salir de viaje con Tally.

—¡Por favor! Lo pasaremos bomba en Nueva Belleza.

Tally suspiró.

—Vale, supongo que no puedo detenerte.

Volaron juntas en una sola aerotabla. Croy las acompañó para llevarse las tablas cuando llegasen a la ciudad.

El chico no habló en todo el camino. Todos los nuevos miembros del Humo habían oído la discusión desde el interior del refugio y sabían por fin lo que Tally había hecho. Croy se sentía especialmente mal. Él lo había sospechado, pero había sido incapaz de detener a Tally antes de que los traicionara a todos.

Sin embargo, cuando llegaron al cinturón verde, se forzó a mirarla.

—Bueno, ¿y cómo te convencieron para obligarte a hacer algo así?

—Me dijeron que no podría operarme hasta que encontrase a Shay.

Croy desvió la mirada y contempló las luces de la ciudad de Nueva Belleza, que brillaban en la fría noche de noviembre.

—Así que por fin vas a conseguir lo que querías.

—Sí, supongo.

—¡Tally va a ser perfecta! —exclamó Shay.

Croy no hizo caso de ella y volvió a mirar a Tally.

—De todos modos, gracias por rescatarme. Menuda la armasteis. Espero que… —Se interrumpió encogiéndose de hombros y sacudiendo la cabeza—. Ya nos veremos.

—Eso espero.

Croy unió las tablas y regresó hacia el río.

—¡Esto va a ser genial! —dijo Shay—. Estoy deseando que conozcas a todos mis nuevos amigos. Y por fin podrás presentarme a Peris.

—Claro.

Se dirigieron hacia Feópolis hasta que llegaron al parque Cleopatra. La tierra estaba dura debido al frío de finales de otoño, y caminaban abrazadas para darse calor. Tally llevaba su jersey hecho en el Humo. Primero había pensado que Maddy se lo guardase, pero finalmente había decidido dejar en el refugio su chaqueta de microfibra. La ropa hecha en la ciudad era demasiado valiosa para desperdiciarla en alguien que regresaba a la civilización.

—Verás, ya me estaba haciendo popular —decía Shay—. Tener un pasado delictivo es la única forma de entrar en las fiestas más exclusivas. Lo que no le interesa a nadie es que hables de las asignaturas que escogiste en la escuela de imperfectos —acabó con una risita.

—Entonces, le caeremos muy bien a todo el mundo.

—Desde luego. ¿Te imaginas cuando les contemos que me raptaste de la sede central de Circunstancias Especiales? ¿Y cómo te convencí para escapar de esa pandilla de fanáticos? Pero no podemos contarlo todo, Bizca. ¡Nadie va a creerse la verdad!

—No, en eso llevas razón.

Tally pensó en la carta que guardaba Maddy. ¿Se creería la verdad ella misma semanas después? ¿Cómo resultarían las palabras de una imperfecta fugitiva, desesperada y trágica vistas con ojos perfectos?

¿Qué le parecería David después de pasar veinticuatro horas al día rodeada de caras de nuevos perfectos? ¿Realmente volvería a creerse todo aquel rollo sobre la imperfección, o recordaría que alguien podía ser guapo incluso sin cirugía? Tally evocó por unos instantes el rostro de David y sintió una punzada de dolor al pensar en el tiempo que pasaría antes de volver a verle.

Se preguntó cuánto tiempo habría de pasar, después de la operación, para dejar de echar de menos a David. Maddy le había advertido que podían transcurrir algunos días antes de que las lesiones le afectasen de forma decisiva. Pero eso no significaba que fuese la propia mente la que se transformaba.

Tal vez si decidía seguir echándolo de menos a pesar de todo, Tally podría impedir que su mente cambiase. A diferencia de la mayoría de la gente, ella sí sabía lo de las lesiones. Tal vez podría derrotarlos.

Una silueta oscura pasó por encima de sus cabezas. Era el aerovehículo de un guardián, y Tally se quedó paralizada de forma instintiva. Los imperfectos de la ciudad habían dicho que últimamente había más patrullas. Las autoridades se habían dado cuenta por fin de que las cosas estaban cambiando.

El aerovehículo se detuvo y luego se posó suavemente en el suelo junto a ellas. Se abrió una puerta corredera, y estalló una luz cegadora.

—Muy bien, chicas… Oh, lo siento, señorita.

La luz iluminaba el rostro de Shay. Luego se dirigió hacia Tally.

—¿Qué estáis…?

La voz del guardián vaciló. ¿Acaso no era el colmo? Una perfecta y una imperfecta dando una vuelta juntas. El guardián se acercó más. Su rostro perfecto expresaba confusión.

Tally sonrió. Al menos estaba causando problemas hasta el final.

—Soy Tally Youngblood —dijo—. Conviértanme en perfecta.

Índice

SEGUNDA PARTE
EL HUMO

TERCERA PARTE
DENTRO DEL FUEGO